DANIELLE THIÉRY

Née en Côte-d'Or en 1947, Danielle Thiéry est l'une des premières femmes à être devenue commissaire en France en 1969. Après *Mauvaise graine* (J.-C. Lattès, 1995) et *Le sang du Bourreau* (J.-C. Lattès, 1996), elle s'impose comme une grande figure féminine sur la scène du roman noir avec *Mises à mort* (Robert Laffont, 1998), récompensé par le prix Exbrayat et le prix Polar. Depuis, elle a publié *Et pire si affinités...* (Robert Laffont, 1999), *Origine inconnue* (Robert Laffont, 2001) et *Affaire classée* (Robert Laffont, 2002).
Danielle Thiéry est mariée et mère de deux enfants.

DANIELLE THIÉRY

Née en Côte-d'Or en 1947, Danielle Thiéry est l'une des premières femmes à être devenue commissaire en France en 1969. Après *Mauvaise graine* (J.-C. Lattès, 1995) et *Le sang du bourreau* (J.-C. Lattès, 1996), elle s'impose comme une grande figure féminine sur la scène du roman noir avec *Mises à mort* (Robert Laffont, 1998), récompensé par le prix Exbrayat et le prix Polar. Depuis, elle a publié *Au cœur des mystères...* (Robert Laffont, 1999), *Origine inconnue* (Robert Laffont, 2001) et *Affaire classée* (Robert Laffont, 2002).

Danielle Thiéry est mariée et mère de deux enfants.

AFFAIRE CLASSÉE

DU MÊME AUTEUR
CHEZ POCKET

MISES À MORT

ORIGINE INCONNUE

DANIELLE THIÉRY

AFFAIRE CLASSÉE

ROBERT LAFFONT

ISBN : 2-266-12563-X

Les anges assassinés...

1.

Dimanche, au crépuscule...

Un bonnet noir enfoncé jusqu'aux sourcils malgré la douceur de l'air, le voyageur s'est assis au fond du bus. Le chauffeur, qui craint les dimanches soir, est rassuré : celui-là ne fera pas de grabuge. D'ailleurs, il semble assoupi, le menton sur la poitrine. Pas un regard, à l'entrée de Saint-Genis, pour le centre médico-pédagogique des Sources, caché derrière son mur de pierres blondes, ni pour la métropole lyonnaise que l'on aperçoit au loin avec, en plein milieu du quartier de la Part-Dieu, sa tour dressée comme un phallus rutilant de lumière.

S'il l'avait bien observé, le chauffeur aurait remarqué que son unique passager n'a aucun bagage, juste un paquet emballé dans du papier marron, qu'il tient serré contre son ventre.

Saint-Genis. Terminus.

Place du Marché. Le voyageur descend et s'arrête sur le trottoir, indécis. Le chauffeur ne lui jette qu'un regard distant : il a autre chose à faire et, avec un peu de chance, il verra le deuxième film du dimanche soir.

L'inconnu a repéré un plan de la commune. Il s'y dirige d'un pas qui tangue un peu. Cette démarche en crabe est gênante, à la limite de lui faire perdre l'équilibre. Le panneau est faiblement éclairé et, à part la flèche qui indique

« vous êtes ici », les noms de rues, alignés en bas de la pancarte, sont quasiment illisibles. Pour trouver la rue des Mésanges, il faut chercher un quartier où les rues portent des noms d'oiseaux.

Allée du Rossignol, rue des Moineaux, place de l'Alouette, rue des Mésanges... Depuis la place du Marché, c'est un kilomètre de marche au moins.

L'étranger est fatigué mais décidé. Très conscient de ce qu'il doit faire.

Il entend la porte du bus se fermer dans un chuintement et le moteur ronfler. Quand le véhicule fait demi-tour, le chauffeur lui lance un coup d'œil indifférent et bientôt le piéton solitaire ne voit plus du bus que son cul vert orné d'un panneau publicitaire brouillé par les gaz d'échappement. Il a noté pourtant que le conducteur a remis sa casquette sur sa tête.

Est-ce que Marion porte un uniforme parfois ? Et les hommes qui lui obéissent ? Il creuse sa mémoire pour retrouver des souvenirs précis. Des images surgissent, des sensations. Tantôt douces-amères comme des traces de larmes séchées, l'écho lointain de sanglots étouffés. Tantôt âpres et brutales comme la sueur qui lui inonde soudain le dos.

Une brusque appréhension. Et si *elle* n'était pas là ? Vérifier. Trouver une cabine téléphonique en état de marche, lire les instructions : « Décrochez le combiné, introduisez la carte ». Quelle « carte » ?

Par bonheur, l'autre cabine, adossée à celle-ci, accepte les pièces de monnaie.

Tout est un effort, même respirer, mais les efforts lui importent peu. Ce n'est pas à cela qu'il pense tandis qu'il compose, de mémoire, un numéro de téléphone en fixant un point, très loin, très haut, dans le firmament.

Dans le ciel encore clair, une étoile s'est levée.

2.

Marion arrêta de pianoter sur le clavier de son Macintosh et se rejeta en arrière avec une grimace. Son dos la faisait souffrir, une crampe insidieuse nouait les muscles de son mollet droit. Elle bâilla puis mesura en pensée le temps qu'elle devrait encore consacrer au travail réclamé par le juge Ferec. Plusieurs heures à évoquer dans les termes froids de la procédure pénale le meurtre sordide d'une fillette de dix ans, battue à mort et étranglée. Devant elle, éparpillées, les pièces du dossier et les images crues qui l'obligeaient, en cette fin de dimanche clair et doux, à s'isoler du monde. De son monde : Nina, sa fille adoptive pas encore définitivement adoptée. Elle l'entendait qui rabrouait Lisette, sa grand-mère au visage triste, dans la pièce voisine. Nina avait essayé de faire chanter une drôle de chanson à Lisette qui n'y était pas parvenue et geignait d'une voix éteinte, soulevant les protestations de la petite. Puis il y avait eu une conversation sourde, ponctuée d'onomatopées irritées de Nina. Agressives parfois. Pas une fois, depuis le début de l'après-midi, Marion ne l'avait entendue rire.

Par la fenêtre ouverte sur la rue, les bruits familiers du quartier pénétraient dans la chambre du premier étage aménagée en bureau. Marion y stockait aussi tout ce qui l'encombrait ailleurs. Quelques cartons réfractaires étaient empilés dans un coin depuis un an, dont elle aurait été bien en peine de dire ce qu'ils contenaient.

Dehors, les enfants éclaboussaient de leurs rires leurs derniers jours de liberté avant la rentrée des classes. Le commissaire Edwige Marion, que tous appelaient Marion tout court, se demanda combien d'enfants seraient absents ce jour-là. Comme la petite martyre dont les photos s'étalaient sous ses yeux.

Elle s'employa pendant une minute ou deux à chasser

la nausée qui montait dans sa gorge et reprit la rédaction de son rapport. Elle inscrivit le titre du chapitre en lettres capitales :

TRANSPORT SUR LES LIEUX — CONSTATATIONS

« Le corps de la victime est allongé face contre terre, les jambes sont légèrement écartées, les pieds tournés vers l'extérieur. Ses vêtements sont mouillés, constellés de fragments végétaux divers. La tête est recouverte d'un sac en plastique vert et blanc Prisunic... Les cheveux sont relevés et la nuque présente un sillon horizontal, profond et violacé... »

La sonnerie du téléphone retentit. Marion sursauta. Elle avait beau se raisonner, depuis la mort de Léo le téléphone était une source de stress incontrôlable.

Elle entendit sur le palier la cavalcade de Nina qui hurlait « Téléphone ! » de sa voix de sirène. Puis les pas de Lisette qui tentait de la calmer sur le ton plaintif qu'elle prenait chaque fois qu'elle était contrariée et n'osait pas le dire.

Marion se leva d'un bond et se précipita sur le palier. Une appréhension brusque, irraisonnée.

— Attends, Nina ! Ne décroche pas !

A l'entrée du salon, Nina s'arrêta pile et, la tête levée vers sa mère, croisa les bras sur son cache-cœur blanc souillé de quelques traînées grisâtres.

— Mais pourquoi ? s'irrita-t-elle tandis que le message de bienvenue se déclenchait.

— Je n'ai pas envie d'être dérangée.

— Mais c'est peut-être Mathilde ou Talon...

— Ils laisseront un message, on les rappellera.

Nina n'était pas contente et cela se voyait. Agée de neuf ans, elle était une enfant vive et spontanée, aussi prompte à la gaieté qu'à la colère.

La bande avait fini de se dérouler et déjà le « bip-bip » indiquant que le correspondant avait raccroché retentissait.

— Tu vois, fit Marion, mal à l'aise, c'est un emmerdeur

ou un malpoli. Je déteste les gens qui raccrochent sans dire un mot.

Le visage de Lisette se crispa. Elle désapprouvait le langage direct de Marion :

— Je les comprends, dit-elle en pinçant les lèvres. Personnellement, je n'aime pas ces engins modernes.

Nina, ses gambettes brunies dénudées par un short effrangé, grimpa les marches à toute vitesse et se planta devant Marion.

— Tu vas travailler encore jusqu'à quelle heure ?

— Tard, ma puce, répondit Marion en l'attirant contre elle. Je dois rendre mon travail demain matin. Mais vous auriez pu aller faire un tour, pourquoi n'êtes-vous pas sorties ?

— « Elle » n'a pas voulu...

Nina désignait sa grand-mère, qui les avait rejointes sur le palier, d'un coup de menton hautain. Elle ajouta, en desserrant à peine les lèvres, les yeux sur ses sandales de toile bleue :

— Je m'ennuie...

— Regarde un peu la télévision...

— C'est nul, la télé... Si au moins, j'avais une console de jeux...

— Nina, intervint Marion, on en a déjà parlé...

Nina singea Marion :

— Oui, je sais, c'est trop cher, on verra ça à Noël... C'est nul ! toutes mes copines en ont.

— Nina, s'il te plaît, gronda Marion. Ça suffit... Dans trois jours, tu auras des devoirs à faire, tu t'ennuieras moins.

— Justement ! J'ai même pas encore mes fournitures scolaires...

— J'irai les acheter demain. C'est bien ce qu'on avait dit, non ? N'oublie pas de me donner la liste.

— Je pourrais pas venir avec toi ?

— Je ne crois pas que ce sera possible...

— Tu vas encore pas prendre ce que je veux, c'est toujours comme ça, j'en ai marre !

Nina était décidément belliqueuse. Mais Marion décelait

un gros tourment derrière ses propos acides et son regard brillant. Un tourment qu'elle pouvait lire aussi chez Lisette, avec ses yeux voilés de gris et ses mains qui s'agitaient devant son ventre comme des oiseaux captifs. Depuis que Nina vivait avec Marion, la vieille dame se torturait au sujet de ses deux autres petits-enfants, Louis et Angèle, qui n'avaient pas la chance de leur cadette et préparaient leur rentrée scolaire à l'orphelinat de la police. Passé un certain âge, les orphelins ne trouvent plus preneurs et, sans doute, les deux aînés de Nina ne seraient-ils jamais adoptés. Lisette Lemaire, âgée et souvent souffrante, ne se consolait pas de ne pouvoir faire davantage pour eux.

De nouveau, la sonnerie du téléphone les cloua sur place. De nouveau, Nina s'élança. Marion la retint. Le bip-bip saccadé fit écho au message enregistré.

— Qui c'est ? s'inquiéta Nina qui avait remarqué l'air contrarié de sa mère.

— Je ne sais pas. Une erreur, sûrement.

3.

L'inconnu entre lentement, avec prudence, dans la rue des Mésanges et la fatigue, d'un seul coup, se fait sentir. Le crabe tire de plus en plus fort, un coup à gauche, un coup à droite. Au point qu'on pourrait le croire ivre.

7, rue des Mésanges. La maison est à deux niveaux, c'est une construction récente et banale, anonyme. Une résidence de passage dans laquelle le locataire ne se sent pas assez chez lui pour mettre des fleurs aux fenêtres. Pas de lumière sur la façade côté rue. Marion est-elle sortie ? Que signifie le message du répondeur : « nous ne sommes pas là... » ? Qui se cache derrière ce « nous » ? Un homme ? Un mari ?

Le portail est ouvert et une Peugeot grise est garée dans la courte allée qui conduit à la porte d'entrée. Donc, à moins qu'elle ne soit sortie à pied, elle est là, derrière ces murs sans âme.

La rue est déserte. Par des fenêtres restées ouvertes, quelques bribes de musique s'échappent, le son d'une télé troue la nuit.

L'inconnu se glisse derrière la haie qui sépare le jardin de Marion de celui de ses voisins. Des gens y sont attablés et on sent les effluves d'un barbecue. Une femme bâille, évoque la semaine qui va commencer. Il y a de la langueur dans ce dimanche soir, un parfum de roses en train de faner.

Avec précaution, le visiteur s'approche de la Peugeot et s'appuie de tout son poids contre le véhicule. Une alarme stridente se déclenche qui le rejette derrière les thuyas. Quelques secondes de patience. La lumière jaillit d'une fenêtre du premier étage et une silhouette familière s'y découpe. Marion. Marion est chez elle.

Et tout à coup, tout se détraque, les images se brouillent, l'air s'alourdit de parfums mêlés. A côté de Marion, une silhouette fine et menue agite ses couettes blondes reflétées par l'écran de la vitre. Impossible de se tromper... Le messager comprime à deux mains son cœur qui cogne trop fort contre ses côtes.

C'était donc bien vrai. Le rêve n'a pas menti. Marion a pris l'enfant et l'enfant est là, derrière la vitre.

4.

Au troisième assaut du téléphone, Marion faillit décrocher et hurler des injures. Mais, cette fois, juste après le bip, la voix du lieutenant Talon explosa dans la pièce. Elle prit le combiné et se manifesta, haletante.

— Ça va, patron ? fit la voix sereine de l'officier. Vous avez couru ? Vous êtes essoufflée, on dirait.

— Non, agacée seulement. J'ai eu des coups de fil sans correspondant.

— Sans blague ? J'espère que vous ne pensez pas...

— Si, j'y pense, figurez-vous !

La gorge serrée par l'évocation de ces mauvais souvenirs, Marion jeta un coup d'œil par la porte-fenêtre. Le calme de la rue des Mésanges, les mouvements sans surprise du voisinage ne la rassurèrent pas. Elle attribua son angoisse à l'immuable déprime du dimanche soir et fit un effort :

— Alors, Talon, quoi de neuf ?

— Le grand plat... Un week-end de permanence à périr d'ennui. Je n'ai eu qu'une alerte à la bombe au musée Saint-Pierre — bidon mais on a quand même évacué —, et un gros casse dans une fabrique de lunettes. Je me demande ce qu'ils vont faire de trois mille paires de...

— Bon, fit Marion. A part ça ?

— Je vous dérange peut-être, patron ?

Talon avait perçu comme de l'impatience dans la voix de son chef de service. L'irritation n'était pas loin. Et depuis quelque temps, cette attitude était de plus en plus fréquente chez elle.

— J'ai encore du travail.

— Le rapport Zoé Brenner ?

— Tout juste... A demain, Talon ?

— Oui... ah, patron... j'allais oublier.

Marion poussa un soupir résigné.

Imperturbable, Talon poursuivit :

— On a un témoin...

Marion marqua un silence poli. Elle entendait Nina qui se disputait de nouveau avec Lisette, elle pensait au danger qui rôdait encore, toujours, autour d'elle. A tout ce qui l'attendait dans sa vie de femme sans homme. Nina apparut à la porte, un doigt dans la bouche, boudeuse.

La voix inquiète de Talon :

— Patron ?

— Oui, oui... Un témoin de quoi ?

— Dans l'affaire du cimetière...

— Hein ?

— Bon d'accord, je vois. Vous vous rappelez pas les sacs poubelle avec les bouts de viande...

Marion observa un mutisme hostile jusqu'à la fin du rapport de Talon. Deux semaines auparavant, un inconnu avait semé le long du mur d'enceinte du cimetière de la Guillotière six sacs poubelle contenant les morceaux d'un corps de femme auquel il manquait la tête et qui n'avait pas encore été identifié. Ce soir, un témoin-surprise était apparu. Dans l'euphorie d'un dimanche trop chaud pour la saison, il s'était, après une dizaine de bières, imprudemment confié à un comparse de comptoir.

— Qu'est-ce que j'en fais ? demanda Talon après avoir vainement attendu une réponse.

— Ce que vous voulez, Talon, vous la faites cuire... Vous la mangez.

A l'autre bout, l'officier claqua de la langue. Un signe de grand désordre chez lui qui ne manifestait que de rares émotions. Il s'arma de patience :

— Je voulais dire : qu'est-ce que je fais du témoin ?

— Mais, Talon, qu'est-ce qui vous prend ?... Vous savez ce que vous avez à faire ! Vous posez des questions idiotes...

Talon pensait que Marion aurait voulu être là pour recueillir de probables aveux. Elle considérait le moment où le suspect craquait comme un des plus excitants d'une enquête. Il devenait alors « auteur » et bien souvent, par la grâce d'une petite phrase : « c'est bien moi qui ai assassiné mademoiselle Machin... », la formule « affaire contre X » disparaissait des procès-verbaux. X avait enfin un nom.

— Et ne me rappelez pas pour me dire ce qu'il a fait de la tête de cette malheureuse fille, conclut-elle.

Talon avait raccroché sur une série de bruits de bouche — dont il valait mieux ne pas tout comprendre — quand Marion s'aperçut que Nina, à deux mètres de là, la contemplait avec la fixité d'un juge. Elle se mordit les lèvres, pestant contre son emportement et ses mots trop crus. Elle allait en parler avec la petite, lui dire qu'elle regrettait.

Nina la devança :

— J'ai faim, dit-elle d'un ton rogue.

— Vous pouvez préparer quelque chose pour vous deux, madame Lemaire ?

Malgré les demandes répétées de la vieille dame, Marion n'arrivait pas à l'appeler « mammy ».

— Et vous, vous ne mangerez pas ? s'enquit Lisette, peu emballée par l'idée de se mettre aux fourneaux.

Marion fit la grimace :

— Grands dieux non ! J'ai encore le repas de midi sur l'estomac... Et je suis très, très en retard. Il y a du poulet froid dans le frigo... Vous pourriez faire cuire des pâtes...

Lisette acquiesça sans enthousiasme et Marion monta les premières marches, Nina sur ses talons. La fillette tira sur son chemisier de coton beige :

— Maman !

Marion fit volte-face, remuée comme chaque fois que Nina l'appelait « maman ».

— Oui, ma puce ?

Nina suppliait sa mère du regard.

— On pourra faire un jeu, après ?

Marion s'assit sur une marche et attira l'enfant près d'elle tandis qu'en bas, Lisette remuait des casseroles dans la cuisine.

— Je suis désolée, ma Nina. Je sais que ce n'est pas drôle pour toi. Je te promets qu'à l'avenir, j'éviterai d'apporter du travail à la maison.

— Tu dis toujours ça...

— Non, Nina, tu exagères, ça ne m'arrive pas souvent.

Nina se pencha pour chuchoter à l'oreille de sa mère :

— Elle m'embête, mammy...

— Tu es injuste, elle fait ce qu'elle peut...

Marion se surprit à chuchoter aussi.

— Tu sais, reprit Nina, il faut que je te dise quelque chose...

Lisette s'encadra dans la porte de la cuisine et, d'une drôle de voix, comme si elle avait surpris les derniers mots de sa petite fille, annonça qu'elle ne trouvait pas les pâtes. Elle avait sa tête des mauvais jours, décidément, et tandis que Marion farfouillait dans le placard à provisions, elle exprima le désir de rentrer chez elle tout de suite après le dîner. Et lorsque Marion lui proposa de la raccompagner, elle refusa : elle appellerait un taxi. D'habitude, Nina suppliait sa grand-mère d'accepter. Elle savait que Marion ne l'aurait jamais laissée seule la nuit dans la maison et elle en profitait pour lui demander un petit crochet par les rues chaudes du centre, histoire de lorgner les prostituées au travail. Curieuse attraction. Beaucoup de filles connaissaient « la » commissaire, ce qui ajoutait au piquant de la sortie. Parfois, Marion cédait à sa requête, parfois non.

Ce soir-là, Nina se tut et quand Marion, n'ayant pas trouvé de pâtes, eut mis entre les mains de Lisette un sachet de riz basmati, elle constata que Nina avait disparu.

La petite ne sursauta même pas lorsque Marion la découvrit dans son bureau, assise sur le vieux siège de dactylo, rivée aux photos du corps martyrisé de la petite Zoé Brenner. Elle avait sous les yeux le cliché le plus abominable, pris juste après que Marion avait retourné la fillette sur le dos et retiré le sac plastique qui lui couvrait la tête. Le tirage aux couleurs très contrastées mettait en évidence les yeux ouverts et blancs, les marques bleues presque noires sur les joues et le front, la bouche entrouverte sur des dents en désordre. Une grosse limace brune était plaquée contre la joue, près de se glisser entre les lèvres pâles.

Marion aurait voulu s'interposer, protéger Nina, effacer de sa mémoire les images de mort. Mais la petite avait vu et il était sans doute préférable de ne pas dramatiser. Du reste, Nina levait sur sa mère un regard serein, exactement comme si elle avait eu sous les yeux une collection de photos de famille.

Marion tendit la main vers elle :

— Après dîner, tu prendras ton bain, lui dit-elle en l'entourant de ses bras, ce ne sera pas du luxe... Et n'oublie pas de te laver les dents. Ensuite, j'irai te faire un câlin au lit. D'accord ?

Nina approuva en silence, plus bouleversée qu'elle ne le laissait paraître.

5.

Le messager a mis longtemps à s'apaiser. Les voix se heurtaient dans son cerveau en déroute. Celle de l'enfant, et celles des policiers qui, par instant, la couvraient. Puis le bruit de talons des bottes et les aboiements excités des chiens.

Marion n'est pas sortie de la maison malgré le vacarme de l'alarme. Elle n'a fait que regarder par la fenêtre. Une bonne heure après, un taxi est arrivé et une vieille dame est montée dedans. Personne ne l'a accompagnée à la porte, elle habite peut-être là. Est-ce à cause d'elle que la voix de Marion dans le répondeur dit : « nous ne sommes pas là... » ? Mais non, bien sûr. « Nous », c'est Marion et l'enfant.

Assis sur ses talons derrière la haie, des fourmis dans les jambes, la tête lourde et menaçant de l'entraîner au sol, l'inconnu est fatigué. Tellement fatigué. Seule la pensée de l'enfant lui donne la force de se relever.

6.

Il était 22 heures passées et Marion arrivait à la fin de son rapport au juge Ferec. Elle écrivit le titre de sa conclusion et s'interrompit.

Le souvenir de l'enfant allongée sur la table d'autopsie ne la quittait pas. Elle avait fait des cauchemars des nuits et des nuits durant. Elle n'avait pas accepté quelques évidences et s'était obstinée à démontrer que l'auteur des voies de fait suivies de mort était un agresseur d'enfant récidiviste. Ce soir, elle devait inscrire noir sur blanc que celui qui avait serré le cou de la fillette avec une corde à linge jusqu'à ce que mort s'ensuive n'était autre que la mère de celle-ci. Elle prit son élan et se mit à rédiger à toute vitesse, pour en finir avec l'horreur. Elle avait mal partout et ses yeux la brûlaient.

Alors qu'elle allait enfin pouvoir signer son compte-rendu, un bruit attira son attention. Elle suspendit son geste et tendit l'oreille. C'était faible et troublant, comme un feulement d'animal qui a peur ou qui a mal. Cela provenait de la chambre de Nina.

Marion s'arrêta dans l'encadrement de la porte. Nina était couchée sur le ventre, la tête tournée vers la fenêtre, sa veste de pyjama découvrant à moitié son dos de moineau, les jambes légèrement écartées sur les couvertures. Immobile.

Les images de la fillette dont Marion venait de décrire le martyre se superposèrent à celle de Nina endormie. Elle vit les vêtements souillés de sang et de boue, le sillon profond à la base du cou, le sac sur la tête, les pieds nus et les paumes de main tournées vers le ciel. Elle entendit le ruissellement de la pluie qui noyait les abords de la grande mare, elle capta l'odeur de la vase, celle de la terre et des feuilles putréfiées. Une terreur sans nom lui coupa le souffle et elle ouvrit la bouche pour trouver de l'air, hurler. Mais un soupir mouillé, un gémissement de chaton transi de chagrin s'échappèrent de l'oreiller blanc et rose. Un frémissement agita Nina. La vision de la petite morte s'effaça et le corps chaud de sa fille reprit sa place dans la chambre qui sentait le savon à la lavande et le cuir du cartable neuf offert par Lisette pour la rentrée. Un autre sanglot discret, un reniflement étouffé par la taie humide. Nina pleurait.

Sans bruit, Marion contourna le lit de sapin en slalomant entre les jouets et les livres éparpillés. Elle s'accroupit près de la tête de sa fille et doucement écarta les mèches blondes derrière lesquelles Nina cachait ses larmes. Elle prononça des mots sans suite, de ceux qui libèrent celui qui les dit plus qu'ils n'apaisent celui qui les reçoit. Marion croyait que Nina était malade, qu'elle était triste à cause de ce dimanche vide et de sa mère qui l'avait sacrifiée à une procédure. Elle pensait que Nina avait été choquée par les photos de la fillette morte et qu'elle avait fait un cauchemar. Elle dit que c'était sa faute et jura de ne jamais recommencer. Mais c'était peine perdue et les sanglots redoublèrent. Marion reprit son monologue, demanda pardon, voulut en savoir plus sur ce chagrin infini.

Le cri de Nina la tétanisa :

— Je veux maman, je veux ma maman...

Nina avait surgi dans la vie de Marion le jour où l'on enterrait ses parents. Cet événement avait projeté la jeune femme trente ans en arrière, devant un autre cercueil, immense et sombre, recouvert d'un drapeau bleu, blanc, rouge et entouré de messieurs en gris qui parlaient d'un héros et d'une orpheline.

Ce matin-là, dans un cimetière du Nord, Marion avait décidé d'adopter Nina. L'adopter ne voulait pas dire effacer le souvenir de ses parents, au contraire. Elle lui parlait d'eux souvent, surtout de son père qui avait servi sous ses ordres. La sérénité presque indifférente de Nina chaque fois qu'on évoquait les siens avait de quoi surprendre mais Marion s'en accommodait.

Ce soir, pour une raison inconnue, Nina venait de prendre la réalité en pleine figure. Elle qui avait décidé de son propre chef d'appeler Marion « maman » réclamait la sienne, au désespoir. Désemparée, Marion la laissa pleurer et se vider de son chagrin. Elle se contenta de s'allonger contre elle et la prit dans ses bras pour la bercer en espérant que la fillette sente la force de son amour. Peu à peu, Nina s'apaisa. Puis sa voix haut perchée encore troublée par les larmes résonna dans la pièce silencieuse :

— Je sais que ma maman est morte. Mais je m'en souviens pas bien. Pourquoi je me rappelle pas comment elle était, hein, Marion ?

Une boule s'installa dans la gorge de Marion qui s'efforça de dissimuler son angoisse :

— C'est normal, mon cœur, tu étais encore un bébé.

— Pourquoi elle est morte ?

C'était la première fois que Nina posait la question aussi

précisément. Prise au dépourvu, Marion se demanda si c'était le bon moment pour raconter à Nina l'assassinat de ses parents.

— Tes parents ont eu un accident, biaisa-t-elle, et celui qui en est responsable est mort aussi.

Le silence retomba, léger comme le souffle de Marion dans les cheveux de la petite que la réponse parut satisfaire.

Elle renifla et prit la main de sa mère qu'elle serra avec force en la portant à son visage comme pour se protéger d'un danger :

— C'est toi ma maman, maintenant.

— Oui, Nina, c'est moi. Mais ta vraie maman, tu ne dois pas l'oublier.

— Je la verrai plus jamais, je le sais... Alors, pourquoi je dois pas l'oublier ?

— Il faut te souvenir d'elle. Elle t'aimait, elle vous aimait tous les trois, et ton papa aussi.

— Où ils sont maintenant ?

— Au cimetière, à Lille.

— Ah oui, je me rappelle ! Ils étaient dans les cercueils ?

— Oui, ma puce.

— Ils y sont toujours, alors ? On pourrait aller sur leur tombe ?

— Je t'y emmènerai.

— Avec Angèle et Louis ?

— Avec Angèle et Louis.

Nina se tut. Un spasme l'agita et elle déglutit bruyamment. Quelque chose la gênait encore.

— Je veux pas que mammy vienne avec nous. Elle est pas gentille.

— Pourquoi tu dis ça ? Elle t'a fait de la peine ?

— Elle dit que t'es pas ma vraie mère et que c'est pas normal que je t'appelle maman. Moi, j'ai répondu que c'est toi ma mère puisque l'autre, elle est morte. Mammy, elle comprend rien.

— Voyons, chérie, ne dis pas ça. Il faut que tu essaies de la comprendre, toi aussi. Ta maman, c'était sa fille et elle a du chagrin à cause de Louis et Angèle qui sont loin.

— Ils pourraient pas habiter avec nous ?

Marion ne dit pas non pour ne pas aggraver le désarroi de Nina. Elle ne dit pas oui pour autant. Deux adolescents en plus de Nina et de...

— Oh, Seigneur..., murmura-t-elle.

Décidément, ce soir, tout allait de travers. La situation lui échappait et il était urgent qu'elle ait une conversation sérieuse avec Lisette. Elle en était encore à chercher une réponse qui satisferait la petite sans lui promettre trop quand elle perçut le rythme apaisé et régulier de son souffle. Comme une pierre tombe au fond de l'eau, Nina avait sombré dans le sommeil.

La tête entre les mains, Marion hésitait entre se laisser aller à une crise de larmes, de préférence bien bruyante, de celles qui vous épongent le stress jusqu'à la dernière goutte, et prendre un somnifère pour oublier, quelques heures peut-être mais c'était toujours ça de gagné, les nuages qui s'accumulaient à l'horizon. Elle était revenue dans son bureau et contemplait fixement les photos de la petite Zoé. Une barre lui sciait le ventre en dessous de la taille. Doucement, elle massa ses abdominaux contractés en essayant de ne pas penser à la révolution qui se préparait là, sous ses doigts. Mais comment allait-elle faire ? Comment pourrait-elle continuer ainsi, avec Nina et un bébé ?

Etait-il possible d'élever des enfants en étant obsédée par les images de ceux dont, quotidiennement, elle relevait les corps torturés, massacrés, violentés ? Ce soir, elle savait avec certitude que le seul avenir qu'elle imaginerait pour eux, si elle restait chef du groupe criminel de la PJ, serait une sale rencontre avec un tueur d'enfant, un curé indigne ou un maître d'école pédophile. Ce n'était pas supportable. Elle avait aimé Nina au premier regard, elle l'avait voulue pour fille, entièrement, sans réticence ni doute. Etre une mère qui finirait par désespérer de l'humanité pour de bon revenait à lui offrir, à *leur* offrir, une vie sans rires et sans rêves. C'était une escroquerie.

Elle se redressa, frappée par l'évidence.

Marion avait copié son rapport sur une disquette pour l'imprimer le lendemain au bureau et éteint son ordinateur. Elle fouilla fébrilement dans sa sacoche de travail et en retira une liasse de papiers : une liste informatisée de postes vacants proposés par la Direction de l'Administration de la police aux commissaires de tous grades et de toutes origines. Elle parcourut rapidement les premières pages, refusant d'y prêter trop d'attention : la PJ, les polices urbaines, ce n'était plus pour elle. Pas plus que la police aux frontières ou les CRS... Trop de déplacements, trop physique. A l'avant-dernière page, juste avant la Direction de la Surveillance du Territoire et les services techniques, elle trouva ce qu'elle cherchait. Les Renseignements généraux.

Les RG. Parfait... Voyons un peu, marmonna-t-elle. Lyon... Non, c'est trop près. Il faut partir, trancher les liens, on ne plâtre pas une jambe gangrenée. Marseille ? Non. Bordeaux, Toulouse... Tiens, Versailles...

Elle se mit à rêvasser, tenta d'imaginer le château (qu'elle n'avait jamais vu qu'en photo), ses jardins et ses jets d'eau... Nina sur un cheval, le petit gambadant sous les gouttes d'eau en riant aux éclats. Elle se vit dans un appartement clair avec des moulures et des stucs, de grandes portes-fenêtres, une cheminée. Et elle, à plat ventre sur le tapis devant le feu, avec un livre. Pas un polar, surtout pas, plutôt un roman d'amour ou un roman historique. Un sourire flotta sur ses lèvres quand elle se vit dans un travail tranquille, sans mauvaises surprises. Tout, dans sa vie, serait prévu et organisé. Elle passerait des soirées calmes avec Nina, entre une réunion politique et une AG de camionneurs. Elle rédigerait des notes et des « blancs » sur les notables du coin et sûrement que, même si cela lui demandait du temps, elle finirait par envisager un horizon qui ne se limiterait plus à la vision de corps décomposés. Une vie normale, en somme, qui lui permettrait de compenser l'absence d'homme à ses côtés. A moins qu'elle n'en déniche un, finalement, puisqu'elle aurait du temps et des loisirs. Un cadre ou un prof. Quelqu'un de rangé, dont elle n'aurait pas à redouter les fréquentations ou le passé. Il reconnaîtrait les enfants et elle lui ferait de la tisane.

Elle remit en marche son ordinateur et sans prendre le temps de réfléchir davantage à la vie de rêve qu'elle se préparait ni prendre le risque de changer d'avis, elle tapa sa demande de mutation.

J'ai l'honneur de vous informer que je suis candidate pour le poste d'adjoint au directeur départemental des RG des Yvelines... etc. « Lecture faite, persiste et signe... »

Quand elle releva la tête, la barre qui lui vrillait les tripes quelques instants plus tôt s'était diluée comme par miracle. Entre les parquets Versailles et les rires d'enfants. De *ses* enfants. Elle embrassa la pièce du regard et se félicita de n'avoir pas déballé tous ces cartons entassés. En réalité, elle savait très bien ce qu'il y avait dedans : dix ans de vie policière, des souvenirs, des prises de guerre, des cadeaux, tous ces menus riens, ces babioles sans valeur qui jalonnent l'existence d'un flic et qu'il conserve religieusement, tels des trophées dérisoires. Ouvrir les cartons, c'était ouvrir la boîte de Pandore, réveiller les morts. Elle les emporterait tels quels et les empilerait dans un autre bureau qui n'en serait pas vraiment un. Dans un grand appartement. Non, une maison, ce serait mieux pour les enfants : un pavillon de meulière avec des céramiques turquoise autour des fenêtres, des volets marine, un tricycle dans la cour minuscule...

Pour la deuxième fois de la soirée, l'alarme de sa voiture de service se déclencha. L'estomac de nouveau contracté, elle écouta le mugissement aigu et syncopé et s'avança vers la fenêtre. Dans le jardin d'à côté, ses voisins n'en finissaient pas de dîner. Elle ne les voyait pas mais elle distinguait le son étouffé de leurs voix. Celle d'un homme cria :

— Silence, putain de bagnole !

Elle ne comprit pas la suite, elle capta seulement le mot « flic » et devina qu'elle devait être l'objet des rires qui fusaient.

Du premier étage, elle explora rapidement du regard les abords déserts et elle allait refermer la fenêtre en râlant après les services techniques et le pool automobile incapable de régler cette alarme une fois pour toutes, quand il lui sembla percevoir un mouvement, une ombre entre les thuyas de la haie.

— Il y a quelqu'un ? demanda-t-elle d'une voix contenue afin de préserver le sommeil de Nina.

Le vent s'était levé et son souffle dans le trio de bouleaux de la pelouse fut la seule réponse qu'elle obtint. Mais, elle en était sûre, il y avait quelqu'un dans le jardin.

Elle sortit son RMR 73 du tiroir où il était enfermé à clef, vérifia que le barillet était plein et glissa l'arme dans la ceinture de son jean. Elle enfila ses Nike qui ne servaient plus depuis qu'elle avait perdu l'habitude des footings matinaux, et descendit jusqu'au rez-de-chaussée. De la porte-fenêtre du salon, toutes lumières éteintes, elle observa l'extérieur, tendue. Elle ne vit rien mais ne put s'empêcher de rapprocher les deux alertes de son véhicule des coups de fil sans interlocuteur. Comme elle ne croyait plus aux coïncidences, elle traduisit : attention, danger...

L'alarme temporisée s'était tue après les trente secondes réglementaires.

Marion sortit, sans se cacher et sans précaution particulière, excepté sa main posée sur la crosse de son revolver. Elle explora les alentours d'un œil averti, examina les serrures et les portières de sa voiture, la haie de thuyas et la rue, parfaitement déserte et vide.

Lentement, elle revint sur ses pas, humant l'air encore chargé de relents de saucisses grillées et d'oignon. Il n'y avait personne. Pourtant une sensation curieuse la figea sur place. Il n'y avait personne mais il y avait eu quelqu'un. Et quelque chose d'anormal se déroulait, elle en était sûre, une anomalie qu'elle n'avait pas encore remarquée, qui avait bel et bien lieu, là, tout près. Elle resta longtemps ainsi, à renifler l'air comme un chien de chasse, la peau frémissante sous les assauts légers du vent. C'est au moment où elle se décida enfin à rentrer qu'elle vit le paquet. Sur la boîte aux lettres verte, hideuse et inutilement gigantesque. Elle s'en approcha et l'examina sans le toucher. Une forme vague, simplement enveloppée dans un grossier papier brun, sans ruban adhésif ni message ; il était intrigant sans être inquiétant. Elle se remémora quelques règles de base acquises dans son métier : ne pas toucher un colis suspect, qui pouvait être aussi bien le présent d'un admirateur timide que le cadeau empoisonné d'un justiciable vengeur. Les alertes à la bombe remontaient en flèche depuis la réactivation du plan Vigipirate et si Marion n'en avait jamais été la cible, d'autres avaient reçu des lettres ou des colis piégés. Elle savait ce qu'elle devait faire en pareil cas : appeler le service de déminage, s'en remettre aux spécialistes. Et se couvrir de ridicule si, par bonheur, il ne s'agissait que d'une blague de mauvais goût. Elle pensa fugitivement que le découpeur de la jeune femme du cimetière lui avait livré le morceau manquant du puzzle : la tête de sa victime. Mais le paquet était beaucoup trop petit et tandis qu'elle détaillait l'objet, elle ne parvenait pas à imaginer qu'il représentait un danger.

Alors, bien qu'elle sût que c'était stupide, elle s'empara du paquet et en défit rapidement l'emballage. Elle mit plusieurs secondes à distinguer et à reconnaître ce qu'elle avait dans les mains. La première chose qu'elle vit fut la fiche de scellé ornée de son cachet de cire qui pendait au bout d'une ficelle et fermait un sachet de plastique translucide. Elle reconnut le nom de Talon et sa signature sur le carton beige. Dans le sac, ni tête ni bombe à retardement. Seulement une paire de petits souliers d'enfant. De ravissants petits souliers rouges.

Assise en tailleur sur son lit, Marion contemplait, incrédule, ce qu'un inconnu avait livré à sa porte. Elle savait maintenant que les deux alarmes ne s'étaient pas déclenchées de façon intempestive. Quelqu'un les avait provoquées intentionnellement. Si elle avait attendu, embusquée dans un coin, elle aurait peut-être aperçu le messager s'éloigner dans la rue des Mésanges. Mais elle était bien trop troublée par les petits souliers. A présent, elle les fixait comme s'ils allaient se mettre à parler.

C'étaient des petits souliers vernis, presque neufs, aux reflets pourpres et au décolleté élégant avec des nœuds de satin rouge vif. Les semelles de cuir étaient à peine rayées et cousues à points réguliers. Sur la doublure intérieure de fin chevreau crème, le nom du chausseur s'étalait en lettres à l'ancienne : Pierre Ducas, place des Célestins, Lyon. C'est à peine si l'on pouvait distinguer la marque légère des pieds qui les avaient portés. C'était des souliers de fille, pointure 26.

Telle une vague venue de loin, les souvenirs attachés à ces deux ravissants accessoires submergèrent Marion. Malgré le temps passé, elle retrouvait, intacte, la violence de ses émotions. Le voile déposé par les années se déchirait lentement, livrant les images du passé, les peurs et sa propre révolte. Marion, effrayée par la précision de ce qu'elle revivait, se promenait dans sa mémoire comme dans un livre familier, abandonné sur une étagère.

Elle éclata en sanglots.

7.

Lundi.

Marion déposa Nina chez les Lavot à 8 heures. La petite n'avait fait aucune difficulté pour se lever et son visage ne portait pas de traces de son chagrin de la nuit. Quand elle la remit entre les mains de Mathilde Lavot flanquée de ses deux tornades brunes — deux bambins de trois et six ans adoptés en Amérique latine —, Marion ne put s'empêcher de regretter les moments qu'elle allait passer sans Nina. Mais une fois au volant et Lavot installé à ses côtés, le regret fit place à une intense jubilation. Il lui fallait aussi faire chaque jour avec cette contradiction.

Le capitaine play-boy chaussa ses Ray-Ban d'un geste machinal tout en observant Marion. Il avait encore son bronzage d'été qu'il entretiendrait jusqu'à Noël sous une lampe UV à son maximum de puissance mais les plats riches — genre feijoada brésilienne ou tacos mexicains bourrés de farine et de graisses animales — que lui mitonnait Mathilde et dont il raffolait avaient encore enrichi le capiton qui débordait de la ceinture de son jean.

— Quoi ? fit Marion avec brusquerie. Vous voulez ma photo ?

— Je préfère le modèle.

Elle haussa les épaules et pila de justesse derrière un gros 4 × 4, obligeant son coéquipier à se cramponner à la poignée fixée au-dessus de la portière.

— Vous êtes de mauvais poil, patron ?

— Comme tous les matins... C'est pas nouveau, vous devriez le savoir depuis le temps... Aujourd'hui, je crois que c'est pire !

— A cause ?

Marion n'avait nulle envie de raconter sa vie à Lavot, même s'il en connaissait déjà un bon bout. Le matin, elle était grognon, plus encore le lundi et plus encore ce lundi. Elle avait dormi deux heures, d'un sommeil agité, peuplé de rêves absurdes et de sensations désagréables. Elle ne pouvait plus faire comme si de rien n'était. Elle devait se décider : garder l'enfant ou avorter, aller voir un spécialiste ou une faiseuse d'anges. Mais faire quelque chose. Elle s'était réveillée avec la migraine et la nausée en se demandant ce que les petits souliers rouges faisaient sur sa couverture jusqu'à ce que les événements de la veille lui reviennent. Ensuite, Nina avait laissé déborder le lait, flanqué par terre son bol de cacao, râlé parce qu'il n'y avait plus de Chocapic, réclamé une tartine qu'elle avait laissée tomber, comme il se devait, côté confiture... Et elle-même avait vomi son café, comme tous les matins. Mais cela ne présentait aucun intérêt pour Lavot qui, cependant, revint à la charge avec sa délicatesse habituelle :

— La môme m'a dit que vous n'arrêtez pas de gerber. Si je savais pas tout de vous, je pourrais croire que vous êtes en...

— Oh, pitié ! s'exclama Marion. On pourrait parler d'autre chose ? Parce que là, rien que d'y penser...

— Vous voyez...

Lavot continua de l'observer, moins détendu qu'il ne

voulait le laisser paraître. C'était un fidèle parmi les fidèles et il se serait fait tailler en pièces pour elle. C'était aussi un homme entier qui ne mentait pas, sauf par nécessité ou, s'agissant de sa vie sentimentale, par charité. Marion allait ouvrir la bouche pour lui dire la vérité mais, à cause d'une brusque bouffée de chaleur, elle descendit la vitre. Le bruit de la circulation bloquée et son concert d'avertisseurs s'engouffrèrent dans la voiture.

— Eh, ça va pas ? s'écria Lavot. Ça caille ! Vous savez qu'il a gelé ce matin ?

Marion se moqua :

— Il gèle à combien dans votre quartier ? Dix degrés au-dessus de zéro ?

La radio cracha un message syncopé. Une voix lointaine demandait la position d'une patrouille. Marion coupa le son d'un geste brusque.

— Je me demande ce que vous avez ! s'insurgea l'officier. Vous supportez rien. Vos sautes d'humeur, c'est pire que jamais. Et puis on fait plus la guerre, on va plus au charbon. Y a des mois qu'on n'a pas sauté sur Kolwezi...

— Je suis une mère de famille, plaida Marion.

— Eh ben, je trouve que ça vous va pas. J'aimais mieux avant. Et là, je pige encore moins !

— Quoi ?

— Qu'on reste là comme deux glands dans les bouchons !

8.

Moins de cinq minutes plus tard, le véhicule faisait une arrivée remarquée dans la cour de l'hôtel de police après avoir roulé sur le trottoir pendant un bon kilomètre, évité de justesse une demi-douzaine de bus et une benne à ordures, et plongé les passants dans le plus grand affolement. Le tout dans l'ambiance plaisante du deux-tons et des vitesses massacrées. Marion avait retrouvé quelques couleurs et Lavot, à moitié sourd, jubilait, même s'il n'avait plus un poil de sec. A force de se cramponner à la poignée, il avait fini par en avoir raison. Il la tendit à Marion :

— Mon horoscope m'avait prédit un exploit... C'est pas solide, ces caisses !

— C'est français ! Je monte chez le directeur...

Il ne fallait pas attendre, pas prendre le risque de flancher. Ne pas croiser les « gars », même pas prendre l'ascenseur.

Tandis que Lavot faisait un détour par le poste de garde pour dire bonjour aux gardiens et vérifier l'état de remplissage des cages[1], Marion grimpa les cinq étages au pas de course. Le secrétariat était vide et Paul Quercy sûrement déjà dans son bureau mais elle ne chercha pas à le voir. Un coup de Marianne[2] en bas de sa demande de mutation et le document arriva dans la corbeille où le directeur de la PJ le récupérerait dans quelques minutes. Sans intermédiaire, sans questions inutiles sur son choix. Elle lui expliquerait, il comprendrait.

Pour les gars ce serait plus difficile.

9.

Ils étaient déjà là, à l'étage en dessous, sauf ceux qui avaient du mal à s'extraire de leur lit, les mêmes d'ailleurs que ceux qui commençaient à bâiller tôt le soir. Les vrais accros du boulot devenaient rares. Marion en était une et elle savait bien que si elle était passée par là d'abord, jamais elle n'aurait monté sa demande de mutation au cinquième.

La première heure, la plus savoureuse. Les troupes fraîches qui sentent la Soupline et l'eau de toilette croisent les nuiteux aux joues bleues de barbe et aux doigts jaunes

1. Cellules de garde à vue.
2. Tampon administratif officiel à l'effigie de Marianne.

de nicotine. Eux, leur parfum, c'est le tabac, la crasse des GAV[1], l'alcool parfois. L'odeur de la nuit, des tripots, des clandés. Les effluves se mélangent, la cafetière crache son jus amer. On froisse *l'Equipe* et le journal local dans lequel, de temps en temps, une affaire traitée par le service fait la une.

Ce lundi matin n'échappait pas à la règle — si ce n'est un relent inhabituel de peinture et de white-spirit depuis que, miracle à mettre au crédit de Paul Quercy, on avait repeint les bureaux de la crime. Marion ne supportait pas le mélange et elle fonça jusqu'à son bureau sans s'arrêter ni saluer ses hommes, de peur de leur vomir sur les chaussures.

Un capitaine aux cheveux longs, vêtu d'un treillis kaki et tenant en laisse un type menotté au visage rouge, la regarda courir coudes au corps. Il murmura un « bonjour, patron » dépité dans son dos.

— Elle a ses trucs ou quoi ? ricana-t-il à l'adresse de Talon qui passait devant lui.

L'officier ne broncha pas.

L'autre insista :

— Qu'est-ce que j'en fais, moi, de cette gravure de mode ?

Il désignait son compagnon qui titubait encore par à-coups.

— Tu l'emmènes à la douche et tu y passes aussi, si tu vois ce que je veux dire...

Talon se boucha le nez avec ostentation puis, imperturbable, cogna à la porte de Marion, sourd au commentaire du capitaine chevelu qui le traitait de « connard » et de « fayot ». Il entra sans attendre la réponse. Marion était debout devant la fenêtre grande ouverte, cherchant à calmer dans l'air frais les avaries de son organisme.

— 'jour patron ! Compte rendu.

Le calme revenait lentement dans l'estomac de Marion et elle put refermer la fenêtre. Elle se retourna.

1. Gardes à vue.

— Réunion générale dans un quart d'heure, dit-elle sans regarder Talon.

Elle s'était décidée d'un coup, dans la voiture. A cause de Lavot, de l'intuition qu'il avait exprimée et que les autres partageaient, cela ne faisait aucun doute.

Talon pressentit une tuile et se mit à gamberger à toute allure.

— On n'attend pas le briefing du directeur ?

— Non. J'ai trouvé un message sur mon bureau en arrivant : pas de briefing aujourd'hui. Quercy est à Paris.

Marion observait Talon du coin de l'œil tout en fouillant dans sa sacoche à la recherche de la disquette du rapport Zoé Brenner.

— Tenez, fit-elle en lançant le carré de plastique sur le bureau, imprimez ça et faites-le porter au juge Ferec dans la matinée.

— Mais...

— Et surtout que je n'en entende plus parler.

— Bien. En ce qui concerne l'affaire du cimetière...

Marion soupira bruyamment, exprès, coupant Talon dans son élan. Il affectait l'indifférence mais elle voyait le désarroi monter en lui comme le lait sur le gaz. Elle se souvint de la première fois où elle l'avait vu. Ici, ou aux stups peut-être, à l'étage en dessous. C'était un jeune officier fringant, soigné, presque précieux dans sa présentation. Il sortait d'un stage au centre de formation du FBI à Quantico — aux « States », comme il disait alors — et il croyait dur comme fer à l'invincibilité des méthodes américaines. Quatre mois de l'autre côté de l'océan lui avaient fait oublier que la France, si elle n'est qu'une crotte de mouche à côté des Etats-Unis, est parfois un chaudron tout aussi effervescent. Marion avait aussitôt décelé en lui une homosexualité qu'il s'évertuait à dissimuler derrière une attitude impeccable, presque distante. Aujourd'hui, ses cheveux étaient plus longs, moins soignés, et ses joues aux poils rares présentaient des traces suspectes, signes d'une toilette hâtive. Sa chemise — toujours dans les tons pastel — présentait des faux plis, ses lunettes des marques de doigt et ses chaussures avaient oublié la texture du cirage. Après quatre ans de PJ — à moins que ce soit cinq —, Talon ressemblait à tous les autres. À croire que la police ne pouvait engendrer qu'un modèle unique de flic, un prototype qui n'évoluait qu'avec le temps.

Le lieutenant fit encore une tentative :

— Le témoin, c'est le type que vous avez vu dans le couloir Un zonard qui squatte rue des Haies... Il est en dégrisement depuis hier soir. Il est mûr, je vais pouvoir l'interroger.

Il resta immobile comme s'il cherchait à se rappeler un détail :

— Ah, oui, j'oubliais : le doc voudrait que vous passiez le voir. Il a reconstitué le corps et il voudrait vous le montrer...

— Oh, Seigneur !

Marion eut un haut-le-cœur. Elle s'écria :

— Arrêtez de me parler de vos morceaux de viande, merde ! Je vous ai dit que je m'en fous. Ça m'écœure, je ne supporte pas ! Voilà ! Vous êtes content ?

Talon rassembla ses papiers, ramassa la disquette et se leva sans se presser. Le temps de retrouver un ton impersonnel, professionnel :

— Réunion générale, ça veut dire...

— Tout le monde, Talon, tout le service, enfin ceux qui sont là.

— Je peux savoir... ?

— Vous le saurez en même temps que les autres.

Dehors, Talon se heurta à Lavot et il eut l'impression que le capitaine écoutait à la porte ou regardait par le trou de la serrure.

De derrière la cloison leur parvint une sorte de râle, un gros hoquet bientôt couvert par le son d'Europe 1, à fond la caisse. Jean-Pierre Elkabach recevait Daniel Cohn-Bendit. Ils échangèrent un regard consterné.

— Qu'est-ce qui se passe ? Je comprends rien, se plaignit Talon.

Lavot haussa les épaules :

— Rien, dit-il, elle dégueule.

10.

Sur les vingt et un fonctionnaires de police que comportait le groupe criminel de Marion, moins des trois quarts étaient présents. C'était le ratio habituel des effectifs compte tenu des congés, des malades et des « récupes ». Lorsqu'en début d'année Paul Quercy avait demandé à Marion de prendre en charge les homicides d'enfants et les actes de pédophilie aggravés pour soulager la brigade des mineurs débordée par l'explosion d'Internet, Marion avait exigé des renforts, un coup de peinture dans les bureaux et une salle de réunion digne de ce nom. Non sans mal, ses requêtes avaient été exaucées. L'OPA sur la pièce qui servait jusque-là de salle de repos, de cuisine-bar et parfois de tripot aux groupes de permanence avait semé la stupeur. Marion savait que le seul fait d'évoquer le projet soulèverait un tollé, des actions syndicales et des oppositions farouches. Elle qui prônait le dialogue et la concertation avait donc investi et transformé les lieux en une nuit avec l'aide de ses fidèles et la bénédiction de Quercy. La pièce était borgne, trop exiguë, mais équipée d'un matériel décent, notamment audiovisuel, bien commode pour les interrogatoires au long cours.

Marion, conformément à son habitude, se mit à faire les cent pas au milieu de ses troupes qui se racontaient leurs exploits du week-end. Seuls Talon et Lavot, qui s'attendaient au pire, ne pipaient mot. Elle revint vers la porte, les mains derrière le dos, et les deux officiers virent qu'elle tenait un paquet entre ses doigts serrés. Elle leur fit face et s'éclaircit la voix.

— Messieurs !

— Et nous, on sent le gaz, grinça une jeune femme lieutenant à l'intention de sa voisine, le seul autre officier féminin de la brigade.

— ... et mesdames ! enchaîna Marion en la fixant. Je ne

vous retiendrai pas longtemps. J'ai deux choses à vous dire. Deux nouvelles à vous annoncer, plutôt.

Le silence se fit enfin et tous les regards se fixèrent sur la mince silhouette vêtue de son sempiternel jean noir et d'un chemisier blanc sous lequel on pouvait deviner la dentelle d'un soutien-gorge couleur chair. Ils détaillèrent ses cheveux en bataille, plus courts et moins blonds qu'avant l'été, ses yeux qui pétillaient parce qu'ils ne savaient rien faire d'autre mais qui avaient perdu de leur éclat conquérant. Peut-être à cause des cernes qui formaient, avec la ligne sombre des sourcils, des cercles presque parfaits.

— Premièrement : je suis enceinte. Je vous le dis parce que je pense que certains parmi vous s'en doutent et vous savez que je ne supporte pas les rumeurs.

Les hommes ne bronchèrent pas. Pas un murmure ne s'éleva, à l'exception d'un ricanement discret de l'une des deux filles. Talon resta impassible tandis que Lavot lui faisait comprendre, d'une mimique, que son intuition ne l'avait pas trompé.

— Deuxièmement, enchaîna Marion sans reprendre son souffle, je pars. Je quitte le service.

Cette fois, les réactions fusèrent. Au premier rang, Lavot et Talon semblaient tétanisés. Comme si Marion avait annoncé qu'elle entrait au couvent ou qu'elle « pacsait » avec la reine d'Angleterre.

— Vous allez où, patron ? osa un des officiers au fond de la salle.

— Aux RG de Versailles ! affirma-t-elle, tout à fait sûre de son coup.

Nouvelle vague de réactions, incrédules. Marion ne comprenait pas tout mais il paraissait évident que, plus que l'annonce de sa grossesse et de son départ, le service qu'elle avait choisi faisait exploser l'audimat. Quelqu'un risqua même l'hypothèse d'une sanction disciplinaire, tant il paraissait impossible qu'elle pût faire autre chose que de la police criminelle.

— C'est une blague, patron ! fit enfin Lavot la voix blanche. Pourquoi vous nous avez rien dit ? (Sous-entendu : à nous, vos fidèles parmi les fidèles, vos ombres, vos amis ?) Talon se pencha en avant :

— Qu'est-ce qui se passe ?

— Vous ne voulez plus bosser avec nous ? Vous en avez marre de nous voir, c'est ça ?

Marion eut l'impression que Talon, d'habitude si maître de lui, perdait les pédales, et que Lavot avait d'étranges trémolos dans la voix.

Très vite, la grande question jaillit des murmures : qui sera le successeur ? C'était une loi du genre : à peine avait-on annoncé son départ qu'on était déjà parti, oublié. Page tournée. « Pas d'amertume, c'est toi qui l'as voulu », songea-t-elle.

— Ça n'a rien à voir avec vous, précisa-t-elle après avoir, d'un geste, réclamé le silence. Vous êtes une équipe formidable mais je tiens à rester honnête dans mon travail et je ne serai plus assez disponible avec deux enfants. Et, pour tout vous dire, j'ai envie de leur consacrer un peu de temps et... de changer d'air. J'espère que vous me comprenez.

Afin de contenir son émotion, elle posa son paquet sur la première table qu'elle trouva et le déballa. Le sachet en plastique contenant les petits souliers rouges apparut. Elle le brandit au-dessus de sa tête pour attirer l'attention des gars qui continuaient à commenter les nouvelles à voix basse.

— S'il vous plaît ! Une dernière chose !

Tous les yeux se scotchèrent sur le sachet que Marion agitait.

— Est-ce que cela vous rappelle quelque chose ?

Talon remarqua aussitôt la fiche de scellé, son nom et sa signature. Il fronça les sourcils, déjà inquiet à l'idée de se retrouver sur la sellette pour une procédure bâclée. Un reflet sur le plastique l'empêchait d'en voir le contenu et il le dit à Marion qui, vivement, déchira le sachet. Elle en sortit les deux jolis souliers rouges et les exhiba à la ronde. Il y eut un flottement parmi les officiers, comme s'ils mettaient subitement en doute son équilibre mental.

C'était juste un coup de sonde. Peut-être l'un d'entre

eux avait-il une idée ou un tuyau concernant l'inconnu qui avait déposé chez elle ces deux souliers. Mais rien dans leurs attitudes ne lui laissa supposer que ce pouvait être le cas.

Elle quitta la pièce, suivie par Lavot et Talon qui l'escortèrent jusqu'à son bureau où elle sembla soudain pressée de se réfugier. Le restant de ses troupes quitta la salle de réunion et des bribes de leurs commentaires parvenaient jusqu'à elle.

— Si je vous en avais parlé avant, dit-elle à ses deux officiers avec un sourire las, je vous connais, vous auriez réussi à me faire changer d'avis. Je ne veux pas changer d'avis. Mais je vous aime, vous le savez. Je ne vous oublierai pas.

— Je vais avec vous, affirma Talon.

— On verra, on verra. Ne nous emballons pas.

Au moment où elle franchissait sa porte, pressée de se retrouver seule, une voix s'éleva au-dessus du brouhaha qui régnait dans le couloir. Marion entendit la question que tous avaient sur les lèvres :

— Mais c'est qui, le père ?

11.

Nina bouillait d'impatience. Excitée comme une puce, elle sautillait autour de Marion qui, les mains encombrées par des sacs de courses, cherchait un moyen de récupérer sa clef de voiture dans la poche de son blouson.

— Si tu m'aidais ! s'énerva-t-elle alors que Nina fixait les paquets, espérant en apercevoir le contenu à travers le plastique bleu.

La fillette s'empressa. Guidée par sa mère, elle extirpa le trousseau de clefs, ferma la voiture et, dans la foulée, ouvrit la porte de la maison. Le temps que Marion parvienne jusqu'à la cuisine, elle avait déjà monté et descendu deux fois les escaliers, ouvert la boîte aux lettres pour y prendre le courrier, couvert un kilomètre au moins et exécuté une bonne centaine de sauts, pirouettes et galipettes.

— Tu n'es donc jamais fatiguée ? gémit Marion en se souvenant de l'air harassé de Mathilde Lavot après la séance de piscine, la visite au zoo, le repas au McDo, la partie de basket, l'heure de toboggan... sans compter le bagout intarissable des moutards qui avaient occupé sa journée.

— Moi ? fit Nina surprise.

— Evidemment, toi ! Serions-nous plusieurs dans cette maison ?

Marion se dirigea vers le salon et se laissa choir dans le canapé, bras ballants.

— J'en peux plus, moi, dit-elle. Les courses à l'hyper après une journée de boulot, c'est pas humain...

Nina s'en fichait éperdument et ne se donnait pas la peine de le cacher. Elle n'avait qu'une préoccupation :

— On déballe pas les courses ?

— Je peux souffler deux secondes ?

— Oui, mais j'ai faim, moi.

Marion soupira en se relevant :

— Toi, tu finiras par avoir ma peau...

Le dernier paquet était déballé et son emballage était allé rejoindre le tas de sacs vides qui jonchaient le carrelage ocre de la cuisine. La déception marquait le visage de Nina qui, assise sur le bord d'une chaise, triturait nerveusement la boucle de sa ceinture, les yeux baissés. Marion la dévisagea du coin de l'œil :

— Tu ne regardes pas tes affaires d'école ?

— Si.

C'était dit du bout des lèvres. Et c'est du bout des doigts que Nina entreprit de déballer les fournitures qui viendraient bientôt gonfler son cartable neuf. Elle s'exclama :

— Mais c'est quoi ces crayons de couleur ? Je t'avais dit des feutres ! Et ce classeur, il est nul. Ah ! non, pas des cahiers à petits carreaux...

Marion finit par s'asseoir et l'attira sur ses genoux.

— Vas-y, dit-elle en la regardant attentivement, dis-moi ce qui ne va pas.

Nina croisa les bras sur son tee-shirt maculé de peinture et de ketchup.

— Rien.

— Allez ! Tu crois que je ne te connais pas ? Tu es déçue ? J'irai échanger ce qui ne te plaît pas, ce n'est pas si grave... Si ?

— Je m'en fiche.

— Bon. Eh bien, dans ce cas, n'en parlons plus. Qu'est-ce que tu veux manger ?

— J'ai pas faim...

— Mais Nina, il y a cinq minutes, tu n'y tenais plus...

Subitement, Marion eut une illumination. La console de jeux !

Les palabres durèrent un bon moment. Marion n'entendait pas céder.

Nina s'obstinait.

— Ma vraie mère me l'aurait achetée, elle !

Nina, à bout d'argument, se livrait à un méchant chantage. Aussi brutal et inattendu qu'un coup dans le dos.

— Je ne marche pas, dit Marion, déroutée. Je suis sûre que ta maman aurait fait comme moi et tu sais, Nina...

Marion, la tête et l'estomac retournés, suivait les nuages qui assombrissaient le visage de sa fille. Elle aurait voulu les faire disparaître d'un souffle. Pfftt. Brusquement elle repoussa Nina et se jeta sur l'évier où elle hoqueta sans pouvoir se retenir, les yeux inondés de larmes, suffocante. Son estomac vide se retournait comme un gant et elle eut peur de le voir jaillir là, sur l'émail, au milieu des bols du petit déjeuner.

— Maman ! s'écria Nina en se précipitant vers elle, maman, qu'est-ce que tu as ?

Nina s'affolait :

— Maman, je t'en supplie ! Je te demande pardon !

Elle entoura la taille de Marion en se hissant sur la pointe des pieds et la serra de toutes ses forces. Puis elle se mit à pleurer bruyamment, jurant qu'elle ne pensait pas ce qu'elle disait.

— Nina, implora Marion, lâche-moi, tu m'étouffes.

Elle se retourna, saisit sa fille sous les bras et l'éleva jusqu'à elle. Collées l'une à l'autre, la grande et la petite mêlèrent leurs larmes jusqu'à ce qu'un fou rire les fasse choir, toujours enlacées, au milieu des pochettes vides du supermarché.

Elles séchèrent leurs larmes et Nina jura de ne plus jamais quémander de cadeau extravagant. Mais à peine quelques minutes plus tard, elle entrevit dans la proposition de Marion de consulter Talon — qui connaissait tout sur les consoles de jeux — un proche espoir de succès. En tout bien tout honneur, puisque c'était sa mère qui en parlait. Nina profita de ses excellentes dispositions pour lui suggérer d'inviter Talon à partager leur souper séance tenante.

L'officier n'avait pas prévu de dîner dehors et comptait retourner au service pour faire avancer la reconstitution de son puzzle macabre.

— Le témoin ne dit rien. Il a la trouille. J'ai peur qu'on soit dans une affaire de meurtres en série...

— On n'est pas à un mort près, Talon... Et je vous fais confiance, vous allez le faire avouer, votre José Baldur... demain. Talon, c'est important que vous veniez... C'est pour Nina.

Nina mettait le couvert et, entre chaque étape, exigeait de Marion un petit baiser. Elle était survoltée. Marion préparait un gratin de courgettes et des tranches de gigot avec des croûtons frottés à l'ail en admirant l'extraordinaire faculté de sa fille de passer du désespoir le plus intense à l'insouciance parfaite. Pourtant, avec Nina on ne pouvait jamais savoir.

— Qu'est-ce qu'elle avait dans la bouche, la petite fille ? demanda-t-elle brusquement, alors qu'elle remplissait une carafe d'eau au robinet.

Marion, qui coupait du pain, resta le couteau en l'air.

— Quoi ? Quelle petite fille ?

— La petite fille de la photo, tu sais, dans ton bureau. C'était quoi ? Une feuille ?

Le sang battit plus vite aux oreilles de Marion. Elle regarda Nina qui se haussait sur la pointe des pieds pour poser la carafe pleine sur la table, sereine.

— Une feuille... Oui, c'est ça, une feuille...

— Ah bon, j'aime mieux ça, un moment j'ai cru que c'était une limace. Beurk, c'est dégueulasse, une limace dans la bouche, hein maman ?

Changer de sujet. Exécuter des gestes automatiques, anodins, ne pas céder à la panique.

— Tiens, ma puce, range le pain dans la corbeille bleue.

— Elle est où ?

— Juste derrière toi, sur le bahut.

Nina sautillait, virevoltait, sans l'ombre d'un nuage sur son front.

— Pourquoi on l'a tuée, la fille ? C'était un méchant, le monsieur ?

— Quel monsieur ?

— Celui qui l'a tuée, tiens ! Je te préviens, moi je me laisserais pas faire. Je lui donnerais des coups de pied, je le grifferais... Tu l'as attrapé, ce gros salaud ?

— Mais Nina, enfin !

Marion avait posé son couteau, décontenancée. Nina rangea avec soin les tranches de pain dans la corbeille puis vint se poser sur le bord d'un tabouret en fixant sa mère d'un regard vif, presque moqueur :

— Je suis bête ! Tu les attrapes toujours, hein, maman ?

— Pas toujours, non...

— Vous ne savez pas ce que m'a dit Nina, tout à l'heure ?

Talon remuait distraitement sa cuiller dans sa tasse à café au fond de laquelle ne subsistait qu'une pâte de sucre fondu. Il haussa les épaules :

— Comment je le saurais ?

— Elle voulait savoir ce qui était arrivé à la fillette du rapport.

— La petite Zoé ? Vous lui avez parlé de cette histoire ?

— Non, elle est tombée sur les photos, dans mon bureau.

— Je ne comprends pas que vous apportiez ça chez vous. C'est pas un album de famille, quand même ! Elle voit tout, elle écoute tout. Vous en êtes consciente ?

Marion se mordit la lèvre. Ce n'était pas la peine d'enfoncer le couteau dans la plaie. Mais Talon avait raison : elle avait trop tendance à banaliser la mort et Nina ne comprenait pas ce détachement. *« Est-ce que tu l'as attrapé, celui qui l'a tuée ? Tu les attrapes toujours. »*

— Evidemment, dit Talon, elle veut être rassurée. Vous êtes son héros. Vous ne pouvez pas échouer.

— Je lui ai dit que ça m'arrivait.

« Qu'est-ce tu ferais, si je mourais, je veux dire si quelqu'un me tuait ? Et si tu trouvais pas l'assassin ? Tu t'arrêterais de chercher un jour ? »

Talon se rejeta en arrière sur sa chaise de cuisine au dossier raide. Il grimaça et Marion pensa, une seconde, qu'ils auraient pu s'installer au salon.

— Vous étiez coincée, si je comprends bien... Qu'est-ce que vous avez répondu ?

— Qu'elle ne mourrait pas. Que je ne voulais pas et que j'interdisais à quiconque...

— Ouais. Permettez-moi de vous dire...

— Non, ne dites rien.

Talon suivit ses mouvements tandis qu'elle se levait pour prendre deux bières dans le frigo, lui signifiant par là qu'elle voulait changer de sujet.

Il admira le balancement de ses hanches, son torse musclé et tellement féminin. Si Talon avait aimé les femmes, il aurait désiré Marion comme un fou. Il préféra penser à autre chose.

— Bon, alors patron, c'est quoi cette histoire de chaussures que vous nous avez sorties en pleine réunion ?

— Les chaussures ?

— Vous pensiez peut-être que je n'allais pas aborder la question ? Avouez que la console — je devrais dire le caprice — de Nina n'était qu'un prétexte... C'est bien de ça que vous vouliez qu'on parle ce soir, non ? Il y a un rapport entre ces souliers et votre décision de quitter la PJ ?

Marion eut un sourire furtif.

— Pas exactement... Mais en définitive, oui.

— Traduction, *please* ?

— Vous les avez reconnues, n'est-ce pas ?

Comme elle le faisait souvent, Marion répondait aux questions par d'autres questions. Talon posa ses coudes sur la table encore encombrée des restes du repas et appuya son menton sur ses mains jointes :

— Evidemment. C'est moi qui ai constitué le scellé. Mais précisément, c'est une pièce à conviction, je ne comprends pas pourquoi vous avez ça entre les mains. Ce scellé devrait être au greffe du tribunal.

— Je sais, fit Marion, l'air lointain. Grâce à Nina et à ce qu'elle m'a dit ce soir à propos des assassins qu'on doit chercher jusqu'à ce qu'on les trouve, j'ai compris pourquoi ces souliers me bouleversaient tant.

Talon n'osait pas dire que lui ne voyait toujours pas où elle voulait en venir. Il se faisait tard et il avait sommeil.

— Cette histoire a cinq ans, patron, dit-il en contenant un bâillement. Qu'est-ce que vous essayez de me dire ?

— Je ne sais pas moi-même. Je pense à la petite Lili-Rose et je suis bouleversée. C'est comme si elle m'envoyait un signal.

« Allons bon, pensa l'officier, une crise mystique. »

— Je pense que vous avez besoin de repos, tout simplement. D'ailleurs, moi aussi.

Il se levait pour partir non sans avoir auparavant aspiré avec gourmandise la dernière goutte de bière qui restait au fond de la canette.

— Talon, fit Marion en l'imitant, vous pensez que je délire parce que Nina me pose des questions embarrassantes ? Vous croyez que je me mets la rate au court-bouillon parce que j'ai retrouvé dans un coin un scellé que j'ai oublié de déposer au greffe ? Vous êtes à côté de la plaque, mon vieux. Quand je dis que Lili-Rose m'envoie un message, je sais bien qu'il ne peut pas venir directement d'elle, je n'ai pas perdu la boule. Mais ces petits souliers, je ne les ai pas trouvés au fond d'un tiroir, dans le bric-à-brac de mon bureau de la PJ. On me les a apportés, ici, chez moi. Je pense que quelqu'un me demande de faire quelque chose.

— Quoi ?

— Que je rouvre ce dossier.

12.

Il y avait plus de trois mois que Marion n'avait pas mis les pieds à l'Institut médico-légal. Talon prétendait qu'elle faisait un blocage ; Lavot optait pour l'aversion, réaction qu'il comprenait d'autant mieux que la fréquentation complaisante des cadavres relevait pour lui de la psychose ; Marsal, lui, parlait de caprice, et la vérité se trouvait, comme souvent, entre ces trois interprétations.

En retrouvant l'odeur des antiseptiques, du formol et des chairs mortes, Marion se sentit encore plus mal que les autres matins. Même la dégaine impayable du doc ne parvint pas à la détendre. Pas plus que l'expression jubilatoire qu'il affichait chaque début de semaine : les morts violentes, des accidents de la route le plus souvent, survenues le week-end étaient si nombreuses qu'il n'était pas rare que le lundi ne suffise pas à épuiser les trésors qui arrivaient à son service.

Penché devant un compartiment ouvert, il observait un corps dont son auxiliaire, Marcello, relevait les mensurations. Les cheveux hirsutes, toujours noyé dans des vêtements trop grands, le légiste avait constamment l'air dépassé par les événements et ses mains étaient en permanence agitées de tics nerveux. Marion nota pourtant qu'il avait changé de lunettes.

— Ah ! la blonde commissaire ! s'écria-t-il. Vous, il faut que je vous convoque si je veux avoir l'honneur d'une petite visite.

Il la gratifia d'un sourire en coin, ce qui dénotait de sa

part une allégresse exceptionnelle. Marion se garda de lui dire qu'elle avait bondi sur l'occasion donnée par la convocation et que celle-ci n'était, en réalité, qu'un prétexte : Marsal était atrabilaire et elle ne voulait pas le contrarier.

— Je croyais que vous n'aviez pas survécu à la débâcle de votre histoire d'amour, dit-il, aimable.

— Ça vous aurait plu, n'est-ce pas ! Vous auriez pu me découper moi aussi, vous vous seriez régalé.

— Arrêtez, vous me faites saliver !

Marion enfonça les mains dans les poches de son blouson de cuir en évitant de poser les yeux sur le cadavre et sur les formes innommables qui occupaient une des deux tables d'autopsie de la salle. Elle se demanda combien de temps elle allait tenir.

Marsal l'invita à le suivre d'un geste. Il n'avait pas revêtu sa tenue d'opération : pas de bonnet, pas de lunettes d'autopsie, il ne portait qu'une simple blouse verte, des bottes de caoutchouc et des gants de latex. Marion ne put éviter de regarder ce qu'il y avait sur la table.

— Je voulais vous montrer ce que j'ai trouvé sur ces morceaux épars auxquels j'ai essayé de rendre une apparence humaine, si je puis dire. Vous en aurez la primeur. Même le lieutenant Talon n'est pas au courant.

— Ah !

Marion s'efforçait d'être polie mais l'odeur fade du corps que le légiste avait reconstitué — moins la tête — lui mettait l'estomac au bord des lèvres. Le doc lui fit remarquer qu'elle avait une curieuse façon de bêler en parlant et qu'elle était plus livide que le plus exsangue de ses cadavres. Elle recula, tituba, près de tourner de l'œil. Vif et silencieux, Marcello se précipita pour la recueillir dans ses bras. Il en profita pour humer au passage le parfum de cette belle jeune femme qui nourrissait ses fantasmes. Elle se dégagea avec humeur :

— Ça va, ça va !

— Dites donc, mon petit, ça ne s'arrange pas !

Le doc l'épiait, soupçonneux. La commissaire avait toujours montré de la répugnance face aux cadavres et aux autopsies mais elle les supportait plutôt mieux que la majorité des officiers de police judiciaire. Ce matin, il y avait autre chose. Par charité, Marsal augmenta la puissance de la ventilation, attention qu'il réservait habituellement aux corps très décomposés.

— Ça va, répéta-t-elle. C'est la fatigue...

Le légiste allait reprendre ses explications quand elle l'interrompit :

— En fait, doc, je voulais vous demander une chose. Ou plutôt deux.

— Je me disais aussi...

— Je sais que vous êtes compétent et j'ai confiance en vos...

— Pas de flatterie inutile. Allez-y carrément !

— Eh bien, je voudrais savoir quels progrès notables on a faits en police scientifique, en médecine légale, en biologie, en... enfin en tout, quoi, au cours des cinq dernières années.

— C'est vous qui me demandez ça ? Je rêve ! Vous êtes comme la Belle au bois dormant, vous avez dormi pendant cinq ans ?

Marion toussota pour dégager un chat coincé dans sa gorge, signe chez elle d'un manque d'assurance passager.

— Non, bien sûr, mais il y a des domaines que je connais mal, par exemple les techniques sur l'ADN... Je connais en partie et grâce à vous les progrès réalisés sur l'ADN humain mais pas sur l'ADN animal par exemple.

— On a travaillé, affirma Marsal, mais l'ADN animal est peu exploité dans les enquêtes judiciaires. Simplement parce que le cas se présente peu et que les expertises coûtent la peau des fesses. Et dans ce domaine, il reste du chemin à faire... En revanche, l'utilisation de certaines techniques comme le scanner ou le microscope électronique à balayage a été généralisée ces dernières années et là, on peut presque parler de miracles...

Il regarda sa montre, puis Marion :

— J'ai un cours à la fac dans un quart d'heure. Et je voudrais quand même vous parler de ça.

Son index enveloppé de latex pointait une partie de la

chose exposée sur la table. A première vue, le bassin de la victime :

— Le meurtrier a utilisé un outil genre machette africaine mal aiguisée, voire très abîmée, car les entailles sont larges et hachurées et il y a des traces inégales de découpe sur les os. Il doit être costaud si j'en juge par les pesées exercées sur les articulations pour désolidariser les têtes des os... Le bas-ventre est en bon état bien que, habituellement, il focalise l'acharnement de ces cinglés...

— D'accord, doc, je vois.

Marion était de nouveau prise de nausée. Elle plaça sa main devant sa bouche. Marsal, concentré sur le pubis du cadavre, poursuivit sans prêter attention aux efforts qu'elle faisait pour ne pas remonter séance tenante à l'air libre :

— Là, c'est le pubis : intact, et la vulve, idem. Sauf que c'est une fausse vulve et que le vagin est artificiel...

— Sans blague ? éructa Marion en déglutissant.

— Cette jeune femme a d'abord été un jeune homme, triompha le légiste tandis que Marcello hennissait dans son dos, en proie à une jubilation intense. J'en subodorais l'éventualité, remarquez, car bien que pourvu d'un squelette relativement modeste, ce corps a des os et surtout des articulations un peu épais pour être ceux d'une femme. Mais, sans doute parce qu'il se bourre d'hormones femelles, sa pilosité est raisonnable et...

— Un transsexuel. OK.

— Il y a autre chose.

Il écarta avec son scalpel les chairs brunâtres du membre inférieur droit et Marion dut se pencher davantage. Elle ne vit rien que le fémur dépouillé de sa chair et qui avait une apparence curieuse, malsaine.

— Double fracture du fémur. Ancienneté : cinq à six ans selon les planches anthropologiques de reconstruction osseuse. Broche de douze centimètres. J'ai fait des radios, ça pourra aider à l'identifier si quelqu'un a signalé sa disparition et ce détail. Vous voulez que j'allume le négatoscope ?

Marion fit non de la main, dégoûtée.

Marsal leva les yeux au ciel en retirant ses gants chirurgicaux et balança ceux-ci dans un seau. Puis il se dirigea vers son bureau, un capharnaüm vitré qui lui offrait une vue imprenable sur les « allongés ». Marion le suivit :

— Vous m'enverrez votre rapport, doc !

— C'est tout l'effet que ça lui fait, ronchonna Marsal. Je pensais que vous alliez sauter en l'air !

— Ça doit être l'âge... Je n'ai plus guère la force de sauter, vous savez. Mais tout à l'heure, vous disiez... A propos des progrès techniques... Est-ce que, par exemple, on pourrait obtenir des informations nouvelles à partir de résidus d'origine animale ?

Marsal avait retiré ses bottes. Il passa et repassa devant Marion, affublé de chaussettes deux fois trop grandes qui bâillaient autour de ses chevilles. Il était si fluet que rien de ce qu'il trouvait dans le commerce ne lui allait. « Peut-être au rayon femmes » ? songea Marion.

Il enleva sa blouse et apparut dans une chemise d'un vert printanier dont il raccourcissait les manches à l'aide d'élastiques. Son pantalon de velours marron, lustré, centenaire, avait lui aussi subi des transformations. Si l'on en jugeait par la qualité du travail et l'allure approximative des ourlets, Marsal était sûrement l'auteur de ces rafistolages. Marion sourit, peu habituée à le voir en civil. Le doc lui répondit sans la regarder :

— Je vous ai dit oui. Surtout grâce aux fonds documentaires, aux bases de données qui se sont considérablement enrichies. Et puis, les chercheurs échangent beaucoup d'informations. Par Internet... Il faut se mettre au goût du jour. Si je savais à quoi vous pensez ?

— A une affaire vieille de cinq ans...

— Vous avez des raisons d'y revenir ?

— Oui et non.

— Ecoutez, mon enfant, quand vous en saurez plus, on en reparlera. Parce que là, je suis pressé. En retard même.

Marion lui courut après dans le couloir où il achevait d'enfiler une veste en tweed dans les tons feuilles d'automne — d'un lointain automne —, dont les manches s'effilochaient aux extrémités.

— C'est une affaire dans laquelle on avait trouvé des débris organiques attribués à des volatiles, précisa-t-elle le souffle court. Vous étiez ici, il y a cinq ans ?

— Evidemment, j'y suis depuis vingt ans. Mais je ne suis pas le seul légiste de cet institut et ce n'est pas moi qui fais les examens de ce type. Voyez le labo. Ça vous pose un problème ?

Il sortit de l'IML par le grand portail sans s'effacer devant Marion ni lui tenir la porte, qu'elle faillit prendre dans le nez. Dehors, le soleil de fin d'été avait cédé la place à des nuages gris amenés par un vent d'ouest annonciateur de pluie.

— Non aucun, fit Marion, plutôt sèche. Merci, doc, vous m'aidez beaucoup.

Marsal ne releva pas, trop pressé de dévaler l'escalier monumental de l'institut. Il courait presque sur le trottoir, sa silhouette de rat de morgue cassée en deux. Il héla un bus qui arrivait. Le chauffeur pila et s'arrêta trois mètres plus loin. Marion était sur le point de proposer au légiste de l'accompagner à la fac en voiture quand il fit volte-face :

— Je me suis trompé, vous n'avez pas changé. Toujours votre fichu caractère de cochon.

— C'est plutôt une bonne nouvelle ! Et qui se ressemble...

— Eh, au fait !

Encore un faux départ... Le chauffeur du bus attendait patiemment. Marion aussi.

— Vous n'aviez pas *deux* choses à me demander ?

« Quel vieux filou », pensa Marion.

Elle n'avait évidemment pas oublié sa deuxième question mais l'aborder ainsi, sur un trottoir et sous le nez d'une douzaine de personnes... Elle prit l'air étonné.

— Ah ! les bonnes femmes, râla le légiste en sautant dans l'autobus.

13.

— La rumeur va bon train.

Marion cessa de martyriser la boulette de pain qui alla rejoindre la demi-douzaine qu'elle avait déjà malaxées et observa Talon qui enfournait une grosse fourchette de spaghettis. Elle se détourna, mais son voisin, un officier du commissariat qui avait choisi le même plat du jour, en faisait autant. Ecœurant.

Marion détestait déjeuner au « Rat mort ». C'était un des noms attribués à la cantine de l'hôtel de police avec « les cent mille fourchettes ». Elle se demanda ce qu'elle faisait là, devant un plat insipide et froid. Elle repoussa son assiette avec humeur et se rejeta contre le dossier de la chaise, les bras étirés en arrière :

— Alors, qu'est-ce qui se dit dans les couloirs ? demanda-t-elle à Talon. On se demande qui est le père de mon enfant, c'est ça ? Si vous croyez que je ne les entends pas, leurs questions à la con !

— Vous n'entendez pas forcément tout...

Elle pencha la tête de côté, agacée par l'intérêt que son autre voisin portait à leur conversation.

— Allons boire un café à l'annexe, j'en peux plus de cette usine.

— Et Nina, elle sait que vous êtes enceinte ? lui demanda Talon alors qu'ils traversaient la rue Marius-Berliet.

— Non, et je ne sais pas comment le lui annoncer.

Ils poussèrent la porte du café à la façade bariolée et Talon se méprit sur le regard aigu de Marion sur son visage :

— Ne comptez pas sur moi ! s'écria-t-il

— Mais qu'est-ce que vous imaginez ? Je peux respirer sans vous, vous savez ! Vous avez de la bolognaise au coin de la bouche, ajouta-t-elle en jouant des coudes pour s'approcher du comptoir.

Talon, d'ordinaire équipé de grands mouchoirs pour briquer ses lunettes, s'essuya la bouche d'un revers de la main. Son regard fit le tour de la salle :

— Il y a une table libre au fond, venez, on sera plus tranquilles.

C'était le bar le plus proche de l'hôtel de police, un établissement de quartier qui avait végété jusqu'à l'arrivée de la « grande taule ». Le patron, un jeune loup qui avait senti le vent et acheté au bon moment, roulait aujourd'hui en Porsche. Il avait aussi rebaptisé son commerce : le Panier à salade avait relégué Chez Mimile au rayon des antiquités.

— Vous savez, dit Marion après que la serveuse eut déposé les tasses devant eux — café pour elle, thé pour Talon —, je crois qu'il est temps que je change d'activité. Les crimes de sang, qui m'ont passionnée — ce n'est pas à vous que je vais l'apprendre —, me gonflent. En d'autres temps, ce transsexuel mis en pièces...

Talon réprouva d'une moue le peu d'intérêt de son chef de service pour cette affaire. C'était pourtant un modèle du genre, une énigme qui, seulement quelques mois plus tôt, l'aurait excitée comme elle les excitait tous.

— En plus, j'ai l'impression de tout foirer, poursuivit Marion. Avant, je ne me laissais pas embarquer, je réagissais en pro.

— Vous parlez de l'affaire Zoé Brenner, je suppose ?

— Oui. Je me suis focalisée sur ce pédophile.

— Multirécidiviste, quand même !

— Ça change quoi ? Enfin Talon, ce n'est pas à vous que j'apprendrai que l'on ne doit pas se fier aux apparences, ni conclure tant qu'on n'a pas tout envisagé. Depuis le début, vous me disiez que l'auteur du meurtre pouvait être la mère. Je ne voulais pas l'entendre. Pourtant, ça crevait les yeux.

Talon se fit conciliant :

— Mais non, pas tant que ça. Après tout, le pédo n'avait

pas d'alibi, il se trouvait tout près du lieu du meurtre au moment où celui-ci a été commis.

— Et quand bien même il aurait été vu à trois mètres de la petite fille ? Je l'ai quand même salement secoué. J'imaginais ce qu'il leur faisait, à ces gosses, et ça me foutait hors de moi. Je ne peux pas m'habituer.

— Personne ne peut s'habituer... Mais si vous n'aviez pas eu Nina, vous auriez réagi comme avant.

Marion se prit la tête dans les mains :

— J'ai la trouille, Talon, vous n'imaginez pas. J'ai peur de ne pas pouvoir la protéger d'un truc pareil.

Elle vida sa tasse de café et croqua le carré de chocolat servi avec. Talon demanda du lait chaud pour son thé.

— Ce dont je suis sûre, reprit Marion, c'est qu'on n'a pas le droit de laisser tomber une affaire quand la victime est un enfant.

Talon pensait comme elle, il n'avait pas besoin de le dire. Il pressentit pourtant que cette tautologie était un arbre qui cachait la forêt.

— J'ai rêvé toute la nuit des petits souliers et de Lili-Rose, continua Marion. Et au réveil, je ne vous dis pas le malaise. Le souvenir de cette affaire me donne mauvaise conscience.

— Ce n'est pas plutôt le fait d'avoir « étouffé » un scellé qui vous chamboule ?

Elle s'agita, les mains à hauteur du visage :

— Je vous l'ai dit : on me l'a apporté. Je ne sais pas qui, ce n'est pas la peine de me regarder comme ça. Je n'ai rien « étouffé », du moins rien de compromettant. J'ai juste conservé une archive du dossier. Je ne sais pas pourquoi.

Talon sourit :

— Parce que vous gardez tout, tiens ! Je comprends pourquoi vous êtes restée enfermée dans votre bureau tout l'après-midi d'hier !

— C'était ma première enquête, plaida-t-elle. Inoubliable. Et, j'en suis persuadée, bâclée. Je sais que je dois la reprendre avant de partir. Sinon je ne pourrai plus me regarder en face.

— Ça n'a pas de sens... A quoi pensez-vous ?

— Je ne sais pas. Je trouverai.

— Mais quoi ? On avait tout examiné par le menu. On n'a pas pu prouver l'homicide.

— On ne voit jamais tout, et précisément dans ce dossier, il est resté des points en suspens.

— Par exemple ?

— Le contenu des poches...

Talon leva les yeux au ciel. Il était pourtant le plus acharné de tous à mettre la science au service des enquêtes. Il biaisa :

— On ne vous laissera pas faire, même Quercy, affirma-t-il. Il n'y aucun fait nouveau, aucune requête de la famille...

— Je me débrouillerai. Je trouverai.

Quand elle était dans cet état, il était inutile de tenter de la faire changer d'avis. Mais Talon aussi était têtu :

— Vous voulez connaître le fond de ma pensée, patron ? Il n'y a rien à trouver. La petite Lili-Rose est tombée dans le puits toute seule. C'était un accident. Un *accident.*

Marion s'approcha de lui jusqu'à toucher son visage :

— Et si on s'était trompés ?

14.

Paul Quercy était de retour. Marion ne put l'ignorer longtemps. A peine eut-elle franchi le seuil de l'hôtel de police que trois personnes au moins lui annoncèrent qu'il voulait la voir.

Paul Quercy était un homme de cinquante-sept ans, de taille moyenne, très brun malgré un nombre toujours plus grand de cheveux blancs, et plutôt séduisant si on aimait le genre bourru qui n'y va pas par quatre chemins. Il portait sa tenue de Parisien, costume gris anthracite, cravate bleu foncé, chemise blanche, de rigueur pour ses visites à la direction centrale de la police judiciaire. Cinq ans sous son commandement avaient rôdé son entourage à ce que, à peine rentré de Paris, il abandonne veste et cravate pour enfiler un vieux blouson élimé dans lequel il se pavanait avec bonheur.

Quand Marion pénétra dans son bureau, elle remarqua d'emblée qu'il avait failli à la tradition. Il était toujours en costume, cravate serrée et veste boutonnée. Mauvais présage.

Il brandit alors un papier qu'il balança en travers de son bureau. Marion n'eut même pas à poser le regard dessus, elle savait de quoi il s'agissait.

— Quelle mouche vous pique, commissaire Marion ?

— Aucune, monsieur. Je souhaite changer d'activité, de service et d'affectation géographique. Y voyez-vous une objection ?

— L'objection que je vois est votre empressement à annoncer à vos hommes une mutation alors que vous savez comme moi que le résultat est loin d'être acquis. Qui vous dit que les RG voudront de vous ? Qui vous dit que la CAP[1] entérinera votre demande et que le ministre la signera ? Vous présentez à votre équipe votre départ comme imminent alors qu'il n'est encore qu'une vague formulation sur un papier que je pourrais ne pas transmettre, d'ailleurs. Vous voulez contribuer à aggraver le malaise qui règne ici ?

— Quel malaise ?

— Ne faites pas semblant de tomber de l'armoire, je vous en prie. Vous savez bien que les flics se comportent de plus en plus en fonctionnaires, qu'il est de plus en plus difficile de les motiver. Tiens, c'est simple, rien que cette semaine, j'ai encaissé dix demandes de mutation pour la campagne.

Il fouilla dans un tiroir, en tira une liasse épaisse :

— Ecoutez-moi ça ! Antenne d'Annecy bon, passe encore, mais Arcachon, Orange, Le Mans... Y en a même un qui demande Figeac, vous vous rendez compte ? Un

1. Commission administrative paritaire.

crime de sang tous les dix ans, une garde à vue par mois... Et je ne vous parle pas de la syndicalisation à outrance. Tout est prétexte à une demande d'audience, à une intervention. Je ne dis pas bonjour à un lieutenant parce que je suis distrait ou préoccupé, pan, il m'envoie son délégué qui me reproche une mauvaise attitude managériale. Si, si, je vous assure... « managériale » !

Marion n'avait pas envie de rire : Quercy lui montait un chantier pour la faire revenir sur sa décision. Dans trois secondes il allait lui demander de renoncer. Elle le devança :

— Je sais tout ça, patron. J'ai aussi mes démêlés avec les mêmes syndicats et des problèmes pour faire bosser les gars. Certains, pas tous, il faut être juste. Mais les temps ont changé. Les hommes et les femmes revendiquent le droit à une vie privée normale. Les commissaires ne peuvent plus être des potentats tyranniques à qui on obéit au doigt et à l'œil.

— Vous me traitez de...

— Mais non, soupira-t-elle, je dis simplement que ça ne sert à rien de se référer au passé. Le temps des concierges et des Tractions avant est révolu. Moi aussi, j'ai grandi. J'ai Nina, un autre bébé dans six mois, et je n'en peux plus. Il faut que je change.

— Je comprends, maugréa Quercy sans insister. Mais ne précipitez rien, évitez les effets d'annonce et... réfléchissez encore. J'ai besoin de vous.

Tactique... Quercy était un vieux malin. Presque aussi vieux et presque aussi malin que le médecin légiste. Marion fit une mimique qui voulait dire « cause toujours ». Il n'avait pas fini.

— A propos de ce... bébé dont il est question. Vous auriez pu me dire que vous étiez enceinte au lieu de me laisser apprendre la nouvelle par radio-couloir.

— Vous n'étiez pas là. Les bruits les plus farfelus couraient, je devais l'annoncer.

— Et vous allez le garder ?

— Evidemment, puisque j'en parle.

— Vous savez qui est le père au moins ?

Venant de lui, son père administratif et presque spirituel — en l'occurrence, elle ne le trouvait pas vraiment spirituel —, c'était mesquin.

— C'est bas, fit-elle avec mépris. Je pensais que vous... Mais je me suis trompée, vous êtes comme les autres. Pire.

Elle fit demi-tour, raide comme un manche à balai. Il se précipita, l'arrêta et la prit par les épaules :

— Je ne voulais pas être agressif, si je vous ai donné cette impression, je vous prie de m'en excuser.

— Oh, patron s'il vous plaît, arrêtez votre baratin. Vous m'horripilez avec vos effets de style. On dirait le préfet.

Paul Quercy réprima un sourire. Il aimait Marion comme un père. Plus que tout, il adorait son insolence, son côté « je déteste cirer les pompes et tant pis pour ma carrière ». Mais en général, il s'arrangeait pour n'en rien montrer, au cas où elle aurait voulu en profiter. Ses yeux sombres, légèrement enfoncés dans leurs orbites et dissimulés par d'épais sourcils s'adoucirent :

— Je suis peiné d'être le dernier à l'apprendre. Mais vous avez raison : c'est bas, mesquin et con. Très, très con.

— Le père, c'est Léo Lunis, lui dit-elle en détachant les syllabes. Et si j'entends encore quelqu'un baver à ce sujet, je lui casse la gueule.

— Bon, concéda Quercy. C'est peut-être un peu exagéré. Vous ne pouvez pas empêcher les gens de se poser des questions.

— Est-ce que je m'occupe de leur vie privée ? Et de la vôtre ? Est-ce que je vous demande avec qui vous couchez ?

Un court instant, Quercy parut désarçonné. Troublé même, estima-t-elle. Il tenta l'ironie :

— Avec ma femme, de temps en temps.

— Eh bien, sachez que je m'en fous. Je peux y aller ?

— Non, j'ai encore une question à vous poser.

Cette fois, plus de douceur, plus d'aménité, plus de flottement : il redevenait le patron. Comme il tardait à poursuivre :

— Une autre question ? J'ai l'impression d'être dans un jeu télévisé.

Le ton doux-amer de Marion laissa Quercy de marbre :

— *On* me dit que avez dans la tête de rouvrir un dossier classé ?

— *On* ?

— Peu importe qui me l'a dit, la rabroua-t-il, bourru. Je veux savoir quelle est cette affaire.

— Parce que « on » ne le sait pas ?

Quercy s'agita, contourna son bureau, ses mains s'acharnant sur les pièces de monnaie au fond des poches de son pantalon. Un instant, il contempla les nuages roulant comme des fous dans le ciel plombé et trois pigeons qui se partageaient les restes de son sandwich devant sa baie vitrée.

— Je ne peux pas m'offrir le luxe de repartir sur des affaires classées. Sauf si cela permet de sortir un innocent de taule ou de faire condamner un coupable qui serait passé à travers. Est-ce le cas ?

Marion fit non de la tête.

— Alors, laissez tomber ! On croule sous les affaires. Pas un jour ne passe sans que je me fasse rappeler à l'ordre par un juge. Vous avez vu comme ils sont devenus arrogants, comme ils occupent la une des médias. Des stars suffisantes... Et les politiques qui se prosternent à leurs pieds ! Ils ne risquent pas de les contrarier, y en a pas un qui a les fesses propres. Déjà que les gars ne veulent plus rien foutre, vous n'allez pas vous y mettre !

— C'est une affaire qui s'est passée avant votre arrivée. Lili-Rose Patrie. Une fillette de quatre ans...

— Je m'en souviens parfaitement, c'est moi qui ai transmis la procédure définitive au parquet avec le rapport qu'avait établi mon prédécesseur. L'affaire a été classée. Vous avez un fait nouveau ?

— Non, mais...

— Alors stop ! Reprenez vos troupes en main, elles en ont besoin. Faites avancer les dossiers criminels en cours. Notamment celui de ce transsexuel... Et pour le reste, je ne veux plus en entendre parler. D'accord ? On s'est bien compris, commissaire Marion ?

— Mais oui, patron.

— Alors, bon vent. Et n'oubliez pas de me rendre compte.

Elle restait plantée au milieu de la pièce décorée de souvenirs militaires et de vieilles gravures de batailles, avec la pensée inconfortable qu'on la trahissait. A deux reprises, elle avait eu l'impression que Quercy avait été renseigné.

Quercy se pencha vers l'interphone qui le reliait au secrétariat et demanda qu'on lui apporte le courrier. Marion était congédiée.

— Vous savez, monsieur, autant que vous le sachiez, je partirai d'ici, avec ou sans votre bénédiction, avec ou sans votre aide. Je le dois à mes enfants. Et autant que vous en soyez averti aussi, puisque cela reviendra à vos oreilles, j'aurai le cœur net au sujet de la petite Lili-Rose Patrie. Je ne partirai pas avant.

Elle fit mouvement vers la porte après avoir grimacé un sourire.

— Je vous l'interdis, clama Quercy dans son dos.

15.

Marion avait ouvert devant elle les archives de la procédure. En tête figurait le procès-verbal de constatations et l'énumération des scellés constitués par Talon chez Lili-Rose Patrie, puis à la morgue. Les petits souliers avaient été découverts dans le jardin de la ferme des Patrie, près du puits au fond duquel on avait retrouvé la fillette. Les objets, prélèvements et documents saisis avaient été regroupés pour « être déposés au greffe du tribunal de grande instance afin de servir de pièces à conviction », comme l'indiquait la mention qui clôturait le procès-verbal.

Sauf qu'ils n'y étaient jamais allés, au greffe, et que Marion, dans les papiers qu'elle avait sous les yeux, ne trouvait aucune explication à ce fait. Et tant qu'elle ne saurait pas où se trouvaient ces fichus scellés, elle n'avait aucune chance de connaître l'identité de celui qui avait déposé les petits souliers dans sa cour.

Un coup bref à la porte. Lavot apparut. Aussitôt son regard tomba sur les deux chaussures rouges que Marion avait posées sur une pile instable, à cinquante centimètres de son nez. Il fit une grimace apitoyée. Marion leva la tête et vit, à son visage coloré, que l'excuse bancale qu'il avait trouvée pour ne pas déjeuner avec elle et Talon cachait une séance de bronzette.

— Vous allez finir par nous faire un mélanome, l'avertit-elle.

Il rougit :

— Excusez-moi, j'ai pas mon dictionnaire.

Il s'éclaircit la voix :

— Je voulais vous dire que Nina a appelé deux fois. Elle est chez sa grand-mère, ça semblait important.

Une montée d'adrénaline. Marion avait fixé la règle que Nina ne l'appelle au service qu'en cas de problème grave. Elle composa le numéro de Lisette à toute vitesse, la gorge serrée.

Nina décrocha à la première sonnerie et Lavot vit défiler sur le visage de Marion la peur, le soulagement, l'irritation. Il assista successivement à son refus ferme, au fléchissement de sa volonté et, enfin, à sa reddition. Elle raccrocha sur un « D'accord, on ira ce soir ».

— Je vous jure, les mômes ! murmura-t-elle

Lavot ne demanda pas ce que Nina avait arraché à sa mère : il savait, grâce à ses propres enfants, que l'enjeu est toujours moins intéressant que le jeu lui-même.

Le capitaine s'était assis comme si la discussion allait durer des heures.

— Je sais pas ce que j'ai en ce moment, dit-il, le boulot me gonfle, je me traîne. J'ai même plus goût aux gonzesses.

— Oh, alors oui, c'est grave. Vous devriez faire appel à la science.

— Vous pouvez pas nous faire ça, patron ! Qu'est-ce qu'on va devenir ?

Marion n'eut pas le temps de répondre. Par la porte restée entrebâillée, la tête de Talon apparut. Il cherchait Lavot, c'était urgent. Marion interpréta son air embarrassé et son regard fuyant comme un mauvais augure.

Quand tous deux eurent disparu, elle médita un instant sur les hommes et sur leurs relations compliquées. Par leur faute le plus souvent. Puis elle songea à Nina et à son caractère résolu. Tout naturellement, la pensée de la petite Lili-Rose s'imposa. Marion gardait les mains posées à plat sur les PV dont le papier commençait à jaunir et l'encre à ternir. Elle cheminait dans l'enquête, comme cinq ans plus tôt.

Un visage de femme, une silhouette un peu lourde s'imposèrent à elle. Des yeux clairs, froids comme la banquise, une voix qui tranchait, qui ordonnait sans faire de concession. Si quelqu'un pouvait lui apprendre quelque chose d'inédit sur l'affaire Lili-Rose Patrie, c'était elle.

16.

Eva Lacroix n'était plus juge d'instruction mais présidente du tribunal de grande instance. Une promotion obtenue au prix d'affectations dans des TGI difficiles de la région parisienne ainsi qu'elle expliqua à Marion — pas la promotion mais le détour par la Seine-Saint-Denis notamment —, de sa voix brève aux intonations cassantes.

Eva Lacroix avait fait partie de la vague des juges rouges nés sur les bancs de la fac de la rue d'Assas ou de Nanterre en mai 68. Ils avaient débarqué un peu plus tard dans les cabinets d'instruction et les parquets, le couteau entre les dents, résolus à régler leur compte à ces flics qu'on disait tous pourris jusqu'à l'os. Dans de nombreux cas, ils avaient touché juste, dans d'autres, cette forme de pensée « unique » avait eu des conséquences irréversibles. Les grands flics, auréolés de leurs faits d'armes et chéris par une presse qui en avait fait un fonds de commerce inépuisable, avaient disparu, certains dans l'oubli, d'autres, rares Dieu merci, dans des prisons humides. En tout cas, c'était à ce moment-là que les juges avaient conquis leur pouvoir, précisément parce que de jeunes loups comme Eva Lacroix avaient eu l'audace d'en prendre la mesure et avaient compris qu'il était immense.

Si la femme s'était enrobée et si l'on voyait à certains signes qu'elle s'acheminait vers la fin de sa carrière, ses yeux avaient conservé leur éclat glacial et Marion, pourtant peu impressionnable, en fut frigorifiée. Contre toute attente, Eva Lacroix avait accepté de la recevoir sans délai. C'était un jour où elle n'avait pas d'audience et sans doute Marion l'avait-elle intriguée car, au fond, cela se voyait, elles se ressemblaient : deux chiens de chasse qui reniflaient les pistes sans relâche et rongeaient leur os jusqu'au bout.

— Je me souviens très bien de vous, affirma la juge en s'efforçant de sourire, ce qui donnait à sa bouche une drôle d'apparence tordue. Nous avons traité peu d'affaires ensemble et je le regrette. On vous dit très compétente...

C'était un long discours pour cette femme froide. Marion lui adressa un merci intimidé. Puis elle se lança, expliqua ses doutes sur la conclusion de l'enquête que la juge avait également gardée en mémoire : on n'oublie pas la mort d'un enfant, même s'il ne vous touche pas de près.

— Je suis sûre qu'on n'a pas tout fait, conclut Marion, qu'on n'a pas cherché au bon endroit, que le classement de cette affaire a été trop rapide.

— Vous mettez en doute mes compétences, si je ne m'abuse ?

La juge avait cessé de sourire et son regard avait pris la couleur de ces ciels blancs d'hiver qui annoncent la neige.

— Non, absolument pas, protesta Marion. Si je devais

remettre en cause des compétences, ce seraient surtout les miennes, enfin les nôtres, celles de la police. Si le parquet a pris la décision de classer, c'est que l'enquête n'avait pas été déterminante.

— Et vous avez aujourd'hui de quoi le faire changer d'avis ? Sinon, je ne peux rien pour vous. Il faut...

— Je sais, madame.

— Alors, si vous savez...

Pan ! Un coup pour rien. Eva Lacroix fit claquer ses deux mains grandes ouvertes sur son bureau de présidente et se leva dans la foulée. Elle portait des vêtements larges et de grosses chaussures confortables. Marion se leva aussi. Dans le silence qui s'installa, les bruits de l'extérieur, pourtant atténués par les doubles vitrages du bâtiment ultramoderne où une grande partie des services de la justice lyonnaise avaient été transférés, emplirent la pièce.

Elle tenta de se justifier.

— Madame la Présidente, quand je dis que je sais, cela veut dire : je sais que je dois apporter des éléments nouveaux. Mais je n'en ai pas, du moins aucun qui vous paraîtra suffisant, je le crains. J'ignore même où se trouve la famille de l'enfant.

Eva Lacroix s'éloigna en direction d'un grand meuble vitré dans lequel étaient empilées d'innombrables chemises à sangles de toutes les couleurs contenant des kilos de dossiers. Elle se posta devant et fit mine d'y chercher quelque chose.

— Je sais que c'est ridicule, reprit Marion mais voyez-vous, j'ai une petite fille, une orpheline que j'ai adoptée. Elle a l'âge qu'aurait aujourd'hui Lili-Rose Patrie. Elle se pose beaucoup de questions sur la mort, celle de ses parents bien entendu, mais aussi celle des enfants dont elle entend parler à la radio ou chez moi. Il y a quelques jours, quelqu'un a déposé devant ma porte un paquet avec des chaussures ayant appartenu à Lili-Rose Patrie. Depuis, cette histoire me hante, je suis certaine qu'on n'a pas tout fait et que quelqu'un veut me le faire comprendre. Je vais bientôt partir de cette ville, et de la crime. Je voudrais... élucider cette affaire avant de m'en aller. Pour avoir la paix. Et peut-être l'apporter à cette petite fille et à ceux qui l'ont aimée. La personne qui me fait signe en me livrant une pièce à conviction de l'affaire est dans le doute et ne parvient pas à faire son deuil... Enfin, c'est ce que je ressens, je ne sais pas si vous me comprenez.

Eva Lacroix écoutait sans broncher. Si elle n'avait pas été debout, on aurait pu croire qu'elle dormait, ses paupières mi-closes sur son regard redoutable. De nouveau, le silence. Puis la juge tendit les mains en avant et ouvrit les deux battants qui s'écartèrent avec un grincement.

— Tenez ! dit-elle sans regarder Marion, tous mes dossiers sont là. Ils sont classés par ordre alphabétique, en principe. Cherchez si ça vous chante. Je vous laisse la place, j'ai rendez-vous avec le procureur.

Marion lui aurait presque sauté au cou si elle n'avait été violemment stoppée dans son élan par son regard de husky. Mais le visage rond, sans une ride, de la magistrate s'adoucit quand elle passa près de la jeune femme. Elle posa une main ornée d'un gros saphir sur son bras :

— J'ai six petits-enfants, ils ont entre douze et deux ans. Je ne suis pas croyante mais je prie le ciel chaque jour... Etrange prière d'impie, non ? Vous avez raison, il ne faut jamais laisser tomber. Attendez mon retour avant de partir. Bonne chance.

Lorsqu'elle réapparut une bonne heure plus tard, Marion sursauta. Elle était plongée dans sa lecture, transportée cinq ans en arrière. Grosso modo, les pièces du dossier personnel de la juge correspondaient à ce qu'elle avait retrouvé dans le sien. Mais il contenait en plus les résultats des expertises du laboratoire et les conclusions de l'Identité judiciaire à propos d'empreintes trouvées sur les lieux du décès. Et surtout, le rapport final du divisionnaire Max Menier, le prédécesseur de Paul Quercy, déterminant dans la décision prise par le parquet de classer l'affaire à la rubrique « accidents » et ce, bien que certaines questions soient restées sans réponse.

Eva Lacroix ne dit pas un mot. Elle se rassit derrière son bureau et téléphona à son secrétariat pour prendre connaissance des messages reçus en son absence. Marion leva la tête :

— J'ai terminé, annonça-t-elle dès que la juge eut raccroché.

Comme elle ne bougeait pas, Eva Lacroix daigna regarder dans sa direction :

— Quelque chose ne va pas ?

Marion feuilleta rapidement les documents qui reposaient sur ses genoux. Elle en extirpa un de la pile :

— Le rapport d'expertise des fragments organiques, minéraux et végétaux découverts dans les poches d'un vêtement de la victime souligne que l'un d'entre eux « nécessite un examen plus approfondi ». Or, d'une part, je trouve la formule assez mystérieuse : elle ne dit rien de cet élément distingué des autres, et d'autre part, je ne trouve nulle trace de ces examens approfondis. Je me demandais...

Le regard d'Eva Lacroix était de nouveau tranchant comme le silex.

— J'ai le souvenir de cela en effet. A l'époque, je me suis entretenue avec le directeur du laboratoire sous le contrôle duquel ces examens ont été réalisés. Il s'agissait de résidus organiques et des différences qu'on avait remarquées entre certains d'entre eux. Il avait des interrogations sur leur origine et sur la nature d'éléments minéraux associés qui lui semblaient ne pas être en harmonie avec les autres, communs dans la région. Pour aller plus loin, il fallait commettre d'autres experts, des spécialistes.

— Vous n'avez pas cru bon de le faire ? risqua Marion en s'attendant à une réponse cinglante.

— Si, mais cela n'a rien donné. C'est la raison pour laquelle il n'y en a pas de trace dans le dossier. D'un commun accord, le procureur et moi avons décidé de nous en tenir là.

Eva Lacroix s'interrompit et elle lut dans le regard de Marion : Pourquoi ? Elle soupira :

— Vous êtes tenace... De mémoire, je dirais que le labo se posait des questions mais qu'elles relevaient de la curiosité scientifique et que les réponses n'étaient pas fondamentales pour l'enquête.

« Comment peut-on en être sûr ? s'offusqua Marion qui garda sa remarque pour elle. La mort d'une enfant ne méritait-elle pas mieux que des réactions de routine ? »

— C'est tout, commissaire ?

— C'est-à-dire que... non. Il y a un autre mystère autour des scellés : ils auraient dû être déposés au greffe et n'y sont jamais arrivés.

— Cela n'a rien d'extraordinaire, fit la juge après réflexion. Les scellés contenant les prélèvements organiques ou minéraux disparaissent souvent car les experts utilisent pour leurs analyses tout le matériel disponible.

— Dans ce cas, la fiche aurait dû vous être retournée... Et d'autre part, j'ai découvert un ordre de restitution des affaires personnelles de l'enfant, mais je n'ai pas trouvé trace de l'acte de restitution...

— C'est sans doute qu'elles n'ont pas été restituées et qu'on a oublié de m'en informer. Ou bien elles l'ont été et on ne m'a pas transmis le PV.

— Dans ce cas, objecta Marion, les chaussures rouges n'auraient pas dû m'être apportées dans leur enveloppe de scellé. Le fonctionnaire l'aurait obligatoirement brisé avant de les restituer.

Eva Lacroix leva les yeux vers une pendule dorée et Marion prit subitement conscience que l'après-midi était déjà bien avancée. Sa journée était cependant loin d'être terminée. Elle remit méthodiquement les papiers dans leur chemise cartonnée et le document dans l'armoire dont les portes grincèrent de nouveau quand elle les referma.

— Il faut que je fasse graisser ces charnières, marmonna la juge. Vous n'êtes pas trop déçue ?

— Un peu. J'espérais découvrir un détail qui m'aurait éclairée sur celui ou celle qui a pris la peine de venir jusque chez moi.

La juge haussa un sourcil :

— C'est quelqu'un qui connaît votre adresse.

— Je suis dans l'annuaire.

— Ce n'est pas très prudent.

Marion eut un sourire amer :

— Liste rouge ou pas, quand on veut vous trouver, on vous trouve.

Eva Lacroix ne releva pas et elle alla ouvrir la porte :

— Vous savez, fit-elle en tendant la main, il arrive que des documents se perdent ou se retrouvent dans un dossier voisin. Ne vous fiez pas à l'absence d'acte de restitution. Avec un peu de chance, puisque l'ordre a été donné, il a été exécuté.

— Ce qui veut dire...

— La personne que vous cherchez est de la famille.

17.

Marion devait passer à son service avant d'aller retrouver Nina chez Lisette. Elle regrettait la promesse hâtive faite en début d'après-midi tant elle se sentait lasse. De plus en plus souvent, à n'importe quelle heure de la journée, elle avait sommeil, et elle traînait un mal de reins qui ne la lâchait pas. D'après ce qu'elle en savait, ces désagréments étaient courants au début d'une grossesse.

Le bureau de Talon était vide. Marion trouva finalement le lieutenant installé derrière un terminal, dans la grande salle paysagère des officiers recrutés pour traiter des crimes d'enfants. Au fond de la pièce, deux ordinateurs en veille attendaient le retour des opérateurs qui traquaient sur Internet les filières pédophiles. Les machines étaient de vieilles bécanes peu performantes mais l'équipe, organisée sous la houlette d'un autodidacte de l'informatique, avait déjà engrangé quelques résultats encourageants. Les hommes étaient probablement allés se détendre à la cafétéria, comme ils en avaient le droit toutes les deux heures.

Sur l'écran de Talon défilaient des fiches signalétiques

avec photos. De temps en temps, le lieutenant notait une indication sur une feuille de papier.

Marion était entrée sans bruit mais il n'eut pas à se retourner pour savoir qu'elle était là. Cinq ans de vie administrative commune créent une grande proximité. Il travaillait sur l'affaire du transsexuel.

— J'extrais tous les avis de disparition de personnes de vingt-cinq à trente ans de ces trois dernières années. Ce qui me complique la tâche c'est que je ne sais pas si on a signalé la disparition d'un jeune homme ou d'une jeune femme. J'ai envoyé une équipe à l'état civil de la mairie. Changement de sexe égale changement d'état civil, du moins je l'espère. A condition qu'il soit né à Lyon, bien sûr. Je croise les doigts aussi pour que la fracture du fémur ait été mentionnée sur la fiche de diffusion. Le témoin est entre les mains de Lavot, je prie saint Bol, le saint patron des flics, pour qu'il craque avant la fin de la prolongation de garde à vue... Sinon...

— Vous pouvez venir quelques minutes dans mon bureau ?

Marion était déjà repartie. Talon quitta son siège avec un soupir.

Quelques instants plus tard, il débarquait, flanqué de Lavot. Marion avait branché son PC et ouvert le serveur qui lui donnait accès à l'annuaire téléphonique. Elle était tellement absorbée que ses lèvres remuaient toutes seules. Après une longue minute, elle leva enfin les yeux sur eux. Lavot paraissait embarrassé et Talon ne savait plus où regarder. Il faisait tous les efforts possibles pour éviter le spectacle des petits souliers toujours posés sur une tour de Pise de paperasses au bord de l'effondrement. Ils refusèrent de s'asseoir quand elle les y invita.

— Oh, Lavot, c'est gentil d'être venu mais c'est surtout de Talon dont j'ai besoin...

Lavot regarda sa montre furtivement mais ne fit pas mine de partir.

— Bon, fit Marion, comme vous voulez. Talon, essayez de vous souvenir...

Le lieutenant soupira, mal à l'aise. Elle enchaîna, obsédée par son unique préoccupation :

— Est-ce que vous avez en mémoire le moment où vous avez reçu l'ordre de restitution des vêtements de Lili-Rose...

Lavot eut un brusque mouvement d'humeur qui le fit se cabrer et rougir comme un puceau qui tient sa première paire de seins entre ses mains. Talon pâlit.

— Ecoutez, patron, on n'a pas le temps de glander, gronda Lavot. Il me reste moins de six heures pour faire s'affaler José Baldur. Dans deux heures son avocat va se pointer. Alors excusez-moi, mais vos histoires d'avant guerre !

Il s'arrêta, essoufflé, écarlate.

Marion reporta son attention sur Talon qui se mit à observer ses chaussures avec un intérêt excessif. Elle pressentit du mauvais :

— Qu'est-ce qu'il y a ? murmura-t-elle.

Les deux hommes échangèrent un regard rapide, tels deux joueurs de cartes qui doivent décider qui va commencer.

— Allez-y, dit-elle d'une voix qu'elle s'efforça de rendre normale, qu'est-ce qui se passe ?

— Le directeur nous a convoqués, voilà ce qui se passe.

Lavot avait pris le ton bourru qui lui servait à intimider les voyous ou à cacher son émoi. Marion sentit l'air lui manquer : Quercy ne convoquait jamais ses hommes sans elle, sauf cas extraordinaire. Ne pas court-circuiter la hiérarchie intermédiaire était une règle de commandement qu'il respectait scrupuleusement. Ainsi, il continuait à œuvrer derrière son dos et, à voir la tête de ses deux officiers, ce n'était pas pour son bien ni dans son intérêt.

— Ah ! je comprends pourquoi vous faisiez cette tête tout à l'heure. Qu'est-ce qu'il voulait ?

Silence.

— Vous n'êtes pas censés me le dire ?

Ils firent non de la tête, au supplice. Le visage de Marion se défaisait à vue d'œil. Ses deux plus fidèles lieutenants, retournés comme des crêpes par un Quercy remonté contre elle au point de les amener à la subversion ! Elle les dévisagea à tour de rôle. Lavot craqua le premier :

— Bon, après tout je m'en fous. Je dirai que vous m'avez torturé. Il nous a interdit de travailler pour vous sur cette affaire, voilà.

Marion mit une seconde ou deux à comprendre de quoi il retournait. Elle se pencha vers eux :

— Et vous avez promis.

— C'est le directeur, non ?

Talon reprenait le dessus avec son front buté d'enfant malheureux. Il enfonça le clou :

— Et si je puis me permettre un conseil, vous devriez arrêter aussi. Les gars ne vous ont pas vue une seule fois depuis qu'on a découvert le transsexuel et cette histoire, cinq ans après, franchement...

— Donc, vous avez promis de ne pas m'aider ? Peut-être même de le prévenir si je désobéissais à ses ordres ? Parce qu'il m'a interdit de rouvrir ce dossier, et même de fouiner dedans aussi peu que ce soit, vous le savez, j'espère ?

Ils opinèrent du chef.

— Et vous savez que je vais désobéir ?

Nouveaux hochements de tête, parfaitement synchrones.

— Sans nous, patron. Vous devez comprendre...

— Qu'est-ce que je dois comprendre ? attaqua-t-elle, hargneuse. Que vous êtes devenus des poules mouillées, des béni-oui-oui ? Que le directeur vous convoque et que vous rentrez aussitôt dans votre trou ? Seigneur !

— C'est facile pour vous, plaida Lavot un ton plus haut. Vous allez partir et après qui est-ce qu'il aura dans le collimateur, le dirlo ? Nous, les deux zozos qui lui auront fait la nique. On est des sherpas, nous, pas des tauliers qui font trois ans ici, trois ans là et salut les mecs...

— Désobéissance aggravée à un ordre reçu, crut bon d'ajouter Talon.

Le sang de Marion ne fit qu'un tour.

— Alors là, vous êtes vraiment petit, tout petit, Talon... Mais vous avez raison, ne prenez pas de risques, on ne sait jamais, peut-être que de grandes carrières vous attendent. Allez, tirez-vous ! Je me débrouillerai sans vous.

Lavot fit face :

— Je sais pas si c'est la grossesse, mais vous êtes vraiment... insupportable.

— Et injuste, renchérit Talon. On essaie de vous aider et vous...

— Lâchez-moi ! Allez faire des ronds de jambe à l'autre cul de plomb là-haut et laissez-moi tranquille.

— Si vous étiez un mec...

— Viens, fit Talon, ça sert à rien.

Il entraîna son collègue mais avant de franchir la porte, tous deux se retournèrent une dernière fois, avec un ensemble parfait. Marion, dont seule la tête émergeait de la muraille instable qui encombrait son bureau, les fixait, hésitant entre une saine colère — dévaster la pièce, déchiqueter le dossier Patrie, briser la jolie lampe que ses gars lui avaient offerte pour ses trente-cinq ans — et fondre en larmes. Ses lèvres tremblaient et ses mains trituraient ses mèches rebelles. Les deux officiers ne bougeaient plus, attendant le cataclysme.

— On va quand même pas se fâcher pour une paire de pompes, murmura Lavot.

— Si, dit-elle en se redressant.

Elle enfila son blouson, contourna son bureau et se saisit des petits souliers qu'elle leur agita sous le nez avec un rictus provocateur avant de les fourrer dans son sac. Puis elle sortit en claquant la porte.

18.

— Tu peux pas avancer plus vite ? T'as pas un gyro dans cette voiture ?

Nina, installée à l'arrière de la Peugeot, glissait son buste entre les deux sièges avant tout en s'agrippant aux dossiers.

— Le gyrophare, c'est pour les missions du service, pas pour les courses...

Nina se rejeta en arrière, mécontente :

— Je suis sûre qu'y en aura plus quand on va arriver.

— Je suis sûre qu'il y en a des stocks énormes !

— Tu rigoles ou quoi ? Non mais, écoute ça !

Elle déplia prestement la double page en couleurs que l'hyper avait fait distribuer en 12 ou 15 000 exemplaires dans les boîtes aux lettres de la ville et que Lisette avait eu la malencontreuse idée de ne pas jeter à la poubelle :

— « La super Playstation... de la deuxième génération, à un prix défiant toute concurrence. Exceptionnellement dans votre hyper... un miracle de technologie pour les grands et les petits... »

Nina lisait laborieusement à la lumière intermittente des réverbères. Marion progressait au pas sous la pluie.

— « La console Playstation... La console qu'il vous faut. Vente flash de 20 heures à 21 heures, ânonna Nina, il n'y en aura pas pour tout le monde. » Tu vois !

— Oui mais ça c'est la pub, mon trésor, ils ne vont pas clamer partout qu'ils en ont 10 000 sur les bras.

— Et moi, je te dis qu'il faut se dépêcher. Ça s'arrête dans une demi-heure...

Il leur fallut un bon quart d'heure encore pour s'extraire du bouchon, puis cinq minutes pour trouver une place au fin fond du parking plein à craquer, revenir au pas de course dénicher un caddie. Au centre du magasin, c'était l'émeute.

— Tu vois, j'en étais sûre, dit Nina consternée à sa mère qui ne l'était pas moins.

— On n'y arrivera jamais...

Les gens se poussaient, les gamins se faufilaient entre les jambes des adultes, les encouragements et les protestations fusaient, accompagnés parfois d'injures. Les rayons se vidaient à toute vitesse.

Marion fit signe à Nina :

— Toi, tu vas par là, et moi par là-bas...

Quand elle arriva au terme du périple, à moitié étouffée,

ce fut pour constater que de son côté le bac était vide. Epuisée, elle regarda de l'autre côté afin d'apprécier la position de Nina. Elle l'aperçut qui touchait au but, se glissant entre des gens hargneux qui ne lui faisaient pas de cadeau. Il ne restait que quelques consoles. Marion se précipita au secours de sa fille. Le temps de la rejoindre, les dernières boîtes avaient disparu. Elle vit les lèvres de Nina trembler. Tandis que les gens refluaient déjà vers les caisses, elle s'accroupit devant elle pour la consoler. C'est alors qu'elle aperçut, au fond du rayon, une boîte oubliée. Etrange que personne n'ait pris cette console grise et jaune qui les narguait derrière son plexiglas. Marion l'attrapa au vol et la tendit à Nina qui la serra contre son cœur.

Le prix, bien que cassé, était sans commune mesure avec les possibilités financières de Marion mais le regard de Nina, à ce moment-là, la paya de sa folie.

19.

Avant même d'éclairer le salon, Marion remarqua que son répondeur clignotait : sept messages. L'estomac serré malgré ses efforts pour se convaincre qu'elle était encore en train de se faire un film — toujours la même scène, hélas —, elle s'approcha de l'appareil. Elle fit dérouler la bande. Sept appels enregistrés, sept appels raccrochés. Elle composa sur le clavier le code permettant de connaître le dernier numéro appelant. Le numéro était masqué ! La mauvaise blague ne s'arrêterait donc jamais !

Elle sursauta quand la lumière inonda brusquement la pièce.

— Qu'est-ce que tu fais dans le noir ? Y a un problème ? demanda Nina, la main sur l'interrupteur.

— Non, non, ma chérie, rien de grave !

Elle s'assit sur le bord du canapé pour se donner le temps de rassembler ses esprits, puis extirpa son portable de son sac et appuya sur la touche 3. Lavot décrocha à la troisième sonnerie.

— J'ai besoin que vous fassiez quelque chose pour moi, dit-elle en se détournant car Nina écoutait.

Elle s'éloigna vers la porte-fenêtre.

— ... les appels enregistrés sur ma ligne. Je veux savoir qui a téléphoné chez moi ce soir... Oui, sept appels... Je ne sais pas à quelle heure... Je viens de rentrer. Pardon ? Oui, vous faites une réquisition. Faites comme vous voulez... Mais magnez-vous, s'il vous plaît. Et pendant que vous y êtes, vérifiez les appels arrivés dimanche dernier, vers 21 heures. Bien sûr, chez moi... Merde !

La sonnerie du téléphone fixe hurla dans le salon et Marion crut qu'elle allait défaillir. Elle coupa brusquement la communication avec Lavot. Comme une flèche, Nina escalada le canapé, renversant au passage le sac de sa mère dont le contenu se répandit sur le tapis.

— Nina ! s'écria Marion, mais tu es infernale ! Regarde ce que tu fais !

La fillette avait bondi sur le téléphone.

— C'est mammy, fit-elle en tendant l'appareil à sa mère, toute excitation envolée.

Marion écourta la conversation avec Lisette, partagée entre le soulagement et l'irritation. Les sept appels raccrochés, c'était elle.

— J'aurais dû y penser ! s'exclama Marion agacée, vous saviez que j'étais à l'hyper avec Nina... Il fallait m'appeler sur mon portable puisque c'était si urgent. Vous vous rendez compte que vous me fichez la trouille ?

Or non seulement la vieille dame avait horreur des répondeurs mais, de manière plus irrationnelle encore, elle détestait aussi les portables. Son insistance avait pour objet un message de la DDASS l'informant que deux enquêteurs viendraient chez elle le lendemain, avant de se rendre à la crime rencontrer Marion sur son lieu de travail, histoire de constater de visu quelle genre de turpitudes celle-ci était susceptible de raconter à la petite. L'adoption de Nina ne serait définitivement acquise qu'à l'issue de cette nouvelle vague d'inquisitions. De peur d'inquiéter

Nina, Marion se garda de faire le moindre commentaire. Elle espéra de toutes ses forces que cette nouvelle épreuve pour décrocher son diplôme de mère serait une formalité. La dernière.

Quand elle se retourna, Nina la regardait fixement :

— Elle voulait quoi, mammy ?

— Rien d'important, mon cœur. Juste me rappeler qu'après-demain c'est la rentrée et qu'on a complètement oublié d'acheter des chaussures de gym.

Nina porta la main à sa bouche dans un geste puéril :

— C'est pas grave, on ira samedi. Je mettrai les vieilles en attendant. Quand même, ça m'étonne que mammy ait appelé pour ça...

Marion se pencha pour ramasser le contenu de son sac éparpillé sur le sol : douze stylos inutiles, trois paquets de kleenex entamés, un bric-à-brac invraisemblable qu'elle ne trouvait jamais le temps de trier.

— Tu sais pourquoi ? poursuivait Nina sans faiblir. Parce qu'elle dit que les baskets de l'année dernière sont encore très bien et que c'est juste que je veux en avoir des neuves...

— Elle aura changé d'avis, affirma Marion en saisissant un des petits souliers rouges qui avait roulé sous la table basse.

Nina la regardait faire, perplexe.

— Tu pourrais m'aider ! Tu flanques mon sac par terre et c'est moi qui ramasse.

— Attends ! s'exclama Nina. C'est quoi ces chaussures ? Elles sont super belles !

Elles finissaient de dîner en tête à tête — salade verte, rôti de veau et pommes de terre vapeur servies chaudes avec une noix de beurre, du sel et quelques brins de ciboulette. Nina n'avait pas très faim mais Marion était restée ferme : pas de console de jeux avant le repas. Et seulement quelques minutes, histoire d'essayer. Pas question de s'énerver avant d'aller au lit. Après le dessert, un grand verre de lait, Nina, les lèvres ornées d'une belle moustache blanche, entreprit de ranger les couverts sales dans le lave-vaisselle sous l'œil attendri de sa mère. Elle se débarrassa de sa tâche le plus vite qu'elle put.

— Tu sais, maman, les petits souliers rouges, ils sont à moi...

Marion haussa les épaules. La fatigue lui tirait le bas du dos.

— Ecoute, Nina, ils sont jolis, mais trop petits pour toi. C'est une pointure 26, tu fais du 34... Et je ne peux pas te les donner, j'en ai besoin.

— Mais je t'assure...

— Nina, s'il te plaît, grogna Marion en glissant la dernière assiette dans la machine. Tiens, tu veux bien essuyer la table ? Moi je vais prendre un bain, je n'en peux plus.

Allongée dans son bain, le menton dans la mousse, Marion commençait juste à se réchauffer et à se détendre quand Nina poussa un hurlement qui la fit décoller du fond de la baignoire.

— Quoi ? cria-t-elle, qu'est-ce qu'il y a ? Nina !

Elle entendit la fillette glapir et jurer comme un camionneur dans le salon où elle s'était installée. Une minute plus tard, elle surgit, telle une furie.

— C'est des voleurs, des escrocs !

Marion se redressa dans l'eau brûlante. La buée avait posé sur les miroirs un voile opaque et bienfaisant et elle n'avait vraiment aucune envie de quitter cette baignoire.

— Il n'y a pas de cordon dans la boîte !

— Comment ça ? Quel cordon ?

— Ben oui, s'énerva Nina, un cordon pour brancher sur la télé. Sans ça, ça peut pas marcher, tiens !

— Je me disais aussi, murmura Marion. Tu vois, cette boîte dont personne ne voulait, avec son plastique déchiré.

— Oui, mais qu'est-ce qu'on fait maintenant ?

— Ah ! ce soir, rien ! On va lire un peu et aller se coucher. Demain, on avisera.

Nina se laissa tomber contre le pied du lavabo, et se mit à pleurer, son rêve anéanti à cause d'un misérable cordon.

Du salon provenaient les exclamations de Talon et Nina qui se battaient avec la console de jeux. Dans la cuisine,

Marion préparait un en-cas pour le lieutenant affamé, espérant que cette maudite console puisse enfin fonctionner et lui ouvre les perspectives d'une nuit sereine. Talon se trouvait encore au service quand elle l'avait appelé. Sans poser de questions, sans protester, il était passé chez lui prendre le cordon de sa console et était arrivé un quart d'heure plus tard. Il avait l'air épuisé et Marion savait qu'elle lui volait des heures précieuses. Elle sirotait une bière en écoutant France Info en sourdine quand Talon et Nina apparurent à la porte. Le lieutenant avait le bras autour des épaules de la gamine qui, tête basse, semblait sur le point de fondre en larmes.

— C'est pas le bon cordon ? demanda Marion alarmée par l'impression tragique qui émanait du tableau.

— Si, dit Talon. Mais le cordon d'alimentation secteur manque aussi.

— Oh, misère ! se lamenta Marion qui voyait trembler les lèvres de sa fille. Qu'est-ce qu'on peut faire ?

— Rien, je le crains. Il faut échanger l'appareil.

— C'était une promo exceptionnelle, jamais ils ne voudront !

Nina piqua une énième colère suivie d'une nouvelle crise de désespoir et Marion dut se fâcher pour l'envoyer au lit.

— Et vous voulez un autre môme ! compatit Talon.

Juste avant de refermer la porte, après deux ou trois bières et des échanges insipides supposés éviter les sujets de discorde, Talon retint la main que Marion lui tendait. La gêne née de l'algarade de la fin d'après-midi ne s'était pas dissipée. Marion ruminait son ressentiment et, bien qu'elle s'en défendît, elle ne pouvait s'empêcher d'imaginer que Talon avait changé de camp. Qu'il l'avait déjà remplacée.

— Je voulais vous dire...

— Ne dites rien, ordonna-t-elle, je comprends vos scrupules. Vous êtes quelqu'un de bien. C'est ma faute.

— Non, non, patron, ce n'est pas ça... Je voulais vous dire que j'ai réfléchi à ces scellés qui vous tarabustent. C'est moi qui les ai constitués, c'est vrai, mais ensuite, vous m'avez demandé de passer la main et je ne m'en suis plus occupé. Celui qui devait les restituer à la famille, c'était...

Marion eut une brusque illumination :

— Joual ! s'exclama-t-elle. Mais bien sûr... J'aurais dû m'en souvenir !

Eric Joual, le père défunt de Nina... Un officier de valeur, alcoolique au dernier degré quand Marion l'avait extirpé du service des fichiers pour lui donner une chance de ne pas sombrer définitivement. Il avait débarqué dans l'affaire Lili-Rose Patrie alors que celle-ci était pratiquement bouclée et qu'il ne dessaoulait quasiment plus. Marion l'avait envoyé en cure près de Bordeaux, mais sa sobriété ne lui avait pas profité longtemps puisque, quelques mois seulement après sa guérison, il était mort assassiné.

— Il n'a pas fait son boulot, dit Talon. Je ne vois pas d'autre explication. L'affaire a été classée, les scellés sont restés quelque part et comme on n'en avait plus besoin, personne ne s'en est préoccupé. C'est tout simple.

C'était tout simple. Restait à savoir comment un des scellés avait refait surface cinq ans après.

20.

La pièce où étaient stockées les archives régionales de la police avait été aménagée dans les sous-sols de l'hôtel de police. L'endroit avait été conçu pour être le moins sinistre possible mais il y régnait en permanence une atmosphère sèche et poussiéreuse et les néons alignés au plafond figeaient les travées dans une lumière plate. Les quelques tonnes de papier amassées là concernaient la région depuis la dernière guerre. Les piles montaient jusqu'au plafond. Grâce à des rails fixés le long des étagères métalliques, il suffisait de déplacer les échelles mobiles pour accéder à la hauteur souhaitée. La plupart des archives étaient microfilmées et informatisées mais pour certaines recherches, on utilisait encore les supports papier.

Dix personnes se relayaient jour et nuit dans ce temple de la connaissance policière. Les flics l'appelaient la mine. Expression ambiguë qui renvoyait aussi bien aux trésors contenus là qu'au sentiment de relégation ressenti parfois par les personnels des archives.

Eric Joual, capitaine de police, y avait été reclus pendant trois ans à cause de son alcoolisme chronique. C'était au temps où l'on faisait peu de cas de l'étiologie de cette maladie et où l'on planquait dans les antres de la grande maison les biturins les plus atteints. Par la suite, on avait découvert les vertus du suivi thérapeutique et les bienfaits de la psychothérapie.

Marion ne s'aventurait pas souvent dans la grotte des paperassiers. Quand elle en avait besoin, elle envoyait un « sherpa » consulter un microfilm ou relever les informations nécessaires. Ce jour-là, elle débarqua à la mine de bon matin et sans raison officielle. Le responsable du fichier en était tout décontenancé et l'inquiétude se lisait sur son visage.

— Dites-moi, Potier, où rangez-vous vos affaires ?

— Co-co-comment ? bafouilla l'interpellé.

— Où rangez-vous vos affaires ? répéta Marion en se demandant ce qui pouvait bien mettre l'agent d'administration principal Potier dans cet état.

— Dans le bu-bu-reau, t-t-tiens !

— Voyons, Potier, calmez-vous...

Il la fixa sans comprendre et elle se souvint alors que l'homme était bègue, tout simplement. Elle se hâta :

— Ah oui, le bureau... On y va !

Il y avait deux pièces : une petite, réservée au chef, et une grande, où l'on avait disposé quatre groupes de tables accolées deux par deux, en vis-à-vis. Dans le fond, des placards servaient de vestiaires au personnel et, dissimulé derrière un vieux paravent d'origine japonaise constellé de chiures de mouche et jauni par la fumée, un coin cuisine-bar où une cafetière électrique expulsait bruyamment un jus noir et odorant.

— Vous en vou-voulez, madame le co-co-commissaire ? proposa aimablement Potier.

Marion déclina l'offre d'un geste. La nausée matinale l'attaquait sournoisement. Elle qui aimait tant le café, voilà que maintenant sa vue et son odeur la faisaient chavirer.

— Quel bureau occupait le capitaine Joual ?

Potier tendit un index en direction de la première table à droite en entrant.

— Ce-celui-là. Pourquoi ?

— Quand il est « monté » à la crime, vous l'avez remplacé tout de suite ?

— N-Non. Le po-po-le poste est resté vacant si-si-six mois.

— Donc, enchaîna Marion que démangeait l'envie de finir les mots à la place de l'agent, si ce bureau n'a pas été réattribué tout de suite, Joual a pu y laisser des effets personnels ?

Coup de tête affirmatif de Potier.

Des pas résonnèrent dans les travées. Talon apparut par la porte ouverte.

— 'jour patron ! Salut Potier ! Patron, on m'a dit que vous étiez là...

— « On » a encore sévi ! soupira Marion.

— « On » est un c-c-con, fit Potier dans l'espoir de s'attirer les bonnes grâces de la commissaire dont il ne discernait toujours pas les intentions.

— Je n'ai rien trouvé chez Lisette, annonçait-elle à Talon.

Celui-ci ne releva pas. C'était pourtant lui qui lui avait rappelé qu'après le décès du capitaine alcoolique et de sa femme, le contenu des tiroirs de son bureau à la crime avait été remis à Lisette Lemaire, sa belle-mère. Un petit carton dans lequel, le matin même, Marion avait retrouvé des photos des enfants... Emue, elle avait découvert *sa* Nina, à l'âge de quatre ans, saisie en train de faire le pitre au bord d'une piscine, un bob jaune sur la tête. Sur un autre cliché, Louis et Angèle fixaient l'objectif dans une attitude de pose peu naturelle.

— Patron, insista Talon qui portait sur le visage les stigmates d'une nuit blanche, les poils de sa barbe clairsemée poussés d'un demi-centimètre et les yeux plus cernés qu'un château fort. On défère José Baldur dans une heure. Je me demandais si vous ne voudriez pas le voir avant.

— Pour quoi faire ?

— Sais pas. Peut-être qu'avec vous, il changerait d'attitude. Il est plus têtu qu'une...

— Mu-mu-mule, acheva Potier qui voulait se rendre utile.

— Qu'est-ce que j'y peux ?

Talon lui jeta un regard harassé et plein de rancune. Elle ne voulait décidément pas toucher à cette affaire et, il la connaissait, elle était un troupeau de mules à elle toute seule. Marion lui tourna le dos, reprenant déjà le fil de son obsession :

— Si je calcule bien, Joual était encore en possession de ce bureau quand il est mort ? Il venait ici de temps en temps ?

— Tou-tous les jours, affirma Potier, il ve-venait manger avec nous.

— Et boire ?

Potier baissa les yeux. Il avoua, avec ses mots dédoublés, que Joual, à ses débuts à la crime, venait se cacher au fichier pour boire. A partir de 14 heures, il n'avait plus aucune lucidité.

— Il venait planquer les scellés ici au lieu de les inscrire dans le registre *ad hoc* et de les acheminer au greffe du palais de justice, compléta Marion. Qui a vidé son bureau ?

— Mangin.

Potier agita la tête, l'air peiné. Marion le fixait sans comprendre quand Talon intervint :

— Mangin est mort d'un cancer l'année suivante.

— Décidément, murmura Marion impressionnée. On sait ce qu'il a fait des affaires de Joual ?

— Il a pris un grand sac poubelle, un de cent litres, fit Talon au comble de l'irritation, et il a tout fourré dedans en attendant que quelqu'un vienne le récupérer. Qu'est-ce que vous voulez qu'il ait fait d'autre ?

La bouille joviale de Potier s'éclaira :

— Eg-eg-exactement. Le sac, il est encore au fond du placard, là...

Le cœur de Marion se mit à battre plus vite et elle sut qu'elle allait enfin trouver ce qu'elle cherchait. « C'est tout simple », se dit-elle en suivant des yeux les gestes de Potier qui ouvrait un des vestiaires du fond.

Le contenu du sac poubelle gris — cent litres, Talon avait vu juste — était étalé sur le bureau de l'agent des archives qui n'en revenait pas. La tête basse, il s'attendait à une volée de bois vert mais Marion, qui avait soigneusement aligné les scellés les uns à côté des autres, avait déjà oublié son existence. Le premier contenait la robe de Lili-Rose, verte avec des plis plats et du croquet blanc. Le deuxième, le gilet de coton rouge, avec des fleurs brodées à la machine et deux poches plaquées. Sur le devant du vêtement, une large traînée plus sombre. Et cette odeur puissante qui avait persisté malgré les années et le plastique. Avant d'être scellés, les vêtements avaient été séchés sur des chaises dans un bureau de la crime et on avait analysé les traces de ce liquide qui avait aussi imbibé les cheveux de Lili-Rose : une composition à base d'eau et d'aldéhyde formique, du formol. Le troisième sachet renfermait la petite culotte blanche avec des fleurs bleues, le suivant les deux chouchous rouges qui retenaient la chevelure séparée en deux couettes. A côté, un autre plastique laissait voir le bracelet d'amour, tressé de fils multicolores et attaché par un soupirant au petit poignet de la fillette. Le scellé numéro six contenait une corde à sauter aux poignées en bois peint, jaune et rouge. Sa fiche fournissait une indication supplémentaire : la référence d'une trace papillaire jugée exploitable et transposée sur un support distinct pour examen. Le dernier scellé portait le numéro douze mais en recomptant les objets, Talon confirma qu'il n'y en avait que onze. Il manquait le numéro sept.

« Les petits souliers », pensa-t-il malgré l'agacement que lui procurait la passion de Marion pour cette affaire.

La jeune femme, hypnotisée, fixait le scellé numéro six comme si elle essayait d'apercevoir le fond de la gueule d'un boa constricteur. Talon fit signe à Potier de sortir et lui-même s'écarta de quelques pas, impressionné par la pâleur de son commissaire. Il ne pouvait pas voir ce qu'elle voyait : le fond d'un puits asséché, noir comme le dégoût, un corps recroquevillé tout en bas et, entre les deux, accrochée à une branche poussée entre les pierres, la corde à sauter qui se balançait doucement. Il ne pouvait pas sentir ce qu'elle sentait : l'humidité rance et la mort, mais pas celle de Lili-Rose, pas encore. Non, celle des mulots et des crapauds tombés au fond du trou et crevés là, incapables de remonter. Celle, entêtante, du formol dont Lili-Rose était maculée.

Talon pensait qu'il avait une enquête sur les bras, une sale affaire qui avait du mal à « sortir ». Il voyait Marion telle une statue de sel qu'aurait rattrapée un souvenir maléfique mais il ne pouvait pas comprendre.

Il n'était pas descendu dans le puits.

21.

Marion n'arrivait pas à comprendre comment le scellé numéro sept avait pu quitter le sac poubelle et se retrouver sur sa boîte aux lettres. Potier avait juré ses grands dieux que personne, en un peu plus de quatre ans, n'avait exhumé les reliques de Joual. Le paquet serait sans doute resté là jusqu'à la fin des temps si elle ne s'en était pas souciée. Quelqu'un y avait pourtant touché et Marion demanda au chef du fichier d'interroger ses subordonnés. A tout hasard.

Expliquer une partie du mystère ne contribuait qu'à l'épaissir un peu plus. Elle avait passé une nuit presque aussi agitée que la précédente, peuplée d'images imprécises. Les visages de Nina et de la petite Lili-Rose, morte depuis cinq ans, se confondaient, et Marion trouvait étrange qu'en lui ramenant les petits souliers rouges, le destin — sous quel visage, elle aurait payé cher pour le savoir — eût replacé le fantôme du père de Nina sur sa route. Mais l'histoire de Lili-Rose Patrie n'avait pas été la seule à troubler son sommeil.

— Vous n'êtes pas en train de me dire que vous ignorez qui est le père de l'enfant que vous attendez ?

Le docteur Marsal, en tenue réglementaire blanc et vert de médecin légiste, pencha la tête de côté pour mieux détailler Marion. D'un haussement d'épaules impatienté, celle-ci confirma les craintes du doc.

— C'est insensé ! Vous voulez dire que, quand vous avez succombé au charme sexuel de Sam Nielsen, vous l'avez fait sans précautions ?

— Doc, je vous en prie ! Si j'avais eu ce réflexe, je ne vous poserais pas la question aujourd'hui.

— Eh ben... J'aurai tout vu. A une gamine de vingt ans, on ferait la morale ou on donnerait une fessée pour lui apprendre les usages. Mais vous... Je suis atterré.

— Ce n'est pas d'une leçon de morale dont j'ai besoin, fit Marion, cassante. Mais d'un conseil. Je ne vois pas à qui je pourrais demander ça, à part vous.

— Bon, bon ! Ne vous fâchez pas ! Je ne comprends pas qu'on puisse être aussi inconséquent dans la conduite de sa vie sexuelle, avec tout ce qui traîne aujourd'hui... Ce que vous voulez, c'est la certitude de la paternité de votre ami, feu le capitaine Léo Lunis ?

— Oui.

Marion bouillait de rage, plus encore contre elle-même que contre Marsal, dont elle ne pouvait nier qu'il avait raison. Même si ce qu'il blâmait n'était arrivé qu'une fois. Une seule et unique fois. En le regardant tourner autour du cadavre éventré qu'il autopsiait, le front plissé par la concentration, elle songea avec rancœur qu'il avait beau jeu de la montrer du doigt, lui qui n'avait probablement pas de vie sexuelle.

— Vous détenez les formules génétiques de Léo Lunis et de Sam Nielsen..., hasarda-t-elle. En les comparant avec celle du bébé...

— Vous en avez de bonnes, râla-t-il, le nez à trente centimètres de la cavité abdominale dont il s'employait à dérouler le côlon, à la recherche de Dieu sait quelle anomalie. D'abord, ce n'est pas un bébé, mais un fœtus.

L'odeur de vieux excréments putréfiés assaillit Marion qui chancela et se précipita vers le fond de la salle où elle vomit dans un seau. Ses râles firent lever la tête au légiste.

— Vous en êtes à combien de mois ?

Livide, elle tentait de reprendre son souffle, en s'appuyant contre la deuxième table d'autopsie, heureusement vide. Comme elle ne répondait pas, Marsal se remit à l'ouvrage en silence. Quand elle eut retrouvé ses esprits, elle essuya les larmes qui avaient coulé de ses yeux et s'avança.

— Je ne peux pas prendre de risques, dit-elle d'une voix qui avait un curieux timbre mouillé. Il y a une infime chance pour que Sam Nielsen soit encore en vie mais, tant qu'on n'aura pas retrouvé son corps, je serai sur le qui-vive. Imaginez que dans cinq, dix ans, il réapparaisse, encore plus dingue qu'avant, et revendique des droits sur l'enfant ?

— Cela suppose, fit Marsal sans lever le nez, que si une comparaison d'ADN établissait que Sam Nielsen est le père, vous avorteriez ?

Cette question la torturait. Hantait ses nuits et ses jours. Elle voulait que cet enfant soit celui de Léo. Devant les autres, elle campait sur cette certitude. Mais dans la solitude, le doute lui donnait des sueurs froides.

Après un temps qui lui parut infiniment long, Marion vit le légiste quitter son poste, retourner ses gants de latex et les jeter dans un bac. Il fit signe de loin à son aide, mimant les gestes du matelassier en train de recoudre un sommier éventré. Puis il marcha jusqu'à elle.

— C'est ce que vous vouliez me demander la dernière fois ?

Elle confirma d'un signe de tête.

— Je vais voir ce que je peux faire, mais je ne vous garantis rien, la génétique n'est pas mon domaine. Dites-moi, commissaire... Vous êtes venue me voir uniquement pour ça ? Vous n'auriez pas encore quelques vieux cadavres qui vous tourmentent ?

Elle se demanda comment il pouvait la connaître aussi bien.

— C'est vrai, doc, concéda Marion. La petite Lili-Rose Patrie m'empêche de dormir.

— Elle aussi ! Je peux vous prescrire un bon somnifère...

Marion se mit à arpenter la salle, en se tenant le plus loin possible du corps écartelé, vidé comme un lapin. Marsal profita de sa promenade entre les bacs pour enregistrer, à l'aide d'un dictaphone, les éléments de son compte rendu.

— Ce que j'attends de vous, attaqua Marion qui semblait reprendre du poil de la bête maintenant qu'elle avait évacué le café du matin, c'est un avis. Plus même, une aide, je dirais... de scientifique. Loin de moi l'idée de vous flatter, s'empressa-t-elle tandis que le légiste levait sur elle un regard orageux. Si je vais moi-même au labo fouiner dans les expertises d'il y a cinq ans, je vais semer la pagaille. Les scientifiques forment une caste, comme les experts, les flics, les gendarmes, les magistrats, je ne vous apprends rien. Tous craignent comme la peste qu'on mette en doute leurs compétences. La réaction de la juge Eva Lacroix quand je lui ai dit qu'on s'était peut-être trompés est symptomatique. Mais si c'est vous qui allez interroger vos collègues, ils ne se méfieront pas.

— Je vois, je vois, fit Marsal. Ce n'est pas très rigoureux tout ça. Votre méthodologie est toujours aussi approximative. Personnellement, je ne me risquerais pas à travailler à partir d'un raisonnement aussi farfelu, mais je dois reconnaître que vous obtenez parfois des résultats. Alors ? Que dois-je faire ?

— Oh, doc, vous êtes un amour !

— Et voilà, j'en étais sûr ! Elle nous le fait dans l'affectif. Je reprends ma question : en supposant que j'accepte, que serais-je supposé faire ?

Marion se mit à rire. Elle adorait Marsal, son esprit rigoureux et tordu tout à la fois. Quand elle sera aux RG de Versailles, leurs échanges lui manqueront. Une fraction de seconde, elle s'imagina en train de s'entretenir avec un élu local ennuyeux et gras qui lui parlerait de plans d'occupation des sols et des manigances de son adversaire politique en essayant de lui extorquer un « dîner de travail » dans un établissement discret et bien fréquenté. Sa gorge se serra.

— Je voudrais que vous alliez voir de plus près ce qui a été fait et, éventuellement, ce qu'on pourrait refaire...

— A propos des résidus organiques d'origine animale ? Je traduis bien ?

— Oui, les analyses me paraissent incomplètes. Je peux compter sur vous ? Je dois aussi vous dire, tout ça est top secret.

— En plus ! maugréa le légiste en rajustant ses lunettes toutes neuves sur son nez. Vous voulez qu'on me colle en retraite anticipée ?

Marion l'enveloppa d'un regard ému. Elle lui demandait beaucoup, et lui était reconnaissante qu'il soit prêt à l'aider, sans contrepartie. Il reprit, la tête penchée comme un oiseau de proie :

— Je vous aide à une condition.

Elle se hâta de prendre les devants :

— Non, doc, désolée. Pas de condition.

Marsal fit un geste fataliste de la main avant d'entamer une marche de repli en direction de son bureau. A travers les vitres de la petite pièce, Marion le vit ouvrir un agenda minable dont les feuilles cornées et jaunies pendaient, à moitié arrachées aux attaches métalliques. Marsal était réfractaire à l'informatique, c'était un euphémisme. Puis il composa un numéro et parla longuement, le visage agité de tics. Du fond de la salle, Marcello essayait d'attirer l'attention de la jeune femme en chantant « Le temps des cerises » tout en recousant le cadavre abandonné par son chef. Marion ne savait plus si elle devait attendre le légiste ou non. Reprise par une vague nausée que son exaltation passagère lui avait fait oublier, elle entreprit de battre en retraite. Marsal s'empressa de raccrocher et sortit de son bocal :

— Allez voir mon confrère Ampuis, il va vous expliquer...

Marion le fixa, indécise. Le professeur Ampuis était le spécialiste des recherches en matière d'ADN. C'est lui qui avait établi les formules génétiques de Léo et de Sam... Il pourrait peut-être lui dire lequel des deux était le père de son enfant. Et une fois qu'elle le saurait ? Elle savait précisément à quoi ressemblait un fœtus de trois mois, les bocaux de Marsal sur les étagères du couloir en recelaient toute une collection. Il mesurait environ quinze centimètres et son squelette était abouti. Même si le doc tenait à l'appellation de fœtus, dans son ventre, c'était un enfant, son enfant. Un garçon très brun avec des yeux bleu gitane, comme l'homme qu'elle avait aimé. L'enfant de Léo.

Marsal la regardait sans comprendre.

— Je... en fait...

Elle bafouillait, perdue.

— En vérité, doc, j'ai refait mes calculs... Je crois qu'il est trop tard pour une IVG. Et puis, je sais qu'il n'est pas de Sam Nielsen. Il est de Léo. J'en suis sûre.

— L'instinct maternel...

22.

Il n'y avait plus aucun Patrie dans l'annuaire téléphonique de Lyon, du moins avec cette orthographe. Jeanne et Denis Patrie n'étaient pas inscrits sur les listes électorales de leur village et tous les services administratifs ou commerciaux courants semblaient avoir perdu leur trace. A tout hasard, Marion étendit ses recherches aux communes avoisinantes. Elle essaya longtemps, sans succès, et dut conclure que la famille avait peut-être quitté la région. Elle avait sous les yeux le nom de l'école maternelle où Jeanne avait enseigné avant la mort de sa fille Lili-Rose, mais elle n'en trouva aucune mention dans l'annuaire ni dans la liste des établissements scolaires privés de la région. L'école Sainte-Marie-des-Anges semblait rayée de l'Éducation nationale. Son numéro de téléphone, tel qu'il figurait dans un procès-verbal du dossier, se révéla être celui du musée de la Soie.

Découragée, Marion se demanda si ses collègues n'avaient pas raison : les pistes n'aboutissaient nulle part. Son intuition avait des ratés.

« Abandonne, lui susurrait une petite voix familière, reprends les affaires courantes. Talon et les gars seront contents. Et prépare-toi pour ton autre vie. »

Oui, elle allait féliciter Talon d'avoir identifié le matin même, à force d'éplucher les listes des personnes disparues équipées d'une broche dans la cuisse droite, le transsexuel sans tête, reprendre la main sur l'enquête, demander un permis de communiquer pour rendre visite à José Baldur à la prison Saint-Paul et obtenir de lui le nom de celui qui avait tué... C'était la logique et la raison.

Mais, entre son fauteuil et la porte, il y avait les petits souliers rouges.

Un brouhaha et des bruits de pas se firent entendre dans le couloir, de plus en plus près de sa porte. Quelqu'un frappa.

Derrière Talon qui, fidèle à ses principes, n'attendait jamais qu'on l'invite à entrer, Marion distingua un couple d'une soixantaine d'années, pâles et les yeux rouges, les traits tirés. Des effigies du malheur.

— Patron, fit l'officier à mi-voix, les parents de Maurice sont là.

Marion ouvrit des yeux ronds et se pencha pour examiner le couple. Leurs têtes ne lui disaient rien.

— Les parents de qui ?

— De Maurice, enfin de Nathalie. La fille du cimetière, si vous préférez...

— Ce que je préfère, c'est ne pas les voir, chuchota-t-elle en s'abritant de leur vue derrière le lieutenant. Qu'est-ce que vous voulez que je leur dise ?

— Mais je ne sais pas... Les trucs habituels... Ils ont besoin de savoir qu'on fait tout pour identifier le meurtrier de leur fils, enfin de leur fille...

— Vous savez faire ça très bien, Talon... Rendre un corps à sa famille, exprimer les condoléances de l'administration. Mais ne les excluez pas de la liste des suspects, rappelez-vous ce que nous disions hier.

— Quand même, je crois que ça serait bien que *vous* leur parliez. Il leur manque encore la tête et cela les choque beaucoup...

— Ecoutez, Talon, s'impatienta Marion en balayant d'un geste son bureau plongé dans un chaos chaque jour plus affolant, je suis débordée, vous ne le voyez pas ?

Talon repéra le dossier ouvert devant elle, les pièces à conviction étalées sur le radiateur éteint. Un éclair proche de la haine fusa dans ses yeux marron.

— Je vois, marmonna-t-il en tournant le dos.

— Et je dois aller changer la Playstation de Nina...

Talon était dépité, ulcéré même, par l'attitude de Marion. Un fossé s'était creusé entre eux. Elle perdait son temps à des futilités. Il allait lui dire son fait lorsqu'un planton de l'accueil l'écarta pour faire rentrer un autre couple. Marion s'apprêtait à renvoyer ceux qu'elle avait pris pour d'autres membres de la famille de la fille sans tête quand elle reconnut la femme.

Les deux fonctionnaires de la DDASS en charge de l'instruction de son dossier d'adoption la saluèrent sans chaleur mais sans animosité. Une neutralité polie, presque administrative. La femme avait entre quarante et quarante-cinq ans. Elle se mit à arpenter la pièce du regard avec une lenteur attentive, explorant les piles de dossiers, les tas de documents noyés sous la poussière, le sac poubelle de Joual posé sur une table en bois et ouvert sur tous les oublis de l'officier défunt, les objets et vêtements ayant appartenu à Lili-Rose alignés sur le radiateur et enfin les petits souliers rouges, en équilibre sur la lampe de bureau. Marion eut peur soudain que ce capharnaüm constitue un élément négatif dans la procédure d'adoption. Elle tenta de se justifier :

— Je suis désolée, mais c'est que... enfin j'enquête sur un crime et...

Elle s'empressa de libérer les deux chaises elles aussi

recouvertes d'objets divers et, d'un geste, invita les visiteurs à s'asseoir.

— Excusez le désordre, il s'agit de la mort d'une fillette et...

La femme s'assit et croisa les jambes. Elle posa sur ses genoux relevés le dossier qu'elle avait apporté et se fendit d'un mince sourire :

— Rassurez-vous, nous n'avons pas l'intention de faire le ménage... ni votre enquête. C'est de Nina que nous sommes venus vous parler.

23.

Marion éprouvait des sentiments mitigés, entre révolte et découragement. Les enquêteurs de la DDASS s'étaient montrés prompts à la critique et semblaient ne jamais devoir cesser de discuter ses capacités à éduquer et chérir Nina. Marion était une mère célibataire et Léo, qui avait partagé sa vie trop brièvement, n'avait pu être pour la petite le substitut paternel dont elle avait besoin, même s'il en avait officiellement manifesté la volonté. Sa mort avait tout chamboulé et, depuis, la procédure traînait en longueur. Elle avait craint d'aggraver son cas en leur révélant sa grossesse mais, en prenant le risque qu'ils l'apprennent fortuitement au cours de leur enquête, elle compliquait la situation. La tentation était grande d'appeler Lisette pour savoir comment s'était passée la visite des deux fonctionnaires chez elle, mais elle manquait de courage : elle le saurait bien assez tôt.

La vue de l'hypermarché et de ses parkings gigantesques surplombant l'autoroute calma son angoisse comme par magie. Quoi qu'il arrive, Nina était prioritaire et les arguties d'une administration tatillonne ne pesaient pas bien lourd.

— S'il le faut, on émigrera..., dit-elle à haute voix en coupant le contact.

La zone qui avait abrité les centaines de Playstation en promotion était à présent occupée par les articles scolaires qui rappelèrent à Marion que le lendemain matin elle devrait accompagner Nina à son école pour la rentrée. De nombreux parents retardataires, bousculés par des enfants surexcités, s'agglutinaient devant les cartables et les paquets de copies. Marion contourna les groupes d'où s'échappaient les chamailleries classiques en pareilles circonstances et se rendit au rayon vidéo. Ayant aperçu la chemise rouge d'un vendeur, elle lui exposa son problème. Comme elle le redoutait, il n'y avait plus une seule Playstation dans le magasin. Cette deuxième génération de la marque arrivait tout juste sur le marché français, les gens se les étaient arrachées. Il faudrait attendre plusieurs jours pour en trouver d'autres dans les rayons.

— Laissez-la-moi, lui proposa cependant le vendeur, je vais voir ce que je peux faire.

Quand elle voulut quitter le parking, un bouchon bloquait la sortie. Elle fit marche arrière et emprunta l'issue secondaire, préférant un petit détour à l'énervement d'une attente supplémentaire. Elle déboucha sur une bretelle qui la conduisit cinq ou six kilomètres au sud de son itinéraire habituel puis s'arrêta à un embranchement qu'elle reconnut. A droite, les panneaux indiquaient la direction de Lyon, à gauche celle de Grenoble, Saint-Laurent-de-Mure et, en lettres plus modestes, *Les Sept-Chemins*. Une fois de plus, les événements lui montraient qu'il n'y avait pas de hasard.

C'était un lieu-dit, une étoile de routes, un territoire neutre que se partageaient plusieurs communes. C'était là, à quelques centaines de mètres de ce nœud routier, que Lili-Rose Patrie était morte.

Un coup d'avertisseur fit sursauter Marion tandis que le camion auquel elle barrait le passage l'éblouissait d'appels de phares répétés. Arrêtée en pleine voie, elle regardait le nom familier écrit en lettres penchées comme pour en décrypter le sens. Le gros-cul s'impatienta en lâchant une bordée de décibels.

— Oh, ça va ! fit-elle avec un geste agacé.

Elle repartit dans un crissement de pneus. Direction Les Sept-Chemins.

24.

La ferme des Patrie était lovée en contrebas de la route qui, depuis le carrefour des Sept-Chemins, conduit aux premières communes du département de l'Isère. Après l'embranchement, il fallait rouler deux cents mètres et emprunter un petit chemin remblayé de ces cailloux aux bords coupants propres à la région. Le bâtiment s'élevait sur une ancienne moraine glaciaire. Le vent qui y soufflait toute l'année était glacé l'hiver et torride l'été. La terre y était ingrate et desséchée, appauvrie par ces milliers de pierres qui, inlassablement, remontent à la surface. Marion s'était souvent demandé ce qui avait bien pu pousser Denis Patrie à vouloir installer une ferme dans un contexte aussi peu favorable.

Marion repéra l'entrée du chemin grâce au poids lourd qui stationnait sur l'aire de repos toute proche. La présence d'un camion était presque systématique à cet endroit Il y avait fort à parier que les prostituées qui hantaient le secteur depuis des lustres en avaient repris possession. Elles l'avaient déserté un temps, après la mort de Lili-Rose Patrie, dérangées par les allées et venues de la PJ qui, des semaines durant, les avait harcelées. Les filles et leurs clients n'aiment pas trop la proximité des flics et, comme par magie, la zone s'était autonettoyée, repoussant plus loin une activité presque institutionnelle sur cette départementale.

Aucune pancarte n'indiquait la ferme, qui n'avait pas reçu de nom de baptême. Dans le coin, les gens l'appelaient la ferme Patrie. Marion s'arrêta devant le portail. L'exploitation, qui n'avait jamais été très prospère, semblait à présent à l'abandon. Le crépuscule s'installait et la fraîcheur humide du soir ajoutait à l'aspect lugubre des bâtiments et de leurs abords en friche. La jeune femme hésita devant un panneau indiquant en lettres rouges : « Propriété à vendre ». Un numéro de téléphone surmontait l'inscription. Elle nota qu'il était lyonnais. Elle fit quelques pas le long de la haie de feuillus qui délimitaient le terrain et tenta d'apercevoir la façade de la maison d'habitation, perpendiculaire au chemin. Ce qu'elle vit ne la rassura pas : un des volets de la fenêtre de la cuisine ne tenait plus que par un gond, dévoilant un bout de fenêtre et un carreau étoilé. La maison avait dû être visitée de multiples fois et dépouillée. Peut-être même squattée par des jeunes des villages voisins ou par des routards qui se refilaient l'adresse comme celle d'une auberge confortable. Il y avait peu de chance que les filles de la route y aient jamais mis les pieds : trop de superstition s'attachait au lieu d'un crime, même quand la justice le transformait en accident.

Malgré l'angoisse qui nouait sa gorge au souvenir du premier jour où elle avait foulé ce sentier et de tous ceux qui avaient suivi, Marion poussa le portail. Les deux vantaux ne joignaient plus, le bois avait joué sous les intempéries, et la serrure n'avait plus qu'une fonction décorative. Des paquets de feuilles en putréfaction s'étaient agglutinés entre les lames de bois, et la peinture blanche avait disparu par plaques. Le parc était envahi de ronces et de hautes herbes jaunes gorgées d'eau. L'allée de gravier avait elle aussi cédé la place à des gerbes d'orties d'un mètre de haut. Manifestement personne ne s'était aventuré là depuis des mois, peut-être même des années. Marion franchit la barrière d'orties avec plus d'assurance, élevant ses mains au-dessus de sa tête pour échapper à leur pointes urticantes. Malgré ses précautions, les feuilles couvertes de poils aiguisés comme des seringues la brûlèrent à travers ses vêtements, provoquant une intense chaleur et la sensation que des milliers de fourmis couraient sous sa peau.

Son intuition ne l'avait pas trompée : la maison avait été ouverte. La barre de métal qui avait servi à forcer la serrure se trouvait encore sur le seuil, plus rouillée qu'un vieux pétrolier dans un cimetière à bateaux.

Marion poussa la porte et s'arrêta, les pulsations de ses artères résonnant à ses oreilles. Aucun bruit ne provenait de la demeure. Elle jeta un coup d'œil derrière elle pour vérifier que personne ne l'avait vue. Intrusion dans une propriété privée : elle était bonne pour voir débarquer les gendarmes. Plaisante perspective...

Aussitôt le seuil franchi, tout lui revint en mémoire : l'entrée avec l'escalier au fond. Sur la droite, des patères fixées au mur supportant les vêtements de la famille. Marion jurerait que ce sont les mêmes qu'il y a cinq ans ; à gauche, la cuisine. Elle ferma les yeux et il lui sembla y voir Jeanne Patrie. La jeune femme s'active, entourée de gendarmes et de pompiers. Elle sert à boire aux hommes, propose de l'eau pour les chiens auxquels on a remis les muselières. Elle est blonde, belle et vigoureuse. L'été et le grand air ont doré sa peau, elle porte une salopette beige et un débardeur rouge qui dévoile ses épaules. Sa chevelure épaisse et bouclée est attachée sur sa nuque par un nœud rouge. De petits cheveux rétifs s'en échappent et, d'un geste machinal et nerveux, Jeanne souffle dessus pour les éloigner de son front. Elle ne sait pas encore, pour Lili-Rose. Elle ne se rend pas compte de ce qui l'attend. Elle a encore un peu de répit, deux heures exactement.

Marion se retourna. En face de la cuisine, une pièce qui servait de salon-salle à manger pour les rares réceptions des Patrie et d'atelier pour Jeanne qui peignait des natures mortes aux couleurs éclatantes. C'est là, devant la cheminée, que Marion a rencontré pour la première fois Denis Patrie, le père de Lili-Rose. Il se tient debout, au milieu d'autres gendarmes et d'autres pompiers, avec son grand tablier bleu de jardinier entortillé autour des reins et noué sur le ventre. Il triture des bouts de fil arrachés au cordon, il est agité. Ses ongles sont cassés par les pierres qu'il enlève, inlassablement, du potager censé nourrir sa famille mais dont il ne parvient à extraire que quelques courgettes rabougries et des radis immangeables.

Son visage recuit qui porte les marques de son chapeau de paille et sa peau, creusée de minuscules cratères, striée de veinules qui ont craqué autour de son nez et sur ses pommettes, indiquent qu'il n'en a pas tout à fait fini avec la boisson. Ses yeux sont vides, sa lèvre inférieure pend. Lui, il sait.

Marion évita les pièces du fond, un cellier au toit percé, une ébauche de salle de bains installée dans un ancien four à pain duquel ne subsistait qu'une moitié de voûte, la grande pièce aux murs rongés d'humidité où Denis s'installait l'hiver pour fendre le bois et qui sentait la suie et la fiente des oiseaux qui nichaient sous les poutres. Elle évita la chambre des parents et grimpa d'une traite les quinze marches de pierre jusqu'à l'étage. En haut, de part et d'autre d'un grenier encombré de valises et de sacs publicitaires, les chambres des enfants. A gauche, celle de Mikaël, à droite, celle de Lili-Rose, au-dessus de celle des parents. Jeanne n'a pas besoin de laisser les portes ouvertes : la nuit, le plancher laisse filtrer la lumière et propage le moindre bruit. Jeanne entend Lili-Rose quand elle respire, quand elle rêve, chaque fois qu'elle remue dans son lit.

Marion entra dans la chambre. Rien n'avait bougé : ni le lit blanc à barreaux recouvert d'un plaid à grands carreaux bleus et blancs, ni la table basse et le siège d'enfant en plastique moulé, ni le placard fermé, ni même les rideaux assortis au couvre-lit et soigneusement tirés. Une lumière approximative filtrait à travers le tissu. Marion, troublée, remarqua les jouets et les vêtements de Lili-Rose étalés un peu partout. Des robes, des pulls, des sous-vêtements. Plusieurs paires de chaussures étaient rangées sous la fenêtre et on aurait dit qu'elles attendaient la visite du Père Noël. Deux poupées dont une unijambiste, des lego, des cubes, une ferme miniature et ses animaux de bois peint, des colliers multicolores et quelques dessins posés contre le mur, alignés comme à la parade. Quelqu'un semblait avoir exposé les affaires de la fillette. Pour quelle raison ?

Chaque fois qu'elle s'était trouvée confrontée à la mort

d'un enfant, Marion avait observé les réactions des parents. Dans les premières heures, ils parlaient de rassembler les affaires du mort, de les donner ou de les jeter, de repeindre la chambre, d'en faire un bureau ou une salle de bains. Mais ils n'en faisaient rien et plus les jours passaient plus la chambre devenait un lieu de culte intouchable. Ce qui valait pour les enfants valait pour les grands ; elle aussi avait réuni les affaires de Léo après sa mort avec l'intention de s'en débarrasser. Elle en avait fait un tas dans le salon. Un mois après, il y était encore et plus le temps passait, moins elle se sentait le courage de s'en défaire. Un jour, la guitare avait repris sa place dans *leur* chambre, les sacs dans le fond du placard.

Là, les vêtements et les jouets n'étaient pas à l'endroit où ils auraient dû se trouver. Mais il y avait plus surprenant encore : alors que le sol, les meubles et le couvre-lit étaient recouverts d'une couche de poussière et de sciure tombée du plafond, les vêtements posés sur le lit étaient nets.

— Qui a bien pu faire ça ? se demanda-t-elle à mi-voix, mal à l'aise.

Elle se pencha pour examiner les chaussures alignées sous la fenêtre. Propres elles aussi. Il y avait une paire de sandales blanches au cuir râpé, des souliers à lacets marron, des chaussons bleus au talon écrasé et des mocassins verts à franges. Le tout dans un état usagé, de facture très ordinaire, provenant de magasins de grande distribution. Ce qui n'avait pas effleuré Marion au moment de l'enquête lui sauta alors aux yeux : aucune commune mesure entre ces chaussures et les ravissants souliers rouges, fabriqués par un maître chausseur, qu'elle avait retrouvés près du puits. Un autre détail la frappa. Elle Ms'accroupit pour regarder de plus près une des sandales que probablement Lili-Rose avait portées cet été-là. Comme elle s'y attendait, elle portait la marque d'un grand groupe d'hypermarchés. Marion lut les deux chiffres qui indiquaient la pointure : 29. Elle inspecta ensuite les autres paires dont les pointures allaient toutes du 28 au 29. La pensée lui vint que Lili-Rose avait de grands pieds pour son âge.

Dans le parc, Marion put constater l'absence d'entretien et mesurer l'étendue du désastre causé par la grande tempête du dernier Noël. Elle avait couché de nombreux arbres et cassé les plus grosses branches des chênes. L'une d'entre elles avait brisé le toit de ciment ondulé du poulailler et gisait en travers de l'ancien enclos où Denis Patrie élevait poules, canards, oies et pigeons. Le grillage était déchiré et les mangeoires disparaissaient sous les herbes hautes. Pourtant Marion crut entendre les roucoulades des pigeons, les cris des poules affolées et les craquements des pintades anorexiques que Denis s'escrimait à vouloir produire et qui mouraient toutes avant d'être bonnes à cuire.

C'est au fond de ce poulailler qu'elle avait retrouvé Mikaël, le frère aîné de Lili-Rose, blotti derrière les auges, ramassé sur lui-même comme un enfant des bois. Elle avait tenté de le calmer pour reconstituer avec lui le parcours de Lili-Rose jusqu'au puits, son dernier jour, ses dernières heures. Mikaël, huit ans, ne proférait que quelques onomatopées en ravalant d'une curieuse manière la salive qui coulait en permanence de sa bouche. Il était déficient mental, avec le niveau d'évolution d'un enfant de deux ans et une croissance anarchique. Effrayé par les gendarmes et les allées et venues des pompiers, il roulait des yeux affolés quand Marion lui parlait de Lili-Rose. Il aurait fallu que quelqu'un l'aide, le rassure, traduise les mots dans son langage. Mais Jeanne était prostrée et Denis muet.

L'odeur d'humus s'intensifia quand Marion franchit les derniers mètres qui la séparaient du puits. Un gros chêne était venu finir ses jours en travers du chemin et elle dut l'escalader. L'écorce creusée de sillons profonds était mouillée et elle dérapa pour se retrouver de l'autre côté du tronc, sur les fesses. Assise, elle avait une vue parfaite sur le puits. Il était situé au milieu d'une zone dégagée et protégé de l'invasion végétale par un seuil de ciment large d'un mètre. L'ouverture en avait été condamnée par de grosses planches. Tout autour, fixée aux arbres, la bande jaune qui annonçait « police » en lettres noires avait été déchirée par les intempéries. Bien que Marion ait gardé de ce puits un souvenir aigu, elle fut frappée par la hauteur de la margelle. Etait-ce seulement parce qu'elle était assise ?

Elle se releva et la taille du puits se modifia sensiblement. Elle se demanda tout de même comment une enfant de quatre ans, plutôt petite et chétive, avait pu escalader seule ce mur qu'on avait surélevé à un mètre cinquante. Il n'y avait autour ni souche ni banc sur lesquels elle aurait pu grimper ou prendre appui. Les pierres lisses ne portaient pas la trace de ses chaussures. D'ailleurs, elle était pieds nus quand on l'avait retrouvée cinq mètres en dessous du niveau du sol, et les petits souliers rouges avaient été découverts au pied d'un arbre, à trois mètres de là. Marion, comme un certain soir d'été, buta sur cette anomalie.

Immobile, les yeux mi-clos, elle fit un bond dans le temps.

Elle arrive près du puits, le ciel est encore clair. C'est le début du mois de juillet, il ne fait pas nuit avant 22 heures. A l'intérieur du périmètre de la scène du crime délimité par les gendarmes on a installé des projecteurs et monté un échafaudage pour accéder au faîte du mur. Les pompiers venus en renfort de Lyon ont apporté du matériel spéléo. Une potence enjambe le puits. On se croirait sur un site archéologique ou un lieu de prospection pétrolière. Une grosse poulie surmonte le tout et un harnais est fixé à l'extrémité d'une corde épaisse enroulée autour de la roue. C'est Denis Patrie qui, le premier, aperçoit Lili-Rose au fond du puits. Les gendarmes l'entraînent plus loin. Un pompier volontaire descend, en rappel, au risque de se rompre les os. Il constate que Lili-Rose est morte mais les gendarmes ne l'autorisent pas à la remonter.

Il n'y a de place que pour une personne dans le boyau étroit d'où monte une odeur de moisi et de déjections. Marion décide que c'est elle qui descendra. Elle s'équipe d'une lampe frontale, d'un appareil photo et d'un enregistreur dont elle fixe le micro à la bretelle de son soutien-gorge.

En évoquant ces images, le trou noir et la petite morte

au fond, Marion ressentit la même panique que cinq ans auparavant. L'envie de crier « arrêtez ! remontez-moi ! ». Mais le grincement de la poulie et la première secousse l'entraînent en bas sous les regards graves des spectateurs. Que pensent-ils, tous ces hommes ? Est-ce qu'ils l'envient, est-ce qu'ils la plaignent ? Est-ce qu'ils l'attendent au tournant, sachant que c'est sa première enquête criminelle, son baptême du feu ? Marion ne veut pas savoir. Elle fait signe d'arrêter la descente, le temps de récupérer la corde à sauter suspendue à sa branche rabougrie et de la placer dans un sachet en plastique coincé dans sa ceinture. Grincement. Elle remonte d'un mètre, tend son paquet. Nouveau grincement, soubresaut du harnais. Plus elle descend, plus il fait noir, plus l'odeur est pestilentielle. L'air confiné qui stagne dans le fond du puits est presque irrespirable. À cette puanteur sournoise s'ajoute l'odeur d'un produit chimique fort et entêtant. La lumière de sa lampe fait sortir de l'ombre Lili-Rose dont elle ne voit que les cheveux longs coiffés en couettes et retenus par des « chouchous » rouges, la colonne vertébrale bizarrement pliée à hauteur des dorsales et la plante des pieds à la peau transparente. Lili-Rose a une taille inférieure à la moyenne et, ainsi recroquevillée, elle semble encore plus menue. Marion prend des photos, inonde de flashes le corps inerte et tout ce qui l'entoure, dicte ses observations dans le micro. Elle a hâte d'en finir, de remonter pour respirer. Ses poumons la brûlent et elle halète, en sueur malgré la fraîcheur du trou. Elle se saisit du petit corps mou et désarticulé, et le prend contre elle avec d'infinies précautions. Lili-Rose est légère, un elfe. Sanglée contre Marion, son dos froid contre le ventre chaud de la jeune femme, la tête penchée vers l'avant, elle oscille doucement. Marion, le cœur près d'exploser, crie aux hommes de la remonter. De *les* remonter. L'air libre, le silence lourd, épais comme le remords. On détache Lili-Rose. Qui, déjà ? Marion ne se souvient plus si c'est Talon ou Marsal, le légiste qui vient juste d'arriver et qui, pour une fois, n'a pas le cœur à persifler. Le hurlement de Jeanne qui a échappé à la garde des gendarmes et vient d'apercevoir sa fille, petit pantin pantelant qu'elle ne pourra plus jamais tenir dans ses bras. Son regard sur Marion, terrible, qui semble l'accuser. Mais de quoi ? Elle n'est coupable de rien. Elle a juste envie de s'enfuir.

Elle était restée là ce soir d'été, pour faire son métier, insensible au parfum lourd des dernières fleurs d'un catalpa invisible. Pendant des jours et des nuits, elle n'avait plus eu dans les narines que cette odeur insoutenable de bête crevée et dans les oreilles les cris d'animal mis à mort de Jeanne Patrie. Elle s'imagina à la place de cette femme et dans son corps quelque chose remua. Un infime signe de vie qui lui fit porter les mains à son ventre. « Le bébé ! » pensa-t-elle, bouleversée. Elle attendit un autre mouvement, elle l'espéra de toutes ses forces mais rien ne se produisit et elle se dit avec regret qu'elle avait dû rêver.

La sonnerie de son téléphone portable troua le silence. Marion s'aperçut que la nuit s'était presque installée. Affolée par la précision de ses souvenirs et par ses émotions qui la plongeaient dans la confusion, elle comprit à moitié ce que lui disait Nina, à l'autre bout, chez Lisette. Elle retint simplement qu'il était question de chaussures et s'entendit promettre de rentrer très vite.

Elle allait rebrousser chemin quand elle se souvint qu'une allée secondaire sinuait jusqu'à un ruisseau, à sec la plupart du temps. De l'autre côté de ce symbolique obstacle naturel, un sentier ceinturait la propriété et ramenait à l'entrée principale. Intuitivement, elle s'y dirigea. Elle retrouva l'allée et constata que l'herbe avait été foulée. Comme les avoines sauvages et les touffes de camomille fanées du sentier.

Quelqu'un était venu par ici récemment.

Elle aurait dû se demander qui ou pourquoi. Curieusement, en quittant la ferme Patrie, ce n'est pas à cela qu'elle pensait. Mais aux pieds de Lili-Rose. Des pieds si grands pour un si petit corps.

25.

La cour de l'école primaire de Saint-Genis était plus agitée qu'une volière. Il était difficile de déterminer qui, des parents crispés, des enfants survoltés et des maîtres qui couraient d'un groupe à l'autre, faisait le plus de bruit. Nina était allée dire bonjour à deux copines, embrasser sa maîtresse de l'année dernière et regarder sous le nez son maître de CM1. C'était un gaillard bronzé et sportif, au sourire franc. Marion l'épiait aussi de loin en se disant, le cœur serré, qu'elle avait croisé des pédophiles encore plus rassurants que lui. Apparemment satisfaite de son examen, Nina revenait en sautillant, son cartable neuf épousant les mouvements de son buste.

— Ton lacet ! s'écria Marion en avisant le cordon défait.

Nina s'accroupit pour refaire le nœud des Reebok flambant neuves que Lisette lui avait offertes la veille. « Heureusement que j'ai oublié de te les acheter, tu en aurais eu deux paires... », avait dit Marion en allant la chercher.

Au moins Nina avait pu choisir *exactement* le modèle qu'elle voulait. Marion n'osait imaginer la pression que Lisette avait dû subir au cours de cette dernière journée de baby-sitting !

— C'est fou ce que tu as de petits pieds ! s'exclama Marion qui semblait s'apercevoir de la chose pour la première fois.

— Ben ça ! Je suis petite, hein ! Je suis sûre que je vais encore être la plus petite de la classe !

— Ce qui est petit est joli, bêtifia Marion pour la consoler. Je crois qu'il faut y aller, petit chat...

Marion se baissa pour la prendre contre elle. Elle sentit les mouvements rapides du cœur de sa fille et son odeur de savon au miel — un de ses plus récents caprices —, puis son regard se posa sur les deux enquêteurs de la DDASS qui l'attendaient près du portail de la cour. Elle se rembrunit. Pendant que Nina écrirait la date sur un cahier neuf et raconterait un souvenir de vacances, elle subirait la curiosité des fonctionnaires et devrait leur faire visiter la maison, de fond en comble. Dieu merci, Nina ne saurait rien de leurs questions sournoises.

— T'en fais pas, maman, dit-elle. Ça va bien se passer.

— Oui, ma puce, ça va bien se passer.

— Je veux dire, avec les deux enquiquineurs de la DDASS.

— Nina, veux-tu !

Nina s'esclaffa. Marion pouffa en douce en la serrant plus fort.

— Jamais je te quitterai, t'es une mère trop géniale !

Une grande vague de tendresse souleva Marion de terre.

— Allez, file ! dit-elle très vite pour éviter de fondre en larmes, sinon tu vas être la plus petite... et la dernière !

Nina lui donna plusieurs baisers rapides sur le visage et s'élança vers son maître qui frappait dans ses mains pour inviter les enfants à se ranger devant la porte. Elle parcourut dix mètres et s'arrêta pile. Marion la vit revenir sur ses pas.

— Tu sais, je voulais te dire, il faut que tu...

La sonnerie annonçant l'heure officielle de la rentrée retentit et couvrit la fin de sa phrase. Marion sourit, parfaitement au fait de ce que Nina voulait lui rappeler et qui avait pour nom Playstation...

Nina grimaça en se bouchant les oreilles, puis dans le silence revenu :

— Il faut que tu ailles voir un médecin. C'est pas normal que tu vomisses tout le temps...

Marion ouvrit et referma la bouche, abasourdie.

— Promis, balbutia-t-elle tandis que la fillette attendait en la regardant fixement.

La couette et le cartable neuf avaient disparu depuis longtemps que Marion était encore là, dans la cour redevenue sereine, à s'extasier sur l'incroyable faculté qu'avait Nina de la surprendre. Elle entendit le couple de la DDASS qui s'impatientait.

Au moment où elle les rejoignait, la sonnerie de son

téléphone émergea de la poche de son blouson sur l'air d'*Amazing Grace*. Elle se détourna pour répondre. Leur fit face de nouveau après un bref échange :

— Désolée, j'ai une urgence.

— Alors ? fit la femme.

— Alors, une urgence, c'est une urgence.

Ils la dévisagèrent, soupçonneux.

— Demain, ici, même heure ? proposa-t-elle en filant vers sa voiture.

Elle ne leur laissa pas le loisir de répondre.

26.

C'était sa troisième visite à l'IML en trois jours, après trois mois sans y avoir mis les pieds. De quoi mettre dans tous ses états le pauvre Marcello.

Elle respira un peu mieux quand elle constata que les deux tables d'autopsie étaient lessivées et briquées comme la cuisine d'un grand hôtel. Aucun macchabée les tripes à l'air. Le légiste était assis derrière son bureau, ses lunettes relevées sur son front aussi poli que l'inox de ses plans de travail.

— J'ai des trucs pour vous.

Le regard de Marion brilla. Des « trucs pour vous », en langage marsalien, c'était de bonnes nouvelles. Elle dissimula son impatience tandis qu'il fourrageait dans ses papiers.

— Je n'ai pas la moindre idée de ce que vous mijotez et je ne veux pas le savoir, prévint-il. Je ne me place que d'un point de vue de médecin et de scientifique...

Patience, patience... Pas de signe d'irritation ! Marsal commençait immanquablement ses exposés par de grandes envolées sur la morale et la science, sur l'éthique des experts et les magouilles policières. C'était le prologue obligé. Marion s'assit sur le rebord d'une chaise en skaï noir en prenant soin de ne pas faire de bruit.

— J'ai inventé une monstrueuse salade pour obtenir ce que je voulais du directeur du labo et j'ai horreur de ça...

« Menteur, songea-t-elle, au contraire, c'est une jubilation chez toi, le mensonge, la manipulation des corps et des esprits, une masturbation intellectuelle... »

— Bref, je ne vous en dirai rien, je préfère ne partager avec personne ce secret honteux.

« Bon, faut pas pousser, doc... ça ne va quand même pas déclencher un conflit atomique. »

— Alors... (nouvelle recherche dans les papiers empilés au gré des arrivées) le liquide retrouvé sur le gilet et les cheveux qui a provoqué ces irritations colorées abrasives sur la peau est du formaldéhyde, ou anhylide... formique, plus connu sous le nom de formol. Un désinfectant employé...

— Je sais, doc... On l'avait identifié il y a cinq ans.

— L'examen post mortem montre que les cellules de la peau n'avaient pas commencé à desquamer et que, par conséquent, la mort est survenue seulement quelques minutes après qu'elle a reçu le liquide sur le visage.

— Quelle quantité ?

— Difficile à dire avec précision. Un demi-litre, à peu près.

Marion avança le buste, lisant à l'envers les notes de Marsal.

— J'ai un souci avec ça, dit-elle brusquement. Le formol est un produit très agressif, qui provoque des brûlures... Quand Lili-Rose en a été aspergée, elle a dû avoir très mal. Et que fait un enfant dans ce cas ? Il court voir sa mère... Si Lili-Rose ne l'a pas fait c'est qu'on l'en a empêchée, vous ne pensez pas ?

— Penser n'entre pas dans mes attributions, commissaire ! Mais je vois ce que vous voulez dire. Quelqu'un jette du formol sur Lili-Rose et pour éviter qu'elle n'aille le dire à sa mère, la jette dans le puits. Ma foi... Sachez quand même que la brûlure du formol n'est pas immédiate. Ce n'est pas de l'acide chlorhydrique ou du vitriol. D'ailleurs, je vous l'ai dit, quand elle est morte, il est vraisemblable qu'elle n'en avait pas encore ressenti l'effet cuisant...

— Quel délai entre le contact avec la peau et la sensation de brûlure ?

— Dix minutes, environ. Là je dirais qu'il s'en est écoulé à peine quatre.

Marsal attendait un commentaire qui ne vint pas.

— En tout cas, reprit-il, ce n'est pas le formol qui l'a tuée, ni directement ni indirectement. Vous savez d'où il venait, ce formol ?

— C'est un produit en vente dans le commerce... Nous avions, à l'époque, cherché dans plusieurs directions : hôpitaux, médecins, taxidermistes, laboratoires. Mais cela n'a rien donné. Un demi-litre sur le visage d'une fillette c'est énorme mais dans l'absolu, c'est zéro...

— En effet. Et à la ferme ?

Marion agita la tête. Denis Patrie avait affirmé ne pas en détenir et la perquisition n'avait pas permis d'en découvrir. Il n'avait aucune idée de sa provenance, Jeanne non plus. D'ailleurs Jeanne ne disait rien, n'avait d'idée sur rien. Elle sursautait dès qu'on prononçait le nom de sa fille. Le mystère du formol n'avait pas été percé.

— Il y avait bien un frère dans cette histoire ? hasarda Marsal.

— Oui, huit ans. Un QI d'oiseau, souffreteux, des tas de problèmes de santé.

— Un gosse pas tout à fait fini, en somme, murmura le légiste. Il a peut-être mis la main sur un flacon et balancé le contenu sur sa sœur...

Marion fit la moue :

— J'en doute, vraiment. Trop de difficultés motrices pour des gestes aussi élaborés.

— Il lui voulait peut-être du mal ? La jalousie...

— Il l'aurait balancée ensuite par-dessus la margelle ? Honnêtement, je ne sais pas s'il en était capable. Je veux dire physiquement. Lili-Rose se serait débattue, sa mère aurait entendu du bruit. Et qu'aurait-il fait du flacon vide ? On ne l'a jamais retrouvé. On a fouillé toute la ferme, même le poulailler où il s'était réfugié...

Marsal écarta les bras de son corps maigre.

— Bon, moi ce que j'en dis... Un acte compulsif est toujours possible.

— Bien entendu. Mais c'est une éventualité qui a été écartée par l'ancien directeur de la PJ, Max Menier. Il avait écarté toutes les hypothèses criminelles, du reste...

Le doc n'insista pas, il pencha son long nez sur ses papiers, et enchaîna :

— A part le formol, les prélèvements sur le corps lui-même ne présentent rien que de banal. Le plus intéressant se trouvait sur les vêtements et dans les poches du gilet de la victime. Des fragments minéraux, des poussières, des débris de feuilles, de la terre. La comparaison avec les éléments de l'environnement s'est révélée positive. On a aussi trouvé des fragments organiques humains, foisonnants comme d'habitude : peau, poils, fragments de cheveux, tous appartenant à Lili-Rose ou aux membres de sa famille. Sauf un.

Marion se redressa. Marsal la contempla par-dessus ses lunettes.

— Vous ne le saviez pas ?

— Si, si. C'était un cheveu long, non ? J'avais en mémoire qu'il appartenait à Jeanne, la mère.

— Eh bien, non. Remarquez, les cheveux...

Marion acquiesça en portant machinalement la main aux siens.

— On en perd partout, tout le temps, dit-elle... Lili-Rose allait à l'école, dans les magasins, elle n'était pas dans une boîte étanche. Elle a pu ramasser ce cheveu n'importe où et comme, en dehors des membres de la famille, nous n'avons jamais eu de suspect...

— Bien sûr, acquiesça Marsal. C'est logique. Un cheveu, c'est un élément banal, sauf si on a sous la main un éventuel donneur qui autoriserait une comparaison et un rapprochement formel.

Marsal poursuivit son exposé sur un ton sérieux :

— D'autres fragments organiques ont été prélevés, d'origine animale ceux-là.

Il abaissa ses lunettes et parcourut un autre bout de papier. Il leva la tête, un air gourmand dans les yeux.

— Là, à mon avis, on est passé à côté de quelque chose.

Il s'arrêta pour mesurer son effet. Exaspérant.

— Des volatiles ont laissé des plumes dans les poches de Lili-Rose : poules, canards, pigeons et autres. Plus quelques résidus de produits alimentaires de basse-cour et quelques cadavres de parasites courants sur ces bestioles. Tous correspondent à la faune de la ferme. Sauf ça.

Il décrocha de sa feuille de papier une photo qui montrait en gros plan un sachet translucide de quatre centimètres sur quatre. Il posa le cliché sur un classeur en carton épais. Marion l'attrapa et l'examina avec avidité. A l'intérieur du sachet, l'objet ressemblait à l'ergot d'un coq ou d'une poule accroché au bout d'une phalange squelettique de deux centimètres de long. D'une couleur très foncée, presque noire, il présentait à l'objectif un reflet si vif qu'il paraissait avoir été enduit de cirage et lustré. La photo, agrandie, révélait avec précision tous les détails de la griffe. Sa taille réelle ne devait pas excéder un centimètre et celle de la pièce moins de trois centimètres. Marion interrogea le légiste du regard. C'était la première fois qu'elle voyait cet objet. Le divisionnaire Menier avait, là encore sévi, cloisonnant l'enquête de façon à en rester le maître absolu.

— Cette griffe de volatile n'appartient à aucun des animaux vivant dans la ferme. Je dirais même qu'il est exclu qu'aucun d'entre eux en possède de semblable. Il s'agit très certainement d'un ergot de rapace, de faucon ou de buse peut-être. Son état indique qu'il est d'un âge avancé, sans rapport avec celui de la présence de la famille et de son activité agricole dans la région.

— Lili-Rose a pu le trouver dans le jardin. Il pouvait y avoir été perdu par un rapace il y a longtemps.

— J'en doute : la matière qui recouvre la griffe ne provient probablement pas de la ferme. En examinant les résidus de grattage à la loupe binoculaire et au MBE, on y trouve des présences insolites, des éléments minéraux et organiques inconnus, du moins localement. Il y a mieux : un fragment de tissu apparaît à l'examen, accroché en haut de l'ergot, constellé de grains de sable et de débris végétaux collés aux fibres.

— Vous savez de quoi il s'agit ?

Le légiste fit un signe impatient de la main indiquant qu'il n'aimait pas ces interruptions incessantes. Marion ne s'en soucia pas :

— Vous pensez qu'elle a pu ramasser ça au fond du puits ?

— Et ce serait entré dans sa poche tout seul ? Après sa mort ?

— Oui, c'est idiot. Mais pas tout à fait impossible. Quand je suis allée la chercher, j'ai pu ramasser ce... truc involontairement. Ce qui me surprend, docteur, c'est qu'on n'ait pas fait ce travail au moment de l'enquête initiale. J'ai relu le compte rendu du labo avant-hier chez la juge Eva Lacroix. Cette « griffe » n'est mentionnée nulle part. Il n'est fait allusion qu'à un « prélèvement différent des autres » ou une formule de ce genre. Je suppose qu'il s'agissait de ce doigt d'oiseau.

Marsal se leva, puis se rassit.

— C'est possible. La personne qui a ressorti ces prélèvements des archives du labo avait fait les mêmes observations il y a cinq ans. Une chance d'ailleurs que tout ne soit pas passé à la poubelle entre-temps. C'était elle qui avait procédé aux analyses, précisa-t-il, devançant la question de Marion. Elle en avait parlé à son patron qui, avec l'accord de votre juge Lacroix, avait décidé d'envoyer l'ergot, tel quel, au Muséum d'histoire naturelle de Lyon. Il lui semblait évident que ça ne collait pas avec le reste mais il manquait des éléments...

— Le labo l'avait donc bien envoyé quelque part...

— Oui, s'impatienta Marsal, au Muséum, je viens de vous le dire. Je peux même vous affirmer que c'est bien arrivé là-bas puisque le directeur du labo a été informé que l'expertise allait être confiée à un jeune conservateur spécialisé dans les oiseaux, espèces disparues ou menacées. Un passionné d'évolution des espèces ornithologiques, un patient collectionneur aussi. Mais après quelques semaines, l'échantillon est revenu, sans commentaires. Et surtout sans résultats.

— Et pourquoi ?

Marsal se leva pour faire signe à son assistant à travers la vitre. Ce dernier, occupé à étiqueter des bocaux au contenu peu ragoûtant, pointa son nez de fouine. Marsal se tourna vers Marion :

— Café, commissaire ? Deux cafés, Marcello, fit le doc alors que Marion acquiesçait. Très serré pour moi. Sucre ?

Elle refusa, impatiente de connaitre la suite.

— Alors, doc, c'est insoutenable ce mystère !

— Oh là, miss, on a attendu cinq ans, on n'est plus à la minute... Je disais donc : retour de notre griffe sans analyse car, figurez-vous, l'expert avait disparu.

— Disparu ! Comment ça, disparu ?

— Enfin, c'est une façon de parler. Il était parti, à l'étranger je crois, et personne d'autre ne disposait de ses compétences au Muséum.

Marion connaissait la suite : le laboratoire avait rendu compte de la carence de l'expert à Eva Lacroix et évoqué l'éventualité d'envoyer l'échantillon à un autre établissement. Mais entre-temps était survenue la décision de classer l'affaire. L'expertise, opération toujours coûteuse, n'avait plus lieu d'être. La famille n'avait rien demandé, le parquet non plus. Fin de l'épisode. Marion se tut pendant que Marcello posait devant eux un plateau avec deux gobelets qui sentaient bigrement bon. Puis elle redressa la tête et, par simple acquit de conscience, voulut connaître le nom du jeune ornithologiste.

— Martin, fit le légiste après réflexion. Comme des milliers de Français. Mais au moins, c'est un nom facile à retenir... Olivier Martin.

27.

Marion n'avait aucune envie de rentrer au service où l'attendaient Talon et son hermaphrodite sans tête. Et sans doute aussi des nouvelles peu réjouissantes de l'équipe « Internet » acharnée depuis des semaines à cerner une filière d'amateurs de violences sexuelles sur mineurs qui s'échangeaient sur le web des photos à tomber à la renverse. Les attraper était un défi difficile. Ces milliers d'anonymes, bien à l'abri derrière leurs écrans, connaissaient mieux les technologies nouvelles que l'immense majorité des flics de France et savaient repérer toute tentative d'intrusion dans leur réseau répugnant. Il faudrait des années pour se mettre à niveau. Les vieux flics — dont hélas elle faisait déjà partie — balbutiaient l'informatique et les moyens modernes de communication quand ils n'y étaient pas carrément allergiques. Les deux volontaires dénichés par Marion dans des commissariats de l'agglomération lyonnaise avaient moins de trente ans et avaient appris l'informatique au berceau. La traque des réseaux pédophiles reposait sur eux.

Elle éprouvait bien quelques remords vis-à-vis des « gars » qui auraient pensé, en la voyant hanter l'IML, qu'elle continuait à perdre son temps avec cette vieille affaire, mais Marsal l'avait alléchée avec sa griffe de rapace. Elle sentait, elle *savait* qu'elle tenait là une pièce fondamentale et que rien ne pourrait plus l'arrêter.

— Ce Martin, il a forcément été remplacé...

— Je le suppose, convint Marsal à contrecœur, devinant ce que la commissaire avait derrière la tête.

Convaincre Marsal de retourner immédiatement au labo récupérer pour elle le doigt de ce mystérieux rapace et de le lui confier fut une performance. Elle dut lui promettre une contrepartie sur laquelle il était resté vague. « On verra ça plus tard... » Mais il avait capitulé.

Pour tromper l'attente, elle prétendit avoir besoin de prendre l'air et sortit de l'institut. Mais au lieu de quitter le bâtiment, elle bifurqua dans le long couloir gris qui conduisait au laboratoire du professeur Ampuis, le spécialiste des empreintes génétiques que la France policière tout entière consultait.

Marion ne savait pas au juste ce qu'elle allait chercher chez lui. Peut-être simplement une approbation à sa décision de mettre au monde un enfant dont elle ne connaissait pas le père.

Pourtant sa décision était prise. La veille, dans le jardin de la ferme Patrie, le bébé avait bougé en elle. Et un quart d'heure plus tôt, elle avait bu le café de Marsal avec plaisir. Les nausées étaient derrière elle, le cap difficile et les hésitations étaient passés. Que pourrait lui dire de plus le professeur Ampuis ?

Elle s'apprêtait à rebrousser chemin quand le bureau s'ouvrit à la volée sur le professeur en blouson de cuir, jean noir et bottes de moto, un casque de motard à la main. Marion, qui ne l'avait jamais imaginé enfourchant une bécane, en resta bouche bée. Le visage jovial et sympathique du médecin s'éclaira.

— Oh ! commissaire, je ne vous espérais plus !

De toute évidence, Marsal n'avait pu s'empêcher de le mettre dans le secret. Ampuis s'effaça pour la laisser entrer non sans jeter à la pendule un coup d'œil furtif qui n'échappa pas à la jeune femme.

— Je ne veux pas vous déranger, dit-elle. Comme son compère de l'IML, Ampuis avait sans doute un cours à donner ou un bus à prendre, en l'occurrence, une moto ou un scooter.

— Pensez-vous, j'ai quelques minutes encore. Je ne me marie qu'à 11 heures.

Marion crut avoir mal entendu. Elle dévisagea le bonhomme un peu rond, vêtu comme un rocker revisité à la Hell's Angels : pas de cravate, pas de fleur à la boutonnière. Marion ne s'était mariée qu'une fois mais elle aurait juré que les futurs époux apportaient plus de soin à leur toilette nuptiale. Son mari, du moins, s'était montré plus conformiste.

Il était déjà 11 heures moins le quart.

Ampuis rit de sa stupeur :

— Rassurez-vous, elle attend ce jour depuis dix ans... quelques minutes de plus ou de moins. Venez.

Il l'entraîna vers le petit bureau du fond et s'assit nonchalamment sur une table en bois clair. Il lui désigna une chaise. Dans le décor monacal de la pièce, Ampuis et ses bottes mal cirées détonnaient : il ressemblait à tout sauf à un éminent spécialiste du génome humain.

— Marsal m'a expliqué votre problème, dit-il, très sérieux tout à coup. Je crains, hélas, de ne pas pouvoir vous donner de bonnes nouvelles.

Marion garda le silence, la bouche sèche.

— Il est impossible de pratiquer une analyse génétique sur le fœtus sans le mettre en danger. C'est un risque trop grand.

— Je m'en doutais. J'ai lu quelques articles dans des revues.

— Vous pouvez encore avorter.

— C'est exclu.

Sa voix était ferme, sans l'ombre d'une hésitation.

— Vous pourrez savoir qui est le père lorsque l'enfant sera né. Ce n'est pas dans mes habitudes, mais, si vous y tenez vraiment, je pourrai faire cela pour vous.

Et une fois qu'elle saurait ? Est-ce qu'elle aimerait moins l'enfant de Sam que celui de Léo ? L'émotion la gagnait, une grande tristesse aussi. Elle se sentit tout à coup fragile et démunie sous le regard d'Ampuis que sa fiancée attendait à la mairie. Il avait une tête à avoir une ribambelle de gosses. Mais l'idée l'avait-elle effleuré que ce qu'il évoquait là avec elle n'était pas un simple acte médical ? Qu'il s'agissait de sa vie et de celle d'un enfant ? Elle pensa à ce petit corps relié au sien par des milliards de fils invisibles et leva sur Ampuis ses yeux sombres mais limpides, pleins d'une gravité inhabituelle.

— Je vous remercie, docteur, dit-elle fermement. Je mettrai cet enfant au monde et je ne vous demanderai pas cet examen. Ni à vous, ni à personne.

C'est d'un pas plus léger qu'elle regagna le trou mal éclairé du doc. Elle l'aperçut de loin, derrière les vitres de son bureau, son corps rachitique à moitié camouflé par des murailles de papier plus impressionnantes encore que celles qui encombraient son propre lieu de travail. Il était au téléphone et se mit à faire de grands gestes dans sa direction dès qu'il la vit.

Il semblait plongé dans une discussion houleuse. Son teint ternissait à vue d'œil et des rides verticales se creusaient de chaque côté de sa bouche. Il posa la main sur l'appareil :

— Où est-ce que vous étiez passée, nom de Dieu ?

Marion articula en silence « aux chiottes » et l'ombre d'un sourire revint sur le visage du légiste. Il ouvrit un tiroir de son bureau et en sortit une enveloppe de format moyen qui portait l'en-tête du laboratoire. Il l'agita sous le nez de Marion mais la garda entre ses doigts jusqu'à la fin de sa conversation.

— Ah, le con ! fit-il en raccrochant. Si un jour il y a un concours, il aura la palme d'or avec félicitations du jury. Tenez, miss !

Il agita de nouveau l'enveloppe. Marion tendit la main pour la prendre mais il retira prestement la précieuse pièce :

— Eh là ! On se met bien d'accord... Je ne suis pas censé vous la remettre. C'est à *moi* qu'elle a été confiée. Pour le labo, vous n'existez pas !

— Ça, c'est pas nouveau, ronchonna Marion qui se plaignait parfois de l'ostracisme des savants à l'égard des flics.

— Donc, s'il lui arrive quoi que ce soit...

— Pas de souci, doc. Je veillerai dessus comme sur ma propre fille.

28.

Dehors, le soleil était revenu. Après deux heures dans les entrailles de la terre Marion avait perdu toute notion du temps. Elle dut faire un effort colossal pour se concentrer sur la circulation automobile et reprendre le chemin de la PJ.

Le couloir du quatrième était désert. Le seul bureau d'où émanait un signe de vie était celui des internautes.

Marion les aperçut de dos, penchés sur un des bureaux, loin de leurs écrans.

— Regarde, disait l'un des deux officiers, c'est pas compliqué. Ça, c'est le cycle de ta femme...

Il sembla à Marion qu'il dessinait sur une feuille de papier sous le regard attentif de son collègue dont le front serré indiquait la concentration.

— Là, c'est la période ovulatoire. Tu vois, ça commence tout doux et ça monte, ça monte, pour finir par un pic. Si tu veux une fille, c'est là qu'il faut œuvrer, camarade !

— T'es sûr ?

L'autre avait l'air impressionné. Marion s'avança sans bruit.

— Affirmatif ! assura le premier. C'est un spécialiste de la fécondité qui me l'a expliqué. Faut bien calculer ton coup, c'est tout. (Il rit.) Pas te gourer de soirée. Et puis, n'oublie pas : ta femme doit aussi se préparer, manger salé, faire une gymnastique respiratoire... Se motiver quoi !

— Très romantique comme programme ! s'exclama Marion.

Ils sursautèrent et le gynécologue d'occasion rougit. Il fila se rasseoir derrière son ordinateur.

— On a mis la main sur un site, dit-il très vite. On voulait vous voir justement. C'est un hébergeur belge. Le client utilise un IP dynamique mais si on décroche une CR on pourra peut-être l'avoir. Enfin, à condition que les Belges collaborent. C'est un réseau qui irradie sur toute l'Europe, l'Australie, le Japon... Regardez ça !

Sur l'écran, une fillette écartelée. Son visage non dissimulé n'exprimait rien. Droguée ou résignée, comment savoir ? Marion eut un vertige et détourna les yeux. Les poings serrés, elle se souvint du pédophile récidiviste qu'elle avait cru être le meurtrier de Zoé Brenner et de la façon dont elle s'était déchaînée sur lui. Celui qui torturait la petite fille de l'écran, et tous ceux qui se régalaient de ces photos immondes, tomberaient un jour entre ses mains. Et ce jour-là...

— Si au moins on pouvait savoir qui sont ces enfants... murmura-t-elle.

C'était mission impossible. Ou presque. Parfois un indice sur la photo, un objet, un calendrier, un décor permettait de situer le pays, voire, avec un peu de chance, la ville, où l'enfant était martyrisé. Récemment, on avait localisé une petite fille en Suède. Les Suédois avaient écumé les listes des disparus, les écoles, les clubs pour enfants. Finalement, ils avaient identifié la fillette et celui qui la torturait pour vendre ses photos : son propre père. Il était aussi directeur de crèche et rendait des services aux mamans le soir en faisant du baby-sitting. Gratuitement...

Un des deux lieutenants parlait. Perdue dans ses pensées, Marion avait oublié leur présence.

— Pour le moment, on est bloqués. Comme d'hab, le zozo veut des gages...

— Envoyez-lui une ou deux photos de votre collection privée. Du porno adulte, rien d'autre, dit-elle avec fermeté.

Elle repartit en direction de la porte, en évitant de croiser leur regard. Elle était consciente de la difficulté de leur travail. Ils devaient ruser avec des pervers, les mettre en confiance. Tous demandaient des gages, des photos pour en envoyer d'autres et se dévoiler un peu plus. Les photos les plus prisées n'étaient pas du porno adulte qu'on trouvait dans tous les sex-shops, mais des photos de mineurs, de préférence avec viols et sévices corporels. Et du sang. Marion avait refusé d'entrer dans ce jeu. C'était ferme et définitif.

Elle entendit les deux internautes reprendre leur discussion sur la fécondation sélective et se demanda comment on pouvait faire l'amour en ayant ce genre de calcul en tête.

Le couloir de la crime était d'une étonnante quiétude. Où étaient donc passés Lavot et Talon qui ne lui avaient pas donné signe de vie depuis le matin ? Boudaient-ils encore ? Et les autres ?

Une visite rapide de la salle de commandement lui apprit que la brigade était en opération dans le cadre de l'enquête sur le transsexuel découpé en morceaux qui n'avait toujours pas retrouvé sa tête. Elle ne se souvenait pas que Talon lui eût parlé de quoi que ce soit de ce genre et elle en déduisit qu'il devait s'agir de vérifications de routine.

Elle s'assit derrière son bureau et feuilleta rapidement le courrier que la secrétaire y avait déposé. Elle signa sans les lire quelques bordereaux de transmission de procédures et remarqua alors, surmontant une pile de paperasses, un listing d'une dizaine de numéros de téléphone en dessous desquels Lavot avait écrit, de son écriture malhabile : « ce que vous m'avez demandé hier. Lavot ».

Elle avait complètement oublié d'annuler sa commande de remontées d'appels ! Elle parcourut la liste et y trouva ce qu'elle savait déjà : sept fois le numéro de Lisette. En revanche, le dimanche soir, deux séries de chiffres identiques apparaissaient qui ne correspondaient pas au téléphone de la mammy, et pour cause : Lisette, ce soir-là, était chez Marion, à Saint-Genis. Marion fit une recherche sur le serveur « Quidonc » du Minitel. Les deux appels, passés à deux minutes d'intervalle, provenaient d'une cabine France Telecom située sur la place du Marché de Saint-Genis.

A un kilomètre de chez elle, à vol d'oiseau.

29.

A 14 heures, Marion se gara devant la porte principale du Muséum d'histoire naturelle. Le bâtiment, un pur produit architectural de la fin du XIXe siècle, occupait un triangle dessiné par trois rues, à cent mètres à peine du parc de la Tête-d'Or. Il faisait beau et Marion regretta le temps où, tous les matins, elle chaussait ses Nike pour en faire le tour. Elle en connaissait alors chaque allée, chaque virage. Les odeurs l'avertissaient, de loin, de la proximité de la roseraie, du plan d'eau ou du zoo. Le besoin qu'elle avait de se défoncer aux endorphines l'avait quittée après la mort de Léo. Ses randonnées matinales sur l'île des cocus lui avaient laissé trop de mauvais souvenirs et la simple vision de ses chaussures de sport faisait jaillir l'image de Sam Nielsen en train de tuer son homme. Au parc de la Tête-d'Or, elle y échapperait peut-être et, l'hôtel de police n'étant pas si loin, elle pourrait courir à la pause de midi. Tout aussitôt la pensée de son futur gros ventre mit une ombre au tableau.

Elle escalada les quelques marches qui conduisaient à une double porte en bois devant laquelle un gardien veillait. Le hall du Muséum était désert à l'exception d'une femme métisse assise derrière un comptoir. La grâce de son visage était ternie par un angiome qui s'étalait sur sa joue droite. Transpirant sur les mots fléchés d'un magazine de télévision, elle ne leva pas les yeux sur Marion.

Un peu plus loin, l'espace librairie et souvenirs était fermé, et tout de suite après, on entrait dans le vif du sujet. Marion retrouva les collections de squelettes d'animaux qu'elle avait visitées enfant. Tous alignés et orientés dans la même direction, ils semblaient les soldats d'une armée de l'enfer fuyant la fin du monde. Des singes, des gazelles, des tigres et des lions, une baleine, des chevaux, des rhinocéros, des hippopotames, une girafe... Le catalogue de Prévert. Sur les côtés, des fauves empaillés paraissaient attendre leur proie dans une jungle reconstituée et poussiéreuse sous des éclairages tamisés. Il s'en dégageait une forte impression de nostalgie.

Le Muséum consacrait un large espace à l'égyptologie. De grandes planches photographiques détaillaient par le menu l'autopsie d'une momie humaine que l'on pouvait admirer dans sa boîte en verre, débarrassée de ses bandelettes, conservée pour l'éternité. Marion examina rapidement les clichés et se promit d'y amener Nina. Puis elle revint sur ses pas et, s'adressant à la femme de l'accueil, demanda le directeur de l'établissement. La métisse l'examina avec circonspection. Elle était vêtue des habits verts des gardiens qui circulaient dans les salles avec nonchalance, peu débordés visiblement.

— C'est pas dans ce bâtiment, dit-elle d'un air désolé.

Elle prit un plan sur un présentoir et le déplia, pointant son crayon successivement sur le Muséum et sur un bâtiment annexe, à cinquante mètres de là. Marion allait repartir quand la femme la héla :

— Attendez, je vais demander si il est là... Pas la peine de faire le voyage pour rien.

La précaution se révéla utile : le directeur était en conférence et sa secrétaire absente pour la semaine.

— Tant pis, dit Marion. Est-ce que par hasard vous avez connu le docteur Martin ?

— Vous voulez parler de celui du laboratoire d'anatomie comparée ? Des oiseaux et mammifères ?

La femme avalait les « r » en parlant, trahissant son origine antillaise. Marion s'étonna :

— Pourquoi ? Il y en a plusieurs ?

Regard soupçonneux de la métisse.

— Je crois pas, non. Qu'est-ce que vous lui voulez ?

Il y avait de la curiosité dans sa voix, une sorte d'anxiété aussi.

Marion sentit que l'affaire pourrait durer tout l'après-midi. Elle choisit une méthode plus expéditive et sortit sa carte tricolore.

— Seigneur, doux Jésus ! s'exclama l'hôtesse. Qu'est-ce qui se passe ? On l'a retrouvé ? Il lui est arrivé quelque chose ?

La femme était troublée.

— Expliquez-moi ça ! suggéra Marion.

L'autre se leva et penchée par-dessus le comptoir, murmura :

— Demandez au petit gros qui est là-bas. Il sait tout, lui.

Le petit gros, cheveux gris sous la casquette, estomac proéminent, nez turgescent et haleine de phoque, ne savait pas grand-chose. Il avait entendu l'Antillaise s'exclamer à l'évocation de Martin et bougonna :

— Elles étaient toutes amoureuses de lui, alors forcément...

— Forcément ?

— Ben, quand il s'est barré, elles ont pas supporté. La grosse, là, elle en a chialé pendant des jours. Elle a cru qu'il était mort.

— Qu'est-ce qui s'est passé ?

— On n'en sait rien, figurez-vous ! Un beau matin, il était plus là. C'était pas croyable ! Un type comme lui... On a su, des mois après, qu'il était en Afrique. Parti faire de l'aide humanitaire, Médecins sans frontières ou Médecins du monde, je ne sais plus.

— Il travaillait ici depuis longtemps ?

— Oh ça oui ! Au moins quatre ou cinq ans, plus peut-être. Les collections d'oiseaux, c'est lui qui les a rassemblées pour la plupart. Celles destinées au public et les autres, pour les chercheurs. Vous avez qu'à voir le boulot.

L'homme évoquait Martin avec admiration, désignant d'un geste large la galerie dont Marion apercevait les balustres.

— Il avait une équipe ?

— Bien sûr. Mais ils sont tous partis aussi.

— Quelqu'un l'a remplacé ?

Le gardien se pencha pour tenter d'apercevoir un groupe de jeunes Italiens qui s'agitait dans la galerie. Marion eut le sentiment qu'il n'avait pas envie d'en dire plus.

— Dites-moi ce que vous savez, monsieur Bigot. C'est important.

A l'énoncé de son nom, le gardien se redressa, flatté. Marion n'avait aucun mérite, elle l'avait lu sur le badge accroché à son veston. Ça marchait à tous les coups. Dans son travail, Bigot n'était personne, un pot de fleurs que les visiteurs ne regardaient même pas, sauf pour lui demander les toilettes. Le nommer, c'était le faire exister.

— Vous êtes bien mignonne, commissaire, fit-il avec un sourire qui dévoila de grandes dents jaunes et déchaussées. Martin aussi était mignon, on l'aimait bien ici. C'était un gentil, toujours un mot pour chacun. Il se rappelait tous les noms et même les prénoms, une mémoire d'éléphant. Pas comme son successeur... Celui-là, il a réussi à faire partir tout le monde. Il est pire qu'Attila...

Une moue de mépris déforma son visage.

— Qui est-ce ? insista Marion. Il faut que je le voie.

— Je vous souhaite bonne chance. Il s'appelle Jouvet, vous le trouverez dans le bâtiment en face, au n° 57, au fond de la cour. Son nom est marqué sur la porte, écrit grand comme ça.

Il écarta les bras aussi largement qu'il pouvait.

— Et faites gaffe, il aime pas les femmes.

L'entretien, si l'on pouvait nommer ainsi les quelques minutes arrachées à un Jouvet dépassant en hostilité ce qu'en avait dit le gardien, se solda par une fin de non-recevoir. Le laboratoire des oiseaux et mammifères occupait deux étages d'un immeuble vétuste auquel une cour pavée, ombragée par un antique tulipier du Japon et plantée de quelques fleurs en bacs, donnait un charme d'un autre temps. Le conservateur Jouvet reçut Marion dans le hall du premier étage, après l'avoir laissée poireauter une bonne vingtaine de minutes. Pendant ce temps, elle l'entendait vociférer contre les deux femmes qui composaient son secrétariat, d'une voix aigrelette et fragmentée. Dystrophie congénitale des cordes vocales, aurait peut-être diagnostiqué Marsal.

Marion l'avait imaginé vieux, en blouse blanche, maigre et chenu, avec trois poils sur la tête et les traces d'une loupe binoculaire autour des yeux. L'âge, il avait sans doute moins de quarante ans, et la blouse blanche en moins, elle avait vu juste.

Il jeta un coup d'œil éclair sur le contenu de l'enveloppe à en-tête du labo et informa aussitôt Marion qu'il était débordé et ne ferait rien sans une pièce officielle. Elle eut beau user de son charme, il campa sur ses positions, le regard au loin, impatient jusqu'à l'impolitesse.

Marion retourna au Muséum, très en colère.

— Alors ? fit le gardien Bigot.

— Je crois, fit Marion les lèvres serrées, que vous vous trompez quand vous dites que ce type n'aime pas les femmes : il les hait et il en a peur.

Bigot partit d'un rire tonitruant.

— Dites-moi, dit-elle, vous êtes sûr qu'il n'y a plus personne de l'équipe de Martin, ici ?

Le gardien fronça les sourcils en réfléchissant. Marion

aurait parié qu'il faisait semblant. Il mentait depuis le début. Il finit par lâcher, à contrecœur :

— Si, il reste une personne. Martin travaillait avec une jeune taxidermiste, Judy Robin. Vous la trouverez à la bibliothèque. Là-bas, derrière la grande galerie. Tout au fond. Mais attention, je ne vous ai rien dit.

La bibliothèque ressemblait davantage à une salle d'archives qu'à un espace ouvert au public. Il y régnait une atmosphère tranquille et les amateurs ne semblaient pas se bousculer entre les livres, les gros registres et les classeurs référencés et empilés jusqu'au plafond. Des tables en formica munies de lampes de bureau attendaient les clients.

Marion crut qu'il n'y avait personne dans la pièce tant le silence y était parfait. Elle s'avança, sinuant entre les travées d'un espace tout en profondeur, beaucoup plus grand qu'elle ne l'avait cru. Entre deux gros ordinateurs et une muraille de plantes vertes, elle finit par apercevoir un visage penché en avant, immobile, qui dépassait à peine d'un énorme aloès.

Des cheveux ultra-courts, d'un blond tellement décoloré qu'il en paraissait blanc, un profil fin à la peau mate, Judy Robin dormait, le menton posé sur une blouse de soie noire. Marion patienta un moment, arpentant les rayons, prenant et reposant bruyamment des livres, se râclant la gorge pour éviter à la jeune fille la honte d'être surprise en pleine sieste.

Un bruit ténu la mit en alerte puis une voix l'interpella.

— Qui êtes-vous ? Vous avez un titre d'accès ? Approchez-vous de moi que je vous voie !

Le ton était sec, sans aménité. Marion trouva la demande curieuse, la manière pour le moins cavalière. Décidément, après Jouvet...

« Cette jeune personne pourrait se bouger les fesses », murmura-t-elle en revenant sur ses pas.

Le visage de la bibliothécaire lui faisait face et ses yeux étaient ouverts. Des yeux magnifiques, d'un noir profond, liquide. Insondables comme un lac pollué, songea Marion, frappée par l'évidence de cette image.

La jeune femme ne se leva pas

— Judy Robin ?

— A qui dois-je répondre ? fit la jeune femme tout à trac.

Marion hésita. Devait-elle se dévoiler ? Elle biaisa :

— Je crois que vous avez travaillé avec le docteur Olivier Martin.

Le regard de Judy changea instantanément. D'ennuyé et indifférent, il devint tragique. « Dangereux, estima Marion. »

— Vous êtes une de ses poules ?

Toutes amoureuses de lui, avait dit le gardien Bigot... Il devait avoir raison et Judy n'avait sans doute pas été la plus placide des groupies du docteur.

— Non, répliqua Marion avec un petit rire cassant. Je ne le connais pas. Je suis de la police.

En même temps, elle sortit sa carte et la tendit à Judy, toujours immobile, vissée derrière ses PC et ses pots de fleur.

La jeune femme changea une fois encore d'expression. Le noir de son regard devint d'encre et une pointe d'ironie y apparut.

— Vous êtes venue l'arrêter ?

— L'arrêter ? Non, pas du tout. Pourquoi supposez-vous... ?

— Pour rien, trancha Judy en élevant sa main gauche à hauteur de son visage. Qu'est-ce que vous lui voulez, alors ?

C'était profondément agaçant, cette agressivité inutile, cette façon d'aboyer une haine que Marion ne s'expliquait pas. Comme elle ne pouvait imaginer en être la cause, c'était forcément Martin qui focalisait ce sentiment chez Judy.

— J'enquête sur une affaire criminelle, dit Marion calmement. L'un des éléments découverts lors des constatations avait atterri ici, dans le service du docteur Martin et je me disais...

— C'est une vieille histoire alors..., coupa Judy. Parce

que Martin n'a pas mis les pieds au Muséum depuis cinq ans.

— Je le sais. Mais je me demandais pourquoi personne n'avait pu répondre à cette demande d'expertise.

— Sans doute parce que Martin était le seul compétent dans le domaine en question, répondit Judy de mauvaise grâce.

— Il travaillait sur les oiseaux, les rapaces ?

— Bien sûr. On travaillait sur *tous* les oiseaux.

— On ?

— Lui, moi. Et les autres. Je faisais la taxidermie pour lui. Mais je travaillais essentiellement sur les momies animales d'Egypte. C'est un sujet qui le passionnait, on travaillait pour l'université et les expositions spécialisées. En France et en Europe. On voyageait dans le temps et dans l'espace...

Elle pencha la tête en avant comme si elle allait se rendormir. Elle n'avait toujours pas bougé d'un pouce. Marion commençait à s'exaspérer de cette fixité. Judy reprit la parole de manière inattendue :

— C'était une période formidable, murmura-t-elle.

Tout aussitôt après, elle se ressaisit et loucha de façon appuyée vers la porte. Elle ne semblait pas débordée de travail et Marion se dit qu'elle devait pousser ses pions.

— Vous avez été très... proche du docteur Martin pendant des années, je suis sûre que vous possédiez une partie de ses connaissances et que vous auriez pu répondre, ou donner un avis. Il s'agissait de la mort d'une petite fille et peut-être que cela nous aurait aidés à arrêter son assassin...

Il sembla à Marion que Judy accusait le coup. Elle resta muette un long moment, fixant sur le visage de Marion, sur ses mains, son buste, un regard égaré, agité comme celui d'un animal pris au piège.

— Une petite fille... Comment s'appelait-elle ?

— Quelle importance ? Ce n'est pas l'identité de la victime qui compte mais le fait que son assassin court toujours. Est-ce qu'aujourd'hui, vous pourriez faire quelque chose pour moi ? Au moins regarder l'objet ?

— Pourquoi ?

— Je voudrais savoir d'où il vient. Je suis sûre que vous pourriez m'aider.

Judy parut s'éloigner encore un peu plus. Elle contempla longuement un point situé très loin derrière Marion puis posa de nouveau ses yeux noirs sur elle. Marion y lut une infinie détresse.

— Non, je ne pourrais pas. Vous voulez savoir pourquoi ?

Elle n'attendit pas la réponse. Un bruit menu surgit de derrière les plantes, semblable à celui d'un petit moteur. Marion vit la tête de Judy faire demi-tour et se mettre en mouvement sans que la jeune femme quittât sa position assise. Celle-ci disparut un instant derrière un ficus géant dont la souche était ornée de fuchsias rouge et mauve en fin de floraison. Quand elle la vit déboucher sur le côté de la « haie » de plantes vertes, Marion crut que l'air allait lui manquer. Le beau visage de Judy était posé sur un corps inerte. Seul son bras gauche paraissait disposer de vie. C'était d'ailleurs lui qui manœuvrait les commandes du fauteuil électrique sur lequel la jeune femme était assise. Son bras droit, mort, reposait le long de son buste, la main posée sur sa cuisse maigre. Vêtue d'un jean et d'une chemise noire, chaussée de tennis, elle gardait une sorte d'élégance et une grande beauté malgré son infirmité.

— Vous comprenez pourquoi je ne peux rien pour vous ? Pourquoi je ne peux même plus faire mon métier ? A cause de ce foutu bras.

Marion voulait dire quelque chose mais les mots ne venaient pas. Et qu'aurait-elle pu ajouter ? Judy n'avait pas toujours été dans ce fauteuil, c'était une évidence. Elle croupissait dans cette bibliothèque déserte parce qu'elle n'avait pas le choix. Le voile sur ses yeux, c'était de la désespérance.

— Je ne suis bonne à rien. A peine à remplir les fiches et les registres quand les « lecteurs » ont le bon goût de m'aider. Je suis un rebut, un déchet. Et encore, un déchet, on le recycle. Moi, on m'a gardée là par charité. Uniquement, par charité. Maintenant, laissez-moi.

Le gardien Bigot et l'Antillaise attendaient Marion près de la sortie.

— Vous avez vu ça ? Une belle fille comme elle...

— Vous auriez pu me prévenir, reprocha Marion. Qu'est-ce qui lui est arrivé ?

— Un accident de voiture. On n'a pas su exactement les circonstances. Elle n'en parle jamais, vous savez. D'ailleurs elle ne parle à personne. Elle est devenue ourse, à un point...

Marion se tourna vers l'hôtesse dont les fesses opulentes tendaient le tissu de sa jupe.

— Elle s'entendait bien avec Martin ?

C'était plus une affirmation qu'une question. Davantage le besoin de satisfaire sa curiosité que de connaître les dessous d'une relation qui n'avait rien à voir avec Lili-Rose Patrie.

— Oh oui ! ricana Bigot. Il couchait avec.

— C'est pas vrai ! protesta sa collègue au bord de la convulsion.

— Tu parles !

— Non, je te dis. C'est vraiment n'importe quoi. Vous entendez ce bonhomme ?

Elle prenait Marion à témoin, offensée. Bigot se mit à rire :

— Chaque fois que je dis ça, elle part en sucette... Toutes amoureuses de lui, je vous dis. Pour la petite Judy, je sais pas ce qu'il y avait entre eux mais je sais qu'elle, elle l'adorait.

— Oui, ça c'est vrai, concéda l'Antillaise. Elle a jamais digéré son départ.

— Et son accident, ça remonte à quand ? demanda Marion avant de clore la conversation.

— Ouh ! fit Bigot après une courte réflexion, ça remonte à quelques années déjà. Quatre, peut-être ?

L'hôtesse haussa les épaules, indignée :

— Tu rigoles ! Ça fait plus que ça. D'ailleurs, c'est facile, je me rappelle très bien : c'est moi qui ai pris le coup de téléphone de l'hôpital. J'ai appelé le docteur Martin pour lui annoncer la nouvelle, il était pas là. On a essayé chez lui. Envolé. Et voilà, commissaire, elle est restée absente un an au moins, et lui, on l'a plus jamais revu.

30.

Cette visite n'avait servi à rien. Marion se demanda une fois de plus ce qu'elle pouvait espérer de cette enquête à retardement. Jamais elle n'obtiendrait de rouvrir le dossier officiellement avec les éléments qu'elle avait à présenter : la vie de gens qu'elle n'avait pas à connaître. Et tous les experts qu'elle pourrait consulter exigeraient, à l'instar de Jouvet, une réquisition en bonne et due forme.

Elle remisa dans un coin de son cerveau les petits souliers et la griffe de rapace. Elle avait mille autres choses en instance et la plus urgente était de prendre attache avec les RG de Versailles pour avoir des informations sur son futur poste et se renseigner auprès de la direction du personnel pour plaider sa cause puisque Quercy... Une brusque inquiétude la saisit : elle n'avait pas la moindre nouvelle de son patron depuis trois jours ; que mijotait-il ?

Des enfants traversaient et elle pensa avec regret qu'elle devrait patienter pour retrouver Nina, puisqu'elle avait promis à Talon de passer à la PJ.

En effet, l'opération du matin avait conduit les gars jusqu'à une vieille bâtisse squattée par des « baltringues » semblables à José Baldur. De temps en temps, des filles allaient là-bas mais l'endroit avait mauvaise réputation. Bagarres, viols, trafics en tout genre. Talon semblait convaincu que Maurice-Nathalie s'était rendue dans ce squatt pour n'en ressortir qu'en morceaux. Mais au début de l'après-midi, rien n'avait encore confirmé les soupçons de l'officier, en dehors de la similitude entre les sacs poubelle ayant contenu les morceaux du transsexuel et ceux que José Baldur utilisait comme bagages à main.

L'odeur dans le couloir du quatrième étage était insoutenable. Quatre squatters attendaient assis sur des bancs et, aux éclats de voix qui traversaient les portes closes, on pouvait deviner qu'il y en avait d'autres dans les bureaux. Des gardiens de la paix surveillaient ce beau monde, l'air stoïque malgré les relents de bière, de crasse et d'urine qu'il dégageait.

A l'écart et dans l'ombre, une femme attendait, assise elle aussi, les mains croisées sur ses genoux. Les cheveux courts et grisonnants, le menton penché sur la poitrine, elle paraissait dormir. Sans doute un autre membre de la bande. C'était curieux qu'elle ne soit pas gardée.

Talon et Lavot étaient invisibles.

Marion fonça jusqu'à son bureau dont elle claqua la porte avant de se précipiter sur la fenêtre pour l'ouvrir en grand. Les nausées s'atténuaient mais il y avait des limites à la tolérance. Elle respira l'air frais et revint à sa table de travail. Un regard distrait aux petits souliers toujours posés sur la lampe de bureau réveilla un remords diffus. Elle s'assit, pensive, les mains en coupe sous le menton.

« Nom d'un chien, murmura-t-elle, je n'ai pas rêvé quand même... Il y a bien quelqu'un qui s'intéresse à Lili-Rose, qui attend quelque chose de moi... »

Elle n'eut pas le loisir de s'interroger plus longtemps, la porte s'ouvrit sous la pression d'une main décidée et alla claquer contre le mur tandis que Paul Quercy se postait sur le seuil. Il n'avait pas son air habituel de gros ours mal luné. Marion le détailla d'un rapide coup d'œil tandis qu'il refermait la porte. Elle nota le pantalon de toile gris souris, les chaussures Doc Martens très en vogue chez les jeunes et un surprenant Lacoste jaune canari qu'elle ne lui connaissait pas.

— Qu'est-ce qu'il y a ? Vous avez vu un fantôme ?

— Bonjour, patron ! fit-elle posément. Que me vaut l'honneur ?

— Je vous avais donné des instructions, commissaire Marion, dit-il en haussant le ton. Je constate que vous vous en foutez ! Ce n'est pas la première fois, mais là, je ne suis pas d'accord.

— Mmmm ? fit Marion en s'adossant confortablement

contre le cuir de son fauteuil. Je ne vois pas de quoi vous parlez !

Quercy contourna le bureau en évitant les piles de dossiers qui s'élevaient un peu partout et fonça droit sur les scellés disposés sur le radiateur éteint.

— Et ça, c'est quoi ? Je vous ai interdit de toucher à cette affaire.

— Mais, patron..., protesta-t-elle en quittant son siège. On n'est plus en confiance, vous et moi ?

— Vous savez ce que je pense de la confiance. C'est quand on l'accorde qu'on se fait faire « marron ». Alors s'il vous plaît, pas de ça avec moi.

Il balaya d'un geste rageur les objets qui s'éparpillèrent sur le sol. Marion se plaça devant la fenêtre. La colère de Quercy, feinte ou non, pourrait le pousser à tout balancer dans la cour.

— Je me suis contentée de retrouver ces scellés, plaida-t-elle, rien d'autre, je vous assure. Je vais les faire porter au greffe du TGI. L'affaire est classée, c'est vous qui l'avez dit.

— Vous enquêtez en douce, vous délaissez votre groupe, vous êtes toujours par monts et par vaux, vous cultivez le secret...

Il fit demi-tour, ouvrit la porte en grand et se mit à gronder :

— Je vous préviens, vous avez intérêt à arrêter vos divagations ou je vous colle un blâme, je refuse votre mutation et je vous fais descendre à la mine.

Il fit demi-tour et Marion resta plantée là, stupide, un scellé ramassé machinalement dans les mains. Elle aperçut ses hommes alertés par le tapage qui s'étaient rassemblés dans le couloir. Ils n'avaient pas osé intervenir en reconnaissant la voix du directeur et ne savaient à présent quelle attitude adopter. Lavot avait sa bouille consternée et Talon la regardait d'un air ahuri. Quercy, qui gérait son service en bon père de famille, ne lui avait encore jamais infligé un tel affront, presque public.

Une heure plus tôt, elle était résolue à abandonner l'affaire Patrie. A présent, elle n'eut plus qu'une idée : continuer.

Installée au Panier à salade, Marion avait ouvert le dossier et attendait.

Lavot et Talon entrèrent côte à côte et elle sourit à la vue de leur tandem dissonant. Ils s'assirent en face d'elle, Talon tassé contre l'angle du mur à cause de la carrure de son équipier. Elle ne commenta pas leur revirement, ce n'était pas nécessaire. Quercy avait poussé le bouchon trop loin. Incompréhensible de sa part, avait dit Marion que les deux officiers jugèrent, pour une fois, trop indulgente. Sans s'être consultés, ils étaient venus lui dire qu'ils se rangeaient de son côté. Elle avait eu beau argumenter : leur avenir, leur carrière, son désir de ne pas les entraîner dans une histoire sans issue, ils avaient décidé de faire sécession. Et d'abord, ils l'aideraient à remonter le temps, pour elle et pour la petite Lili-Rose Patrie.

— J'ai pas arrêté d'y penser, avait reconnu Lavot, depuis que vous nous avez montré les petites godasses. J'ai pas dormi de la nuit. Je revoyais cette môme et ça me faisait penser à mon gosse...

Sa voix s'était fêlée. Il avait perdu un fils de deux ans alors qu'il était chargé de le garder et qu'au lieu de le surveiller, il batifolait avec la voisine. Douze ans avaient passé, la fracture avait du mal à cicatriser et sans doute ne guérirait-elle jamais vraiment. Chaque mort d'enfant était pour Lavot une grande douleur et Marion faisait en sorte de le tenir éloigné de ce type d'enquête.

— Je m'en suis voulu, avait renchéri Talon, de vous laisser en plan. Je me serais foutu des baffes.

Talon était orgueilleux, un peu imbu de lui-même, surtout au début quand il se pavanait avec ses diplômes. Qu'il avoue son remords montrait à quel point la vie, et Marion, l'avaient changé.

— Si vous voulez bien récapituler, suggéra Lavot, ça m'arrangerait. Je vous rappelle que moi, je ne suis arrivé dans le groupe qu'à la fin de l'affaire.

— Bien.

Elle hésita : « Vous êtes sûrs ? »

— Tout à fait sûrs, firent-ils en chœur.

— Parce que moi, voyez-vous, je me demande si c'est une bonne idée finalement...

— Ah non patron, s'exclama Lavot, pas vous ! Vous ne dormirez pas tranquille tant que vous n'aurez pas éclairci cette histoire.

Elle se rejeta en arrière et commença son histoire, les yeux au plafond.

— Tout commence le 4 juillet 1995. Il fait beau, c'est un été chaud et sec. Le décor : une ferme à trente kilomètres de Lyon, au lieu-dit Les Sept-Chemins. Les personnages : la famille Patrie. Denis, le père, quarante-cinq ans, genre baba-cool qui n'a pas pris le virage. Beaucoup de galères, l'alcool, la drogue... Il a fait un héritage quelques années plus tôt et acheté cette propriété qu'il s'est mis en tête de transformer en ferme. Ce n'est pas une réussite mais Dieu merci, la mère, Jeanne, travaille. trente-deux ans, institutrice de maternelle à Lyon, école Sainte-Marie-des-Anges, dans le 7e arrondissement. Elle s'y rend chaque jour, en car. Le fils aîné, Mikaël, huit ans, déficient mental profond. Il vit avec ses parents qui refusent de le placer dans un établissement spécialisé. C'est Denis qui s'en occupe. La petite fille, Lili-Rose. Ce jour-là, c'est son anniversaire, elle fête ses quatre ans. Les vacances scolaires ont commencé la veille et elle attend une demi-douzaine de camarades d'école pour un pique-nique. Lili-Rose fréquente l'école Sainte-Marie-des-Anges, elle est dans la classe de sa mère, comme les fillettes qu'elle attend. Vers midi et demi, les enfants commencent à arriver et s'éparpillent dans le parc. Denis est dans le potager, à l'extrémité nord de la propriété. Jeanne, dans la cuisine, prépare le repas des enfants. Mikaël joue dans son coin. Vers 1 heure moins le quart, une fillette vient dire à Jeanne qu'elle ne trouve pas Lili-Rose. La petite a l'habitude de se cacher, c'est un de ses jeux favoris. Jeanne ne s'inquiète pas. A 13 heures, toujours pas de Lili-Rose. Par jeu, les enfants, à présent toutes arrivées, se mettent à sa recherche. Jeanne s'en mêle puis Denis, que les petites voix, scandant le prénom de sa fille à tous les vents, ont alerté. A 14 heures, tout a été exploré. Lili-Rose n'est nulle part. Denis remonte le chemin jusqu'à la route, interroge les filles qui tapinent, les routiers. Rien. Jeanne appelle les gendarmes, ils arrivent un quart d'heure plus tard. Nouvelles investigations. Les recherches sont élargies. A 16 heures, deux chiens spécialisés arrivent. Un message signalant la disparition de Lili-Rose Patrie est envoyé à tous les services de la région. Les gendarmes barrent les routes, contrôlent les véhicules, fouillent les bois, examinent le ruisseau, sondent les rares trous d'eau. A 19 heures et des poussières, on nous annonce que Lili-Rose a été retrouvée morte dans le puits de la ferme. Les chiens ne l'avaient pas détectée pourtant. Un gendarme avait regardé au fond mais à cause de l'obscurité et des vêtements sombres de Lili-Rose, il ne l'avait pas vue. C'est Denis Patrie qui a grimpé sur la margelle et, grâce à une baladeuse, découvert le corps.

« Nous arrivons sur place vers 20 heures. Le procureur nous accompagne. C'est lui qui a décidé de nous saisir avant même que les gendarmes commencent les constatations.

Marion fit une pause et avala à grands traits la moitié de son verre de Vittel. Elle rappela ensuite les conditions difficiles d'une enquête commencée dans l'affolement. Les hommes — gendarmes, pompiers volontaires, voisins et inévitables curieux — et les chiens avaient piétiné les traces, rendant impossibles des constatations valables. Les fillettes invitées à l'anniversaire étaient rentrées chez elles avant 14 heures, et les seules personnes dont la présence à la ferme était certaine au moment de la disparition et de la mort de Lili-Rose, située autour de midi, étaient ses parents et Mikaël. Or, Denis affirmait qu'il n'avait pas vu sa fille depuis qu'il était parti travailler dans son potager, vers 10 heures, Mikaël était incapable de témoigner et Jeanne, en état de choc, avait dû être hospitalisée.

— On n'a jamais pu l'interroger vraiment, même plusieurs jours après. Elle était abrutie de calmants. Elle avait perdu la mémoire de cette journée-là, selon les médecins. Elle parlait de sa fille au présent, comme si elle était vivante. Bref, rien à en tirer. Idem pour le frère et le père.

Les camarades de Lili-Rose ne comprenaient pas ce qui se passait, et leurs parents ont très vite été mis hors de cause.

— Vous pensez quoi, patron ? fit Lavot. Quelqu'un l'aurait aidée à grimper sur la margelle ?

Marion écarta les mains :

— J'ai toujours pensé qu'il y avait un adulte pas loin, à cause du formol... Mais à part ça, évidemment, rien.

Elle résuma les découvertes issues de l'examen post-mortem et de l'autopsie de l'enfant. Lili-Rose Patrie était une enfant maigrichonne, son évolution osseuse montrait une forme de rachitisme ; elle était sûrement d'une santé fragile. Pas d'éléments démontrant une intervention criminelle : pas de traces de coups, pas de blessures, rien sous les ongles, aucun désordre vestimentaire. Rien, sinon le formol qui imbibait ses cheveux, son visage et son gilet et l'échec affligeant de leurs recherches pour en déterminer la provenance.

— Aujourd'hui, cinq ans ont passé, proféra Marion avec un grand sérieux, et cette évidence arracha un sourire à ses deux lieutenants. Oui, je sais... Je veux dire par là que les gens ont évolué depuis la mort de Lili-Rose. Je pense qu'on est passé à côté de certains détails. Le doigt de rapace dont personne n'a été fichu de définir la provenance en est l'illustration...

Elle leur fit le récit de ses démêlés avec le Muséum et celui de sa visite à la ferme. Ils l'écoutèrent sans broncher. A la fin, Marion put lire dans les yeux de Talon une excitation qu'elle connaissait bien : celle du chasseur qui flaire la proximité du gibier.

Lavot était plus pragmatique :

— Qu'est-ce vous attendez de nous, patron ?

Marion sortit de son dossier une feuille de papier sur laquelle elle avait griffonné quelques notes :

— Je crois que si les souvenirs s'estompent ou se modifient avec le temps chez les adultes, c'est l'inverse chez les enfants. Nina par exemple se souvient de situations qu'elle a vécues à quatre ou cinq ans et les restitue avec une précision étonnante. Je ne suis pas sûre qu'elle les aurait racontées aussi bien sur le moment. Ce doit aussi être le cas de

Mikaël Patrie qui, bien que très limité, a forcément évolué, acquis du vocabulaire, structuré sa pensée. Avec un peu de chance, il aura peut-être des réminiscences intéressantes. D'autre part, je suis curieuse de savoir ce que sont devenus les parents. Jeanne a dû être soignée et peut-être guérie. Où vit-elle, aujourd'hui ? Le père doit bien être quelque part lui aussi. La ferme est à vendre et il y a un panneau avec un numéro de téléphone...

Elle tendit le papier à Lavot qui le fourra dans la poche de son blouson.

— Je n'ai retrouvé leur trace nulle part...

— Vous pensez à eux pour les petits souliers ?

— Je ne vois pas comment ils auraient pu faire pour se les procurer. A moins qu'ils n'aient un complice ou une connaissance chez nous.

Talon se redressa :

— J'ai vu Potier, au fichier, ce matin. Il a fait son enquête. Personne n'a pu accéder à ce sac poubelle. Il est formel.

Marion balaya l'air devant elle :

— On ne va pas interroger tout l'hôtel de police, on y serait encore l'année prochaine. Il faut retrouver les Patrie.

— Vous avez essayé nos fichiers ?

Marion fit non de la tête. Elle n'avait pas cherché non plus dans les hôpitaux et avait limité ses investigations à la région.

— Ils ont peut-être déménagé, dit Lavot en avalant d'un trait son cognac. Vous avez pensé que le gamin pouvait être placé ?

C'était une bonne piste.

— De quoi souffrait-il au juste, Mikaël Patrie ? reprit le lieutenant.

— Handicap mental et moteur, dit Marion. C'est tout ce que je sais. Il faut aussi retrouver les fillettes de l'anniversaire, chercher du côté de l'ancienne école de Jeanne. Moi, je vais continuer à gratter de mon côté.

Elle pensait à la griffe de rapace mais aussi à l'empreinte trouvée sur la corde à sauter de Lili-Rose.

— En cinq ans, reprit-elle, on a signalisé des milliers de personnes. Avec le FAED[1], les rapprochements ne sont plus un problème. Et pour finir, il y a aussi les petits souliers...

Les deux officiers levèrent les yeux au ciel.

— Ça tourne au fétichisme, murmura Lavot.

— Fétichisme peut-être... Mais expliquez-moi comment Lili-Rose Patrie, qui chaussait déjà du 28 et même du 29, pouvait porter ces souliers rouges, pointure 26 ?

31.

Vu l'heure avancée, les locaux de l'Identité judiciaire étaient presque vides. Dans le bureau de permanence, l'officier de garde lisait *Le Progrès de Lyon*, édition du soir, en écoutant la radio en sourdine. Plus loin, dans la salle réservée au FAED, la lumière laiteuse des écrans indiquait qu'elle était encore en activité. Un des quatre préposés au traitement des empreintes digitales était en train d'enfiler son blouson quand Marion entra. Son arrivée ne le surprit pas : elle venait souvent leur demander des comparaisons, des identifications, et les titiller quand les recherches n'avançaient pas assez vite à son goût. L'officier la salua avec un sourire résigné et retira son blouson qu'il posa sur le dossier d'une chaise. Marion lui tendit le double d'un procès-verbal qu'il parcourut rapidement, en habitué du charabia juridico-policier. Il en retint l'essentiel : un numéro de procédure, un nom, une date. Il se dirigea vers une armoire métallique, sortit un trousseau de clefs de sa poche et ouvrit le tiroir du milieu qui contenait les relevés d'empreintes des affaires criminelles de la lettre P.

Il en sortit un étui de carton gonflé par plusieurs rectangles de plastique numérotés et une disquette informatique qu'il introduisit dans un ordinateur. Il attendit les

1. Fichier automatisé des empreintes digitales.

séquences d'ouverture en pianotant distraitement sur la souris.

— Toutes les empreintes relevées sur les lieux appartenaient aux membres de la famille, commenta-t-il après avoir parcouru l'écran. Un seul « transfert » n'a pas pu être rangé dans cette catégorie. Celui de l'empreinte découverte sur une corde à sauter... sur la poignée droite.

— Exact, fit Marion qui lisait par-dessus son épaule.

— Qu'est-ce que vous voulez que je fasse, patron ?

— Que vous recommenciez le processus... Identification, comparaison.

— Vous pensez à quelque chose ? Vous avez des éléments à me proposer ?

— Simple hypothèse. Le propriétaire de l'empreinte a pu être signalisé depuis les faits.

— Le FAED l'aurait trouvé, objecta l'officier. Je vais m'en assurer mais je suis certain que cette empreinte non identifiée est dans la machine.

— Ça ne coûte rien de recommencer.

Comme elle ne bougeait pas, il prit un air embarrassé. Son regard fila sur la grosse pendule de gare dont l'aiguille des secondes tressautait bruyamment.

— Oh ! s'exclama Marion. Vous avez à faire ?

— C'est-à-dire, ce soir, je chante...

— Sans blague ! Karaoké ?

— A l'Opéra, dit l'homme en rougissant, les *Contes d'Hoffmann*, d'Offenbach avec la chorale de la police. Représentation exceptionnelle pour les bonnes œuvres...

« Décidément, pensa Marion, on en apprend tous les jours. D'ici à ce que les gars de la PJ montent un corps de ballet... »

— Allez chanter ! lui lança-t-elle en tournant les talons, vous ferez le boulot demain, on n'est plus à une nuit près.

32.

Ce n'était que le deuxième jour de classe et Nina avait perdu de son enthousiasme. Tout était « nul » ou presque : les copines n'étaient pas terribles, le maître trop sévère et la cantine immonde. En réalité, elle boudait, déçue que sa mère soit rentrée à 22 heures de la PJ, sans la Playstation, et furieuse que Lisette se soit montrée intraitable en l'expédiant au lit dès la fin du dîner.

— Allez, chaton, presse-toi ! s'écria Marion depuis le vestibule. On va être en retard.

— J'arrive pas à faire cette natte ! Zut et zut !

Elle sortit de la salle de bains, échevelée. Marion dut s'en mêler, tresser en hâte les cheveux indociles de la petite qui, dans la voiture, s'empressa de tout défaire.

— Ça me tire, se justifia-t-elle alors que sa mère faisait les gros yeux.

— Ah ! tu es jolie comme ça, on dirait un épouvantail. Tu t'es vraiment levée du pied gauche !

— On m'a piqué ma trousse, fit Nina sautant du coq à l'âne.

— Qu'est-ce qui s'est passé ? Qui a fait ça ?

— Si je le savais, tiens !

— Et c'est maintenant que tu le dis ?

— Ben, de toute façon, hier soir, c'était tout fermé à l'heure où t'es rentrée.

— Tu aurais pu le dire à mammy...

— Pour faire un drame encore, merci bien...

— Qu'est-ce qu'il y a, Nina ? s'inquiéta Marion en l'observant dans le rétroviseur. Un problème avec mammy ?

— Non.

— A l'école ?

— NOOOON !

Dans la cour, les enfants s'étaient rassemblés et Nina courut se mêler à eux après un baiser distrait à Marion.

Celle-ci rejoignit le groupe d'un pas ferme, bien décidée à dire son fait au maître d'école qui laissait s'installer le désordre dans sa classe dès le premier jour. Le jeune homme l'avait aperçue et il quitta ses élèves pour venir à sa rencontre. Il prit la main de Nina au passage et l'amena jusqu'à sa mère. Marion ouvrait la bouche pour l'interpeller sur le vol dont sa fille avait été victime quand il la devança en brandissant devant lui un objet qu'il agita avant de le tendre à Nina : la trousse écossaise Creeks. La fillette s'exclama :

— Tu l'as retrouvée ?

— Tu l'avais oubliée à l'atelier de dessin. C'est la femme de ménage qui me l'a rapportée. Allez, file te mettre en rang, gronda le maître.

Il se tourna vers Marion :

— Nina est très distraite. Elle n'est pas attentive. Il se passe quelque chose ?

Il avait un regard prévenant, ouvert. Marion n'avait pas envie de lui raconter sa vie. Pourtant, elle lui en devait un minimum :

— Nina est ma fille adoptive, dit-elle simplement. Elle a perdu ses parents il y a quatre ans.

— Je comprends. Ça explique aussi la présence de ces deux personnes. Je me demandais ce qu'elles voulaient... Vous auriez dû me parler de tout cela...

Marion s'était retournée. Les deux fonctionnaires de la DDASS l'attendaient devant le portail. Elle les avait complètement oubliés.

« Quelle plaie, pire que des poux de corps ces deux-là. »

— Je suis désolée, murmura-t-elle. Ce n'est pas facile pour Nina. Je compte sur vous pour l'aider. Elle n'a pas... enfin, je vis seule et...

Il l'assura qu'il ferait de son mieux malgré la charge que représentait une classe de vingt-six enfants.

Marion ne commenta pas mais se dit qu'il était temps qu'elle songe à annoncer à Nina ce que, vraisemblablement, la petite avait deviné. Que penserait-elle de ce petit frère inattendu ?

33.

Vers 11 heures, les enquêteurs de la DDASS ne semblaient pas disposés à se retirer et Marion avait de plus en plus de mal à se composer une attitude bienveillante. Questions, réflexions, passage au crible de sa vie. Nina avait un dossier si fouillé, si complet, qu'il en devenait dérisoire. Un appel de Lavot sauva Marion de l'enlisement.

— Le numéro de téléphone sur la pancarte « à vendre », c'est celui d'un notaire chargé de liquider la baraque. Elle est sur le marché depuis quatre ans. Pas de clients. Même bradée, personne n'en veut. Le notaire a eu affaire à Denis Patrie une seule fois. Il lui adresse le courrier poste restante à Lyon. En général, il n'a pas de réponse à ses lettres mais elles ne lui reviennent pas.

— Faites un saut à la poste...

— OK, patron... Je vais aller jusqu'à la ferme aussi, et à l'école...

— C'est un musée maintenant. Le musée de la Soie. Ne perdez pas votre temps là-bas.

— Entendu. Ça va, vous ?

— Bof.

— Je vois.

— Ça m'étonnerait. Et Talon ?

— Il boucle l'histoire du squat. Un des zonards a reconnu Nathalie, enfin Maurice. On n'avait sa photo qu'en mec et Talon l'a fait arranger par l'IJ pour qu'il ait l'air d'une nana. C'est marrant d'ailleurs. Le gonze, on lui a montré Nathalie, ensuite Maurice, ça lui a fait un choc... Il dit qu'elle est venue une ou deux fois là-bas mais il a pas reconnu le mec. Il a pas bien pigé que c'était la même personne. Complètement abruti par la bibine. Les autres ne savent rien, ils sont tous plus imbibés que des éponges...

— On les relâche, je suppose ?

— Affirmatif. Un coup pour rien.

— Dites à Talon de faire passer les photos de... Nathalie dans les journaux régionaux. Si le juge est d'accord, bien entendu.

— OK, je m'en occupe. Vous arrivez quand ?

— A midi.

— Je vous attends pour manger ?

— D'accord.

Elle retira son téléphone portable de son oreille pour appuyer sur la touche rouge et couper la communication quand une exclamation de Lavot interrompit son geste.

— Patron !

— Vous vous êtes coincé les doigts, Lavot ?

— Non, j'allais oublier. Une lettre est arrivée pour vous.

— Je la verrai avec le courrier. Pourquoi vous me dites ça ?

— Elle a été apportée au poste, dans la nuit. Votre nom est écrit en lettres bâton et il y a une mention « TRES URGENT ».

— Lettre anonyme ?

— J'ai bien l'impression.

— Ouvrez-la. Mais faites attention, il y a peut-être des « paluches » dessus.

— Ouais, ouais, je suis pas niais à ce point...

Des bruits de papier déchiré couvrirent la voix de Lavot.

— Patron ?

— Oui ?

— C'est pas une lettre.

— C'est quoi, alors ?

— Un avis de décès...

— Pardon ?

Le rythme cardiaque de Marion s'éleva lentement.

— Pas le mien, j'espère, dit-elle.

— Non. Ça concerne une dame : Germaine JAMET, veuve MARTIN. Vous connaissez ?

— Non. Lisez-moi tout.

— Alors. Lyon — Saint-Etienne — Paris

Olivier MARTIN, son fils,

Mathilde JAMET, sa sœur...

Les familles JAMET, MARTIN, OLIGNON...

— C'est bon, souffla Marion. J'ai compris.
— Vous avez de la chance, bougonna Lavot.
— Il y a une adresse ?
— Tout juste. Soulignée au feutre rouge. 32, montée de l'Observance.
— Les obsèques, c'est quand ?
— Le 6 septembre à 15 heures. Hier.

34.

L'immeuble du 32, montée de l'Observance n'était pas d'un style très affirmé, sans doute une production des années 50, grise et sévère, du style cage à poules, avec des fenêtres carrées, mais il bénéficiait d'une vue époustouflante sur les eaux calmes de la Saône et sur les belles bâtisses de ses quais. Le ciel était constellé de moutons blancs et Marion entendit la voix de sa défunte mère annoncer la pluie par un de ces proverbes dont elle émaillait chacun de ses propos : « ciel pommelé, beau temps de courte durée ». Mais pour le moment, le soleil brillait encore, dessinant dans la rivière de majestueux reflets, chatoyants et dorés.

Le digicode de la porte d'entrée était désactivé dans la journée et Marion, une fois dans le hall, lut sur un panneau : G. Martin 2 gauche. G comme Germaine, sans doute. Marion grimpa les deux étages sans croiser âme qui vive.

Elle songea aux fonctionnaires de la DDASS qu'elle avait quasiment mis à la porte. La femme semblait penser que le métier de flic était une offense à la féminité et l'homme qu'un enfant ne pouvait s'épanouir totalement dans un milieu policier. Marion n'avait pas voulu entendre la suite. Elle s'était précipitée dans sa voiture et avait traversé la ville à tombeau ouvert. Mais en sonnant à la porte d'Olivier Martin, elle ne savait pas bien ce qu'elle faisait là ni comment elle allait pouvoir justifier sa visite. L'inconnu qui la mettait sur sa piste, lui, devait savoir ce qu'il faisait. Était-ce le même qui avait apporté les petits souliers ?

Quand, au troisième coup de sonnette, la porte s'entrouvrit, Marion comprit pourquoi le gardien du Muséum avait affirmé que toutes les femmes avaient été amoureuses d'Olivier Martin. La quarantaine environ, il était grand et mince, avec un front haut, des cheveux châtain clair courts et bouclés, des yeux d'un gris indécis et des traits réguliers, tannés par les grosses chaleurs africaines. Marion ne le trouva pas vraiment beau. Mais franchement époustouflant. Son visage marqué par les coups durs de la vie et son regard doux, tendre et sans défense auraient donné envie à n'importe quelle femme de le prendre dans ses bras, de guider son front jusqu'au creux de son épaule ou entre ses seins et de l'y garder. Elle savait qu'il se laisserait faire, qu'il n'aimait rien tant que le contact de leur mains douces et apaisantes. Les siennes étaient longues, carrées, brunes.

— Madame ? s'inquiéta-t-il alors que Marion fixait sa poitrine lisse et hâlée dont un seul petit triangle apparaissait entre les boutons d'une chemise de toile écrue.

Elle se lança dans une explication embrouillée à laquelle il sembla ne pas comprendre grand-chose. Lui aussi la regardait, avec un mélange de curiosité et d'intérêt. Un intérêt sexué qui disparut, au grand regret de Marion, quand, finalement, elle lui présenta sa carte de police.

Elle évoqua le Muséum, la place qu'il y avait occupée et qui se trouvait être en rapport avec sa visite. Il prit un air chagriné.

— C'est Judy qui vous a dit que j'étais là...

— Personne ne m'a dit que vous étiez là, mentit-elle.

— Que puis-je pour vous ?

Elle le lui dit en quelques mots et suggéra qu'ils pourraient peut-être converser ailleurs que sur le palier. Il s'empressa poliment :

— Mais bien sûr ! Je suis impardonnable. Entrez !

Il s'effaça et elle pénétra dans une entrée spacieuse qui se prolongeait par un salon. Un arc de cercle en stuc, typique des années 50-60, le séparait de la salle à manger.

L'ameublement, de la même époque, dégageait une impression de tristesse que renforçaient une ou deux pièces de style Henri II et une profusion de bibelots sans valeur. Pas de plantes, une immobilité sans vie, l'odeur poussiéreuse d'un lieu déserté. Des cartons plats comme des galettes portant le nom d'une entreprise de déménagements étaient posés contre le mur.

— C'est l'appartement de ma mère, expliqua Martin. Elle est morte il y a une semaine. On l'a enterrée hier.

— Je suis désolée.

Martin sourit en lui désignant un siège. Un léger étirement des lèvres, qui découvrit de belles dents, régulières.

— Ne le soyez pas. Elle n'a pas souffert. Elle était « absente » depuis longtemps. Plus de notre monde. Je suis revenu pour l'enterrer et vider cet appartement que je vais mettre en vente avant de repartir.

— L'Afrique ? suggéra Marion en posant les fesses sur le bord d'une chaise à l'assise cannée.

— Oui. J'y retournerai dès que tout sera réglé. Je n'ai pas très bien compris ce que vous attendiez de moi.

Alors qu'elle répétait : son enquête au Muséum, la griffe d'un oiseau à l'apparence étrange, un petit bruit s'échappa du fond de l'appartement, comme un objet tombé sur le sol et qui aurait roulé un moment avant qu'une main le rattrape. Martin se figea, en alerte. Puis il se força à sourire :

— Ce sont les voisins... Je vous prie de m'excuser, je n'ai plus l'habitude. Je suis devenu sauvage.

Marion aurait juré que les voisins n'avaient rien à voir dans son émoi. Qu'il y avait sans doute une ravissante personne embusquée dans une chambre du fond et que, par une maladresse volontaire, elle lui signifiait son impatience.

— Je crains de vous décevoir, reprit Martin avec effort. Je n'ai plus beaucoup de mes compétences passées et pas la moindre envie de retourner au Muséum.

Si la deuxième affirmation était crédible, la première sonnait faux. Marion le lui dit sans détour, affirmant qu'on n'oubliait pas ses passions. Il se dit surpris qu'elle possédât autant d'informations sur lui.

— J'ai potassé le « sujet ». Et j'ai besoin d'un coup de main, ajouta-t-elle. C'est d'une grande importance.

— Pour vous ?

Marion hésita. Elle faillit lui dire qu'elle faisait un métier, rien qu'un métier. Mais elle eut la conviction que Martin serait plus sensible à des arguments moins formels. Elle mit le plus de chaleur possible dans sa réponse :

— Oui, pour moi. Et aussi pour quelqu'un qui a besoin de savoir la vérité. Depuis longtemps.

— A quel sujet ?

— Je vous le dirai si vous m'aidez...

— Pourquoi ne pas utiliser la procédure classique ? Mon successeur...

Elle l'interrompit d'un geste bref.

— Il m'a envoyé sur les roses. Vous êtes mon seul recours. Ce serait trop long à expliquer. Mais je le ferai, rassurez-vous. Après, si vous me faites confiance.

Il l'observa longuement comme s'il essayait de mesurer le degré de sincérité dans ses propos. Son regard changeait de nuance avec ses émotions et Marion sentit qu'elle pourrait tout à fait craquer pour cet homme. Etait-ce une illusion ? Il lui sembla qu'elle ne lui était pas indifférente non plus et que sa réponse en serait l'aveu déguisé.

— D'accord, dit-il, je veux bien y jeter un coup d'œil. Mais je ne vous promets rien. Vous avez l'objet ?

Marion s'étonna :

— Vous ne comptez pas l'examiner ici ?

Il tordit les lèvres en une charmante grimace :

— Non, il faudra que j'aille là-bas.

— Les gens du Muséum seront contents de vous voir.

Il fit une autre moue, comme s'il doutait de ce qu'elle affirmait.

— Je vais vous demander de m'excuser mais je dois partir maintenant, dit-il de sa voix douce. Un aller-retour à Paris, je rentre demain...

Elle se leva et il la devança jusqu'à la porte. Au moment où elle passait devant lui, la main du docteur effleura son bras, légère, sans équivoque. Un courant de force 12 cloua Marion sur place.

Martin, déjà, refermait la porte. Il interrompit son mouvement :

— Si vous ne me donnez pas ce que je dois examiner...

— Oh, suis-je distraite, bafouilla la jeune femme, confuse.

Elle farfouilla dans son sac, en extirpa l'enveloppe et la tendit à Martin.

Il en sortit le petit sachet translucide et l'examina brièvement. Il le tourna et le retourna entre ses doigts tandis que passaient sur ses traits des ombres indéchiffrables. Puis, à la surprise de Marion, il entrouvrit le sachet, le porta à ses narines et en huma l'intérieur, les yeux clos. Son visage changea encore, son front se colora. Quand il rouvrit les yeux, il paraissait troublé.

— Demain, dit-il, à 14 heures, devant le Muséum.

35.

L'euphorie passagère due au beau regard du docteur disparut quand, de retour à la PJ, Marion se mit en devoir de vérifier un point qu'elle n'avait pas approfondi. Quand elle avait évoqué l'Afrique, elle avait suggéré un emploi chez Médecins sans frontières. Il avait confirmé d'une inclination de tête un peu raide : il ne s'étendrait pas sur la question. Mais l'homme l'intriguait et — pourquoi se le dissimuler — lui plaisait.

« Raison de plus pour vérifier », dit la voix de sa sagesse qui ajouta que toutes les histoires sentimentales de Marion finissaient en fiasco.

MSF ne connaissait pas de docteur Olivier Martin. Les principales organisations humanitaires présentes sur les différents terrains de l'Afrique non plus. Marion avait insisté, peine perdue.

Perplexe, elle raccrocha le téléphone et les recommandations de Marsal lui donnèrent subitement mal à l'estomac : elle avait confié son précieux indice à un inconnu. Et si c'était un usurpateur ?

Elle se précipita sur son blouson pour aller récupérer la patte du rapace séance tenante quand elle se souvint que Martin partait pour Paris.

— Merde, merde, merde ! Dès qu'un mec me fait de l'effet, il y a un problème, marmonna-t-elle avec irritation.

La porte de son bureau était restée entrouverte et, complètement absorbée par ses réflexions moroses, elle n'avait pas remarqué Lavot qui piétinait dans le couloir.

— Vous m'avez parlé, patron ?

— Non, fit Marion, évasive.

— J'ai entendu « type », alors je me suis dit que ça pouvait être que moi...

— Mmmm...

— Vous êtes décevante, vraiment...

— Vous avez du nouveau ? demanda-t-elle en lissant les sachets scellés empilés devant elle.

L'officier croisa les bras. Sa carrure occupait tout l'espace et Marion était obligée de se dévisser le cou pour le regarder dans les yeux.

— Asseyez-vous ou je vais attraper un torticolis.

Il obéit et sortit un calepin à spirale, à la couverture verte ravagée.

— Je suis allé aux Sept-Chemins. Entre parenthèses, les putes ont repris le territoire... C'est les mêmes qu'avant, sauf qu'elles ont cinq ans de plus. Y en a une, mamma mia, elle a au moins cent ans, une relique... Je me demande qui peut bien...

Marion l'invita à en venir au fait. Il plongea dans ses notes :

— Enfin, bref, chacun ses fantasmes. J'ai bavardé avec elles.

En langage Lavot, cela signifiait qu'il les avait d'abord verbalisées pour racolage et attitude de nature à provoquer la débauche. Qu'il avait chargé la mule et salé l'addition. Le maximum. Ensuite seulement, il avait *bavardé avec elles.*

— Une des filles a une excellente mémoire. Je lui ai fait

une petite fleur... Elle se souvient des enfants Patrie car il lui arrivait d'aller jusqu'à la ferme chercher de l'eau, pour ses ablutions.

— Je m'en fous, Lavot, s'irrita Marion. Abrégez, par pitié !

— OK, OK... C'était juste pour situer l'action... Il y a quelques mois, elle a croisé un groupe de jeunes à un concert en plein air. Oh, je vous rassure c'était pas du Bach, c'était du rap...

— Arrêtez de digresser tout le temps, vous êtes épuisant... Des jeunes, donc...

— Des gamins handicapés mentaux. Parmi eux...

— Mikaël Patrie ! s'exclama Marion.

— Lui-même. Elle l'a parfaitement reconnu bien qu'il ait grandi, bien sûr. Il n'avait pas changé, toujours aussi...

— Lavot, s'il vous plaît, pas d'insultes.

— Mignon ! J'allais dire mignon, c'est incroyable, ça !

— Tu parles !

— Donc, je disais : toujours aussi mignon... mais quand même atteint, le gamin. La fille a parlé avec l'éducateur qui escortait le groupe. L'établissement spécialisé où Mikaël Patrie est pensionnaire s'appelle Les Sources.

— C'est à côté de chez moi, ça ! C'est drôle... La vie est formidable, non ? Ensuite ?

— Ensuite ? La poste centrale a effectivement une boîte postale au nom de Denis Patrie. Il vient relever son courrier de temps en temps. Les préposés le voient quand il y a un recommandé. Il semble qu'il n'ait pas fait surface depuis un moment. J'ai laissé une convoc. J'ai bien fait ?

Marion haussa les épaules. Denis Patrie ne répondrait sans doute pas à cette convocation mais comme il n'y avait pas d'autre moyen immédiat de lui mettre la main dessus...

— J'ai rien fait concernant l'école Sainte-Marie-des-Anges puisque vous m'avez dit qu'elle n'existait plus mais je vais cet après-midi à l'Inspection académique pour avoir le nom et l'adresse de la directrice qui occupait le poste il y a cinq ans. Ça vous va ?

Marion fit signe que oui. L'estomac de Lavot émit un grondement terrible. Il grimaça en se massant l'abdomen.

— Dites, on pourrait pas aller becqueter ? Je suis mort de faim.

— Trouvez-moi Talon et on y va.

36.

Marion étouffa un bâillement quand le grand portail en fer forgé qui fermait l'IMP des Sources apparut dans son champ de vision. Elle ressentait une sauvage envie de sieste, et au grand dam d'Amar, le tenancier de la Mansouria, elle avait boudé son couscous au méchoui pourtant légendaire. Lavot, malgré ses ruses à trois francs, n'avait pas réussi à lui faire avouer la raison de cette soudaine langueur.

La petite pointe qui se remit à l'agacer du côté du cœur quand elle traversa la cour de l'IMP n'était pas sans rapport avec sa rencontre avec le docteur Martin. Devant le château, plutôt une grande résidence bourgeoise du XIXe siècle avec colonnes, fronton d'inspiration grecque et tous les attributs néoclassiques en vogue à l'époque, des grappes d'enfants, des garçons exclusivement, dont les âges semblaient s'étaler entre six et seize ans, s'activaient autour d'éducateurs à peine plus âgés qu'eux. Une tente presque entièrement montée était plantée au milieu de la grande pelouse rectangulaire cernée de haies de buis qui embaumaient. Un bond de sa mémoire affective, et Marion se retrouva dans un autre parc, d'un autre manoir. Où était-ce ? Quand était-ce ? Dans une autre vie ? L'odeur du buis et des sous-bois humides ramenait jusqu'à elle des cris d'enfants qui se poursuivaient dans des allées interminables, au milieu d'arbres dont les têtes touchaient le ciel. Mais où était-ce donc ? Impossible de se rappeler l'endroit. Tout ce qu'elle en gardait, c'était une sensation de bien-être, de plénitude insouciante. Sûrement, ce devait être dans une autre vie.

Mikaël Patrie se trouvait près d'une grande volière où

s'ébattaient quelques pigeons-paons d'un blanc immaculé. Une éducatrice lui avait indiqué l'adolescent, occupé à installer un stand avec ses camarades. Ils tentaient d'empiler en quinconce des boîtes de conserves vides sur une planche posée entre deux caisses en bois. Il devait y avoir une centaine de boîtes et les gestes mal coordonnés des adolescents les faisaient chuter à peine la pile commençait-elle à s'élever. Ils se chamaillaient en se bousculant. Mikaël, à intervalles réguliers, s'agitait en poussant des cris rauques comme sous l'effet d'une grosse colère. Marion l'observa un moment à distance.

L'éducateur des garçons, un jeune homme d'une vingtaine d'années, court et trapu, de longs cheveux blonds noués en catogan, une boucle d'or à l'oreille droite, dit quelques mots à Mikaël et à un autre gamin plutôt fluet. Il leur remit une banderole et les deux adolescents se dirigèrent vers le fronton de barres métalliques qui constituaient l'ossature du stand. Mikaël tourna un moment autour du montant vertical puis, s'y adossant il réunit ses deux mains devant lui pour faire la courte échelle à son camarade. L'autre fit quelques tentatives infructueuses et finit par grimper, cramponné à la barre. Une fois en haut, il déplia le calicot et entreprit d'en attacher une extrémité. Mais ses mouvements étaient maladroits et Mikaël tanguait comme un mât dans la tempête. Après deux nouveaux essais de l'autre garçon, il se mit à râler et à crier des insultes. A la fin, excédé, il le propulsa en avant d'un mouvement incroyablement violent. Le gamin fluet s'éleva dans les airs et retomba lourdement deux mètres plus loin en piaillant de douleur.

L'éducateur avait repéré Marion. Il s'avança et la parcourut du regard, de la tête aux pieds, inquisiteur.

— Vous cherchez quelqu'un ? fit-il d'un ton monocorde.

Marion désigna du menton Mikaël Patrie.

— Qu'est-ce que vous lui voulez ? Vous êtes de sa famille ?

Elle saisit la perche tendue. Dans une enquête officieuse, il fallait bien se débrouiller. Elle affirma qu'elle était une parente du garçon. Celui-ci, libéré momentanément de la surveillance de son éducateur, en profitait pour cogner sur un autre qui poussait des cris d'orfraie. L'éducateur intervint d'une voix forte et le calme revint.

— Ce n'est ni le jour ni l'heure des visites, fit-il.

— Je sais, j'ai vu le directeur, mentit Marion. Je suis de passage à Lyon, je repars bientôt. Je sais que Mikaël n'a guère de visites, peut-être même aucune... Je me suis dit que ça lui ferait plaisir.

Elle tentait sa chance. L'imperceptible détente sur le visage de l'éducateur lui montra qu'elle avait vu juste.

— Je m'appelle Ludo, dit le jeune homme en lissant ses cheveux d'un geste machinal. Je ne devrais pas, mais Mikaël est un enfant un peu... seul, il va être très fier de recevoir une visite. Faites attention quand même, il est plutôt... perturbé. Ne vous éloignez pas et ne le gardez pas trop longtemps.

Il s'éloigna et rejoignit le groupe d'adolescents, de nouveau occupés à empiler les boîtes. Mikaël ne cessait de tourmenter l'un, de pousser l'autre et quand Ludo se pencha pour lui parler, il se mit à sauter dans tous les sens et à courir comme un dératé autour du stand.

« C'est pas gagné... » se dit Marion dont le plexus se contractait. En voyant Mikaël approcher, poussé dans le dos par Ludo, elle eut la conviction que sa visite improvisée était une erreur et elle faillit battre en retraite. Mais il était trop tard. Mikaël Patrie était devant elle, le regard vide braqué sur ses mains. Il n'était pas grand pour ses treize ans, pas très charpenté non plus mais les poils bruns qui ornaient ses jambes indiquaient que le travail des hormones avait commencé. Des cheveux bruns, drus et broussailleux, une ombre de moustache au-dessus de sa lèvre supérieure, les traits épais, couvert de bleus, de plaies croûteuses et de bosses, Mikaël Patrie ressemblait à ces enfants sauvages que des années d'éducation spécialisée ne pourraient pas socialiser. Par-dessus le marché, Marion observa un détail dont elle avait perdu le souvenir : Mikaël avait la lèvre supérieure fendue en deux. Le bec-de-lièvre avait été opéré mais sans doute la voûte de son palais n'était-elle pas entièrement refermée car Marion ne comprit pas un mot de ce qu'il lui dit. Elle interrogea Ludo du regard :

— Il a du mal avec les consonnes. Il faut bien écouter. Il vous a demandé si vous aviez un cadeau pour lui.

Il fit une mimique d'excuse :

— C'est une habitude qu'ont les parents, ils apportent toujours un petit quelque chose.

— Je n'y ai pas pensé..., bredouilla Marion. Je n'ai pas eu le temps... Demain, je reviendrai demain.

Mikaël avait seulement compris qu'elle n'avait rien pour lui, il parut déçu et une ombre glissa sur son visage. Ludo s'éloigna de quelques pas et Marion s'approcha doucement du garçon, posant avec précaution une main sur son épaule.

— Je suis contente de te voir, Mikaël, dit-elle.

Mikaël secoua les épaules pour qu'elle retire sa main mais il resta là pourtant, à l'observer. Comme quand il était enfant, à cause du bec-de-lièvre et de ses lèvres toujours entrouvertes, un peu de salive glissait en permanence de sa bouche, inondant le devant de son tee-shirt. Il prononça quelques mots que Marion essaya de traduire. Comme sa réponse tardait, Mikaël les répéta, un ton audessus.

« Ne pas céder à la panique... un petit effort de concentration, Marion. Ça y est ! »

Il avait dit : « T'es belle... comment tu t'appelles ? »

Elle se hâta de répondre alors qu'elle voyait ses poings se crisper :

— Marion, je m'appelle Marion et je te remercie. Tu es très gentil.

Les poings se détendirent et une esquisse de sourire tordit la lèvre couturée.

— Tu viens, on marche un peu, proposa-t-elle en se tournant vers une allée qui se perdait sous les grands arbres.

Entre les troncs géants, à trente ou quarante mètres de là, l'eau d'un bassin scintillait. De temps en temps, le cri strident d'un paon invisible dominait les jeux des gamins.

Mikaël la suivit puis, sans préavis, lui prit la main. Ils

firent quelques pas ainsi, leurs bras collés l'un à l'autre. Marion, déroutée par cette situation inattendue, ne savait plus quoi dire. Elle devait parler de Lili-Rose à Mikaël et elle ne savait pas comment s'y prendre. Ils s'étaient éloignés du groupe et elle se remémora les recommandations de Ludo : « Faites attention, ne vous éloignez pas... » Mais Mikaël l'entraînait vers l'eau, irrésistiblement.

Ne pas aller là-bas, trouver un prétexte pour s'arrêter. Une appréhension imbécile lui nouait la gorge.

— Oh, fit-elle en s'arrêtant devant un canard qui se dandinait sur l'herbe, il est mignon...

Elle s'accroupit et leva la tête vers Mikaël qui avait dû lâcher sa main.

— Tu te souviens, Mikaël, des canards de la ferme ?

Il pencha la tête et l'observa sans comprendre.

— Tu te rappelles bien ton papa, il élevait des poules, des canards... Tu allais chercher les œufs avec ton panier...

Une petite lueur brilla dans les yeux atones du garçon qui prononça quelques mots incompréhensibles. Elle enchaîna :

— Tu cherchais les œufs avec Lili-Rose... Tu te rappelles Lili-Rose ? Ta petite sœur ?

La panique surgit dans le regard de Mikaël.

— Lili-Rose, bafouilla-t-il en expulsant un long jet de salive, ombée... Lili-Rose, ombée...

— Oui, fit Marion très vite, Lili-Rose est tombée. Tu te rappelles comment c'est arrivé ?

— Pas moi ! Pas poussé Lili-Rose dans le puits, c'est pas moi...

— Je sais, Mikaël, c'est pas toi. Tu sais qui c'était ?

Mikaël secoua la tête dans tous les sens en proférant une longue tirade. Marion, le cœur battant, n'en comprit que quelques bribes : Lili-Rose, oiseaux, vélo.

— Tu étais là quand elle est tombée, Lili-Rose ?

— Pas moi, cria Mikaël d'une voix rauque, la colère déformant ses traits. Pas poussé Lili-Rose.

— Mais qui l'a poussée alors ? insista Marion en appuyant sur chaque syllabe, consciente qu'elle était en train de déraper, de pousser Mikaël à la faute.

— Pas moi, répéta-t-il comme un disque rayé en frappant le sol de ses brodequins râpés qui paraissaient deux fois trop grands pour lui.

— Mais qui, Mikaël ? Dis-moi qui était là !

— Moi, Lili-Rose. Le monsieur...

Marion sentit son pouls s'emballer. Elle vit aussi à la pâleur qui gagnait le visage de Mikaël et au tremblement qui agitait ses mains qu'elle devait cesser de lui parler de la mort de sa sœur et le ramener dare-dare à son éducateur. Pourtant il fallait qu'elle sache :

— Qui, Mikaël ? Quel monsieur ?

— Monsieur, monsieur, monsieur, martela le garçon en roulant des yeux, comme s'il voyait un fantôme, le corps agité de spasmes.

Puis, tout à coup, il fonça sur le canard qui chassait placidement les parasites logés sous ses ailes, et lui lança un violent coup de pied. L'oiseau émit un cri rauque et partit à toute vitesse dans le sous-bois, poursuivi par Mikaël qui courait gauchement, alourdi par ses drôles de chaussures. Dans l'affolement, l'animal disparut rapidement. Revenu sur ses pas, Mikaël entama une danse sauvage, lançant les bras et les jambes en un ballet désordonné. Une fois ou deux, un de ses membres rencontra un arbre et Marion, terrifiée, craignit qu'il ne finît par s'y exploser le crâne. Elle tenta de l'intercepter mais ne réussit qu'à récolter un coup violent sur l'avant-bras. Elle poussa un cri de douleur, pliée en deux.

Alerté par le remue-ménage, Ludo arrivait en courant. Sans hésiter, il se jeta sur Mikaël et, le ceinturant sans douceur, le projeta au sol. Il ne mit pas longtemps à avoir raison de sa grande colère, habitué à un phénomène sans doute répétitif. Quand il jugea Mikaël calmé, il le libéra de son étreinte et tous deux se redressèrent. La crise passée, le garçon paraissait n'en avoir aucun souvenir et il lança à Marion le même regard vide qu'au moment de leur rencontre. Ludo, lui, n'avait pas l'air content.

— Je regrette cet incident, dit-il, mais je vous avais prévenue. Je risque de me faire engueuler à cause de vous.

— Je vais aller voir le directeur, affirma Marion. Je suis désolée.

Elle regarda Mikaël qui rejoignait son groupe en courant, suivi par Ludo. Elle partit vers le château. Un moment, elle entendit un cri. Elle se retourna :

— Maion ! Maion !

Mikaël, entre le jeu de massacre et la haie de buis, un grand sourire sur son curieux visage, lui disait au revoir en agitant la main.

— Mikaël Patrie est un grand agité, dit Raoul Desvignes, le directeur des Sources. Vous avez eu de la chance qu'il ne s'en prenne pas à vous. Vous auriez dû passer me voir avant.

L'homme était grand et corpulent, avec des mains larges et marquées de mille et une cicatrices qui indiquaient son goût pour les travaux manuels et le jardinage. Des cheveux gris coupés en brosse, une grosse moustache sombre et des yeux très pâles d'un bleu curieusement délavé lui composaient un visage de dur, ce qu'il avait peut-être dû devenir pour diriger l'institution des Sources avec ses cent trente enfants, ses douze éducateurs, ses six instituteurs spécialisés et sa troupe technique et logistique, sans compter l'équipe médicale. Marion reconnut qu'elle avait commis une erreur d'appréciation : elle n'imaginait pas que Mikaël fût aussi difficile.

— Outre un QI très faible et des troubles psychomoteurs et de l'élocution, Mikaël souffre d'un syndrome qui masque les réflexes de contrôle de l'agressivité. Vous avez sans doute su établir un bon contact avec lui car au lieu de vous agresser, il s'en est pris à lui-même.

— Il est couvert de plaies et de cicatrices...

— Oui, en phase aiguë, cela peut aller jusqu'à l'automutilation avec tentative suicidaire...

Marion était impressionnée.

— C'est un cas limite, précisa Raoul Desvignes. Si son évolution n'est pas bonne cette année, et je doute qu'elle le soit car ce trouble, généralement, empire avec le temps, nous devrons le placer en psychiatrie. Son comportement est très perturbant pour les autres.

— Son éducateur m'a dit qu'il ne recevait pas de visites.

— En effet. Et c'est un facteur aggravant. Mikaël Patrie a vécu jusqu'à l'âge de huit ans dans sa famille.

— Je sais, fit Marion.

Comme le directeur des Sources s'étonnait, elle expliqua comment elle avait connu l'enfant et ses parents.

— Quel drame horrible ! dit Raoul Desvignes. Je connaissais la famille Patrie par des amis qui avaient une fillette dans la classe de Lili-Rose...

Il marqua une pause, deux secondes de silence à la mémoire de la petite fille.

— Jeanne Patrie m'avait consulté au sujet de son fils Mikaël, quelques semaines avant la mort de Lili-Rose. Elle voulait connaître les conditions d'un placement. Je découvrais l'existence de ce fils dont le moins qu'on puisse dire est qu'il était « dans son jus », livré à lui-même. Jeanne prétendait que le père de Mikaël s'opposait à une séparation et qu'elle prenait la responsabilité de la démarche. Elle n'était pas encore complètement décidée et, pour tout dire, je l'ai trouvée assez bizarre.

— C'est-à-dire ?

— Je ne sais pas. Inquiète, indécise, et autoritaire à la fois. Instable. Quand la petite Lili-Rose est décédée, elle n'a pas tenu le choc et cela ne m'a pas surpris.

— Qui a amené Mikaël ici ?

— Moi, fit-il simplement. Jeanne était à l'hôpital. Denis Patrie s'est remis à boire. J'avais essayé de le convaincre de placer Mikaël, mais il était têtu. C'est un ancien hippy qui nourrit une rancune indéfectible contre la société. Il y a cinq ans, il en était encore au mythe rousseauiste du bon sauvage. S'agissant de Mikaël, cela ne manquait pas de pathétique. Finalement c'est la DDASS qui a tranché et j'ai proposé une place ici.

— Son père n'est jamais venu le voir ?

— Une ou deux fois au début. La dernière fois, il était tellement saoul qu'il est tombé dans l'étang avec le gamin... Je l'ai un peu... secoué. Il n'est pas revenu.

— Et la mère ?

— Jamais. Pas une fois.

Marion se tut. Elle regardait par la fenêtre la pelouse vide. Les enfants qui préparaient la kermesse étaient rentrés. C'était l'heure du goûter et on entendait l'écho assourdi de leurs déplacements suivis de temps en temps du coup de gueule d'un éducateur.

— Ce n'est pas un métier facile que le vôtre, remarqua-t-elle. Vous savez ce que sont devenus les parents de Mikaël ?

— Elle, je suppose qu'elle a été internée. Mais lui, j'ignore ce qu'il fait. La manche ou la route. Mikaël est sous la responsabilité de la DDASS.

Marion décida qu'il était temps qu'elle aborde la raison de sa visite.

— Quand on évoque sa petite sœur, Mikaël dit qu'il ne l'a pas poussée. Qu'en pensez-vous ?

Raoul Desvignes eut l'air sincèrement surpris.

— Je pense que c'est un hasard. Mikaël ne garde aucun souvenir plus de quelques minutes. Je serais étonné qu'il se souvienne de sa sœur.

— Il a même prononcé son nom. Il a parlé d'un monsieur aussi. Un monsieur qui aurait été là au moment où Lili-Rose est tombée.

Raoul Desvignes quitta son siège en cuir qui, libéré de ses cent kilos, émit un chuintement en remontant de quelques centimètres. Il se dirigea vers une porte d'où provenaient les voix de deux femmes. Tout en l'ouvrant, il se tourna vers Marion :

— Un thé vous ferait plaisir ?

Desvignes dit quelques mots à un interlocuteur invisible et revint sur ses pas. Il se planta devant Marion, les mains dans les poches déformées de son pantalon de velours.

— Mikaël appelle tous les hommes « le monsieur ». Moi, le pédiatre, le jardinier... y compris son père. Cela ne veut rien dire.

— Peut-être justement parle-t-il de son père quand il évoque la présence du « monsieur » sur les lieux de la mort de Lili-Rose ? Denis Patrie, contrairement à ce que nous avions conclu il y a cinq ans, n'était peut-être pas où il a prétendu se trouver...

— Ne vous fiez pas à Mikaël, répéta Desvignes qui se mit à arpenter lentement son bureau. Ce serait déraisonnable. Ses propos ne sont sûrement que des coïncidences.

Marion décroisa et recroisa les jambes. Il faisait chaud dans la pièce et elle se sentait prise d'une irrésistible envie de dormir. Les brusques somnolences des premiers mois... Elle se leva pour conjurer sa torpeur au moment où quelqu'un frappait à la porte. Une femme entra et posa un plateau sur un guéridon près de la fenêtre. Brune, dans la quarantaine, assez belle, elle ressortit sans accorder un regard à Marion. Desvignes claqua la langue et approcha bruyamment deux sièges de la table.

— On ne devrait jamais travailler avec sa femme, commenta-t-il avec un geste agacé en direction de la porte. C'est un désastre. La mienne est d'une jalousie maladive. Elle espionne mes faits et gestes, mes visiteurs... Alors quand c'est une visiteuse, et jolie de surcroît...

Il leva les yeux au ciel. Marion s'assit sur une des deux chaises et huma le fumet qui s'échappait de la théière.

Desvignes servit le thé et ils burent en silence, Marion contemplant le parc et la pelouse déjà plongée dans l'ombre à cause des grands arbres qui cachaient le soleil couchant. Elle sentit le regard pâle de Desvignes posé sur elle et fut frappée par son éclat pénétrant. Elle se demanda ce qu'il avait en tête et, pour ne pas avoir à découvrir que Mme Desvignes aurait quelques raisons de se sentir trahie, elle revint au motif de sa visite aux Sources :

— Répondez-moi franchement, monsieur Desvignes... Est-ce que Mikaël, en proie à un accès de violence tel que vous lui en connaissez, aurait pu tuer sa sœur ?

L'homme hésita :

— Je ne comprends pas bien, fit-il en se penchant. Vous reprenez l'enquête ou quoi ?

— Je joue cartes sur table avec vous ?

Il découvrit des dents larges et saines :

— C'est comme vous le sentez. Jusqu'à présent, cette

question ne s'est pas posée. Mais compte tenu de ce que vous me demandez, je dois savoir à quoi m'en tenir.

— En quelque sorte, oui, je reprends l'enquête, dit Marion après une seconde de réflexion. Mais je n'ai aucun cadre légal pour le faire et vous n'êtes pas obligé de me répondre, vous le savez parfaitement.

Raoul Desvignes s'adossa à sa chaise et parut peser le pour et le contre. Après avoir sifflé le contenu de sa tasse jusqu'à la dernière goutte, exaspérant de lenteur, il se décida.

— Est-ce que Mikaël aurait pu avoir un geste violent à l'encontre de sa petite sœur ? répéta-t-il comme s'il avait voulu nuancer le propos de Marion. Si c'est le cas, c'est sous l'effet d'une impulsion, dans un contexte qui l'y poussait. En aucun cas, par calcul ou jalousie. Mais il faut que vous sachiez que, quand Mikaël est arrivé ici, il n'avait pas encore l'agressivité que vous lui avez vue tout à l'heure et qui est étroitement liée aux perturbations de la puberté.

— Bien, soupira Marion en se levant, merci pour tout. Je reviendrai apporter un cadeau à Mikaël.

— Il sera très content, fit Desvignes en se dressant à son tour, la dominant d'une bonne tête. Si vous avez un moment, apportez-le-lui à l'occasion de la kermesse, dimanche en huit. C'est la fête des parents et il sera seul, comme d'habitude...

— J'essaierai, promit Marion en lui tendant la main.

Il la serra avec force entre ses pognes abîmées et la retint alors que Marion faisait mine de s'en aller. Il semblait sur le point de dire quelque chose, et de nouveau la lueur acérée dans ses yeux clairs fit redouter à Marion qu'il ne lui fît une proposition...

— Vous me semblez être quelqu'un de bien, dit-il à mi-voix.

« Aïe, aïe, aïe, c'est parti... »

— En tout cas, je pense que je peux vous faire confiance...

« Ben voyons... »

— Il y a quelque chose que vous devez savoir à propos

de Mikaël. Que personne ne sait, en dehors de ses thérapeutes et de moi-même...

« Idiote, toujours aussi narcissique... Bien fait pour toi. Cet homme est un pro... Séducteur mais pro... »

— Je vous écoute, dit-elle, honteuse.

— Mikaël a été victime de quelques accidents suspects quand il était petit.

— Quel genre ?

Raoul Desvignes balaya l'espace devant lui sans la quitter des yeux.

— Vous ne voulez pas parler de sévices sexuels ?

— Non, non, pas du tout. Pas de sévices au sens strict. Plutôt des accidents, disons... volontaires, provoqués. Des mauvais traitements, au sens médical. La casserole de lait brûlant sur les pieds, une pneumonie parce que le chauffage a été fermé dans sa chambre. Vous comprenez ?

37.

Des émotions contradictoires assaillaient Marion quand elle déboucha dans l'allée des Mésanges. Les Sources n'étaient qu'à deux kilomètres de chez elle et elle avait décidé de rentrer sans passer par son bureau. Elle espéra que Nina apprécierait sa surprise : elle s'était arrêtée chez le pâtissier pour acheter une tarte au citron, le dessert préféré de sa fille, également apprécié de Lisette.

Elle n'arrivait pas à chasser le malaise qu'avaient provoqué les propos de Raoul Desvignes et qui montraient, une fois encore s'il en était besoin, que l'enquête autour de la mort de Lili-Rose Patrie n'avait été qu'une succession de ratages. Ce qu'il lui avait dit de Jeanne Patrie et des conséquences sur Mikaël l'horrifiait. C'était impossible à prouver, malheureusement. Desvignes ne se fondait que sur des observations a posteriori. En admettant qu'il en ait la moindre conscience, Mikaël ne dirait jamais rien de ce qu'il avait subi. Et Lili-Rose ? Qui pourrait dire si Jeanne se vengeait seulement du handicap de son fils ou si elle faisait aussi violence à Lili-Rose ? Et d'abord, où pouvait-elle bien être, Jeanne ?

Alors que Marion arrêtait sa voiture devant la porte du garage, la sonnerie de son portable la fit sursauter. Elle n'eut que le temps de tirer le frein à main et de prendre l'appel.

Talon avait la voix cassée et il sembla à Marion qu'il reniflait.

— J'ai chopé la crève, confirma-t-il. C'est bien ma veine !

— Où étiez-vous passé à midi ? demanda-t-elle en coupant le contact et la radio de bord. On vous a attendu...

— Je suis retourné au squat de José Baldur. Je suis sûr que c'est de là-bas que tout est parti...

— Alors ?

— Rien. Mais je trouverai, c'est sûr. Ils finiront par craquer, ces bâtards... Vous repassez par la PJ, patron ?

— Non, Talon, je suis devant chez moi, j'avais à faire dans le quartier...

— Dommage, j'ai du nouveau pour vous. Je vous dirai ça demain, alors ?

Talon savait comment l'énerver. Elle s'exclama :

— Ça va pas, non ? Allez-y, je suis tout ouïe...

A cet instant, la porte du garage s'ouvrit et le museau de Nina apparut entre les vantaux de bois marron délavé, d'un style faussement rustique qui ne résistait pas au temps. La fillette interrogea sa mère du regard et Marion lui fit signe d'approcher.

— C'est ma crevette qui arrive ! dit-elle, alors que Nina ouvrait la portière côté passager et se glissait sur le siège en secouant deux jolies tresses nouées par des rubans roses.

— Bonjour, trésor, susurra Marion en attirant sa fille contre elle.

— Hum, je suis troublé, fit Talon à l'autre bout. C'est la première fois que vous m'appelez trésor...

— Mon pauvre Talon, vous avez passé l'âge... Alors ?

C'était une de ses manies favorites. Relancer la conversation d'un « Alors » impatient. Elle imagina qu'à l'autre bout, Talon devait se moquer d'elle.

— Lavot a obtenu les renseignements sur la dernière directrice de l'école Sainte-Marie-des-Anges. Elle s'appelle Maguy Bernt et elle est à la retraite, recyclée dans la brocante, à Ternay. Il a aussi retrouvé Jeanne Patrie. Ça n'a pas été bien difficile. Elle est à l'hôpital psychiatrique départemental, service du professeur Gentil. Internement d'office, elle n'a pas bougé de là depuis plus de trois ans. En revanche, mauvaise nouvelle : il n'a pas obtenu de droit de visite.

Marion adorait qu'on lui refusât ce genre de droit.

— J'irai demain, assura-t-elle. C'est tout ?

Talon poussa un soupir si profond qu'il déclencha une quinte de toux :

— Jamais contente, crut-elle l'entendre marmonner. Non, ce n'est pas tout. J'ai gardé le meilleur pour la fin. Denis Patrie...

— Eh bien ?

— Il risquait pas de répondre à la convoc de Lavot.

Talon se moucha. Marion s'impatientait, le téléphone éloigné de son oreille comme si elle avait craint que le virus ramassé par l'officier au contact des zonards la contamine.

— Il n'est pas mort au moins ! s'exclama-t-elle.

— Non. Il a été condamné pour coups et blessures volontaires. Il est en taule, à Saint-Paul.

38.

Lisette avait déjà enfilé son imper et ses chaussures. Elle noua autour de son cou un foulard aux couleurs vives que Marion lui avait offert pour essayer d'égayer ses vêtements de deuil qu'elle refusait de quitter. Ce soir, elle avait décrété qu'elle allait prendre le bus pour rentrer chez elle, dans le 8e arrondissement de Lyon. Il était encore tôt, il faisait doux, elle voulait marcher et, plus que tout, il était clair qu'elle était au bord de la déprime.

— Vous savez Lisette, biaisa Marion chagrinée du visage sombre, presque fermé, de la grand-mère, si cela vous pose un problème de vous occuper de Nina le soir, je trouverai une autre solution. Je ne veux pas que ce soit une contrainte pour vous.

Lisette allait chercher Nina à l'école, faisait quelques courses, préparait le dîner et attendait le retour de Marion. Les soirs où la jeune femme était retenue par son travail et les nuits de permanence, elle dormait rue des Mésanges.

— Pas du tout, se récria Lisette. C'est juste que j'en ai assez de ces deux enquêteurs de la DDASS. Ils sont encore venus chez moi ce matin.

Marion sentit son sang bouillonner violemment.

— Je vais tirer ça au clair, gronda-t-elle, ça commence à bien faire... Qu'est-ce qu'ils voulaient ?

— Comme d'habitude, fit Lisette qui n'avait pas envie d'en dire plus.

Elle acheva de nouer son foulard, puis jeta un bref coup d'œil dans le miroir de l'entrée qu'elle redressa machinalement ainsi qu'elle le faisait plusieurs fois par jour avec tous les tableaux et cadres de la maison.

— Je pensais..., fit Marion. Enfin, je me suis dit qu'on pourrait peut-être aller à Osmoy, dimanche...

Lisette se retourna vivement. Son regard s'illumina un bref instant d'un éclat oublié mais, presque aussitôt, retrouva son voile de malheur.

— Oui, dit-elle du bout des lèvres.

Qu'elle ne saute pas sur l'occasion d'une visite à ses deux « grands » à l'orphelinat de la police ne pouvait signifier qu'une chose : elle était en crise.

« Seigneur, s'insurgea Marion en silence, mais qu'est-ce que je vous ai fait ? »

— Ecoutez, Lisette... Je comprends que vous ayez de la peine pour Louis et Angèle mais il n'y a pas de solution...

Lisette attrapa son sac et le fourra sous son bras. Grise,

intérieurement rongée. Son regard plongea sur ses chaussures.

— Je ne sais pas si c'est bien pour Nina de vivre loin de son frère et de sa sœur, dit-elle très vite.

— C'est la DDASS qui vous met dans cet état ? Ce sont ces deux fonctionnaires minables qui vous mettent ces idées en tête ?

— Pas du tout. Je suis assez grande... Mais peut-être qu'ils ont raison après tout...

De nouveau Marion se sentit chanceler. A quoi Lisette jouait-elle dans son dos ?

— Vous vous rendez compte de ce que vous dites ? Vous ne voulez pas que Nina m'appelle maman, vous voulez qu'elle vive avec son frère et sa sœur. Vous voudriez que je la ramène à l'orphelinat, c'est ça ?

Lisette se récria. Elle ne remettait pas en cause l'adoption de Nina, au contraire, cependant, elle regrettait certaines choses. Marion avoua qu'elle ne comprenait rien à ses sous-entendus.

— Qu'est-ce que je devrais dire ! s'écria Lisette. C'est moi qui ne comprends plus rien. Vous me faites des cachotteries et...

Marion était de plus en plus dépassée. Lisette serra son sac avec force, le regard étincelant :

— Si vous croyez que je suis dupe ! Vous êtes enceinte, vous auriez pu me le dire. Tout le monde le sait sauf moi.

C'était donc cela ! Marion partit d'un rire nerveux, qui ne contribua pas à apaiser la vieille dame.

— Je ne vois pas ce qu'il y a de drôle...

Marion reprit son souffle, puis elle s'approcha de Lisette et l'entoura de ses bras. D'abord raide, la grand-mère se laissa aller progressivement et Marion, à ses petites inspirations rapides, comprit qu'elle pleurait en silence. Elle la laissa se libérer sans dire un mot. Lisette se détacha d'elle en s'essuyant les yeux.

— Je suis impardonnable, affirma Marion émue. J'aurais dû vous prévenir. J'ai beaucoup réfléchi, vous savez et... ce n'est pas facile. Vous m'en voulez ?

La vieille dame fit non de la tête.

— Pour Louis et Angèle..., que diriez-vous si je les invitais pour les vacances de la Toussaint ?

— Oh oui, dit Lisette. Mais il ne faut pas que cela vous fatigue. Une grossesse, ce n'est pas rien.

Un bruit à l'étage leur fit tendre l'oreille. Une porte. Des pas. Nina était couchée depuis un moment mais dormait-elle vraiment ? Marion montra de l'index le palier du premier et posa ensuite le doigt sur sa bouche.

Elle écouta encore. Le silence était revenu au-dessus de leurs têtes.

Lisette avait finalement accepté de prendre une tisane et un taxi. Elle attendait l'arrivée du véhicule, imper sur le bras, foulard noué autour de l'anse de son sac. Rassérénée, enfin.

Un moteur ronfla dans l'allée des Mésanges et la lueur de phares transperça la vitre en verre dépoli de la porte d'entrée. La main sur la poignée, Lisette se ravisa :

— Il y a autre chose qui me dérange, dit-elle à Marion qui avait hâte d'aller prendre un bain et de se glisser sous sa couette. C'est à propos de l'école... Ça ne va pas du tout.

— Allons bon ! s'exclama Marion alarmée.

— Nina s'est fait voler sa trousse et...

— Non, rectifia Marion, elle a *oublié* sa trousse. Elle est tête en l'air. Personne n'a rien volé.

— Bon, n'empêche que vous avez vu ? Ils sont trente dans la classe.

— Vingt-six.

— C'est pareil, quatre de plus ou de moins... Nina s'ennuie, les autres la retardent...

— C'est Nina qui est en avance. Elle est plus éveillée que la moyenne, ce n'est pas la même chose.

— Ma fille mettait ses enfants dans le privé.

Marion se ferma.

— Je n'en ai pas les moyens. Et je ne vois pas ce que vous reprochez à cette école. Elle est tout près d'ici, Nina s'y plaît et elle y trouve un rythme satisfaisant.

Dehors, le taxi s'impatientait. Il le fit savoir en lançant un bref coup de klaxon. Lisette ouvrit la porte.

— N'empêche que Nina m'a parlé hier encore de Sainte-Marie-des-Anges, son ancienne école. Ça, c'était une école.

Dès que Lisette fut partie, Marion se précipita à l'étage. Pour une fois, la porte de Nina était fermée. Elle l'ouvrit tout doucement, le cœur battant la chamade. Avec un peu de chance, la fillette ne dormait pas encore. Elle pourrait lui parler de son ancienne école, lui faire raconter ses souvenirs. Peut-être même sa fille se rappellerait-elle Lili-Rose.

A son habitude, Nina était étendue sur le côté, tournée vers la fenêtre. Marion sut immédiatement qu'elle était réveillée et quand elle aperçut la tête de la poupée qui dépassait des bras serrés de Nina, l'inquiétude l'assaillit. « Sonia » était depuis longtemps rangée sur une étagère, reléguée au profit des « Barbie » et des jeux plus élaborés qui lui avaient succédé. Elle se remémora soudain la console de jeux et se mordit la lèvre : elle avait complètement oublié de s'en préoccuper aujourd'hui. Le plus étonnant, et non le moins inquiétant, c'était l'absence de questions de Nina à ce sujet. La fillette couvait quelque chose.

Marion contourna le lit et se pencha. La petite, les yeux grands ouverts, fixait la fenêtre. Son visage était livide dans la pénombre et ses lèvres tellement serrées qu'un anneau blanc cerclait sa bouche.

— Qu'est-ce qu'il y a, mon cœur ? Tu ne dors pas...

Sa voix s'éleva, claire et nette :

— Je veux retourner à Osmoy.

Marion crut qu'elle allait s'évanouir. Un jet de bile remonta dans sa gorge et elle s'accroupit vivement auprès de la fillette qui serrait sa poupée de toutes ses forces.

— Qu'est-ce que tu dis, Nina, pourquoi ?

— Je veux retourner avec Louis et Angèle.

— Mais pourquoi ? Dis-moi pourquoi !

Marion ne trouvait rien d'autre à dire. Elle rassembla ses pensées à toute vitesse, pensa aux enquêteurs de la DDASS, à Lisette qui avait semé le doute chez Nina. La petite finissait par se sentir coupable de son bonheur à l'égard des deux grands.

« Doux Jésus ! Mais elle est folle, cette mammy... Moi qui croyais bien faire en la gardant près de nous... »

— Tu sais très bien pourquoi, fit Nina d'une voix qui changeait et tremblait légèrement.

— Non, je te jure que non !

— Tu vas avoir un bébé, je le sais, je t'ai entendue parler avec mammy. Et je m'en doutais figure-toi, j'ai demandé à une copine qui a eu un petit frère l'année dernière. Sa mère, elle vomissait tout le temps.

Marion se rapprocha encore de Nina. Stupide, elle se sentait stupide.

— Nina, jura-t-elle, j'allais te le dire, demain. Mais il fallait que je sois vraiment sûre, tu comprends ? C'est un peu compliqué et je ne voulais pas t'en parler avant de... avant que... Enfin... Je ne sais pas comment t'expliquer... C'est tellement difficile. Je sais que j'aurais dû t'en parler, tu es ma fille, tu es concernée...

Elle s'embrouillait. Nina, les yeux braqués sur son visage, essayait de déchiffrer ce qui se cachait derrière les mots.

— Je ne suis pas ta *vraie* fille, dit-elle tandis que deux grosses larmes coulaient le long de son nez. Tu n'as plus besoin de moi, puisque tu vas avoir un *vrai* enfant.

— Mais Nina, *tu es ma fille*. Je sais que j'aurais dû te parler du bébé mais ça ne change rien pour toi. Lui, il sera mon deuxième enfant. Toi tu es ma grande, ma grande fille. Nina ! Ma chérie !

Les larmes à présent ruisselaient sur les joues de Nina. Son désespoir la faisait palpiter comme un petit oiseau tombé du nid.

— Tu vas l'aimer plus que moi, s'écria-t-elle en sanglotant. Tu vas plus m'aimer du tout et tu vas me rendre à la DDASS. Je veux partir.

Marion sentit la situation lui échapper et, bouleversée, fondit en larmes à son tour.

Il leur fallut une bonne heure pour retrouver un semblant de calme. Marion avait fini par sortir Nina de son lit et, la tenant serrée contre elle, lui avait répété cent fois, mille fois, qu'elle était sa fille, qu'elle l'aimait plus que tout, que son amour pour elle était d'autant plus grand qu'elle l'avait voulue, choisie malgré le fait que Nina fût déjà grande et que Marion sût que cela rendrait plus difficile leur vie commune. Elle était enceinte et Nina devait croire que cela ne changerait rien. Au contraire, elle avait besoin d'elle pour fonder une famille avec ce petit frère qui tombait du ciel. Nina avait crié son chagrin en bloc, le manque de ses parents, le manque de Louis et d'Angèle. Sa courte vie était une catastrophe et Marion eut bien du mal à lui démontrer le contraire.

Finalement, la fillette s'apaisa quand Marion lui jura que le bébé serait un garçon. Cette nuit-là, Nina dormit avec sa mère, tout contre son ventre.

39.

Le lendemain matin, Marion n'eut pas le courage de questionner Nina sur l'école Sainte-Marie-des-Anges. La fillette avait encore les yeux gonflés et elle ne lâchait plus la main de sa mère depuis qu'elle savait qu'elles iraient à Osmoy le dimanche. Il ne fut pas une seule fois question du bébé pendant les préparatifs d'avant l'école, ni sur le trajet.

Avant toute chose, Marion, épuisée par sa nuit difficile, décida de forcer la porte de la directrice de la DDASS malgré les cerbères qui tentaient de l'en empêcher. L'échange se déroula dans les cris et l'énervement, et Marion le conclut en menaçant de s'enfuir avec Nina, de prendre le maquis et pire encore, si on continuait à les harceler. La directrice s'adoucit quand, libérée de son angoisse par ses propres excès verbaux, Marion lui apprit qu'elle était enceinte et qu'elle avait demandé une affectation plus paisible. Son interlocutrice ne promit rien mais s'engagea à conclure le dossier « dans les meilleurs délais » et « pour le bien de l'enfant ».

« Le mien, elle n'en a rien à foutre », maugréait Marion en roulant vers la prison.

Elle savait bien qu'on ne lui laisserait pas voir Denis Patrie sans un permis de communiquer. Or elle n'avait aucune chance de l'obtenir puisque l'affaire pour laquelle il était incarcéré avait été jugée. La fiche remise par Talon indiquait qu'il s'agissait d'une bagarre entre marginaux. Le plaignant avait été blessé à la tête, près de la gare Perrache, et Denis Patrie arrêté tout de suite après. En aussi piteux état que son accusateur mais, facteur défavorable, « connu des services de police », il avait écopé d'un mois. La fiche de Talon mentionnait que Denis Patrie était SDF.

Marion connaissait le directeur de la maison d'arrêt pour avoir suivi un stage de négociation avec lui, un psychologue et d'autres flics triés sur le volet à Saint-Cyr-au-Mont-d'Or. Savoir négocier, quand on avait à manager une population carcérale importante et une troupe de matons tout aussi agitée, pouvait servir, à l'occasion.

En franchissant les grilles, sas et autres barrages dont la seule vue lui faisait froid dans le dos, elle se demanda comment on pouvait choisir de faire carrière dans l'administration pénitentiaire.

— C'est à cause de gens comme toi, lui lança le directeur alors qu'elle regardait autour d'elle les murs noirs, les fenêtres étroites et hautes où étaient accrochés des sacs multicolores et les pointes acérées qui émergeaient des toits. Vous les arrêtez, et après, c'est nous qui nous les coltinons.

Il était grand, sec et roux comme un incendie, avec des cheveux en brosse et des yeux gris. Il avait sorti le dossier de Denis Patrie, faute de pouvoir le lui faire rencontrer.

— Ton gus sort dans six jours, tiens...

Il poussa vers elle une double feuille blanche encore tiède de son passage dans l'imprimante.

— Tu pourras venir l'attendre, fit-il tandis qu'elle lisait.

— Il est violent ?

— Violent ? Penses-tu ! Il est comme beaucoup de ceux qui atterrissent ici : paumés, à la rue, incapables d'affronter la réalité. Ils picolent ou se droguent pour se donner du courage. La prison agit comme une cure, un sevrage, et ils n'ont qu'une hâte, c'est de retrouver le biberon. Donc, ils se tiennent peinards.

CQFD.

Marion lut les commentaires et se redressa, comme piquée par un frelon. Son exclamation inquiéta le directeur de prison :

— Un lézard ?

— Non, fit-elle en secouant la tête, un truc complètement fou.

40.

— Trouvez Talon ! ordonna-t-elle à Lavot et rejoignez-moi à l'HPD tous les deux. Il va être content, le petit Jérôme !

Marion l'était, elle, contente, pour appeler Talon par son prénom. La veille, elle avait souri en lisant dans un document officiel que Lavot se prénommait Michel. C'était le genre de détail qu'elle oubliait facilement.

Elle s'arrêta sur le grand parking de l'hôpital psychiatrique et n'eut ensuite qu'à suivre les panneaux pour trouver le service du professeur Gentil, le dernier pavillon sur la droite. Un grillage de plus de deux mètres de haut avec surplomb entourait le bâtiment sans étage. Pas de barreaux aux fenêtres mais d'épaisses vitres de sécurité dépolies. Dans l'espace recouvert de gazon qui entourait le pavillon, quelques femmes d'âge inégal déambulaient ou se tenaient assises sur des bancs scellés au sol. Marion fut arrêtée par un premier obstacle : une porte grillagée, renforcée par des barres transversales et verrouillée. De là, elle pouvait voir la double porte vitrée et le panneau qui indiquait que l'entrée était interdite à toute personne étrangère au service. Une sonnette était insérée dans le pilier de soutien de la clôture. Elle la pressa.

Après un temps qui lui parut très long, une silhouette

se dessina derrière les vitres. Marion lui fit signe en brandissant un papier.

Le temps que l'infirmière déverrouille la porte, deux des promeneuses de la cour s'étaient rapprochées du grillage et contemplaient Marion. La plus âgée remuait les lèvres à toute vitesse en faisant de la main un geste d'automate détraqué. L'autre, vingt-cinq ans tout au plus, grattait ses mollets décharnés en annonçant la fin du monde. Marion frémit, se demandant si le spectacle qu'elle s'infligeait depuis deux jours ne finirait pas par déteindre sur son enfant. La proximité de l'infirmière la ramena sur terre.

— Je viens voir le professeur Gentil, dit-elle d'une voix qui manquait d'assurance.

— A quel sujet ?

— Jeanne Patrie, une de vos pensionnaires. Je suis de la police judiciaire.

L'infirmière accusa le coup.

— Ce pavillon n'est pas accessible aux visiteurs sans autorisation spéciale, dit-elle sur un ton monocorde. Vous avez une réquisition, un ordre signé d'un juge ?

Marion joua son va-tout. Sans un mot, elle tendit le papier qu'elle avait fait bricoler à la PJ avant de partir pour la prison. A l'HPD, elle ne connaissait personne, n'avait pas de copain stagiaire pour la renseigner et lui autoriser les accès interdits. Elle savait qu'on ne la laisserait pas passer.

Un permis de communiquer, signé de la juge Eva Lacroix, et qu'elle avait retrouvé dans le dossier Lili-Rose Patrie avait fait l'affaire. En moins de dix minutes, l'IJ avait fait un superbe toilettage du document et l'avait complété des éléments nécessaires. Il était criant de vérité.

— Vous ne pourrez pas voir Mme Patrie, objecta l'infirmière, le faux permis entre les mains. Elle est en isolement.

Marion entendait son cœur cogner contre ses côtes. Elle détestait ce qu'elle faisait.

— C'est son médecin que je veux voir, dit-elle pourtant.

La femme hésita un instant. Plus toute jeune, corpulente, le visage couvert de couperose et les jambes emmaillotées dans des bas de contension, elle avait l'expression de ceux qui ne croient plus en rien. Elle fixa Marion dans les yeux et la jeune femme soutint son regard. Alors, elle extirpa de sa ceinture un trousseau de clefs et ouvrit la porte.

— Jeanne Patrie n'est sortie de l'état de sidération consécutif à la mort de son enfant que pour plonger dans un état pire encore. Confusion, amnésie. Elle était devenue ingérable en milieu ouvert.

Le professeur Gentil caressa sa courte barbe poivre et sel et, ramenant la paume de sa main devant sa bouche, souffla dessus doucement. Un tic ?

Petit, rond et myope, il bougeait sans arrêt les mains et, bien qu'elle ne pût l'expliquer, Marion se dit qu'il avait quelque chose sur la conscience. Il avait à peine examiné le permis de visite signé de la juge et Marion s'était empressée de le remettre dans sa poche en priant le ciel qu'il ne lui vienne pas à l'esprit de vérifier son authenticité.

— Après plusieurs tentatives de suicide et une série d'actes... incontrôlés, le placement d'office s'est avéré indispensable pour sa sécurité, et celle d'autrui.

Formule administrative.

— C'est son mari qui a signé les papiers ? demanda Marion qui percevait, derrière le capiton des portes et les cloisons matelassées, des cris étouffés et, ici et là, une longue plainte.

Le médecin confirma d'un signe de tête.

— La maladie dont souffre Mme Patrie est très sévère, reprit Marion, si j'en juge par les précautions que vous prenez ici et par la durée de son séjour... Je suppose que cela n'est pas arrivé d'un seul coup...

— Vous parlez d'antécédents ? De terrain favorable sur lequel aurait pu se former et se développer sa maladie ? Peut-être que oui, peut-être que non, ajouta-t-il sans laisser à Marion le temps de dire ouf. Le cerveau humain est une machine compliquée. Je ne prétends pas qu'il n'y avait aucune fragilité en elle avant l'accident, mais le décès d'un enfant peut à lui seul déclencher ce dont elle souffre. Vous pensiez à quoi ?

— Au syndrome de Munchhausen.

Le professeur Gentil avait laissé échapper un petit bruit de bouche agacé :

— Ah ! c'est à la mode ces temps-ci.

— Oui, j'en conviens. Mais je voudrais votre avis, professeur.

— Le narcissisme présent en chacun de nous peut créer des comportements déviants tels que ce syndrome que vous citez. Mais le déficit d'estime de soi est tout autant facteur de risque dans ce domaine. Je ne crois donc pas qu'on puisse établir un rapport entre ce dont souffre ma patiente et ce syndrome. Disposeriez-vous d'informations qui ne figurent pas dans son dossier ?

— Jeanne Patrie a fait subir des sévices à son fils handicapé ; en tout cas, elle a provoqué des accidents qui l'ont mis en danger.

— Mmmm... Gardons-nous de ces apparences trompeuses. Ou de raccourcis simplistes. Le simple fait, pour une mère, d'avoir un fils handicapé est en soi amplement suffisant pour lui permettre de cultiver son narcissisme.

Ce propos avait quelque chose de choquant. Marion se recula :

— Je crains de ne pas comprendre.

— Puisque vous avez évoqué Munchhausen, sachez que le but poursuivi par la mère... maltraitante est de créer une situation ou de la faire perdurer qui oblige les autres à l'admirer ou à la plaindre. Jeanne n'avait nul besoin de torturer son fils, son handicap suffisait pour faire d'elle une mère parfaite, un modèle du genre. Ce n'est pas pour rien que cet enfant n'avait pas été placé dans un établissement spécialisé.

— Jeanne prétendait que c'était son mari qui voulait le garder à la maison, à cause de la société pourrie...

— Elle sait être convaincante. Terriblement manipulatrice aussi.

— Vous voyez, professeur, dit Marion avec un petit sourire satisfait. J'ai lu...

Il lui coupa la parole d'un mouvement irrité de la tête. Puis il fit une horrible grimace en tournant la tête pour la fixer de côté, tel un oiseau de proie. Marion ne put s'empêcher de penser que les psy ne sont décidément pas des gens comme les autres. Après une pause, elle revint à la charge :

— Et Lili-Rose ?

— Quoi, Lili-Rose ?

— Est-ce que sa mère parle d'elle ?

— Jeanne Patrie ne parle de personne. Elle a régressé, elle n'a plus de souvenirs. Ni de sa fille, ni de rien.

— Est-ce qu'elle était capable de lui faire du mal ? D'aller jusqu'à la jeter au fond de ce puits ?

— Franchement, je ne crois pas. Et à vrai dire... Les femmes qui veulent attirer la compassion sur elles en maltraitant leur enfant s'arrangent pour faire durer la chose le plus longtemps possible. Que Jeanne Patrie ait pu s'en prendre à sa fille de cette façon brutale n'est qu'une éventualité parmi d'autres... Vous savez, mademoiselle, j'ai appris qu'en matière d'activité humaine, tout est possible. Mais vraiment, je n'en sais rien.

— Si vous saviez, vous me le diriez ?

— Je ne crois pas. Ce ne serait qu'une conclusion tirée de...

A son tour, Marion le coupa :

— Jeanne est-elle définitivement incurable ? N'y a-t-il vraiment aucun moyen de lui parler ?

Le médecin se leva et enfonça ses mains au fond des poches de sa blouse comme s'il voulait les empêcher de s'agiter pour rien. Il se dirigea vers la porte et fit signe à Marion de le suivre. Dans le hall, les bruits reprenaient de leur intensité. La matinée était avancée et un remue-ménage de vaisselle et de couverts annonçait l'imminence du repas. L'infirmière plantureuse rameutait les pensionnaires et les poussait vers un réfectoire dont on voyait les tables en formica vert briller dans la lumière du soleil inondant le pavillon.

— Je vais faire une exception pour vous. Vous verrez Jeanne Patrie. Et vous jugerez.

Il fit un signe à l'infirmière qui lui jeta un coup d'œil paniqué.

— Andrée, dit-il fermement, conduisez madame à la chambre 36, s'il vous plaît.

Il y eut comme un flottement. Le médecin et l'infirmière se mesurèrent longuement du regard. Puis la grosse femme sembla céder et pria Marion de la suivre. Le professeur Gentil fit demi-tour, sans un mot.

41.

— C'est une loque, affirma Marion en soufflant sur son café dont elle but une gorgée. Elle est couchée en position fœtale sur un lit compact fixé au sol. Un genre de catafalque sans les ornements funéraires, vous voyez ? La pièce est vide, à part cette couchette. Je n'ai pas vu sa tête mais elle a les chevilles entravées. Et elle a énormément maigri, elle a l'air... rabougri.

— Comment vous avez fait ? demanda Lavot soupçonneux. On m'avait dit que c'était impossible d'entrer là-dedans.

— La police entre où elle veut, fit Talon.

Lui savait comment Marion s'y était prise. Il savait qu'elle pouvait prendre des risques insensés pour parvenir au but qu'elle s'était fixé.

Les deux officiers l'avaient rejointe dans une pizzeria à deux rues de l'HPD, une petite trattoria où les serveuses et les pizzaïolos portaient les couleurs de l'Italie.

L'un d'eux vint prendre la commande. Marion demanda qu'on lui prépare un « panini » qu'elle mangerait dans la voiture.

— C'est pas bon, ça ! protesta Lavot. Vous devez arrêter de manger n'importe quoi, maintenant.

Le patron de la trattoria s'insurgea : ses panini n'étaient

pas « n'importe quoi ». Marion regarda sa montre, impatientée : elle avait rendez-vous avec Olivier Martin.

A cette perspective, son estomac se contracta.

— Alors, patron, demanda Talon qui n'y tenait plus. C'est quoi, le scoop ?

Marion chassa la mauvaise pensée d'un probable lapin du charmant médecin.

— Ah oui ! Talon, je vous jure, la vie est bien faite... Denis Patrie est à Saint-Paul.

— Sans blague ? ironisa l'officier. C'est moi qui vous l'ai appris...

— Ah oui ! C'est vrai. J'y suis allée ce matin. Vous savez qui il avait donné comme contact extérieur, pour sa sortie ?

— Comment je le saurais...

— Baldur.

Talon et Lavot s'exclamèrent d'une seule voix, incrédules.

— José Baldur et une adresse : rue des Haies. C'est bien l'adresse du squat, non ?

— Comment vous avez eu ce tuyau ?

— Je l'ai lu sur sa fiche. Le directeur m'a présenté le maton qui travaille dans la section où il est détenu. Depuis que le grand Baldur est arrivé, hier matin, tous deux ne se quittent plus. A la promenade, au réfectoire. Denis est un ancien hippy comme Baldur, ils fréquentent les mêmes lieux. Ils se saoulent ensemble. Et ils squattent rue des Haies.

— Il sort quand ? demanda Lavot, l'œil gourmand.

— Dans six jours. Mais vous pouvez aller le voir avant. Dans le cadre de votre procédure d'homicide, vous n'aurez aucun mal à obtenir un permis de communiquer.

— Faut voir, dit Talon. Peut-être que si on lui parlait de sa môme d'abord, ça le rendrait plus loquace pour le reste.

Marion haussa les épaules, lui signifiant qu'il fallait réfléchir. Elle se leva, attrapa le panini tout chaud qu'on lui tendait et jeta sur la table un billet froissé.

— En tout cas, dit-elle, je suis sûre d'une chose. Ni

Jeanne ni Denis Patrie n'ont pu m'apporter les petits souliers. Alors, qui ?

42.

Pourvu qu'il soit là... Marion ne priait plus depuis sa communion solennelle. Elle était croyante alors, et fervente. La vie l'avait fait changer d'avis. En montant les marches de bois usées et gondolées du laboratoire des oiseaux et mammifères, elle se serait pourtant bien laissée aller à quelques dévotions. A titre préventif. Prière d'impie..., aurait dit la juge Eva Lacroix.

Olivier Martin ne l'attendait pas devant la porte du Muséum comme il le lui avait promis. Elle patienta dix minutes tranquillement — un retard est toujours possible — puis dix autres minutes, hors d'elle — ce docteur est un imposteur, je me suis fait avoir.

A tout hasard, elle décida de revenir tenter sa chance chez Jouvet.

Quand l'assistante du conservateur lui ouvrit la porte, à l'ambiance étrange qui flottait dans l'air, au parfum soudain plus léger des poussières environnantes, au sourire presque détendu de la femme en face d'elle, elle sut qu'il était là. Aussitôt, elle entendit la voix de fausset de Jouvet et le timbre chaud, rassurant, de Martin.

Elle se dirigea d'un pas ferme vers la pièce du fond, longeant un couloir flanqué de part et d'autre de murailles de meubles munis de centaines de petits tiroirs, larges et peu épais. Il y en avait jusqu'au plafond. Des inscriptions latines ornaient les étiquettes rédigées en lettres anglaises, d'une encre violette devenue presque illisible. Marion se demanda ce que ces compartiments pouvaient bien contenir.

— Oh ! Pardonnez-moi ! s'exclama Martin en la voyant déboucher dans la pièce de dissection, je n'ai pas vu passer l'heure. Je vous présente. Emile Jouvet, commissaire... Marion. C'est bien ça ?

Elle approuva d'un signe de tête, soulagée bien qu'encore un peu tendue. Oublier l'heure, soit. Mais l'oublier, elle !

Martin s'excusait d'un long regard enjôleur. Il portait un costume léger en toile de lin beige, froissé juste ce qu'il fallait pour lui donner un air décontracté.

Les deux hommes paraissaient dans les meilleurs termes. Jouvet en faisait même presque trop :

— Commissaire, reprocha-t-il en serrant la main de Marion, vous auriez dû me dire hier que c'était pour des recherches personnelles. Je ne savais pas que vous écriviez des articles sur les oiseaux de l'Antiquité...

L'Antiquité ? Qu'est-ce que le docteur Martin était allé chercher là ? Les flics adorent remuer la fange du passé mais tout de même, l'Antiquité...

Elle chercha le regard de Martin par-dessus l'épaule de Jouvet. Il lui fit un signe de connivence et Marion s'empressa de répondre qu'il ne lui en avait pas vraiment laissé la possibilité. Elle allait ajouter qu'il ne lui avait pas facilité le travail mais Martin, déjà, l'invitait à s'approcher de la paillasse.

Le doigt de rapace était posé sur une plaque de verre, à côté de plusieurs rectangles translucides alignés qui rappelèrent à Marion les leçons de sciences naturelles de son adolescence avec leurs interminables séances de travaux pratiques.

— Je ne sais pas si j'ai bien fait, mais j'ai dû « décortiquer » quelque peu ce spécimen, dit Martin.

Il leva la tête vers elle et elle eut un geste d'indifférence qui aurait fait sursauter Marsal d'horreur. Ce que le docteur Martin avait dû faire subir à ce pauvre morceau de rapace lui importait peu. Ce qu'elle se demandait, à ce moment précis, c'était comment Martin avait trouvé le temps de faire tous ces examens.

— Je vous explique ?

Jouvet s'installa sur un siège bancal et croisa les bras et

les jambes, tout ouïe. Marion resta debout, personne ne l'ayant invitée à s'asseoir.

— Ce que nous avons là est le doigt d'un oiseau, plus exactement une phalange et une griffe. Il s'agit du pouce, qui s'appuie sur la partie postérieure du tarso-métatarse. La taille et la forme recourbée de la griffe permettent d'identifier un individu de l'ordre des falconiformes ou rapace diurne, assez modeste par la taille. Trente centimètres debout, soixante à quatre-vingt centimètres d'envergure ailes déployées. L'os est particulièrement desséché et la coupe montre une conservation parfaite de la peau. Il est entièrement recouvert d'une matière brune et lisse mais souple, presque molle. A l'extrémité supérieure du pouce, collé à l'attache articulaire, j'ai pu isoler un fragment d'une matière exogène.

Martin pointa l'index sur une des plaquettes.

— Que voici... Puis j'ai procédé à l'examen de la matière résineuse dont sont recouverts le doigt et la griffe.

Il reprit son souffle. Jouvet décroisa et recroisa ses jambes. Marion ne pipait mot, subjuguée.

— Parlons d'abord du fragment exogène. Il s'agit d'une pièce composée de fibres végétales. Du lin et quelques fibres de coton. Il apparaît dans sa trame une constellation de fragments d'origines diverses : minéraux, végétaux, animaux. Les minéraux sont des grains de sable dont l'exoscopie à la loupe binoculaire nous montre un quartz à l'aspect désertique qui présente des traces de choc en croissant d'origine éolienne. Dues à l'action du vent si vous préférez. On observe également une pellicule écailleuse de silice amorphe et un ou deux grains plus lourds, des sédiments composés d'argile en dominante, et, en périphérie : hornblende verte, grenat, épidote, amphilobe bleue...

« Les animaux sont des restes de coléoptères dermestidae, des anthrènes identifiables grâce à quelques soies en épi ou en massue et à leurs exuvies... leurs mues en d'autres termes.

« Quant aux végétaux, il s'agit de quelques pollens de plantes qui correspondent à une flore tropicale sèche, très caractéristique.

« La matière qui recouvre la griffe est une résine naturelle faite de poix et de bitume dans laquelle sont englués les petits coléoptères dont je viens de parler.

Le silence retomba. On entendait au loin le bruit d'une circulation dense et plus près le ronflement d'une photocopieuse en surchauffe. Jouvet exprima le premier les soupçons de Marion :

— Tu n'as pas fait ces travaux ici, ce matin ? D'abord il n'y a pas de MBE dans ce labo... Et les observations sur les minéraux et végétaux, ce n'est pas ton domaine...

Martin se tourna vers Marion sans répondre.

— Je suis curieux de savoir comment ce doigt est arrivé entre vos mains, fit-il.

Elle sembla émerger d'un songe :

— Ce... faucon est un oiseau de nos régions ?

— J'ai parlé de rapace diurne, fit Martin avec un soupir imperceptible. Mais *c'est* en effet un faucon. On a répertorié 58 espèces de faucon. Celui-ci est un pèlerin. Mais, lui, il n'a jamais vécu par ici.

— Il n'y a pas de faucon pèlerin par ici ! s'insurgea Jouvet. Tu plaisantes !

— J'ai dit : *ce faucon-ci* n'a pas vécu dans notre région.

Jouvet fronça les sourcils. Marion contempla Martin et le doigt de l'oiseau, perplexe.

— Je ne comprends rien, docteur.

Martin, les mains dans les poches, se tourna vers la fenêtre que le tulipier assombrissait de son ombre monumentale.

— Cet oiseau a vécu en Afrique, dit-il d'une voix lointaine, et pour être précis, en Egypte. Le pollen qu'il a convoyé sur son ergot appartient à une plante caractéristique de la flore de l'ancienne Egypte, basse époque. Le quartz et les sédiments sont, eux, caractéristiques de la haute Egypte, Assouan ou Kom Ombo. Quant au minuscule morceau de tissu, il s'agit de lin dont les Egyptiens se servaient pour faire des bandelettes.

— Mais alors, murmura Marion.

— Alors, cette griffe a été arrachée ou s'est détachée d'une patte de faucon pèlerin momifié et entassé dans un hypogée avec des milliers de ses congénères. Il a entre 2 500 et 3 000 ans.

43.

Ils redescendirent d'un étage. Marion se rendit compte que Martin était plus troublé qu'il ne voulait le laisser paraître.

— Pourquoi cette histoire de livre à écrire ? demanda-t-elle alors qu'ils débouchaient sous un porche exposé aux courants d'air.

— C'était le seul moyen. Jouvet a un peu la grosse tête, il espère être cité dans votre bouquin comme un très éminent chercheur...

— C'est malin !

Au rez-de-chaussée, Olivier Martin sonna à une porte. Une affiche aux angles racornis annonçait qu'on entrait dans le laboratoire de taxidermie et, plus loin, un tract jaune vif appelait à une grève du personnel du Muséum pour le mardi suivant. Un jeune homme ébouriffé leur ouvrit. Il portait une blouse qui avait été blanche un jour et des lunettes aux verres troubles. Il ressemblait trait pour trait à Marsal, en plus jeune. L'odeur du lieu rappela à Marion celle qui régnait à l'IML certains jours. Avec les mêmes congélateurs alignés, les mêmes bacs remplis ici d'animaux naturalisés, la plupart en piteux état et amenés là pour réparation, des seaux, de l'eau qui coule. L'homme, un taxidermiste averti par Jouvet de leur visite, les précédait, pas incommodé le moins du monde.

Martin entraîna rapidement Marion à l'intérieur, longeant des murailles de meubles à tiroirs comme elle en avait vu au premier étage.

— Mais qu'est-ce qu'il y a dans ces tiroirs ? osa-t-elle demander.

Martin s'arrêta et au hasard, tira sur une des poignées, amenant à lui un large plateau sur lequel des dizaines d'oiseaux empaillés étaient alignés. Ceux-là étaient petits, vert et bleu, en apparence tous identiques. Il referma le tiroir et renouvela l'opération dans la rangée voisine. Là, les oiseaux étaient ce que Marion connaissait sous le nom commun de rouges-gorges. Des dizaines et des dizaines de rouges-gorges. Une étiquette accrochée à une de leurs pattes minuscules indiquait leur nom latin, leur sexe, leur taille, leur poids vivant et leur âge au moment de leur naturalisation.

— Ce sont les collections du Muséum, dit Martin. Elles servent aux chercheurs, aux universitaires, aux étudiants.

— Il y en a des milliers...

— Des dizaines de milliers. De toutes les familles et de toutes les espèces. Venez.

Il l'entraîna plus loin, dans une sorte de large passage flanqué sur ses côtés de longues tables recouvertes d'outillage de taxidermie, de flacons et de bocaux bourrés d'animaux conservés dans l'alcool ou le formol. Des petits mammifères pour la plupart, entassés les uns sur les autres. Deux personnes étaient assises et préparaient des peaux, appliquées à en extraire le plus minuscule morceau de chair et de graisse. Très concentrées, elles les saluèrent à peine.

Tout au fond, dans une sorte de recoin coincé entre le mur et de grands placards gris, une table occupait presque toute la surface disponible. Elle était recouverte de tant d'objets, de flacons, de bacs pleins d'alun de potasse, de sel, de fibres végétales pour le bourrage des peaux qu'on n'en distinguait plus les contours. Un mammifère en cours de naturalisation, qui ressemblait à une loutre aquatique, dégageait l'odeur douceâtre des vieilles chairs. Des oiseaux empaquetés dans un lacis serré de fils multicolores étaient alignés sur le bord. Martin expliqua qu'ils étaient en phase de séchage et que l'entrelacs de fils empêchait la peau de gonfler et de déranger les plumes. Ensuite, ils seraient étiquetés et rangés dans les tiroirs du couloir.

Marion regarda autour d'elle le décor délabré, où, visiblement, plus personne ne faisait jamais de ménage ni de rangement et ne parvint pas à imaginer une seconde que la jolie Judy pouvait se plaire dans un lieu aussi abandonné, planqué comme toutes les morgues dans les fins fonds du monde. Le taxidermiste, discret, s'était esquivé.

— C'est là que nous préparions les momies, expliqua Olivier Martin.

— Nous, c'est-à-dire vous et Judy Robin ?

Il battit des paupières, très vite.

— D'où venaient-elles, ces momies ?

— Je vous l'ai dit, des grands cimetières ou hypogées d'Egypte. Les animaux y étaient momifiés et entassés par milliers. Isolément ou en agglomérats, parfois dans des sarcophages de bois. A l'époque de la Basse-Egypte et à l'époque ptolémaïque, la plus proche de nous, l'Egypte en déclin a généralisé la momification des animaux. Les animaux divins, comme le faucon et l'ibis, mais aussi le chat, le crocodile, avaient droit parfois à des traitements très élaborés : peintures, dorure du bec pour les oiseaux, amulettes. Le Muséum de Lyon s'est spécialisé dans l'étude et l'entretien des momies humaines puis des momies animales. On m'a confié les oiseaux, pour mon plus grand bonheur.

— Comment saviez-vous que ces momies étaient vraies ? On a dit tant de choses sur la contrefaçon, sur le commerce qu'en faisaient les juifs d'Egypte au XIXe siècle...

— Il y a plusieurs caractéristiques indubitables : les vraies momies sont toujours très légères, les fausses sont bourrées de résine, donc lourdes. Les vraies ont aussi une odeur caractéristique...

Marion se souvint du geste de Martin, du sachet qu'il avait reniflé avec une sorte d'avidité sensuelle.

— Ça sent très fort ?

— Justement, non. Les fausses momies dégagent une odeur puissante car la résine est bourrée d'aromates pour faire plus vrai ; elle est craquante et sèche. Mais on repère très vite l'usage de végétaux récents comme le romarin. La vraie résine ancienne, faite de poix et de bitume, dégage une légère odeur de fumée, subtile, inoubliable, qui persiste malgré les siècles. Et les tissus d'empaquetage sont toujours fabriqués en lin ou en coton, jamais en chanvre tandis que les bandelettes des fausses momies sont en chanvre vieilli artificiellement au fer à repasser...

— C'est fascinant, rêva Marion. Parfois, j'envie les gens comme vous... C'est vrai, prendre le temps de fouiner dans le passé et en plus, être payé pour ça...

Elle sourit, espiègle. Puis sautant du coq à l'âne :

— On utilise du formol ici ?

Martin eut un rire spontané :

— Ah oui. De l'alcool aussi, et du shampoing, et de l'assouplissant pour les peaux...

— Le formol, beaucoup ?

— Des dizaines de litres. C'est un produit basique pour un taxidermiste. Pourquoi ?

— Pour rien. Il n'y a plus de momies ici, objecta Marion après un coup d'œil circulaire. Pourquoi m'amener là, docteur ?

— Je voulais juste vous montrer cet endroit.

Elle réfléchit, les yeux posés sur Martin qui la fixait avec une égale intensité.

— Dites-moi, fit-elle brusquement. Dites-moi, *vraiment*... Ce doigt de faucon que vous semblez si bien connaître... D'où vient-il ?

— D'ici.

44.

Ils venaient de retraverser la rue et se dirigeaient vers le Muséum.

— Comment pouviez-vous travailler dans un tel endroit ? dit tout à coup Marion. C'est horrible...

— A la longue, on ne s'en rend plus compte. La passion de ce que l'on fait cache le reste. Je le reconnais, c'est sordide. Mais pas plus que vos commissariats, si ?

Il prit le coude de Marion pour lui faire passer la porte et, comme la veille, elle frissonna, ce dont Olivier Martin fit mine de ne pas s'apercevoir.

L'Antillaise de l'accueil avait été remplacée par une jeune blondinette qui n'eut aucune réaction en voyant le médecin, ce qui signifiait sans doute qu'elle ne l'avait pas connu. Le gardien Bigot était invisible et Marion en fut soulagée.

Ils entrèrent dans la galerie d'anatomie comparée et Martin obliqua aussitôt à gauche, en direction de la salle consacrée à l'Egypte. Il découvrit l'autopsie de la momie humaine réalisée par une équipe lyonnaise après son départ, abondamment photographiée et commentée sur les planches en couleur, et l'étudia avec avidité. Puis il entraîna Marion devant des vitrines où étaient exposées d'innombrables momies animales — chats, musaraignes, oiseaux, serpents — nues ou encore emballées, solitaires ou en agglomérats, certaines lovées dans de minuscules et rudimentaires sarcophages de bois. Posé dans un coin, un faucon pèlerin encore entortillé dans ses bandelettes de lin grossier et que l'on ne pouvait reconnaître qu'à la forme vague qui se dessinait sous le tissu et surtout grâce à l'étiquette posée à côté. *Falcus peregrinus.* Le spécimen de la famille des rapaces qui l'intéressait était dans la vitrine voisine, seul, comme pour un one-man-show sous les feux de la rampe. Un squelette correspondant aux dimensions indiquées par Martin, en parfait état de conservation. Parfaitement complet. Sauf, à la patte gauche, une amputation du pouce, réparée par un moulage à l'identique, d'une couleur marron clair, pour bien marquer la différence entre le vrai et le rajout. L'étiquette disait qu'il s'agissait d'un oiseau emblématique d'Egypte, ramené d'une expédition conduite par Geoffroy Saint-Hilaire qui l'avait découvert dans une grotte sépulcrale, à Thèbes.

— Vous êtes sûr que c'est le même ?

— Tout à fait sûr. Mais vous, où l'avez-vous trouvé, ce doigt ?

C'était la deuxième fois qu'il posait la question. Marion hésitait à lui répondre. Martin était certes craquant mais tout cela était bien troublant. Un doigt de faucon égyptien vieux de 3 000 ans, égaré par le Muséum et retrouvé au fond d'un puits, dans la poche d'une fillette dont les vêtements étaient couverts de formol. Du formol, que le Muséum consommait en quantité. S'il y avait le moindre lien entre le Muséum et Lili-Rose, les gens d'ici, dont le docteur Martin avait fait partie, pouvaient être concernés, de près ou de loin.

Un sifflement venu du premier étage lui évita une réponse qui aurait déçu le docteur Martin. Le bruit lui rappelait quelque chose.

Olivier Martin avait entendu lui aussi et s'était retourné d'un bloc. Marion le vit pâlir. Elle suivit son regard. Derrière la grille aux volutes tourmentées surchargées de roses et de feuillages en bronze qui protégeait la mezzanine de la grande galerie d'anatomie, Judy Robin les fixait, immobile. A cette distance Marion ne pouvait distinguer ses yeux mais elle aurait parié sur leur éclat. Sauvage, meurtrier.

Martin ne bougeait pas plus que Judy, leurs regards accrochés l'un à l'autre.

Soudain, Judy relança son moteur dont le son plaintif résonna sous la verrière. Sans un mot, l'infirme fit demi-tour et disparut.

Elle avait proposé au docteur Martin de le raccompagner chez lui, elle lui devait bien cela. Il l'avait remerciée mais il préférait marcher. Il est vrai que le temps doux et clair incitait à la flânerie et il avait envie de faire un tour dans le parc de la Tête-d'Or. Est-ce qu'elle ne pourrait pas l'accompagner un bout de chemin ?

— Hélas, non... J'ai encore mille choses à faire avant de rentrer...

Il l'avait regardée s'éloigner vers sa voiture, hésitant.

Au moment où elle actionnait la commande d'ouverture des portes, des pas précipités attirèrent son attention. Martin arrivait en courant :

— Vous allez me trouver culotté mais je me demandais... Accepteriez-vous de dîner avec moi, ce soir ?

Marion grimpa en flèche sur son petit nuage. Puis l'air désolé :

— Je ne crois pas que ce soit possible, je...

Il l'interrompit :

— Je vais repartir dans quelques jours, vous ne risquez rien.

Marion se mordit la lèvre. Elle mourait d'envie d'accepter.

Il pencha la tête de côté, charmeur :

— Et n'oubliez pas, vous avez promis de me dire, pour le faucon...

Elle bondit sur l'occasion.

— Vous avez raison, admit-elle. Je vous dois bien ça.

— 20 heures ?

— D'accord.

Elle ouvrit sa portière, le feu aux joues. Il fit demi-tour, les mains dans les poches. Il dansait presque sur l'asphalte. Il avait une allure d'enfer. Dix mètres plus loin, il se retourna brusquement, revint en arrière, encore une fois. Il cogna à la vitre de la voiture de Marion alors qu'elle commençait à rouler.

— Vous ne m'avez pas dit où, fit-il, essoufflé. Chez vous ?

Elle réfléchit à toute allure. Avait-il une voiture ? Savait-il qu'elle habitait en banlieue ? Un affreux petit démon lui susurrait qu'elle ne devait pas se livrer à un inconnu sans lutter un tout petit peu. Soudain, la pensée de Nina la fit tressaillir. Nina !

« Seigneur, j'ai failli oublier Nina, oublier que je ne suis plus une célibataire irresponsable. »

Martin détaillait son visage, des cheveux indociles aux yeux pleins de bulles de champagne. Il s'attardait sur sa bouche. Irrésistible.

« Pardon, Nina chérie... maman va sortir ce soir. »

Sans plus attendre, elle donna à Olivier Martin l'adresse de Lisette.

45.

Dans la proche banlieue de Lyon, Ternay s'étirait entre l'autoroute et la nationale, soumise au rugissement incessant des camions. Pourtant la région était agréable et les coteaux boisés sur lesquels le village s'adossait étaient émaillés de taches d'or annonçant la précoce arrivée de l'automne. Marion quitta l'autoroute. Au moment où elle traversait le Rhône son téléphone de voiture sonna. Elle eut l'intuition que c'était Martin qui se décommandait mais se traita aussitôt d'idiote car il n'avait pas ce numéro. La voix de Talon la rassura. Ses propos, non.

— Patron, mauvaise nouvelle...

— Quoi ?

— Je n'ai pas pu récupérer la Playstation.

— Oh, non ! Mais pourquoi ?

— Je suis allé à l'hyper, on m'a dit que le technicien avait pris sa journée. Ils ont cherché la console dans son fourbi... Introuvable.

— Oh la la ! se lamenta Marion tandis qu'apparaissaient les premières maisons de Ternay. Nina va être furieuse...

— Je vais lui expliquer si vous voulez... Et vous, ça va ?

— Oui, je vous raconterai demain.

— On ne vous voit pas ce soir ?

— Non, je vais voir Maguy Bernt, l'ancienne directrice de l'école maternelle, ensuite je passe chez moi me changer... Je sors... Vous avez réfléchi à propos de Denis Patrie ?

— Oui, je pense qu'il vaut mieux attendre sa sortie. Depuis hier, José Baldur et lui ont dû se monter le bourrichon, fignoler une petite version bien conforme. Ça ne sert à rien d'aller là-bas, il vaut mieux l'interroger chez nous.

— Ça me va. Rien d'autre ?

— Quercy vous cherche.

— J'ai un portable, répondit Marion sèchement. Il n'a qu'à m'appeler ! Il fait une crise de caporalisme aigu ou quoi ? Ensuite ?

— Vous avez demandé une vérif sur une empreinte à l'IJ ?

— Exact. Ça ne donne rien, je suppose ?

— En effet. Sauf que c'est un doigt de petite taille. Femme. Enfant. Homme de taille inférieure à la moyenne. Ou auriculaire d'homme de taille standard...

Marion raccrocha. Elle ne voulait pas entendre jusqu'au bout ces résultats sans intérêt qui ne lui disaient pas qui avait laissé son empreinte sur la corde à sauter de Lili-Rose. Elle roula un moment sur la nationale bordée de tristes maisons grises et entra dans Ternay.

46.

Maguy Bernt était facile à trouver. Dès l'entrée du village, des panneaux indiquaient sa brocante. Ils étaient de fabrication artisanale, mais ils avaient été placés de telle sorte qu'on ne pouvait pas les rater. La maison de l'ancienne directrice de l'école Sainte-Marie-des-Anges, pourtant située à l'écart de la route, n'échappait pas complètement au grondement du trafic.

— Quand le vent est favorable, on a l'impression de camper sur le pont...

Maguy était arrivée derrière Marion qui contemplait l'enclos avec sa maison couverte de vigne vierge, le hangar à deux battants ouvert sur une mine de matériel, de meubles entassés, de bibelots empilés et le camion, un vieux combi Volkswagen bariolé de dessins psychédéliques dont les couleurs avaient passé, léchées par le soleil et la pluie. Son hayon arrière était grand ouvert et deux chaises attendaient sur l'herbe qu'on leur fît place à l'intérieur.

— Mais on s'habitue..., continua la femme, la soixantaine alerte bien qu'empâtée. Vous cherchez quelque chose ? Je vous préviens, je n'ai pas de boutique, je suis une foraine. Si vous voulez chiner, ne vous privez pas, j'étais en train de charger pour demain matin.

— Vous êtes Maguy Bernt ? s'enquit Marion en exhibant sa carte.

La femme prit un air contrarié et posa sur ses hanches ses deux poings, forts comme ceux d'un homme.

— La semaine dernière les gendarmes, aujourd'hui les

flics... On peut plus travailler alors ? C'est mon registre de police que vous voulez ?

Marion se hâta de la détromper.

Un instant plus tard, elle était installée dans un fauteuil à oreilles, moelleux à souhait, et Maguy, après avoir allumé du feu dans la cheminée, était en train de préparer du thé. Marion l'entendait s'affairer dans la cuisine. Elle chantonnait, rassurée que la commissaire n'en veuille pas à son présent de brocanteuse mais à son passé de maîtresse d'école. Sa maison était chaude, accueillante, peuplée d'objets, de bouts de tissu, de dentelles et de quelques belles poupées anciennes. Marion sentit l'étrange douceur de vivre qui régnait là et qui, aussi sûrement, allait l'endormir.

Maguy revint, posa sur une table basse une théière en faïence anglaise et quelques tasses dépareillées qui composaient un ensemble original et charmant. Puis, de son pas décidé, elle alla ouvrir un gros bureau américain à rouleau qui occupait tout un coin de la pièce. Le claquement de la serrure fit sursauter Marion. Le meuble était bourré de classeurs, de cahiers, de gros registres, de papiers fourrés dans des boîtes ou simplement empilés.

— Mes archives personnelles ! Trente ans d'enseignement. Vous voyez ce qu'il en reste... Un mètre cube de paperasses...

Elle fouina un moment puis extirpa une grosse boîte en carton.

— Jeanne Patrie a été institutrice dans mon école pendant quatre ans. Une jeune femme remarquable, dévouée aux enfants, jamais fatiguée. J'en ai eu d'autres, vous savez, malades une semaine par mois, dolentes, jamais contentes. Elle, c'était autre chose.

— Sa fille Lili-Rose était dans sa classe en 1995 je crois ?

— C'est ça. Ah ! quel malheur ! Jeanne ne s'en est pas remise.

— Je sais, oui.

Maguy Bernt posa la boîte qu'elle avait apportée et servit le thé. Elle but avidement la moitié du contenu de sa tasse et se leva de nouveau. Elle s'accroupit avec quelque difficulté devant un bahut charentais en merisier et en sortit une bouteille de cognac. De retour près de la table, elle arrosa le reste de son thé d'une longue rasade d'alcool.

— Chacun ses plaisirs, n'est-ce pas ? Vous en voulez ?

Marion refusa en souriant. Drôle de bonne femme...

— Je ne vous ai pas vue au moment de l'enquête ? fit Maguy après avoir bu sa préparation avec délices. Je me souviens d'un commissaire, plutôt... comment dirais-je... expéditif.

— Max Menier. C'est ce qui le définit le mieux, en effet, expéditif. Parlez-moi de Jeanne s'il vous plaît, madame Bernt.

— Mais grands dieux, que voulez-vous que je vous dise de plus ? C'était une femme admirable. Pas de chance au départ. Une enfance douloureuse dont elle parlait peu.

— Quel genre ?

— Je n'ai jamais très bien su. Elle n'y a fait allusion qu'une fois, quand sa mère est morte. Elle n'a pas connu son père et elle disait que sa mère ne s'occupait pas bien d'elle.

— Elle la délaissait ?

Maguy Bernt réfléchit :

— Non, au contraire... J'ai plutôt le sentiment qu'enfant Jeanne avait des problèmes de santé. Ensuite, il y a eu son mari... Dix ans de plus qu'elle, un rêveur. Pas méchant, notez bien, mais les rêves révolutionnaires n'ont jamais nourri une famille. Surtout quand l'aîné est arrivé avec ce problème. Vous connaissez Mikaël ?

— Oui, un peu. Il est très mal en point. Vous savez de quoi est venu son handicap ?

— Un problème de rhésus sanguin. Incompatibilité avec celui de sa mère. Jeanne parlait de lui souvent. Il faut dire qu'il lui en faisait voir. Toujours malade, ou blessé. C'est simple, la pauvre passait son temps dans les hôpitaux ou chez le médecin. Après, avec Lili-Rose, ça n'a pas été mieux.

— Ah bon ? Lili-Rose aussi ?

— Mais oui, Lili-Rose était une fillette très fragile. Rachitique, asthmatique à ses heures. Elle souffrait du foie aussi, ou des intestins, je ne sais plus très bien. Une calamité.

— Et Jeanne ?

— Quoi Jeanne ?

— Comment vivait-elle les problèmes de ses enfants ?

— Mais je vous l'ai dit : elle était admirable. D'une patience ! À force de fréquenter les médecins, elle était presque aussi calée qu'eux. Chez elle c'était l'arrière-boutique d'une pharmacie. Elle avait même appris à faire les piqûres.

Marion se souvenait en effet de la quantité de médicaments découverts au cours des visites successives à la ferme. Jeanne avait-elle réellement torturé ses enfants pour attirer l'attention des autres, pour trouver en eux l'estime de soi qu'elle ne trouvait pas en elle ? Comment ces faits, cinq ans plus tôt, avaient-ils pu passer inaperçus ?

— Et les enfants de sa classe ?

— La dernière année ?

— Oui.

— Que des filles. Nous étions une école de filles. Une des dernières du genre. Privée. Tellement ringard, comme concept, qu'on l'a supprimée ! Jeanne avait quinze fillettes dans sa classe, si ma mémoire est bonne. Tenez !

Elle feuilleta un grand cahier à la couverture cartonnée qui ressemblait aux registres de main courante des commissariats. Probablement le même fournisseur. Elle le tendit à Marion.

— Voici sa classe.

Le cœur battant, Marion parcourut la liste : Natacha Amiel, Laura Belon, Michelle Doubs, Nina Joual.

Sa Nina était là. Emue, elle fixa le nom de sa fille. Ses yeux se mouillèrent. Maguy Bernt s'en aperçut aussitôt.

— Ça ne va pas ?

— Si, si, assura Marion. C'est à cause de Nina.

— Nina Joual ? s'inquiéta la femme éberluée. C'est Nina qui vous fait pleurer ? En voilà encore une qui a eu son compte de malheur... Ses parents...

— Je sais. Son père était capitaine dans mon service

quand il est mort, en même temps que son épouse. Nina vit avec moi à présent, c'est ma fille adoptive.

— Vous pensez que les fillettes pourraient se souvenir de ce qui s'est passé le jour de la mort de leur camarade ? demanda Marion un peu plus tard, après un bon quart d'heure d'émotion, deux autres tasses de thé et de délicieux petits biscuits faits maison.

— C'est peu probable, répondit Maguy, la bouche pleine. Pour moi, elles auront enfoui cela dans leur mémoire...

— Même le souvenir d'un jour aussi exceptionnel ?

— Peut-être pas, non. Je n'en sais rien. Il faudrait essayer de les questionner.

— J'y ai songé, oui, dit Marion.

Puis, pendant que Maguy trempait un biscuit dans son thé-cognac, elle reprit :

— D'après mes informations, Jeanne avait fait une démarche pour placer son fils Mikaël... au centre des Sources.

Maguy Bernt prit l'air surpris.

— Vous êtes sûre ?

— Oui. Vous l'ignoriez ?

La brocanteuse haussa les épaules :

— Elle ne me disait pas tout.

— Une dernière question, madame Bernt, fit Marion en se levant à regret de son fauteuil. On a retrouvé sur le corps de Lili-Rose un doigt de faucon momifié qui, c'est à peu près sûr, provenait du Muséum d'histoire naturelle de Lyon. Qu'est-ce que cela vous inspire ?

La femme contempla Marion comme si celle-ci s'était moquée d'elle.

— Vous plaisantez ? fit-elle enfin.

— Pas du tout, pourquoi ?

— Mais parce que Jeanne était toujours fourrée au Muséum. Elle avait un penchant pour l'histoire naturelle. Elle s'en inspirait pour sa peinture et elle y emmenait souvent les enfants. Elle allait aussi à la bibliothèque du musée, le soir après la classe, pour chercher des planches et les reproduire.

C'était simple. Comme le puzzle macabre de Talon, celui de Lili-Rose s'organisait doucement, les morceaux s'emboîtaient. Mais la tête n'était pas encore visible.

Maguy Bernt se leva à son tour :

— Je vais vous faire une copie de la liste des enfants avec leurs adresses. Et vous pouvez garder la photo...

Marion remercia Maguy Bernt avec chaleur. Lili-Rose était au premier rang, chétive et pâle, et Marion, encore une fois, ressentit le poids de son corps évanescent contre elle. Derrière la petite fille, Nina se tenait debout, hilare, son petit museau encadré par des cheveux courts, coupés au carré.

— Elles étaient très amies, vous savez, fit remarquer Maguy Bernt tandis que Marion regardait encore, sans se lasser, les fillettes alignées.

— Qui ?

— Nina et Lili-Rose. Je dirais même qu'elles étaient inséparables. Comme des sœurs...

Marion la fixa, stupéfaite.

— Vous êtes sûre ? Elle ne m'en a jamais parlé.

— C'est normal, la mort de ses parents a pris le pas sur celle de Lili-Rose.

Brusquement, Marion se souvint de la remarque de Nina quand elle avait trouvé les petits souliers rouges dans son sac : « Mais, c'est mes chaussures... »

— Nom d'un chien..., murmura Marion.

— Pardon ?

— Excusez-moi ! Je pensais à l'anniversaire de Lili-Rose. Il y avait dix fillettes conviées au pique-nique. Si Nina était son amie intime, elle avait dû être invitée, non ?

47.

— J'y étais. Je m'en rappelle très bien.

— On ne dit pas « je m'en rappelle », mais « je m'en souviens »...

Nina jeta un regard noir à Lisette qui tricotait assise sur le bord d'un fauteuil, les jambes ramassées sous elle, comme si elle attendait le coup de feu du starter pour prendre le départ. Depuis que Marion lui avait annoncé leur voyage à Osmoy, elle tricotait jour et nuit pour ses deux « grands » des pulls que probablement ils ne porteraient jamais.

— Bon, s'énerva Nina, je me le souviens, si tu veux...

— Nina, reprocha Marion avec tendresse, ne fais pas exprès d'énerver mammy. Explique-moi ça Raconte-moi ce dont tu te souviens.

Nina, adossée à la table de salle à manger de sa grand-mère, leva le regard vers le plafond. Marion eut l'impression de la voir décoller du sol, concentrée sur le souvenir lointain d'un matin d'été.

— Le jour de son anniversaire, je suis allée chez Lili-Rose avec maman.

Marion ne put s'empêcher de l'interrompre.

— Avec les autres copines de ta classe ?

Nina secoua ses tresses, lointaine :

— Non, avant. Je pouvais pas rester avec les autres.

— Pourquoi ?

— Parce qu'on partait en vacances, ce jour-là.

— Et tu te souviens de ça, cinq ans après !

Nina haussa les épaules :

— Tu parles que je m'en souviens, on allait prendre l'avion. Et moi c'était la première fois que je le prenais. On n'arrêtait pas d'en parler depuis des semaines, surtout maman...

— Christine avait une peur bleue de l'avion, intervint Lisette. Nina a raison, ce qu'elle dit est vrai.

— Moi j'étais très contente de partir en avion. Mais je voulais aussi aller à l'anniversaire de Lili-Rose. J'ai fait des caprices, j'ai boudé. Alors, le matin, maman m'a emmenée au Nain bleu, on a acheté une Barbie pour Lili-Rose et on est allées à la ferme.

— Qui se trouvait là-bas ? demanda Marion. Elle retenait son souffle.

— Y avait que Lili-Rose. Elle jouait dans le parc avec sa

corde à sauter. Elle m'énervait parce que, moi, je détestais la corde à sauter. Je lui ai donné sa Barbie, elle l'a même pas ouverte. J'étais fâchée, un peu. Et puis, elle a vu mes chaussures. J'ai bien compris qu'elles lui plaisaient et elle a dit qu'on allait jouer à l'échange.

— Tu veux dire jouer à échanger vos chaussures ?

— Ben oui, tiens. J'ai mis les siennes. Ah ! elles étaient moches ! Et en plus, elles m'allaient trop grand.

Marion retint un sourire, elle imaginait la suite comme si elle y était :

— Et Lili-Rose a mis tes chaussures. Mais comme elles étaient trop petites pour elle, elle les a vite enlevées... Quand je pense qu'on a cru qu'ils étaient à elle, ces petits souliers rouges !

— Tu vois, quand je te le disais qu'ils étaient à moi ! Mais tu veux jamais me croire !

— Et ensuite, qu'est-ce qui s'est passé ?

— Ben rien... Lili-Rose a recommencé à jouer à la corde à sauter et après maman m'a appelée.

— Et tu es partie avec les souliers de Lili-Rose, compléta Lisette sans interrompre le va-et-vient virtuose de ses doigts sur les aiguilles.

Nina pouffa de rire :

— Je m'en suis aperçue à la maison, maman était très, très fâchée mais on n'avait plus le temps de retourner là-bas, à cause de l'avion. Elle m'en a racheté des neuves à Dakar. Mais pas aussi belles, c'est sûr !

Marion se leva de son siège et s'approcha de sa fille. Elle avait eu le temps de prendre une douche, de se maquiller et de se changer. Son tailleur pantalon de soie prune et le rang de perles autour de son cou ne plaisaient pas à Nina qui ne s'en cachait pas. Marion la prit dans ses bras et la serra contre elle.

— Maintenant, petit chat, écoute-moi bien... Je voudrais que tu te concentres très fort, que tu te remettes dans la situation de ce jour-là. Rappelle-toi... Lili-Rose saute à la corde, tu es là. Tu la regardes. Où est le cadeau que tu lui as apporté ?

— Je l'ai gardé à la main. Lili-Rose ne voulait pas s'arrêter de sauter. Ça m'énervait !

— Quand tu es partie, tu lui as donné sa Barbie ?

— Non, elle sautait, elle sautait. Brrrr... Alors, je l'ai posée par terre à côté du puits.

Marion plongea mentalement dans le parc de la ferme au moment des constatations. Pas de cadeau. Et, elle l'aurait juré, parmi les jouets de Lili-Rose, aucune poupée Barbie.

— Tu te souviens de quelle Barbie c'était ?

— Une Barbie Belle au bois dormande... Lili-Rose, elle en avait pas, des Barbie, parce que ses parents étaient pauvres. Le papier cadeau était rouge avec un nœud vert, c'était ses deux couleurs préférées...

— Bravo, ma puce ! Quelle mémoire ! Alors, tu vois Lili-Rose qui saute à la corde... Est-ce qu'il y a quelqu'un d'autre avec vous ? Sa maman, Jeanne ?

— Non, elle était dans la maison avec maman.

« Evidemment, quelle idiote ! »

— Et Denis, le papa de Lili-Rose ?

— Je sais pas.

— Tu le connaissais ?

— Je l'aimais pas, lui.

— Pourquoi, tu ne l'aimais pas ?

— Il sentait toujours le vin. Comme papa. Je détestais papa quand il buvait. Et Denis encore plus.

— Et le frère de Lili-Rose, Mikaël, tu l'aimais bien ?

— Ah non ! Tu sais, il était taré, mais taré ! Il faisait que nous regarder sous les jupes.

— Est-ce qu'il était là, près du puits ?

— Oui, je crois, je l'ai vu plus loin, vers le ruisseau.

— Qu'est-ce qu'il faisait ?

— Il balançait des pierres sur les oiseaux.

— Est-ce que ce jour-là, il t'a paru en colère contre Lili-Rose ?

Nina soupira fortement, elle commençait à en avoir assez. Mais Marion n'avait pas envie de lâcher le fil qu'elle tenait.

— Essaie de te souvenir, Nina, la pressa-t-elle. Est-ce qu'il y avait quelqu'un d'autre, à part Mikaël ? Un adulte ?

— J'en sais rien, s'énerva Nina. Je m'en rappelle pas !

Lisette leva le nez de son tricot pour reprendre Nina mais la sonnette de l'entrée retentit. Elles sursautèrent toutes les trois.

Marion rejoignit l'entrée minuscule en deux enjambées, Nina sur les talons :

— Dis-moi où tu vas, lui demanda celle-ci à voix basse.

— Je vais dîner en ville. Tu veux bien ?

— Ben, tu m'as pas demandé mon avis... Et mammy, je te raconte pas, une maille à l'endroit, une maille à l'envers. Ça va être gai.

— Demain, on passe la journée toutes les deux. Rien que toi et moi. Et dimanche...

Mais Nina boudait. Nouveau coup de sonnette. Marion ouvrit la porte et en prit plein les yeux. Olivier Martin avait revêtu un costume d'alpaga d'un gris doux et sa veste laissait voir une chemise blanche, le col ouvert. Il portait des lunettes rondes à montures métalliques qui lui allaient à la perfection. Le docteur était réellement très séduisant. Son regard détailla rapidement Marion avec ce qui sembla bien être à la jeune femme une admiration joyeuse et finit par se poser sur Nina qui s'était avancée pour le voir.

— Bonsoir, madame, euh mademoiselle... Je me présente : Olivier Martin.

Il affectait un air et un ton cérémonieux tout en tendant la main à Nina. Marion se mit à rire. Mais Nina ne paraissait pas goûter la chose. Statue de la réprobation, elle fixait sur Martin ses yeux clairs, indéchiffrables. Elle l'observa longuement et la contrariété se mua lentement en une hostilité affichée. Elle ne prit pas la main tendue. Sans un mot, elle tourna le dos et s'enfuit vers le fond de l'appartement.

— Elle ne vous connaît pas, tenta de se justifier Marion, alors qu'ils venaient de prendre place au Marché des Poètes, un restaurant chic de Lyon. Chic et cher.

Par la fenêtre drapée de rideaux de moire rouge, elle apercevait les antennes de l'hôtel de police et elle s'était demandé en arrivant si Martin avait fait exprès de l'emmener dîner sous les fenêtres de son bureau.

— Je comprends, ne vous inquiétez pas. Je ne veux pas lui prendre sa mère, vous le lui direz.

Stupidement, Marion se sentit dépouillée, comme si elle s'était attendue à ce que Martin lui fît d'emblée une cour effrénée. L'eût-il fait, il lui aurait aussitôt paru suspect. « Ah les femmes... », aurait dit Marsal.

— J'aimerais seulement la partager un peu avec elle.

Elle l'observa. Etait-il sincère ? En quelques mots, elle lui résuma l'histoire de Nina. Olivier Martin estima que la petite, en dépit de son malheur, avait de la chance de l'avoir trouvée, elle. Marion s'empourpra légèrement, incapable de maîtriser l'émoi qui la gagnait chaque fois qu'il lui parlait sur ce ton, avec cette douceur dans les yeux.

— Champagne ? fit-il alors que le maître d'hôtel attendait, discret, à deux pas, affichant l'air détaché de celui qui fait en sorte de ne pas perdre un mot de la conversation.

— Hmmm..., hésita Marion. Oh ! et puis oui, tiens, volontiers.

— Deux coupes, s'il vous plaît.

Ils étaient face à face dans ce restaurant à la mode, bourré à craquer comme tous les vendredis soir. Il la regardait derrière ses lunettes d'intello dont il disait avoir besoin pour conduire mais qu'il gardait ici sans raison. Ils ne trouvaient rien d'autre à se dire et Marion paniqua. Ne sachant pas à quoi attribuer la soudaine timidité qui la paralysait, elle se trouvait lamentable et sa conversation affligeante. Même son reflet dans le miroir la dérangeait. Sa coiffure qu'elle avait pour une fois à peu près disciplinée lui faisait horreur. Le khôl coulait sous ses paupières et la ceinture de son pantalon la serrait. Où était donc passée la Marion conquérante qui n'avait peur de rien et surtout pas d'un homme qui lui plaisait ?

— Vous êtes agitée... Vous êtes mal installée ? Vous voulez changer de place ?

— Oui, s'il vous plaît. Ce miroir en face de moi...

— Eh bien ?

— Je me trouve affreuse.

Il protesta et cette fois encore il sembla à Marion qu'il était sincère. Beau, intelligent, et terriblement sincère.

Après la coupe de champagne, Marion se sentit étourdie et doucement ses tensions cédèrent du terrain. Elle entreprit de questionner Martin sur son engagement auprès de MSF et elle passa plus de temps à scruter ses réactions qu'à écouter ce qu'il racontait. Le Rwanda d'abord, deux années longues, insoutenables. Puis la Somalie, la RDC, l'Angola. Il en parlait volontiers tout en restant évasif. Une question brûlait la langue de Marion mais elle n'osait pas la poser. Elle lui fit seulement remarquer qu'il ne donnait pas beaucoup de détails.

— Rassurez-vous, j'en ai des tonnes à votre service, mais je ne suis pas sûr que cela vous intéresse.

— Bien sûr que si.

Son sourire disparut et, armé d'une petite cuiller en argent, il se mit à martyriser la coupelle d'œufs brouillés à la truffe qu'on venait de leur servir en amuse-bouche.

— Pas ce soir, s'il vous plaît. C'est comme si je vous demandais de me raconter vos affaires les plus difficiles, les plus abominables, celles qui vous réveillent la nuit, des années durant... Il y en a, n'est-ce pas ?

— Pardon, murmura Marion. Je suis idiote.

— Mais non, pas idiote. Méfiante. Patience, vous saurez tout de moi, je vous le jure.

— Alors, parlez-moi de vous justement. Quand vous étiez petit, par exemple. Vous ne prenez pas de risque là, si ?

Le sourire revint, découvrant les belles dents d'Olivier Martin. Après l'entrée, une divine croustade de langouste, Marion n'avait déjà plus faim mais elle connaissait les dix premières années de la vie du jeune Martin. Elle lui raconta les siennes, la mort de son père et le vide qu'il avait laissé dans son existence. Ils convinrent de faire une pause après le lapin aux herbes en gelée, ce qui évita à Marion d'avouer que cette défaillance virile dans son éducation était sans doute la cause de ses histoires d'amour ratées et de sa solitude, en définitive.

Le vin tournait la tête de la jeune femme et soudain,

elle eut l'impression de connaître cet homme depuis longtemps. Ses attitudes, ses gestes lui étaient familiers. Souvent, ils prononçaient ensemble le même mot, avaient la même pensée au même moment. Marion, troublée plus qu'elle ne l'estimait raisonnable, se laissait aller. Elle refusa le dessert, préférant un café, et il fit de même.

La bouteille de vin, un château Beychevelle 92, était à moitié vide. Martin avança la main par-dessus la table comme s'il voulait s'en saisir pour en servir à sa convive mais au lieu de cela, il posa les doigts sur la main de Marion, qui ne la retira pas. Doucement, sans la brusquer, il se mit à caresser la naissance de ses doigts, ces creux entre les bosses où la peau est tendre. « Janvier, février, mars..., pensa-t-elle, les bosses pour reconnaître les mois à 31 jours, les creux... »

Elle trouva son geste audacieux et terriblement sensuel.

— Vous m'aviez promis quelque chose, dit-il de sa voix douce.

— Laquelle ?

— De me parler de la façon dont vous avez découvert la griffe d'Horus...

— Horus ! C'est drôle...

— C'est le nom du dieu qu'il représente. C'est le nom de tous les faucons sacrés d'Egypte.

— C'est Judy qui a préparé la momie ?

— Oui, naturellement.

— Mais vous, vous étiez là aussi ? Vous l'avez aidée, guidée ?

Martin eut un petit sourire, à peine plus crispé que les précédents :

— Je me trompe ou vous m'interrogez ?

— Non, j'essaie de comprendre. A quel moment le doigt du faucon a disparu par exemple.

— Ah ! mais je n'en sais rien. Je me souviens que cette momie nous avait été envoyée par le Muséum de Paris et qu'elle était destinée à une exposition sur l'égyptologie à Grenoble. L'oiseau a pu perdre son bout de patte n'importe où, au cours d'une manipulation.

— Vous vous en êtes aperçu à quel moment ?

Olivier Martin se contracta légèrement, comme si les questions de Marion commençaient à l'incommoder.

— Je ne m'en suis pas aperçu pour la bonne raison que je suis parti avant la fin du travail de Judy. Mais vous savez, ce sont des choses qui arrivent. Le doigt devait être décollé du métatarse, il est tombé et quelqu'un l'a ramassé.

— Vous avez été amants ?

— Pardon ?

— Vous et Judy, vous étiez ensemble ?

— C'est une question indiscrète, commissaire. Mais je vais vous répondre. Oui, nous avons eu une aventure. Brève. Au début de notre collaboration. C'était une erreur et nous avons arrêté.

— *Vous* avez arrêté.

— Peu importe, Marion. Les choses de l'amour se font d'un commun accord, elles se défont toujours avec un décalage. C'est une loi du genre.

— C'est à cause d'elle que vous êtes parti faire de l'humanitaire ?

Il ne répondit pas.

— Vous, un chercheur passionné et reconnu, vous abandonnez tout ce qui fait votre vie du jour au lendemain... Pourquoi, sinon pour une femme ?

Olivier Martin reposa lentement son verre après avoir bu une longue gorgée. Il laissa échapper un petit soupir :

— Vous n'y êtes pas du tout, Marion. Cet épisode de ma vie n'a rien à voir avec une femme.

— On m'a dit que toutes les femmes tombaient amoureuses de vous. Je pense que vous travestissez souvent la vérité, docteur Martin, fit Marion, mi-figue mi-raisin. Paris, par exemple... où vous deviez aller hier...

— Si je vous dis que j'ai changé d'avis à cause de vous ?

— Je suis flattée. Mais pourquoi ?

— J'avais envie de vous plaire en vous donnant ce que vous cherchiez.

— Je l'aurais eu, de toute façon. Vous ne savez pas à quel point je peux être obstinée. Et vous auriez pu aussi bien me le donner hier, vous avez tout de suite su de quoi il s'agissait. Je l'ai compris quand vous avez reniflé le sachet.

Martin se mit à rire.

— Oui, mais je devais tout de même m'en assurer. On est scientifique ou on ne l'est pas. Vous me plaisez, commissaire, terriblement. Je vous jure que c'est vrai.

Ses yeux gris étaient graves tout à coup. Marion avait tenté de retirer sa main mais celle d'Olivier Martin pesait sur elle. Elle finit par la lui abandonner de nouveau, avec une exhalation brève qui tendit un peu plus encore la ceinture de son pantalon. La pensée du bébé passa entre eux, fulgurante.

— Olivier, fit Marion très vite, je vous ai promis de vous le dire. Alors voilà. L'affaire dont il s'agit est une affaire criminelle. La victime est une petite fille de quatre ans.

Martin se raidit, jusqu'au bout des doigts.

— Une affaire récente ?

— Non, une affaire qui remonte à cinq ans. La fillette s'appelait Lili-Rose Patrie. La griffe d'Horus a été trouvée dans sa poche après sa mort. Elle enchaîna, sans le regarder : Olivier, je ne peux pas vous plaire, j'ai une fille adoptée, pas de mari et je suis enceinte.

Quand, après une éternité, elle releva la tête, elle constata que Martin était extrêmement pâle. Ses yeux fixaient le vide, effrayants. Il demeura muet un long moment. Marion songea que, même si la nouvelle était brutale, il n'y avait pas de quoi se mettre dans cet état. Pourtant, le beau docteur semblait n'en pas revenir pour de bon. Il se leva. Ses gestes paraissaient flous, déréglés. Il se dirigea vers le fond de la salle et disparut dans l'escalier qui menait aux toilettes. Quand il revint, il avait un peu récupéré mais il souhaita s'en aller au plus vite.

Addition vite réglée, pourboire généreux, vestiaire. Sur le trottoir, Marion comprit que le charme était définitivement rompu. Que sans doute Martin, séducteur et cousu de femmes, avait prévu pour eux deux une fin de soirée différente. L'annonce de sa grossesse l'avait coupé net dans son élan. Elle faillit lui demander une explication, un mot au moins. Mais c'était inutile. Tout était dit. Elle déglutit et ce mouvement ordinaire lui fit très mal.

— Ne vous occupez pas de moi, dit-elle alors que, le visage fermé, il lui ouvrait la portière de sa voiture de location, je dois passer à mon bureau. J'y vais à pied. C'est à deux pas. Merci pour le dîner.

Il n'insista pas pour la raccompagner.

48.

Il était presque 22 heures et les lumières brillaient encore au quatrième étage. Deux individus bardés de cuir et de clous, percés comme de vieilles gamelles, étaient assis sur le banc des GAV, coudes sur les genoux et menton dans les mains, muets et immobiles. Au fond du couloir, à la place qu'elle occupait déjà l'avant-veille, Marion reconnut une femme aux cheveux gris coupés court. Elle paraissait chargée à bloc et marmonnait dans sa barbe, un nounours collé contre sa poitrine.

Dans le bureau des officiers, Lavot était penché avec Talon sur des jeux de photos qu'ils examinaient à l'aide de loupes. Quand Marion entra, ils levèrent la tête en même temps et une surprise admirative illumina leur visage.

— Ouah ! vous êtes top, comme ça ! fit Lavot.

Talon l'observait, essayant de deviner pourquoi elle rentrait si tôt d'un dîner qu'elle semblait attendre avec impatience tout à l'heure et, surtout, pourquoi elle était venue jusque-là.

— Je m'ennuyais de vous, affirma-t-elle avec un sourire contraint. C'est quoi, ça ?

— Des photos prises par une équipe en planque devant le squat de José Baldur. Il y aussi un enregistrement vidéo. Vous voulez voir ?

— Il y a des tronches intéressantes ?

— Les mêmes que sur les clichés, à peu de chose près.

On regardait ces deux photos parce que les mecs ne sont pas les mêmes que les zonards habituels. Plus cuir, plus propres, moins « chargés ». On en a interpellé deux ce soir.

A cet instant, un long cri jaillit du couloir. La femme au nounours hurlait quelque chose et Marion crut reconnaître son nom.

— Qui est cette bonne femme ? demanda-t-elle. Il me semble l'avoir déjà vue ici. Elle est du squat ?

Lavot et Talon se regardèrent. Puis sans un mot, Lavot se mit à tourner autour d'elle l'examinant des pieds à la tête et Talon se plaça sous son nez pour l'étudier.

— Qu'est-ce qu'il y a ?

Ils échangèrent leur place. Marion repoussa Lavot qui la lorgnait avec la délicatesse d'un maquignon.

— Mais vous êtes malades ou quoi ?

— Ah, y a de ça ! fit Talon enfin. Tu trouves pas ? La forme du nez, le menton...

— Y a que la bouche... L'autre a des lèvres plus minces.

— Ça suffit, votre numéro de cirque, explosa Marion. Vous m'expliquez ?

Du fond du couloir retentit le long gémissement de la femme et cette fois, sans doute possible, Marion reconnut son nom. Les deux officiers partirent d'un grand rire.

— C'est une déglingue que les « bleus » ont ramassée près de la gare, expliqua Talon. Elle déambule avec son ours, « envapée » de came ou d'alcool, on sait pas trop.

— Et pourquoi a-t-elle atterri à cet étage ?

Lavot s'en mêla :

— Elle dit qu'elle est votre sœur. Moi je trouve qu'il y a un air de famille.

Talon approuva et ils recommencèrent à rire.

— Je n'ai pas de sœur, dit Marion sèchement. Je n'ai jamais eu de sœur. Ni de frère d'ailleurs.

— Peut-être que votre père...

— Je vous en prie.

Elle fit deux pas jusqu'à la porte et se pencha à l'extérieur du bureau. La femme n'avait pas bougé. Le nounours pelé toujours serré contre son cœur, elle fixait un point devant elle, la bouche entrouverte, figée, inaccessible.

— Fichez-moi ça dehors ! fit Marion en rentrant la tête. Qu'elle aille cuver ailleurs.

49.

Marion se réveilla le lendemain avec une idée saugrenue.

Elle avait espéré un message d'Olivier Martin sur son répondeur, après leur soirée bâclée. Il n'y en avait pas, et elle avait aussitôt décidé que c'était mieux ainsi. Se concentrer sur Nina, sur le bébé. Nina n'avait pas classe le samedi et Marion chercha quelle sortie pourrait lui faire plaisir. Elle se souvint à temps qu'elle avait pris rendez-vous chez le gynécologue indiqué par Marsal : il interrompait exceptionnellement sa séance de golf du samedi après-midi pour la recevoir, elle ne pouvait se permettre de négliger la fleur qu'il lui faisait là.

« J'emmènerai Nina, peut-être qu'en l'associant à ma grossesse, elle l'acceptera mieux. » Son hostilité à la vue de Martin était révélatrice : la petite avait constamment peur. Non pas qu'on lui prenne Marion mais que celle-ci l'abandonne. Elle vivait dans la logique de l'abandon inéluctable comme avec une plaie jamais refermée.

Marion décida de faire un peu d'exercice et se lança dans un footing léger dans son quartier. Puis elle prit une douche presque froide, un petit déjeuner de fruits et de fromage blanc et s'examina longuement dans le miroir de sa chambre. Ses seins avaient gonflé, ils étaient douloureux quand elle courait et son ventre extra-plat d'habitude amorçait une convexité visible bien qu'encore peu prononcée. Ses vêtements la serraient chaque jour un peu plus et elle se demanda comment elle devrait s'habiller dans les mois à venir et cette question déclencha une nouvelle vague d'angoisse. Seule dans la maison qui, sans

Nina, paraissait inhabitée, elle tenta de s'imaginer avec un enfant au maillot parcourant la pièce à quatre pattes. Les couches, les biberons... Est-ce qu'elle saurait faire tous ces gestes qu'elle n'avait pas appris ni même vu faire, puisqu'elle était une triste fille unique ? La vision de la femme au nounours dépenaillé qui se disait sa sœur la traversa. Elle lui donna la chair de poule. Elle se hâta d'enfiler un jean pendant qu'elle le pouvait encore et fila rejoindre Nina chez Lisette. A 11 heures, elles arrivèrent à l'hôtel de police.

Bien que saugrenue, l'idée de Marion enthousiasma Nina. Surexcitée, elle voulait tout voir, tout savoir. C'était la première fois que sa mère lui faisait visiter le commissariat et la PJ. La fillette exultait. Les voitures sérigraphiées « Police » alignées dans la cour, le car qui transférait au dépôt les détenus menottés et gardés comme des coffres-forts de banque l'avaient beaucoup impressionnée.

— Qu'est-ce qu'ils ont fait ? Où on les emmène ? C'est toi qui les as arrêtés ?

Marion lui montra les cages vidées par le transfert et, dans le poste, Nina découvrit, atterrée, un enfant entre deux policiers. Il n'avait pas plus de dix ans.

— Qu'est-ce qu'il a fait ? chuchota-t-elle, les yeux écarquillés.

— Fugue, bris de vitrine, vol à l'étalage, répondit le brigadier en caressant les cheveux de Nina. On attend ses parents. C'est un récidiviste.

Nina rougit, confuse, et jeta au gamin un regard outré.

Dans l'escalier qui menait à la salle de commandement, elle demanda ce qu'était un récidiviste et quand Marion le lui dit, elle s'esclaffa, soulagée. Elle avait confondu récidiviste et « exhibitionniste ».

— Je me disais, il est bien petit encore...

— Mais il est aussi trop petit pour casser et voler, tu ne crois pas... ?

A l'Identité judiciaire, Nina, subjuguée, assista à la signalisation des deux individus cloutés interpellés la veille à la sortie du squat de la rue des Haies. Ils avaient fini par admettre que c'était un lieu où ils se procuraient de la dope et des filles. Entre autres, Nathalie, ex-Maurice, qu'ils avaient reconnue sur les photos. L'enquête, lentement, progressait.

Fascinée, la fillette regarda l'opérateur relever leurs empreintes digitales. Quand ce fut terminé, Marion proposa à Nina qu'il fasse de même pour elle. La petite sautait sur place, trop contente. Toucher au fruit défendu avait décidément beaucoup d'attrait. Elle se laissa prendre les empreintes et tandis qu'elle faisait les yeux doux au photographe pour qu'il lui réalise un « face-profil » avec son nom et sa taille (1,32 m) sur une pancarte qu'elle porterait crânement sous le menton comme les vrais voyous quand on les soumet aux formalités anthropométriques, Marion s'esquiva du côté du fichier automatisé des empreintes digitales.

Le technicien de l'IJ — chanteur d'opéra à ses heures — était occupé au téléphone et Marion lui tendit la fiche décadactylaire de Nina, désignant du doigt le terminal et l'enveloppe cartonnée contenant les relevés de l'affaire Patrie. L'homme, sans lâcher son téléphone, leva le pouce en signe d'assentiment.

Dans le bureau de Marion, entre les scellés de Lili-Rose Patrie éparpillés et les piles de courrier qui attendaient d'être lues, la situation était paroxystique.

— Quel bazar ! s'exclama Nina. Tu peux râler quand je range pas ma chambre !

— Ça n'a rien à voir ! Ici, c'est mon lieu de travail ! Grands dieux ! c'est quoi cette horreur ?

Marion venait de découvrir, posé sur un des deux sièges réservés aux visiteurs, un ours en peluche beige d'une saleté inimaginable, une jambe à moitié arrachée. Il avait pourtant une bonne bouille avec son museau plat et ses oreilles rondes. Nina l'avait vu aussi et le regardait fixement. Elle se précipita pour le prendre :

— Fais voir ! Il est à qui, cet ours ? à toi ?

— Nina, ne touche pas cet immondice ! C'est sûrement bourré de microbes !

Elle saisit le nounours du bout des doigts et le jeta dans la poubelle. Un flash glissa sous ses paupières. La femme grise du couloir... Sa sœur ! Elle avait probablement oublié l'ours sur le banc. Lavot et Talon l'avaient déposé dans son bureau pour lui faire une blague. Comment avaient-ils dit qu'elle s'appelait ? Jennifer ? Quelle drôle d'idée !

La voix de Lavot et le rire de Talon attirèrent Nina dans le couloir. Marion l'entendit se précipiter sur ses deux officiers dans un remue-ménage d'embrassades et d'exclamations. Le trio apparut dans l'encadrement de la porte, Nina suspendue entre les deux hommes. Marion n'aurait su dire lequel, des trois, était le plus gamin. Lavot lâcha la main de Nina et lui arrangea une mèche folle sur le front.

— Mathilde emmène les deux terreurs au cirque, cet après-midi. Ça te dit ?

Nina consulta sa mère d'un regard brillant d'excitation. Marion fit signe qu'elle était d'accord. La petite sauta en l'air comme un petit diable monté sur ressort.

— On va casser la croûte à la maison avec Talon, enchaîna Lavot ? Une feijoada, ça vous tente, patron ?

Marion accepta mais, prétextant avoir oublié quelque chose au cinquième, elle leur demanda de partir devant avec Nina et s'éloigna.

Dès que sa mère eut tourné le dos, Nina se précipita sur la corbeille à papier et en extirpa le nounours. Elle le contempla longuement puis le posa sur un coin libre d'une étagère surchargée, avec une sorte de tendresse et de la nostalgie dans ses yeux bleus.

Quand Marion entra dans le bureau de l'officier du FAED, celui-ci était justement en train de chercher à la joindre.

— Négatif, dit-il en lui tendant la fiche sur laquelle Nina avait apposé ses empreintes.

Elle repartait déjà quand l'interprète d'Offenbach l'arrêta :

— J'ai trouvé de belles traces sur l'enveloppe...

— Quelle enveloppe ?

— Celle que m'a montée le capitaine Lavot hier. Il m'a dit que vous étiez pressée...

— Oui, oui, s'impatienta Marion qui avait déjà oublié l'envoi anonyme annonçant les funérailles de la mère d'Olivier Martin. Lavot ne me semblait pas très optimiste pourtant.

— C'est qu'au premier bain de DFO... j'ai eu peur...

Comme elle paraissait ne pas bien saisir à quelle manipulation il faisait allusion, le technicien expliqua qu'il plongeait le papier dans un bain de diazafluozénone qui réagit aux acides aminés en donnant une belle couleur pourpre. Après séchage du support, les traces devaient apparaître en rouge en lumière naturelle ou en photoluminescence. Cette manipulation s'était révélée insuffisante pour le document de Marion et l'officier avait dû recourir à la ninhydrine, un produit complémentaire qui réagit aux acides aminés de la trame par une coloration violacée.

— La ninhydrine, conclut-il, est royale pour révéler des traces latentes sur support poreux ou des traces anciennes. Le problème c'est qu'on bousille le support...

— Combien de traces ?

— Deux doigts sur le recto et un pouce en opposition au verso. Enfin je suppose qu'il s'agit d'un pouce... Vous voulez que je fasse autre chose ?

— Vous les passez à la moulinette, répondit-elle en désignant l'ordinateur.

50.

Elles rentrèrent vers 20 heures, fourbues.

La fenêtre du répondeur indiquait cinq appels. Les quatre premiers étaient raccrochés. La grand-mère de Nina, qui dormait chez Marion en prévision d'un départ très matinal le lendemain pour Osmoy, jura qu'elle n'y était pour rien. C'étaient les premiers appels sans correspondant depuis le dimanche précédent, jour où les petits souliers avaient fait irruption sur la boîte aux lettres. C'était irritant.

« Je ne peux tout de même pas mettre ma ligne sous surveillance permanente... Je vais finir par le supprimer, ce téléphone ».

Le cinquième appel était d'Olivier Martin. Sa voix était triste et butait sur les mots. Il demandait à Marion une seconde chance. Elle coupa le message en murmurant qu'il pouvait toujours courir, elle ne le rappellerait pas.

Pas avant lundi...

Nina surgit dans son dos.

— C'était encore ce type ? ce docteur, là ? Je l'aime pas celui-là... Il me plaît pas.

— Nina, arrête, s'il te plaît. C'est une relation de travail. Tu n'as pas à l'aimer ou pas.

— Ah bon, je préfère. Tu sais, c'est rigolo, j'ai rêvé de lui, cette nuit.

Marion revenait vers la cuisine où Lisette s'activait.

— Qu'est-ce qu'on mange ? s'enquit la mammy.

— C'est fou ce que j'ai envie de cuisiner ce soir, geignit Marion, je suis morte. La feijoada de Mathilde Lavot était un morceau de bravoure... un peu lourd à digérer.

Nina reprit la balle au bond :

— Si on commandait une pizza ?

— C'est plein de graisses animales et de farine industrielle, énonça Lisette sentencieusement. C'est très mauvais.

— C'est très bon. J'adore ça. Et avec toi, il faudrait manger que des épinards et des broucoulis. Beurk.

— Brocolis.

— Bof, c'est pareil, c'est dégueu.

— Nina ! intervint Marion. Si vous arrêtiez de vous chamailler toutes les deux ! Franchement, ça me ferait des vacances. Lisette, vous savez faire les crêpes ?

Nina sauta en l'air.

— Oh oui ! des crêpes. Super génial !

Lisette, excitée à l'idée du dimanche qu'elle allait passer

avec ses « grands », en oubliait de ronchonner. Elle se fendit d'un petit soupir résigné et ouvrit le réfrigérateur.

— Il t'intéresse pas mon rêve, maman ?

— Mais si, s'empressa Marion. Raconte !

— Tu sais, hier, tu m'as demandé s'il y avait quelqu'un avec Lili-Rose et moi près du puits...

Marion cessa de remuer les sachets vides du supermarché. Nina la fixait de son regard soudain préoccupé. Une ligne profonde marquait son front.

— Cette nuit, j'ai rêvé de ça. J'étais avec Lili-Rose et je tenais le paquet de la Barbie Belle au bois dormande.

— Dormant, la coupa Lisette. Avec un t à la fin.

— Oh, mais c'est pas vrai ! râla Nina, t'arrêtes de m'énerver, oui ? Donc, je tenais la Belle au bois dormande... Lili-Rose sautait à la corde. Je voulais m'en aller mais je pouvais pas, j'étais collée par terre. Ça t'a déjà fait ça, maman, dans tes rêves ?

— Oui, souvent, murmura Marion. Continue...

— Et Lili-Rose s'énervait parce qu'elle voulait que je saute avec elle. Elle m'a tendu sa corde...

— Tu l'as prise ? souffla Marion.

— Je me rappelle pas. Non... A cause du cadeau... Eh ! au fait, s'écria Nina dont les joues se coloraient peu à peu, le cadeau, je l'ai pas posé par terre. Je m'en souviens maintenant. Je l'ai posé sur le vélo.

— Le vélo ?

— Oui, celui de Mikaël. Un vélo de cross, jaune.

Mikaël Patrie avait-il un vélo ? Rien dans les investigations de l'époque ne rappelait à Marion la présence de ce jouet. Elle nota mentalement cet élément nouveau.

— Le vélo, c'était vrai ou c'est dans ton rêve ?

— Non, c'est vrai ! Il l'avait eu en cadeau à Noël.

Lisette sortit la poêle du placard à casseroles et, dans le silence momentané, Marion eut l'impression qu'elle faisait un vacarme énorme.

— Ensuite ? chuchota-t-elle.

— Il était là. Je l'ai vu dans mon rêve.

— Qui ?

— Le docteur Martin.

Au moment de se mettre à table, Marion profita de ce que Nina était allée se laver les mains pour poser sur son assiette un volumineux paquet entouré d'un beau ruban bleu.

— C'est pour moi ? demanda la petite, le regard illuminé.

— Non, pour le voisin..., fit Marion avec tendresse. Ouvre-le !

Vite, le ruban. Zut, le nœud qui résiste. Les ciseaux, s'il te plaît, mammy. Vite, vite. Tant pis pour le papier avec les cœurs et les papillons. Le bel emballage crisse, déchiré par les petits doigts impatients.

Quand la Playstation apparut, Nina regarda tour à tour sa mère et la console toute neuve. Puis, contre toute attente, elle fondit en larmes.

— Ce n'est pas le dernier modèle, lui expliqua Marion quand elle eut repris ses esprits. Celle qu'on a achetée l'autre jour est victime d'un vice de production. Les autres clients avaient dû le sentir... mais pas nous ! Qu'en penses-tu, trésor ?

— Oh ! maman, fit Nina qui avait retrouvé l'usage de la parole. C'est super. Je sais pas quoi dire.

— Alors, viens m'embrasser.

Nina eut la permission de jouer un peu. Cette fois, tout fonctionnait, seulement elle était inexpérimentée et Marion promit de faire venir Talon au plus vite pour une leçon de manettes. La petite était aux anges, et Marion ruinée, mais elle ne jugea pas utile de le lui dire. Elle avait aussi acheté un baladeur CD pour Louis, des vêtements à la mode et du maquillage pour Angèle, des disques, des livres... Elle n'eut pas à batailler comme les autres soirs pour faire prendre son bain à Nina. La fillette était douce comme un bonbon. Marion la sécha, lui frictionna le dos en écoutant le récit des facéties de Bébert, le clown du cirque, et les prouesses de Melo, le singe intelligent. Elle lui mit un pyjama propre et l'emmena au lit. Elle s'assit près d'elle et spontanément, Nina mit son pouce dans sa bouche.

— C'est nouveau ça ! gronda tendrement Marion.

Nina ne broncha pas, le regard au loin. Pensait-elle au petit frère dont Marion avait distingué la forme minuscule sur l'écran de l'échographiste, cet après-midi ? Entamait-elle une régression à la pensée de devoir partager sa mère, fût-elle adoptive, avec un bout d'homme gros comme un moineau ?

— Tu sais ce que dit le dentiste, à propos du suçage de pouce...

Marion prenait un ton léger dans l'espoir d'effacer les deux rides verticales au-dessus du petit nez.

La fillette retira à moitié son doigt et posa enfin les yeux sur sa mère :

— Tu crois que je vais encore rêver comme hier ?

Nina ne pensait pas au bébé de Marion. Elle pensait à Lili-Rose, à son rêve déplaisant.

— Tu sais, c'est bizarre, je ne sais pas si c'est vraiment un rêve. Je sais pas comment dire... ça me dérange.

— Comme un cauchemar ?

— Non, j'avais pas peur. C'était comme si j'avais *vraiment* été là-bas, avec Lili-Rose.

— Tu ne sais pas, traduisit Marion, si c'était un rêve ou un souvenir ?

— Oui, voilà...

— C'était un rêve, chérie. Tu as rêvé du docteur Martin parce que tu l'as vu hier soir et qu'il t'a donné l'impression d'être important pour moi. Je te le répète : tu n'as rien à craindre, je le rencontre seulement pour une enquête.

Nina secoua ses cheveux répandus sur l'oreiller, marqués d'une légère ondulation par les tresses qui les avaient tenus attachés.

— Je l'avais déjà vu avant, c'est pas un vrai rêve.

Soudain, une idée traversa Marion.

— Jeanne, la maman de Lili-Rose, vous emmenait souvent au Muséum, tu t'en souviens ?

— Où ça ?

— Au Musée d'histoire naturelle. Là où il y a tous ces squelettes d'animaux, des tigres, des lions empaillés... Des pierres, aussi, des dinosaures...

Nina se dressa, les yeux écarquillés.

— Ah oui, s'écria-t-elle, je me souviens maintenant. C'était affreux. Y avait des enfants dans des bocaux, des monstres attachés par la tête ou le ventre, ça porte un nom de chat...

— Des siamois ?

— C'est ça ! Ah la la... je déteste cet endroit.

Marion caressa les cheveux de Nina pour la calmer.

— Le docteur Martin travaillait là-bas autrefois, c'est peut-être là que tu l'as vu...

Le front de la fillette se plissa et Marion pouvait presque voir le travail de ses neurones en action derrière la peau diaphane de ses tempes où battaient de petites veines bleues.

— Je me rappelle de lui, oui. Il venait tout le temps parler avec maîtresse.

— Eh bien, tu vois ! C'était facile. A présent, tu vas pouvoir dormir et tu ne feras plus ce rêve.

Nina n'était pas convaincue. Son visage se ferma comme si elle replongeait dans les images que Marion avait ravivées. Devant la confusion qui semblait absorber l'enfant, Marion se demanda si elle n'avait pas fait une grave erreur.

— C'est vrai que je l'ai vu au musée, le docteur Martin, mais j'en suis sûre, je l'ai vu *aussi* le jour de l'anniversaire de Lili-Rose, près du puits.

La révolte des anges

51.

Lundi...

La semaine commençait mal. Marion avait un marteau-piqueur entre la dure-mère et l'arachnoïde, des courbatures dans les jambes et mal au ventre. Résultat de six heures de voiture pour faire l'aller-retour à Osmoy sur des routes rendues difficiles par la pluie qui n'avait cessé, du matin à la nuit. L'orphelinat lui avait paru encore plus triste sous la grisaille et dès que la température avait chuté, les grands arbres du parc s'étaient empressés de laisser tomber leurs feuilles. Le retour avait été sinistre entre Lisette qui s'essuyait les yeux et reniflait dans son coin, et Nina qui ne disait pas un mot, le pouce enfoncé dans la bouche jusqu'à la garde. Louis et Angèle allaient aussi bien que possible. Marion, fatiguée, n'avait pas évoqué les vacances de la Toussaint avant d'être sûre de pouvoir aller au bout de ce projet. C'était sans doute la raison des larmes de Lisette.

Nina avait passé une nuit agitée, à gémir et rêver. Mais, au matin, elle ne se souvenait pas de ce qui l'avait perturbée. Elle ne parlait plus de Lili-Rose ni d'Olivier Martin, c'était déjà ça. La pluie s'était remise à tomber pendant qu'elles prenaient le petit déjeuner et Marion avait fait enfiler à Nina son ciré jaune et un petit chapeau assorti.

Tandis qu'elle fermait la porte de la maison, la fillette,

déjà dans la cour, s'amusait à le lancer en l'air et à le rattraper.

— Ninette, mon amour, monte dans la voiture, on va être en retard.

Nina trouvait le jeu amusant et elle continua, toujours plus haut, si bien que le couvre-chef échut au-dessus du mur qui séparait la cour de Marion de celle de ses voisins. C'était une maison jumelle et la mitoyenneté avait dû un jour gêner l'un des occupants qui avait fait construire cette séparation infranchissable et inesthétique.

— Bravo, gagné, râla Marion. Nina, vraiment...

— C'est pas grave, j'en ai pas besoin !

— Tiens donc ! Et si tu te fais mouiller, tu chopes la crève ! Pas question de te retrouver au lit une semaine après la rentrée. Viens, je vais te faire la courte échelle.

Nina n'arrivait pas à attraper le bonnet et Marion la souleva un peu plus, en poussant ses pieds d'un petit coup sec vers le haut.

— Eh, doucement ! fit Nina, tu vas me faire passer par-dessus bord !

Marion se revit dans le parc du centre des Sources. La scène au cours de laquelle Mikaël Patrie expédiait son camarade dans les airs se superposait étrangement à celle d'aujourd'hui. Une autre image encore floue, insaisissable, s'imposa.

52.

Il se remit à pleuvoir quand elle franchit l'entrée principale de la cour de l'hôtel de police pour s'engouffrer dans la rampe menant au parking. Au moment où elle claquait la portière de sa voiture, Paul Quercy sortit de l'ombre et, lui tournant le dos, partit d'un pas pressé en direction de l'ascenseur.

— Bonjour, patron ! le héla-t-elle en courant pour remonter à sa hauteur.

Elle le rejoignit alors que l'ascenseur arrivait. Il contenait déjà deux personnes et Quercy s'y engouffra sans répondre. Elle l'observa tandis que l'appareil s'élevait. Il était toujours aussi gandin : sous une veste de cuir plongé de couleur marron glacé apparaissait le col d'une chemise pastel fermée par un foulard parme. Sa coiffure était impeccable mais son teint bronzé mettait en évidence un réseau serré de ridules qui s'entrecroisaient sur ses joues et son front. Ses traits étaient tirés et il avait visiblement perdu quelques kilos.

L'ascenseur s'arrêta à tous les étages et Quercy ne desserra pas les dents une seule fois. Au quatrième, Marion, renonçant à capter son attention, se préparait à sortir quand il l'apostropha :

— Venez avec moi là-haut. J'ai des choses à vous dire.

Son bureau était rangé et, sous les gravures militaires, une fougère géante avait élu domicile sur une sellette. Véritable incongruité, s'agissant de Quercy et de ses goûts plutôt spartiates, un gros bouquet de roses rouges trônait au milieu de la table de réunion et Marion songea qu'elle allait bien rigoler tout à l'heure quand ses collègues découvriraient la chose. Elle attendit qu'il enlève sa veste et, comme il ne l'invitait pas à s'asseoir, elle alla s'appuyer contre la table, reniflant les roses au passage.

— Vous me faites beaucoup de peine, attaqua Paul Quercy.

— Allons bon ! La dernière fois que je vous ai vu, vous m'avez engueulée comme plâtre et c'est moi qui vous fais de la peine...

— Ne faites pas la maligne, Marion, vous avez complètement perdu la tête...

Elle l'examina. Il avait l'air réellement abattu.

— Non seulement vous avez continué à enquêter sur cette affaire qui ne vous mène nulle part, vous avez délaissé les autres dossiers et les gens de votre groupe mais en plus, faire ça à votre fille !

— Pardon ? Faire ça à ma fille ? Faire quoi, s'il vous plaît ?

— Je sais que vous avez fait relever les empreintes de Nina.

— Ah !

— Vous êtes tombée sur la tête.

— C'était un jeu.

— J'aimerais bien savoir ce que vous trouvez de ludique là-dedans. Et de toute façon, je ne vous crois pas.

Marion soutint son regard.

— J'avais besoin de vérifier quelque chose qui concerne Nina et ce qu'elle peut savoir de la mort de Lili-Rose Patrie.

— C'est un nouveau délire ?

— Votre prédécesseur était un sale enfoiré qui a fait capoter cette enquête.

— Vous êtes tombée sur la tête, répéta Quercy comme un disque rayé.

— Mais vous ne savez même pas de quoi je parle, s'emporta-t-elle soudain. Vous n'avez pas cherché une seule fois à m'écouter. Chaque jour, je mets le nez dans des « détails » oubliés. C'est comme si on n'avait pas enquêté sur la même histoire.

— Un jour vous allez découvrir que c'est une autre gamine qui est morte, ironisa Quercy avec un rictus.

Marion croisa les bras sur sa poitrine pour endiguer le tremblement de colère qui agitait ses mains.

— Vous m'accusez de quoi au juste ? De vouloir faire éclater la vérité ? Elle vous gêne, la vérité ? Un supérieur hiérarchique est, à l'égal de Dieu, quelqu'un qu'on ne peut ni mettre en doute ni contester ?

— Ne dites pas n'importe quoi.

— La petite Patrie était à l'école avec Nina, elles étaient amies, et Nina se trouvait avec elle quelques instants avant qu'elle ne tombe dans le puits. Est-ce que ce « détail », parmi d'autres encore plus incroyables, figurait dans le rapport de Max Menier ?

Quercy accusa le coup. Elle profita de son avantage.

— Il y a une quantité d'anomalies dans cette histoire. Laissez-moi quelques jours. Vous n'allez pas en revenir.

— Vous avez poussé Talon et Lavot à me désobéir.

— Ils n'y sont pour rien. Je prends tout sur moi. Vous n'avez qu'à me sanctionner.

— Je vais me gêner ! Méfiez-vous ! Je ne plaisante pas.

Elle abandonna l'appui de la table et se dirigea vers la porte. Cette fois, c'est elle qui s'en allait avant qu'il ne la congédie.

— A tout à l'heure, pour le briefing ! lança-t-elle sans se retourner.

— Pas de briefing pour vous.

Marion eut l'impression de recevoir un coup violent dans le dos. Elle pila, puis se retourna lentement. Quercy fixait un point très haut au-dessus d'elle :

— Votre adjoint viendra à votre place. De toute façon, vous n'avez pas suivi une seule des affaires en cours cette semaine. Je fais accélérer votre demande de mutation. En attendant, vous pourrez rester chez vous. Vous libérerez votre bureau dans les meilleurs délais.

Quercy l'avait destituée, coupée de ses hommes. Il était en train de la trahir, de la bousiller. Il alla s'asseoir derrière son bureau. Fin de l'entretien. Marion s'empourpra, une vague de chaleur l'enveloppa de la tête aux pieds.

— Vous n'avez pas le droit de me faire ça, fit-elle d'une voix sourde. Je vous rappelle que c'est moi qui ai demandé à partir. Mais je partirai dans des conditions *normales* et avant, je terminerai mon enquête sur Lili-Rose Patrie. J'irai jusqu'au bout, quoi qu'il arrive.

Paul Quercy s'était remis debout. Il s'avança vers Marion, menaçant.

Il pencha la tête vers elle, jusqu'à toucher son front.

— D'accord, concéda-t-il. Je vous donne une semaine.

53.

— C'est la guerre ?

Lavot déblaya du tranchant de la main quelques miettes tombées de son croissant. Ils étaient attablés au fond du

Panier à salade, désert à cette heure-ci et attendaient Talon qui remplaçait Marion au briefing.

— Quand même, enchaîna Lavot alors que Marion, le regard dans le vague, tardait à répondre, il y va fort, le dirlo... Vous remplacer par un simple lieutenant...

Marion triturait sa bague — un anneau offert par Léo quinze jours avant sa mort —, un sourire lointain sur les lèvres.

— Ce n'est pas grave, ça lui passera.

— Vous êtes trop bonne, dit-il alors que Talon apparaissait à la porte. Il longea le bar et s'arrêta devant Marion, embarrassé. Il renifla, prit le temps de se moucher. Son rhume s'installait, ses joues et son front étaient pâles, son nez irrité était devenu rouge.

— Vous savez, patron...

Marion fit signe à la serveuse.

— ... je ne suis pas d'accord avec lui, continua Talon. Il est bizarre, comme absent. On a à peine parlé des affaires. J'ai fait le point de l'enquête sur le corps sans tête, il a à peine écouté.

Marion eut un geste apaisant. Il ne faut pas chercher à comprendre, avait-elle l'air de dire. Elle se pencha vers lui :

— Thé au lait ?

Ils avaient au moins gagné une semaine. Si ce devait être le seul avantage à l'attitude de Paul Quercy, autant en tirer parti. Le directeur n'avait pas fait de remarque à Talon à propos de l'aide qu'il apportait à Marion dans le dossier Patrie, il n'y avait même fait aucune allusion. Une semaine... Cela devait valoir aussi pour les deux officiers.

— On y va ? fit-elle avec une petite lueur excitée dans l'œil.

Elle leur fit le récit de ses découvertes de la semaine.

— Alors ? fit Lavot quand elle eut terminé. Vos conclusions ?

— J'ai des sensations, des idées, mais aucune certitude. Je dirais même que plus j'avance, moins j'y vois clair. Mikaël est un drôle d'oiseau. Sa violence, ses gestes incontrôlés... sa manie de répéter qu'il n'a pas poussé Lili-Rose. J'imagine ce qui a pu se passer...

Elle leva les yeux au plafond :

— Lili-Rose saute à la corde près du puits. Nina vient de partir. Mikaël s'approche de sa sœur. Il est le plus grand par la taille, le plus petit par l'esprit. Lili-Rose se moque de lui. Elle saute, il louche sous sa jupe. Elle s'en aperçoit, se fâche. Il y a dispute, bagarre peut-être. Mikaël pique une de ses colères redoutables, arrache la corde à sauter des mains de sa petite sœur et la balance au hasard dans le parc. La corde tombe dans le puits. Lili-Rose l'oblige à lui faire la courte échelle... Ça ne suffit pas, elle ne voit pas. Il pousse plus fort...

— Elle passe par-dessus bord..., acheva Talon. Vous y croyez ?

— Non, mais je l'ai vu à l'œuvre au centre. Et son émoi, quand on lui parle de Lili-Rose...

— Il protège peut-être quelqu'un inconsciemment ? Sa mère...

— J'y ai pensé. Jeanne a très bien pu provoquer « l'accident » de sa fille pour obtenir la commisération des autres. Elle n'avait pas forcément prévu que ça tournerait mal et peut-être qu'en effet, son fils a assisté à la scène à son insu. Si seulement je pouvais discuter avec elle.

A évoquer Jeanne Patrie et son armée de cerbères, Marion éprouvait une étrange sensation. Un détail la travaillait. Une petite pointe irritait sa mémoire sans parvenir à la réveiller. Lavot fit s'enfuir l'espoir de mettre un nom sur ce soupçon volatile.

— Et le père ? demanda-t-il.

— Pour le moment, je ne lui vois aucun mobile. Il buvait, il n'était pas à la hauteur, mais rien d'autre. Dans deux jours, on en saura plus... Vous avez avancé avec les camarades de classe ?

— Pas trop, avoua Talon avec une moue. J'ai retrouvé la trace de trois fillettes seulement : deux ont déménagé hors de la région, la troisième est encore en vacances à l'étranger. Les autres...

— Bon, fit Marion. Continuez. Encore que je ne sois

pas sûre qu'elles nous apprennent grand-chose. Lili-Rose était sûrement déjà au fond du puits quand elles sont arrivées. Il n'y a que Nina...

— Vous ne l'avez pas torturée, quand même ? s'enquit Talon, toujours très préoccupé de ce qui pouvait arriver à la fillette.

— Non, mais elle a des souvenirs. Assez précis, je dois dire. Elle affirme même qu'elle a vu un homme près du puits, mais il faut prendre cela avec prudence.

A quoi bon mentionner le docteur Martin ? Marion avait réussi, devant ses officiers, à dissimuler l'effet qu'Olivier avait produit sur elle. Nina affirmait se souvenir de la présence du docteur Martin dans le jardin mais elle pouvait confondre rêves et réalité. Prendre pour des souvenirs les informations qu'elle avait reçues entre-temps.

Talon insista :

— N'embêtez pas trop Nina avec ça ! Comment voulez-vous qu'elle se souvienne ? Elle était vraiment trop petite.

Trop petite... Talon voulait dire « trop jeune », bien sûr. Marion prit sa tête entre ses mains, serra fort ses tempes pour y imprimer cette réflexion, ces deux mots. Trop petite... A quoi, à qui se rapportaient ces mots ? Pas à Nina. A Lili-Rose, à cause de la hauteur du puits ? Non. Lili-Rose était trop petite pour y monter seule, Marion le savait depuis le début.

— Ça va, patron ? s'inquiéta Lavot.

— Silence, murmura Marion. Je pense.

Avec sa gouaille de titi parisien, Lavot s'exclama :

— Alors, si vous vous mettez à gamberger, vous êtes bonne pour l'asile !

L'asile ! L'HPD ! C'était là que sa pensée s'arrêtait. Sur une cellule d'isolement avec une femme couchée, entravée sur un bat-flanc.

54.

Sous la pluie qui brouillait les contours du bâtiment, noyait de grisaille les arbres du parc et maintenait les pensionnaires prisonnières de la salle de télévision, le pavillon du professeur Gentil prenait un aspect plus terrifiant encore. Marion hésita devant la porte. Elle ne voulait pas exhiber de nouveau son vrai-faux permis de visite, incertaine du succès de la réédition d'un aussi vilain mensonge.

Elle contourna le bâtiment, tentant d'apercevoir ce qui se tramait à l'intérieur. Impossible. Les vitres étaient des fabrications spéciales, anti-effraction et anti-reflet. Tout ce qu'elle distinguait, c'était sa propre image déformée par les éclaboussures de l'eau de pluie. Elle revenait sur ses pas, prête à sonner à la porte et à jouer son va-tout, quand un véhicule utilitaire apparut qui s'arrêta juste devant le portillon de la grille d'enceinte. Un homme en blouse blanche descendit tandis qu'un autre restait au volant. Coup de sonnette, voix dans l'interphone. Marion, en retrait, entendit l'homme répondre : « C'est le linge. » Puis il revint sur ses pas, et tapa deux grands coups dans la tôle du camion pour appeler son collègue. Ils déchargèrent trois grands conteneurs à roulettes pleins de draps, de taies d'oreillers, de serviettes de toilette et les alignèrent devant la grille. Nouveau coup de sonnette. L'examen par l'entremise du vidéo-portier dut être concluant car la gâche de la porte claqua. Au moment où les préposés au linge pénétraient dans la zone réservée avec leur premier conteneur, Marion se glissa derrière celui qui fermait la marche. Il se retourna, surpris. Elle lui dédia alors son plus éblouissant sourire et lui expliqua qu'elle venait prendre son service, qu'elle était en retard et que s'il la laissait ainsi plantée sous la pluie, elle allait attraper la mort. Charmé, l'employé fit un pas de côté en tirant à lui son chariot de linge pour la laisser passer.

Trois secondes plus tard, elle franchissait le double sas vitré. En passant devant la porte entrouverte du bureau du professeur Gentil, elle constata qu'il ne s'y trouvait pas. Peut-être était-il dans le service, en consultation ou en conférence. Et si elle se heurtait à sa barbe blanche ? Comment justifierait-elle cette intrusion ?

Il n'y avait personne non plus dans le recoin qui servait de bureau à l'infirmière-chef que le professeur Gentil appelait Andrée. Le couloir aussi était vide mais Marion apercevait les pensionnaires assises dans la pièce commune, ou debout en train de déambuler. Leurs mots, leurs cris, et, parfois, leurs longs hurlements qui se cognaient aux murs laqués de beige résonnaient à ses oreilles comme des appels de bêtes piégées. Elle s'était attendue à rencontrer quelques obstacles, ne serait-ce que le barrage du personnel soignant, mais c'est sans encombre qu'elle parvint jusqu'à la cellule du fond. Un judas permettait de regarder à l'intérieur sans avoir à ouvrir la porte. Après un coup d'œil en arrière, Marion fit basculer le cache et colla son œil à la petite fenêtre qui, telle une loupe, offrait une vue en gros plan de la chambre d'isolement. La pièce était vide, le lit nu. La camisole et les entraves qui, quelques jours plus tôt, immobilisaient la femme sur le lit étaient suspendues à une potence. Elle n'avait pas vu le visage de cette femme, seulement ses cheveux bruns, mi-longs et raides, et son corps décharné qui ne mesurait pas plus d'un mètre cinquante. Une petite femme, genre poupée asiatique déguisée en squelette, trop petite pour être Jeanne Patrie qui mesurait plus d'un mètre soixante-dix, avait des cheveux blonds, épais et bouclés et de la chair en abondance autour des os. Marion aurait pu le parier : la femme qu'elle avait vue dans la cellule n'était pas Jeanne Patrie.

Elle ne les avait pas entendues arriver. Elle sursauta quand elle les vit derrière elle, la plus vieille à la bouche édentée, étirée sur un sourire idiot, la jeune fille qui prédisait la fin du monde en se grattant les mollets, et une femme sans âge qui traînait une bouteille en plastique vide au bout d'une ficelle. Elles continuaient à s'approcher. La jeune prédicatrice avança la main pour toucher les cheveux de Marion qui sentit sur son visage son souffle fétide. La vieille tira sur le bas de son blouson.

— Je viens voir Jeanne, dit-elle en se reculant pour échapper aux doigts impatients. Vous la connaissez, Jeanne ?

La vieille hulula une réponse incompréhensible qui déclencha pourtant le rire de la femme à la bouteille en plastique. Un rire aigu qui rebondit un peu partout autour de leur étrange groupe. La « spirite » montra la porte, étonnée.

— L'est pas là, Jeanne. L'est pas là.

La vieille fourra sa main dans le sac entrouvert de Marion et le fouilla. Où Marion avait-elle entendu dire que les visiteurs des pensionnaires captifs devaient leur apporter des cadeaux ? Comme on fait la « coutume » à certains groupes ethniques ? Cela lui revint d'un coup. C'était au centre des Sources ! Ici, ce devait être pareil et elle songea que, bientôt, les mains avides allaient lui faire les poches. Elle recula encore, se retrouvant presque adossée au mur, à chercher désespérément ce qu'elle pourrait faire pour les calmer. Soudain, elle se souvint des chewing-gums qu'elle avait achetés samedi pour Nina. Des « chouines » à la fraise ! Elle les retrouva au fond de sa poche de blouson, défit prestement le papier et en offrit un à chacune des trois femmes. Grave erreur. Son geste agit comme un déclencheur dont Marion ne savait rien, mais qui devait être extrêmement puissant chez ces créatures prisonnières. Comme par miracle, elles se mirent à surgir de partout à la fois, mains tendues, visages implorants. Marion chancela, furieuse contre elle-même et, pour la deuxième fois de la matinée, une pointe douloureuse fouilla son ventre juste au-dessus de l'aine gauche.

Alors qu'elle refluait vers le couloir, sa route barrée par une horde quémandeuse, Marion distingua le blanc d'une blouse et la voix étonnée d'une infirmière qui, Dieu merci, n'était pas Andrée. La femme gronda et les moins téméraires s'empressèrent de faire demi-tour. La « spirite » et la vieille édentée agrippèrent Marion par sa manche malgré l'approche résolue de l'infirmière.

— Malou, Claire ! qu'est-ce qui se passe ? Mademoiselle, qui êtes-vous ? Que faites-vous ici ?

— Je suis venue voir le professeur Gentil, mentit Marion, mais je crois que je ne suis pas au bon endroit.

— En effet, et en plus, il n'est pas là. Qui vous a donné ce rendez-vous ?

— Votre infirmière-chef...

— Laquelle, Gisèle ?

— Non, Andrée...

— Ah !

L'infirmière semblait rassurée. En l'absence des deux infirmières-chefs, c'était elle la responsable du service et elle tremblait de faire une bêtise.

Marion décida d'en profiter :

— C'était à propos de Jeanne Patrie.

— Vous êtes de la famille ?

Décidément, cette petite était une perle. Marion s'entendit répondre comme dans un rêve :

— Sa sœur. Mais je vis à l'étranger et je ne l'ai pas vue depuis plusieurs années. On m'a dit qu'elle est très agitée, violente même...

L'infirmière se mit à rire

— Elle ? Violente ? Vous voulez rire ! C'est une grande apathique au contraire. Très médicalisée, comme la plupart des malades ici, d'ailleurs.

— Je pourrais la voir ?

La jeune femme sursauta :

— Non, ça je crains que ce ne soit pas possible... Une autre fois, si le professeur Gentil est d'accord.

— Une autre fois, répéta la vieille édentée. Elle est pas là, Jeanne.

— C'est que je dois repartir très vite...

— Je suis désolée, je ne peux rien faire pour vous. Il faut que vous partiez, *elles* sont trop excitées par votre présence.

— Elles sont excitées, bavocha la vieille. Et Jeanne, elle est partie, Jeanne...

— Tais-toi ! intima l'infirmière à la vieille. Allez ouste, à la salle à manger. On va déjeuner.

55.

C'était comme une formule magique pour ces femmes qui n'avaient pas grand-chose d'autre à faire et dont les jours et les nuits n'étaient rythmés que par les repas et les prises de médicaments. Jeanne aussi devait attendre ces moments. Avait-elle conscience du temps qui passait, de sa vie qui foutait le camp lentement, pilule après pilule, piqûre après piqûre ? Savait-elle seulement qu'il existait encore un monde dehors, et dans ce monde des gens qui pensaient à elle ? Et d'abord, où était Jeanne ? Pourquoi semblait-il tout à coup à Marion que Jeanne n'habitait plus ces murs et qu'elle était en danger ?

Une grande tristesse pesait sur sa poitrine quand elle franchit le portillon de l'entrée principale de l'HPD pour se retrouver sur le boulevard luisant de pluie. Une voiture passa un peu près du trottoir, soulevant une gerbe d'eau si haute qu'elle n'eut que le temps de bondir en arrière pour éviter d'être arrosée.

— Enfoiré, fit-elle entre ses dents.

— Salopard ! confirma une voix derrière elle, en écho.

Une voix connue, chaude, vibrante. Elle se retourna d'un seul mouvement. Olivier Martin, un trench-coat gris serré à la taille, ses cheveux châtains humides plaqués en arrière, lui tendait les bras comme s'il avait peur de la voir s'effondrer sur le trottoir. Stupéfaite, Marion se laissa aller brièvement contre lui. Elle respira une odeur de laine, de jasmin léger, de tissu humide et de café. Les yeux mi-clos, elle se sentait chavirée.

— Tout va bien ? demanda-t-il en l'écartant de lui pour la regarder.

Ses traits étaient tirés, il ne semblait pas au mieux de sa

forme, mais il avait perdu cet air effondré qui avait tant interpellé Marion au Marché des Poètes.

— Que faites-vous là ?

— Je suis venu vous attendre. « On » m'a dit que vous étiez dans les parages.

— Qui, « on » ?

Il leva les mains et les agita en riant.

— J'ai aussi mes informateurs. Pas question de citer mes sources...

Marion n'en crut pas un mot. Le regard du docteur avait pris la couleur gris foncé du ciel. Quelque chose dans son attitude lui chuchotait que Martin n'était pas là pour elle.

Il se pencha, irrésistible :

— Je vous invite à déjeuner ? J'ai tant à me faire pardonner.

Cette fois, ils s'étaient installés dans un petit restaurant de quartier sans chichis. Les nappes étaient en papier, les serviettes aussi et, pour éviter tout laisser-aller inopportun, Marion réclama de l'eau. Elle n'avait pas très faim. Curieusement, la présence de Martin lui coupait l'appétit. Au moment où elle s'assit, un élancement dans le bas-ventre lui fit voir trente-six chandelles. Elle grimaça. Il s'inquiéta :

— Que se passe-t-il ? Vous souffrez ?

— Ce n'est rien. Une petite douleur...

— Ne négligez pas les petites douleurs, dit-il, elles font souvent les grandes maladies. Je crois que vous ne vous ménagez pas suffisamment.

— Une grossesse n'est pas une maladie...

Olivier Martin allait riposter quand une serveuse virevoltante déposa devant eux deux Kir qu'ils n'avaient pas commandés. Marion s'étonna.

— C'est le patron, dit la serveuse. Pour les deux amoureux, il a dit.

Elle était déjà repartie. Olivier Martin la suivit des yeux tandis que Marion captait de loin le clin d'œil complice du restaurateur. Martin se pencha et lui prit la main, comme s'il ne faisait que poursuivre le flirt engagé au cours de leur premier dîner. Il attira les doigts de Marion jusqu'à ses lèvres et les y appuya, doucement, longuement. La jeune femme frissonna, toutes ses bonnes résolutions envolées.

— Je suis fou de vos mains, murmura-t-il. Elles sont fortes et fragiles à la fois. Sans fard, des mains qui travaillent. Elles sont à votre image.

« Comme les tiennes », pensa Marion de plus en plus troublée.

— Vous pourrez me pardonner pour l'autre soir ? J'ai été lamentable.

— Je ne sais pas. J'ai cru que vous étiez choqué par l'annonce de ma future maternité...

Il rit doucement sans lâcher sa main, celle qui portait l'anneau de Léo, qu'il roulait lentement entre ses doigts.

— Si vous ne m'aviez pas dit « je n'ai pas de mari... », je me poserais des questions.

— A cause de cet anneau ? Pas de mari ne veut pas dire : « pas d'homme ».

— C'est vrai, mais si vous en aviez un, vous l'auriez précisé.

Marion tourna la tête du côté de la fenêtre. Sur l'avenue, les voitures passaient dans les flaques en chuintant, de rares passants couraient sous l'averse qui redoublait. Vers quoi se hâtaient-ils ? Des amours sans issue ?

« Léo, pensa-t-elle avec désespoir, pourquoi n'est-ce pas toi qui me tiens la main ? »

— Je suis enceinte d'un homme qui vient de mourir, dit-elle d'une petite voix tremblante. Je ne suis pas sûre de pouvoir aimer encore. Pas autant, je veux dire.

Martin serra ses doigts, caressa du bout des siens les ongles nus, coupés court, examina la paume et les lignes nettes, bien dessinées, la ligne de vie interminable.

— Nous avons tout le temps, dit-il avec un sourire rassurant. Ne soyez pas inquiète, tout ira bien. Vous aurez votre petit et ensuite... ce sera seulement si vous voulez...

— Et vous, Olivier ?

— Moi ?

— Vous êtes libre ? Je veux dire...

— Je suis seul.

Marion cherchait à déceler sur son visage et dans ses yeux gris la part du vrai et du faux-semblant. C'était un travers acquis dans son métier que d'aller toujours regarder derrière le miroir. Ne jamais se satisfaire des apparences. Et ne pas croire sur parole un homme qui s'était fermé quand elle avait annoncé Nina, le bébé à venir, sa solitude mal vécue. Et qui, par instants, faisait quasiment des projets d'avenir avec elle.

Un doute l'effleura subitement : « Et si ce n'était pas à cause de ça ? De quoi avions-nous parlé juste avant ? » D'Horus et de sa griffe. De « l'affaire ».

Olivier Martin s'expliqua sans détour. D'une voix un peu rauque, altérée.

— Des enfants, j'en ai vu mourir par centaines. De famine, de la guerre. Le pire est de ne rien pouvoir faire. Ils tombent. Ils tombent encore. Vous êtes médecin, vous savez ce qu'il faudrait faire et vous ne pouvez rien pour eux. Pas d'équipements, pas assez de pharmacie, pas de chirurgiens. Localement, rien, le néant. On opère avec des couteaux dont nos bouchers ne voudraient pas. L'impuissance fait naître la culpabilité, très vite. Alors, l'évocation de la mort d'un enfant est toujours une frappe douloureuse. Parlez-moi de cette petite fille, vous voulez bien ?

Marion réfléchit rapidement. Son ange gardien, celui qui lui soufflait les bonnes attitudes mais qu'elle n'écoutait pas toujours parce qu'à la différence des anges, elle était de chair et de sang, son ange gardien donc, lui susurra de ne rien dire à cet inconnu.

« Ce n'est pas un inconnu, j'en suis presque amoureuse... »

« A plus forte raison... » Elle le fit taire et parla en quelques phrases de la mort de Lili-Rose, de ses soupçons quant à la conclusion de l'enquête, de Mikaël, de Nina, qui se souvenaient de ce jour-là. Il s'étonna :

— Après cinq ans ? Et vous avez retrouvé toutes les camarades de cette fillette ?

Marion répondit à ses questions sans entrer dans les détails. Elle ne parla pas de Jeanne ni de Denis. Elle lui fit seulement remarquer qu'il avait dû rencontrer ces fillettes, et notamment la petite morte, au Muséum avec leur maîtresse d'école. Et très certainement, c'était là que Lili-Rose avait trouvé la griffe d'Horus. Il l'écoutait sans broncher, les yeux mi-clos. Elle se tut et il lui sourit.

— Vous pensez qu'on l'a tuée, n'est-ce pas ?

— Oui, dit-elle simplement.

L'heure tournait. Elle devait aller faire des courses pour Nina et pour la maison. Echanger la robe d'Angèle, trop large, lui poster une autre robe à la bonne taille. Remplir les papiers remis par le gynécologue et les porter à la mutuelle... Passer au service, commencer à remplir les cartons. Vider son bureau. Son cœur fit un bond : elle avait oublié Quercy et son ultimatum. Et sa promesse à elle de conclure l'affaire Patrie et de le surprendre. Seigneur ! Comment caser Olivier Martin dans toute cette effervescence ?

Il la regardait, justement. Peut-être se posait-il la même question à son sujet. Il se leva après un coup d'œil à sa montre.

— Je dois téléphoner, dit-il, l'air préoccupé. Je reviens. Ne partez pas, surtout.

Marion rit sous cape. A peine leur montrait-on un peu d'intérêt que les hommes vous accaparaient tout entière ! Sa défunte mère disait : « Tu leur donnes ta main, ils te bouffent le cœur... » Sa mère était une mère amère.

Olivier Martin avait laissé son portefeuille en évidence sur la table après avoir demandé l'addition. Le rectangle de cuir noir attirait Marion comme un aimant.

« Ne fais pas ça, tu n'as pas le droit », protesta l'ange, qui la voyait venir.

« J'ai le droit de savoir où je mets les pieds... »

Elle fit glisser le portefeuille jusqu'à elle, l'ouvrit. Pas de photos. Un permis de conduire, des cartes de crédit. Une carte d'identité glissée entre les parois de cuir. Marion l'ouvrit rapidement. Sur la photo, Olivier devait avoir vingt ans. Il était éblouissant, avec plus de cheveux et moins de marques de souffrance. Martin, Olivier, Jean, né le 1er janvier 1960 à Saint-Etienne — Loire — 1,82 m. L'adresse était celle de sa mère, montée de l'Observance à Lyon.

Elle leva la tête. Olivier était là, à deux mètres d'elle. L'avait-il surprise en train de fouiller dans ses papiers ? Elle s'empourpra légèrement, des picotements désagréables sur les mains. Qu'est-ce qu'elle dirait s'il lui en faisait la remarque ? « J'ai eu tellement de déboires avec les hommes... Je veux savoir à qui j'ai affaire. Je vais vous passer au fichier, docteur Martin. » Il la traiterait de « sale flic » et tout serait fini avant de commencer.

Olivier se rassit, tira à lui l'addition, posa la main sur son portefeuille, fixa Marion qui se fit toute petite.

— J'ai eu MSF, dit-il, sérieux. Je repars la semaine prochaine pour une mission en Angola. Vous voyez, ça ne traîne pas...

56.

Le reste de l'après-midi était passé comme dans un rêve. Marion ne savait plus ce qu'elle devait penser. Olivier Martin paraissait toujours sur le point de lui déclarer sa flamme ou de lui demander sa main et elle le laissait faire. Tout allait trop vite. Quelque chose clochait. A l'annonce de son départ imminent pour un pays d'Afrique où il allait de nouveau se mettre en danger, elle avait senti se nouer une grosse boule du côté du plexus. Il en parlait si bien, de sa vie là-bas, des enfants qu'il fallait sauver, coûte que coûte. Pourtant, il mentait, il n'existait pas pour MSF et elle n'avait pas eu le courage de le lui dire.

Où qu'il aille et quelles que soient les raisons de son mensonge, il allait partir. Quand il reviendrait, s'il revenait, l'eau aurait coulé sous les pieds de la grande Marion. Si forte et si fragile, avait-il dit.

Elle remuait ces pensées en suivant la route qui la ramenait chez elle, lorsque, en abordant la longue courbe qui longeait le mur du centre des Sources, elle aperçut un groupe d'adolescents massés sur le trottoir. Elle reconnut la silhouette trapue et le catogan blond de Ludo et compris qu'il s'agissait du groupe de Mikaël Patrie. Alors qu'elle dépassait la petite troupe, elle devina qu'il se passait quelque chose. L'éducateur avait l'air contrarié. Elle mit son clignotant, s'arrêta sur le bas-côté et, après s'être assurée qu'aucune voiture n'arrivait, entama une marche arrière.

Ludo la reconnut aussitôt. Elle se pencha vers la vitre côté passager :

— Je peux vous aider ?

— Je veux bien, fit l'éducateur, l'air soulagé. Vous pouvez téléphoner au centre pour moi ?

— Bien sûr. Que se passe-t-il ?

— J'emmène un petit groupe voir un match de foot au stade Gerland. On n'est pas en avance et Mikaël s'est tordu la cheville, je crois qu'il a une entorse. Il a très mal. Si on retourne aux Sources, le match est fichu pour tous les autres...

— Je vais l'emmener, proposa Marion.

— C'est-à-dire que... Je ne sais pas si j'ai le droit de faire ça. Je préfère appeler M. Desvignes.

Marion n'eut pas à insister beaucoup pour qu'il se laisse convaincre. Une fois Mikaël installé dans la voiture, ceinturé et grimaçant de douleur, Ludo gratifia Marion d'un regard reconnaissant où elle lut que le foot, en fait, c'était au moins autant pour lui que pour les gamins.

« Nul n'est parfait », songea-t-elle.

Elle accompagna Mikaël à l'infirmerie des Sources et resta près de lui pendant que l'infirmier enveloppait sa cheville enflée dans une poche de glace. Ce n'était pas qu'elle avait le temps mais Mikaël se cramponnait à sa main et elle n'osait pas se libérer, de crainte de le fâcher.

Après les premiers soins, le médecin de l'établissement fit son apparition et ordonna que Mikaël soit conduit à l'hôpital pour une radio. Marion accepta d'attendre l'ambulance en compagnie de l'adolescent qui, sans comprendre exactement ce qui lui arrivait, se lamentait à cause de la kermesse du dimanche suivant à laquelle il craignait de ne pouvoir participer. Il bafouilla que son père viendrait, et sa mère. Et Lili-Rose aussi. Marion crut avoir mal entendu.

— Lili-Rose ? Tu crois que Lili-Rose va venir ?

Il hocha la tête avec force. Comme Marion le regardait bizarrement, il se mit à vociférer :

— Moi, pas poussé Lili-Rose. Lili-Rose ombée ans le puits. Moi pas poussé Lili-Rose.

Marion tenta l'apaisement. Mais Mikaël, tel un métronome déréglé, ne savait que répéter la même chose.

— Ce n'est pas toi, Mikaël, qui as poussé Lili-Rose, lui dit Marion en profitant d'une accalmie. Je le sais. C'est le monsieur. N'est-ce pas ?

— Voui, approuva l'adolescent en lâchant un long jet de salive. Monsieur.

C'était sans valeur, sans intérêt, les propos d'un gamin sans aucune fiabilité qui, de surcroît, venait de se casser la cheville et souffrait le martyre. Mais c'était plus fort qu'elle.

— Qui c'était le monsieur, Mikaël ? Tu t'en souviens ?

— Monsieur... (une longue tirade mâchouillée, incompréhensible) moi, Lili-Rose, le matin.

— Oui Mikaël, c'était le matin. Tu as raison. Mais le monsieur ?

— Broufilou, Lili-Rose, michouccouli... le matin.

Marion soupira. C'était inutile. Mikaël était rouge comme une tomate mûre à force d'efforts pour se souvenir et articuler. Son insistance ne faisait que provoquer des montées d'adrénaline chez le jeune garçon dont elle avait déjà éprouvé les grandes colères. Elle tenta autre chose :

— Ton vélo, tu te souviens de ton vélo ?

Il leva sur elle ses yeux enfoncés dans leurs orbites, inexpressifs.

— Vélo..., murmura-t-il sans comprendre.

— Tu avais un vélo, tu t'en souviens... un vélo jaune...

— Naaaan, cria-t-il en tendant le cou plusieurs fois, comme un dindon. Plus vélo, pedu, velo...

L'infirmier revenait avec un fauteuil roulant. Mikaël s'agrippa à la main de Marion pour qu'elle l'accompagne à l'hôpital. Elle se libéra de justesse.

— Dimanche, je viendrai dimanche, promit-elle.

A peine avait-elle regagné son véhicule que son téléphone portable sonnait. Il était tard. Nina, qui attendait son matériel de dessin, son compas, sa règle, devait s'inquiéter.

Ce n'était pas la fillette mais le permanent du fichier. Le pouls de Marion s'emballa. S'il l'appelait à 20 heures pour lui donner le résultat d'une consultation de routine, c'est qu'il y avait un problème.

— Patron, votre client... Olivier Martin...

— Il y a quelque chose ?

Sa voix avait pris le ton métallique propre à l'annonce des grandes turbulences. Et en effet il y avait quelque chose, lui confirma son interlocuteur. Ce qu'il lui dit était tellement énorme qu'elle fit une embardée avec la voiture et traversa la route, ratant de peu un camion stationné sur le côté gauche.

— Vous pouvez me répéter ça ?

L'homme s'exécuta. Aucun doute, elle avait bien compris. Olivier Martin avait un dossier au fichier régional. Deux archives. L'une concernait une plainte qu'il avait déposée plus de dix ans auparavant pour le vol d'une moto. Sans intérêt.

La seconde était celle d'une procédure établie à son encontre.

Motif : tentative d'homicide.

57.

Le lendemain, à 8 h 30, Marion avait le dossier entre les mains. Elle avait passé une nuit dramatique à se demander pourquoi tous les hommes qu'elle croisait sur sa route traînaient un passé pas racontable. Chaque fois, il y avait un lézard. S'agissant d'Olivier Martin, le lézard avait grossi, c'était un crocodile.

Elle lut et relut les pages imprimées, se demandant ce

qu'elle devait faire. Se précipiter chez lui ? Lui demander des comptes ? Aller au Parquet se renseigner sur la suite donnée à cette procédure de police curieusement abrégée ?

Vers 9 heures Lavot passa dans son bureau, inquiet de ne pas l'avoir rencontrée à la machine à café. Il lui trouva une tête d'enterrement. Elle n'osa pas lui avouer qu'elle enterrait un énième projet d'avenir avec un énième mauvais cheval...

— Mal dormi, éluda-t-elle, mais ma ligne de vie est longue...

Elle faillit rire de la tête éberluée de l'officier mais n'en eut pas la force.

— J'ai trouvé des adresses et des dossiers, lui dit-il après avoir débarrassé une chaise pour s'asseoir. Les gamins Patrie ont assuré les beaux jours de trois hôpitaux et de deux douzaines de médecins au moins. C'est impressionnant.

— Vous voyez ! J'en étais sûre. Il faut aller les voir et leur faire cracher le morceau. Je veux leur avis sur Jeanne et Denis Patrie et sur la possibilité que l'un ou l'autre ait tué sa fille.

— OK, soupira Lavot, mais j'en ai pour un moment. Vous venez avec moi ?

Le capitaine adorait enquêter avec son commissaire, monter des plans de bataille, aller à la « guerre » avec elle. Il appelait ça « sauter sur Kolwezi ». Malheureusement, Marion avait de moins en moins le temps d'aller sur le terrain. Elle déclina l'offre et s'enquit de Talon.

— Il a une foule de vérifications sur les cuirs-clous and co. Et il se prépare à la sortie de Denis Patrie. Demain matin. Il en attend beaucoup... J'espère pour lui que ça va marcher, ça le travaille trop, cette histoire.

— On verra bien, dit Marion en se levant. Moi, je sors.

58.

Le Muséum était d'un calme étrange. Aucun visiteur et du personnel en nombre limité. Quelque part, le vrombissement d'un aspirateur. Du côté des momies, Marion aperçut la silhouette replète du gardien Bigot mais comme elle n'avait nulle envie d'engager la conversation avec lui, elle fila directement vers l'escalier qui conduisait à la bibliothèque.

Comme lors de sa précédente visite, Judy Robin était seule dans son univers qui sentait l'encre et la poussière. Installée devant l'écran d'un ordinateur, elle pianotait d'une main sur le clavier, son bras droit inerte coincé entre son ventre et la table. Vêtue de blanc, elle semblait plus jeune encore et désarmée, malgré ses cheveux décolorés. Elle leva un regard indifférent qui se transforma brusquement en se posant sur Marion. Celle-ci n'aurait su dire ce qu'il contenait : rancune, hostilité, reproches, envie, ou tout à la fois. Judy répondit à peine à son bonjour mais cliqua sur sa souris plusieurs fois pour éteindre son écran comme si elle se préparait à un entretien de longue durée.

— Vous êtes encore venue me parler de Martin ? fit-elle avec une pointe d'agressivité. Vous l'avez trouvé, pourtant. Je vous ai vus ensemble, en bas, dans la galerie d'anatomie.

— Il n'est pas venu vous dire bonjour ?

Judy partit d'un rire forcé :

— Vous plaisantez ?

— C'est à cause de vos jambes que vous ne vous voyez plus ?

— Je ne souhaite pas en parler.

Judy leva les yeux au plafond et les scotcha à une fissure qui sinuait entre les poutres. Il sembla à Marion que la sombre opacité de son regard se brouillait, les larmes étaient près de jaillir.

— Il faut pourtant que nous en parlions, reprit-elle avec

patience. Quand je vous ai vue ici, la première fois, vous m'avez demandé si je cherchais le docteur Martin pour l'arrêter. Vous avez dit cela à cause de votre accident ?

— Accident..., ricana Judy en fixant de nouveau Marion. Je vous dis que je ne veux pas en parler. Allez-vous-en ! Laissez-moi tranquille !

Sa voix, profonde et agréable quand elle ne la forçait pas, grimpait dans les aigus et Marion se demanda comment elle allait amener cette jeune furie aux confidences. Elle laissa passer quelques secondes, le temps pour Judy d'allumer une cigarette blonde et d'en souffler la fumée dans sa direction, par pure provocation.

— Ecoutez, dit Marion d'une voix plus ferme, presque autoritaire. Ce n'est pas vous qui décidez de ce que je dois faire ou non. Il y a quatre ans et demi, vous avec déposé plainte contre Olivier Martin pour tentative d'homicide. Je veux que vous me racontiez ça.

Rire amer, moue dépitée de Judy :

— Ça n'a servi à rien, on ne m'a pas écoutée. Vous pensez ! Lui, le médecin qui luttait contre les exterminateurs au Rwanda ! Un héros. Et moi, une pauvre petite équarrisseuse de merde... Vous savez qu'autrefois ces gens étaient des pestiférés... Les cacous, on les appelait...

— Qu'est-ce qui s'est passé ?

— Quand ?

— L'accident.

La jeune femme manœuvra son fauteuil roulant pour se dégager de la table. Elle révéla ses jambes mortes et baissa la tête vers elles comme pour leur demander l'autorisation de raconter leur histoire. Marion s'accouda au comptoir étroit qui la séparait de Judy. Quand celle-ci releva la tête, ses yeux noirs incendiaient l'espace. Une tueuse en puissance.

— Il sera puni ?

Marion haussa les épaules. Que répondre ?

Que souhaitait vraiment Judy, sinon abolir le temps, revenir à celui de ses jambes qui couraient dans les herbes hautes et s'ouvraient à l'homme qu'elle aimait ? Marion allait encore fouiller dans les plaies, sans pitié. La fille blonde platine le savait mais sa poitrine qui se soulevait par petits coups brefs disait qu'il était temps de vider l'abcès.

— J'ai rencontré Olivier ici, au Muséum, attaqua Judy d'une voix incertaine. J'avais vingt-cinq ans, je terminais mes deux années de formation de taxidermiste à Meaux. Il avait besoin de quelqu'un et il m'a choisie parce que j'avais aussi une licence de biologie animale, spécialité ornithologie. Il m'a aussitôt draguée. Nous étions libres tous les deux, j'ai laissé faire. Ce n'était pas désagréable et il est plutôt beau mec. Du moins il l'était, car je ne sais ce qu'il est devenu, avec l'Afrique...

Elle quêta l'information chez Marion qui, d'un mouvement des lèvres, indiqua que cela ne lui avait pas nui. Judy serra les lèvres et sa main valide s'agrippa avec force au montant de son fauteuil.

— Ouais, grinça-t-elle en guise de commentaire. Je pense que vous êtes tout à fait son genre.

— Ce n'est pas de moi dont il s'agit, coupa Marion, déterminée à ne pas entrer dans son jeu.

— On est sortis ensemble deux, trois mois et j'ai vite compris que ce type avait un truc qui n'allait pas.

— C'est-à-dire ?

— Déjà, il s'est accroché à moi comme à une bouée. Il disait qu'il m'aimait, qu'il voulait m'épouser. Pour moi, c'était hors de question. Ce n'était qu'un flirt sans lendemain. Je sortais d'une histoire d'amour compliquée, pas question de remettre ça. Et puis, le reste...

— Le reste ? Vous voulez dire le sexe ?

— Oui, fit Judy avec une lueur bizarre dans ses yeux laqués. Ça n'était pas vraiment ça... Je crois, je suis sûre même, que Martin n'aime pas les femmes. Son plaisir, il le prend ailleurs.

— Avec des hommes ?

Les mots écorchaient la bouche de Marion. L'histoire se répétait indéfiniment et elle se demanda s'il existait au monde un homme à son goût, un seul, dont jamais elle n'aurait à se demander s'il n'était pas homosexuel, pédophile, nécrophile, zoophile, échangiste, sado-maso... Un homme « normal », y avait-il un seul homme « normal » ?

— Je ne sais pas, fit enfin Judy, mais ce n'est sûrement pas très joli. Vous n'avez qu'à chercher, c'est votre boulot.

— Pourquoi vous demander de l'épouser, dans ces conditions ?

— Pour avoir une couverture, un statut. Et il se disait amoureux. Ça n'est pas incompatible.

En effet, ça ne l'était pas. Marion avait tout vu : des hommes très épris de leur femme qui se travestissaient le soir pour se prostituer dans les quartiers chauds. De bons pères de famille qui avaient une deuxième vie avec un homme. Sans parler des grands-pères respectables qui faisaient plusieurs fois l'an du tourisme sexuel en Thaïlande.

— J'ai vite arrêté les frais, conclut Judy et Marion se souvint que Martin lui avait laissé entendre que c'était lui. Bizarre comme les gens refusent d'admettre qu'on les ait quittés...

— Un soir d'été, il y a cinq ans, j'étais en vacances mais pas encore partie. Olivier est arrivé chez moi dans un état indescriptible. Hors de lui, agité, incohérent. Impossible de lui tirer deux phrases sensées. Il ne faisait que dire qu'il m'aimait, qu'il voulait que nous partions ensemble, sur-le-champ, en Afrique.

— Pourquoi là-bas ? Cela faisait partie de ses projets ?

— Non ! Ses projets c'étaient les expositions sur l'Egypte et les momies qu'on trimbalait d'une ville à l'autre, en France et dans toute l'Europe. Jamais il n'avait parlé de l'Afrique. Quand il a compris que je ne le suivrais pas, il m'a suppliée à genoux de jurer, si on me le demandait, qu'il avait passé la journée avec moi. J'ai refusé car il ne voulait pas me dire pourquoi je devais faire ça pour lui. Il est devenu fou. Il m'a secouée, bousculée. Je suis tombée et me suis éclaté le front contre le coin de la table. La vue de mon sang l'a déchaîné. Il criait que j'étais à lui, que je lui appartenais. Des conneries de ce genre. J'ai eu si peur que je n'ai pensé qu'à me tirer le plus vite et le plus loin possible. Je suis sortie et j'ai couru sur la route. J'espérais rencontrer quelqu'un mais il n'y avait personne. J'ai entendu le bruit du moteur de son 4×4. Un gros Range Rover. Il est arrivé derrière moi et au lieu de me cacher, j'ai continué comme une conne, complètement affolée, à courir sur la route. Je l'ai entendu accélérer. J'ai senti la chaleur du camion en même temps que le choc dans mes reins. Il paraît que c'est la roue arrière droite qui m'a écrasé les lombaires...

Le silence se posa, fragile. Marion avait lu la déposition de Judy et sa plainte. Elle avait beau se concentrer, elle n'arrivait pas à imaginer le docteur Martin dans le rôle que décrivait la jeune infirme. Il n'y avait pas trace d'une audition d'Olivier dans le dossier et rien qui indiquât les suites judiciaires de cette affaire.

— Il a été interrogé en Afrique, expliqua Judy mais, d'après mon avocat, il a donné une tout autre version des faits, évidemment, et on l'a cru. C'était facile pour lui, c'était un médecin exemplaire, moi je n'étais qu'un corps sur un lit d'hôpital. J'y suis restée un an. Plus un an en rééducation à mi-temps. Pour rien.

— Et aujourd'hui ?

— Le Parquet a décidé de ne pas le poursuivre. On a estimé que le fait qu'il ait appelé les secours et m'ait prodigué les premiers soins n'était pas la conduite d'un criminel. Et il n'y avait aucun témoin, c'était ma parole contre la sienne. Un scandale. A la place d'un procès on m'a proposé un gros paquet de fric. D'abord, j'ai refusé. Et puis...

Elle loucha sur ses jambes mortes, sur son bras atrophié. Marion n'insista pas. Judy avait refusé puis accepté l'argent. Maudit argent dont elle, comme ses semblables, ne pouvait se passer. Une infirmité comme la sienne, c'était l'obligation de tout réaménager : transport, maison, aide à domicile, soins... Maudit argent qui avait le pouvoir de faire taire les plus grandes douleurs.

— Pourquoi Martin était-il aussi pressé de partir ? demanda Marion tandis qu'au loin, une porte battait avec violence.

— Je l'ignore mais ça devait être grave. Il était bouleversé, méconnaissable.

— Vous êtes sûre de ne pas connaître la raison de cette panique ? insista Marion qui sentait, à d'infimes contractions du visage de Judy, à ses yeux qui fuyaient, que celle-ci lui cachait l'essentiel.

— Tout ce que je peux vous dire, c'est la date. C'était le 4 juillet 1995.

Comment Marion aurait-elle oublié cette date ?

— Quand Olivier Martin est arrivé chez moi, je regardais la retransmission sur CNN des fêtes de l'indépendance des Etats-Unis, à New York. Ma mère est américaine et j'ai vécu là-bas... Et puis, honnêtement, vous croyez que je peux oublier un jour comme celui-ci ?

Marion hocha la tête. Il est de ces dates tragiques qui restent à tout jamais marquées, inscrites dans les mémoires par le sang versé.

Le sang de Judy. Celui de Lili-Rose Patrie. Le 4 juillet 1995 était aussi le jour de sa mort.

59.

Si Marion avait eu un peu de lucidité, elle se serait interrogée sur la relative facilité avec laquelle Judy Robin lui avait raconté son histoire et se serait méfiée de ses assertions sur les prétendues dissonances sexuelles d'Olivier Martin. Désinformer une rivale possible était dans l'ordre des choses. Infiltrer le doute, le laisser croître, l'arroser de temps en temps... Mais Marion n'était plus assez sereine et c'est sur une pure impulsion qu'elle débarqua montée de l'Observance.

Olivier Martin était occupé à classer et trier des papiers. Un carton ouvert au milieu du salon recevait les documents à garder, un tas de déchets grossissait à côté. Il ne dissimula pas sa surprise en accueillant la jeune femme d'autant qu'elle lui parut particulièrement agitée. Mais quand Marion le vit, en Lacoste vert foncé et bas de jogging gris, pieds nus, les doigts noircis par l'encre d'imprimerie et la poussière, elle éprouva de la honte. Son regard était clair et tout, dans son visage tendu vers elle, disait que cet homme ne pouvait pas mentir. Elle se sentit stupide avec ses questions qui lui bloquaient la gorge.

— Que se passe-t-il ? dit-il anxieux. C'est grave ?

— Oui.

— Nom d'un chien. Venez vous asseoir ! Voulez-vous un thé, un café ?

Elle refusa d'un signe de tête et, au lieu de prendre un siège comme il l'en priait, elle se mit à arpenter le salon en enjambant le carton et le tas de papiers déchirés, dans un sens, dans l'autre...

— Expliquez-vous, Marion !

Elle se planta devant lui et pointa son index sur son buste.

— Mon prénom c'est Edwige. Marion c'est mon nom. Je voulais vous épargner ça mais après tout, il n'y a pas de raison.

Martin attrapa son doigt et d'un geste vif l'attira contre lui. Il éclata d'un rire bref et elle sentit contre sa poitrine la puissance de son souffle, l'écho assourdi d'un monde secret et contre son ventre la forme renflée qui venait à sa rencontre, offerte, prête. Son propre trouble qui faisait mollir ses jambes la paniqua et elle se détacha avec brusquerie.

— Je viens de voir Judy Robin, dit-elle d'une voix sèche. Elle m'a tout raconté.

Olivier pâlit, tout signe de joie avait disparu de son visage. Il enfonça ses poings serrés dans les poches de son jogging.

— Ah !

— J'aimerais connaître votre version, s'il vous plaît. J'ai lu le dossier aux archives de la PJ. Il y manque vos explications.

Olivier Martin soupira, douloureux. Son regard erra sur la pièce qu'il était en train de vider. Méthodiquement, comme s'il cherchait un repère, un objet familier auquel se raccrocher avant de déballer sa vie à la femme immobile devant lui, l'air accusateur.

— J'ai grandi ici, dit-il très vite. Mon père est mort quand j'avais cinq ans. Je suis fils unique et ma mère m'a étouffé de ses soins bienveillants. J'étais un petit garçon gentil, obéissant, travailleur. Mais pour elle, ce n'était jamais assez. J'ai passé ma vie à essayer d'être ce qu'elle voulait que je sois, « pour mon bien » comme elle disait. Sans frère ni sœur auxquels me mesurer, je n'avais pas le choix. Quand j'ai connu les femmes, je n'ai fait que tomber sur le même genre qu'elle. Vous avez remarqué ? C'est immuable. Notre éducation nous a mis un schéma dans la tête et le cœur et on y replonge toujours. Bref, je ne savais pas dire non aux femmes. Judy Robin s'est jetée sur moi dès son arrivée au Muséum. Elle venait de se faire larguer par un homme plus âgé, j'étais moi-même dans une histoire pas simple, je n'ai pas dit non. Comme nous travaillions ensemble ça a vite été l'enfer. J'ai mis un terme à l'histoire mais il me semble vous l'avoir déjà expliqué.

— Vous allez me dire qu'elle était amoureuse de vous et que, ne pouvant se résigner à votre séparation, un soir de juillet 1995, elle vous a appelé auprès d'elle sous un prétexte quelconque. Elle s'est jetée sur vous. Vous avez résisté, elle s'est énervée. Vous avez voulu partir, elle a voulu vous en empêcher et elle s'est balancée sous les roues de votre 4×4.

Marion s'arrêta, hors d'haleine. Olivier inclina la tête plusieurs fois.

— C'est à peu près ça en effet. Sauf que Judy était ivre et bourrée de Prozac. Les deux ne faisant pas bon ménage, elle n'était pas énervée mais carrément hystérique. Je suis parti chercher de l'aide car elle refusait de me suivre et de m'écouter et j'avais peur qu'elle fasse une bêtise.

— Pourquoi n'y a-t-il aucune trace de vos déclarations dans le dossier ?

— J'ai été entendu à l'ambassade de France à Kigali. Le dossier a été transmis à Paris. Ensuite je ne sais pas. Mon avocat m'a fait savoir que la justice avait requalifié la tentative d'homicide en blessures involontaires, puis classé l'affaire. Les assurances se sont arrangées entre elles.

— Et Judy ?

— J'ai pris de ses nouvelles. Je l'ai aidée de mon mieux. Que pouvais-je faire de plus ? L'épouser ?

Marion scruta son visage tourmenté.

« Autre cloche, autre son », disait sa mère. En temps normal, elle aurait eu tendance à faire confiance à la clairvoyance de la justice mais à la lumière de l'affaire Patrie, son point de vue avait évolué. Elle repartit à l'attaque :

— Judy prétend que c'est ce jour-là que vous êtes parti pour l'Afrique.

— Non. Le lendemain. Je ne pouvais rien pour elle, elle était entre des mains qualifiées et ..

— Vous partiez à cause de ce qui venait d'arriver ou pour fuir autre chose ?

— Ni l'un ni l'autre. Je ne comprends pas...

Marion le fixa intensément. « On va voir si tu dis la vérité, Martin... »

— Judy affirme que vous vouliez qu'elle fasse un faux témoignage à votre bénéfice. Qu'elle jure que vous aviez passé la journée ensemble, le 4 juillet 1995, vous vous souvenez ?

— Je ne risque pas de l'oublier.

Comme Judy. Il reprit, l'air tragique :

— Je ne comprends pas cette histoire de faux témoignage.

— C'est pourtant simple : Judy pense que vous aviez fait quelque chose de grave et que c'est pour cela que vous vous enfuyiez en Afrique.

— C'est absurde.

— Je ne demande qu'à vous croire.

Il y avait une requête urgente dans la voix de Marion. Olivier ne pouvait pas ne pas s'en apercevoir, ne pas comprendre ce qu'elle sous-entendait. « Si tu ne me dis pas la vérité maintenant, rien ne sera jamais possible entre nous... »

— Je ne m'enfuyais pas en Afrique. Je *partais* pour l'Afrique. Je veux dire par là que mon départ était programmé depuis longtemps. Plusieurs mois. J'avais gardé l'affaire secrète car je ne partais pas seul et du côté de ma... compagne, les choses n'étaient pas simples.

— Mariée ?

Il acquiesça, plus pâle et plus tendu.

— Judy était au courant ?

— En principe, non. Mais elle était pire qu'une sangsue avec moi et il est possible qu'elle ait découvert la vérité. Quand elle m'a appelé, le soir du 4 juillet, elle devait en effet savoir que j'allais partir et elle voulait tenter de m'en empêcher.

— Pourquoi étiez-vous si bouleversé, docteur Martin ?

— Parce que...

Il s'interrompit, la voix cassée. Une émotion violente tirait sur son visage des lignes profondes.

— ... je venais de perdre un être cher. Très cher.

— Qui ?

— Ma fille.

Une intense stupeur prit la place de la curiosité chez Marion. Elle savait ce qui allait suivre mais elle ne pouvait pas y croire. C'était impossible. Elle dit dans un souffle :

— Lili-Rose ?

— Oui. Lili-Rose.

60.

— Martin est le père biologique de Lili-Rose. Jeanne Patrie était sa maîtresse depuis cinq ans. Leur liaison était restée cachée car Jeanne hésitait sur le parti à prendre. A cause de Mikaël, mais aussi de son mari, auquel elle était attachée malgré tout. Jeanne a été maltraitée dans son enfance et Denis l'a en quelque sorte sauvée. La pression amoureuse de Martin, au printemps 95, l'avait conduite à envisager de placer son fils et de partir avec son amant et la petite Lili-Rose. Ils avaient opté pour l'Afrique et Martin avait monté son dossier MSF sous un pseudonyme, ce qui explique que je ne l'aie pas trouvé sur les listes de l'ONG. Il se méfiait de Denis Patrie et plus encore de Judy.

La nuit était arrivée comme par mégarde et Marion, encore abasourdie, en oubliait d'éclairer son bureau. Talon s'en chargea en tirant d'un coup sec le cordon de la lampe. Elle cligna des yeux et fixa tour à tour ses deux lieutenants.

— C'est insensé, cette histoire, non ?

— Mais non, dit Talon pragmatique, c'est logique. Tout ce que vous apprenez aujourd'hui était quasiment indécelable il y a cinq ans. Jeanne était hors circuit, Martin parti, Judy Robin à l'hosto, les gamines trop jeunes, Mikaël pas fini...

Marion prit sa tête dans ses mains :

— Denis Patrie avait peut-être appris la vérité sur la filiation de Lili-Rose. Si ça se trouve, c'est lui qui s'en est pris à la petite pour mettre le projet de sa femme et de son amant en échec.

— Vous ne croyez plus à la culpabilité de la mère ou du frère, alors ?

Lavot avait croisé les mains sur son ventre qui débordait la ceinture de son jean. Talon renifla discrètement et frotta son nez qui le démangeait à cause du rhume.

— Je ne sais plus, avoua Marion. Vraiment, je ne sais plus quoi penser. C'est comme un coup de grisou, je suis assommée.

Du couloir, un cri, presque déjà familier, s'éleva. Marion sursauta et Lavot se mit à rire.

— Eh oui, dit-il, c'est votre sœur, Jennifer. Elle est revenue.

— Comment ça, revenue ?

— Les « bleus » l'ont repérée qui rôdait près de l'entrée du garage.

— On l'a identifiée ? Je veux dire, elle a des papiers ?

— Je suppose. Elle habite un hôtel près de la gare. Vous voulez qu'on vérifie ?

— Mais non, je m'en fiche... Les « bleus » n'ont qu'à s'en occuper. On a autre chose à faire.

— Moi, dit Talon, sérieusement, ça m'intrigue, cette sœur tombée du ciel.

— Moi, l'imita Marion, ça me gonfle.

Elle tourna la tête avec humeur. Dans le mouvement, elle aperçut l'ours en peluche sauvé de la poubelle par

Nina et qui semblait assoupi lui aussi, sur son étagère, entre un Code pénal et une paire de menottes cassées.

« Je devrais peut-être aller la voir, songea-t-elle. Pour savoir à quoi elle ressemble... »

— J'ai identifié et rencontré quelques-uns des médecins qui ont suivi les enfants Patrie, reprit Lavot. Il se pourrait bien que vous ayez raison. Jeanne était bizarre. La plupart du temps, elle leur amenait les enfants, l'un ou l'autre, décrivait les symptômes de la maladie et exigeait du médecin l'approbation de son propre diagnostic. En général les médecins ne marchaient pas dans la combine mais ils n'avaient pas le temps de vérifier quoi que ce soit car ils ne la revoyaient plus jamais. Je n'en ai trouvé qu'un qui avait accepté le « jeu ». Par faiblesse ou par conviction, je ne sais pas trop. Il n'est pas vraiment fier de lui et j'ai eu du mal à le convaincre de me rencontrer... Je continue à chercher ?

— Oui, oui, dit Marion lointaine. Il faut continuer.

— Vous avez évoqué Denis Patrie et sa possible envie de les détruire, fit Talon qui luttait contre l'envie d'éternuer, mais vous oubliez l'ex-amie de Martin, Judy Robin.

— Et votre docteur Martin, renchérit Lavot, il est pas très clair, je trouve. Pourquoi il vous a rien dit de cette prétendue paternité avant aujourd'hui ? La première fois que vous avez prononcé le nom de la petite, par exemple. On devrait continuer à fouiller son passé. Je suis sûr qu'il en a sur la conscience.

Talon était d'accord avec son collègue, il en rajouta même :

— Je vais vérifier auprès de MSF, il vous a peut-être raconté des salades. Quel est le pseudo qu'il utilise ?

Marion réalisa qu'elle avait oublié de le lui demander et Talon dit qu'il se débrouillerait avec l'organisation. Elle se pencha vers eux :

— Vous voyez, vous y venez aussi à mes théories fumeuses...

Quand ils furent sortis et que le silence des soirs sans affaires et sans GAV eut repris possession des longues travées de la PJ, elle prit dans ses mains le nounours dépenaillé et se dirigea lentement vers le fond du couloir. La femme grise n'y était plus. Un gardien qui passait pour éteindre les lumières dans les bureaux lui fit savoir que Jennifer avait été descendue en cellule de dégrisement.

Poussée par le besoin d'en savoir plus sur cette « sœur » obstinée, Marion descendit dans la zone cellulaire. Il y régnait une température fraîche et humide à cause de l'eau sale qui suintait des murs et des plinthes. L'alignement des portes closes et leurs énormes verrous métalliques, faiblement éclairés par des lumignons jaunâtres, auraient donné la chair de poule à un profane. Marion en avait l'habitude. Pourtant, elle frissonna tandis que le gardien faisait claquer la serrure. Jennifer, la femme grise, avait un bonnet noir sur la tête. Assise dans l'angle du bat-flanc, le menton appuyé sur sa poitrine et les bras enserrant ses genoux, elle dormait profondément. Un léger ronflement s'échappait de ses lèvres et quand Marion se pencha vers elle, s'attendant à renifler les remugles habituels de vinasse, de vomi et d'urine, c'est une odeur légère, un peu sûre, qu'elle perçut. Un mélange de lait caillé et de jasmin qui la décontenança. Elle contempla la femme endormie avec acuité, cherchant un signe, une ressemblance. Une sœur ! Que n'aurait-elle donné à cet instant pour avoir eu une sœur, une « fratrie du même genre », une autre elle-même à la fois proche et différente ? Mais Jennifer dormait, loin d'elle, inaccessible.

Doucement, Marion posa l'ours en peluche contre ses genoux serrés.

61.

La lumière instable de l'écran de télévision accueillit Marion. Détonations sourdes, ploufs des corps tombant dans des marais aux couleurs étrangement vives, bruitages de cinéma aux relents de science-fiction. Assise en tailleur, le buste droit, Nina ne l'entendit même pas arriver. Raide de concentration, la fillette laissait parfois échapper une onomatopée discrète mais, sur l'écran, la silhouette incomparable de Lara Croft tenait toujours debout et avançait, d'obstacle en péril, implacable. A l'évidence, Talon était passé par là en fin d'après-midi.

Marion distingua la forme de Lisette qui somnolait, tassée sur le canapé, les jambes recouvertes d'un vieux duvet marron que Marion utilisait autrefois, quand elle faisait la Jeannette dans le Morvan. Vingt fois jeté, vingt fois tombé à côté de la poubelle, autant de fois remis en service. Elle toussota pour attirer l'attention de Nina, qui sursauta :

— Tu m'as fait peur ! Oh merde !

— Nina !

— Ben regarde, tu m'as fait rater le passage dans les flammes. Il faut que je recommence tout.

— Je crois qu'il faut surtout que tu commences à penser à ton lit.

— Regarde, maman, une seule fois. Je te montre et j'y vais.

— D'accord, dit Marion en s'asseyant près d'elle.

Lara Croft recommença à s'agiter, sa taille étranglée entre une poitrine imposante et un fessier en amphore, bardée de fusils. Marion fronça les sourcils. Elle allait dire deux mots à Talon. Lara escaladait les murs, pourfendait des monstres, évitait d'affreux gorilles écumants. Prodigieuse d'habileté, Nina la baladait entre des ponts-levis explosifs et des murs supposés infranchissables. Les armes expulsaient de longues flammes fluorescentes. Le pont-levis se leva. Des douves aux eaux vertes jaillirent deux autres monstres. Nina franchit une nouvelle étape, excitée.

— Ouais ! C'est la première fois que je viens jusque-là. Tu me portes chance, Marion !

Parfois, sans que Marion comprenne pourquoi, Nina oubliait d'appeler Marion maman. Elle se contracta et après quelques pressions sur les manettes, une porte s'ouvrit, découvrant un jardin. Des arbres, un ruisseau, un puits. Lara, une arme à la main. Nina se figea. Lara aussi, un centième de seconde de trop. D'un revers assassin, le monstre qui surgit du puits l'envoya valdinguer dans l'eau où elle sombra aussitôt.

Nina contempla l'écran, lointaine.

— Ninette, au lit à présent, gronda Marion. Tu joueras demain, c'est mercredi.

Nina rêvassait :

— Ça m'a fait tout drôle...

— C'est normal, tu n'as pas l'habitude. J'aurais préféré que Talon te prête un autre jeu.

— C'est celui-là que je voulais. Mais c'est pas ça qui me fait drôle...

— C'est quoi, alors ? demanda Marion en se levant tandis que Lisette, réveillée par leurs voix, émergeait lentement de son sommeil.

— Ça m'a rappelé le jardin de Lili-Rose...

Marion se tourna vers Nina dont le front se barrait dans l'effort qu'elle faisait pour rameuter les images de sa petite enfance.

— Il y avait une femme dans le jardin, murmura-t-elle enfin.

— Tu avais dit un homme...

— Un homme et une femme. Elle était comme Lara, brune, avec de longs cheveux, et elle avait une arme à la main.

— Vous devriez la laisser tranquille avec cette histoire...

Lisette nouait son foulard devant le miroir de l'entrée. Marion, dans la cuisine, repassait un jean et un sweat-shirt pour Nina. Les averses fréquentes avaient rafraîchi la température. Les shorts et les débardeurs n'étaient plus de saison et Marion avait du retard dans ses travaux domestiques.

— Ça la perturbe trop, ces souvenirs, insista la grand-mère.

Le fer à repasser lâcha un jet de vapeur. Marion leva la tête vers Lisette en lissant une manche du plat de la main.

— Je ne lui ai rien demandé, ce soir... C'est elle qui...

— Bien sûr, la coupa Lisette. Mais il n'en reste pas moins qu'elle y pense beaucoup trop.

Le taxi lança un appel de phares qui incendia les gouttes d'eau en équilibre sur les carreaux de la porte.

— Vous me l'amenez tôt, demain ? interrogea Lisette, la main sur la poignée.

— Pas trop, non, je vais traîner un peu...

Marion voulait dire : ranger la maison, faire une lessive, aider Nina à préparer ses affaires, vérifier les listes de fournitures, les devoirs...

— Vers 9 h 30, ça va ? Je la reprendrai en début d'après-midi...

— Ah bon ? Mais on devait aller au cinéma toutes les trois !

— J'ai un autre projet.

62.

Nina boudait à l'arrière de la voiture.

— On devait aller voir *Taxi 2*, avec mammy... Pourquoi on a changé de programme ?

Quand Marion le lui dit, histoire de ne rien lui cacher d'important, elle décolla de son siège.

— Ah non ! s'écria-t-elle, les joues subitement marbrées de rouge, pas le Muséum. Je hais cet endroit. Ça pue, c'est moche.

— Tu plaisantes, Nina ! On ne doit pas parler de la même chose. Tu vas voir, il y a de belles momies...

— Je m'en fiche de tes momies.

— On va faire un tour là-bas après déjeuner, pas longtemps, je te le promets. Ensuite, on va au cinéma... D'accord ?

63.

Talon pianotait un air mystérieux sur le volant de la Peugeot. Lavot, à l'arrière, lisait *Le Progrès de Lyon* en poussant une exclamation de temps en temps. Marion, perdue dans ses pensées, fixait la porte de la prison Saint-Paul.

A 10 h 15, son portable chantonna *Amazing Grace.* Elle décrocha, écouta, remercia, referma l'engin.

— Il arrive, annonça-t-elle.

Denis Patrie se trémoussait sur sa chaise depuis un bon quart d'heure. Un mois de détention, les cheveux raccourcis, le visage décongestionné mais, sur sa peau, les traces encore visibles de ses abus.

En face de lui, Lavot, appuyé contre le bureau, espérait l'impressionner.

— Il est mal à l'aise, souffla Talon dans l'oreille de Marion qui se tenait en retrait.

Denis Patrie se retourna d'un bloc vers eux, pas ému pour un sou :

— J'ai envie de pisser, dit-il.

Il eut besoin d'un café fort pour émerger de l'apathie qui voilait ses yeux aux contours injectés de sang. Quand Marion décida enfin d'attaquer le sujet du jour avec lui, sa surprise sembla sincère.

— Lili-Rose ? Vous m'avez arrêté pour me parler de Lili-Rose ?

Il venait de dire « arrêté », ce que Talon se hâta de noter. Denis Patrie se laissa aussitôt aller en arrière, détendu. Il n'avait pas envisagé un instant que feu sa fille puisse encore intéresser la police.

Marion précisa le sens de sa démarche, ses soupçons et le rôle qu'avaient pu jouer les différents acteurs de l'histoire, sans dévoiler le point de départ de cette nouvelle enquête : les petits souliers. Elle se contenta de demander à Denis Patrie s'il lui arrivait d'aller jusqu'à son ancienne ferme.

— Pourquoi j'irais là-bas ? C'est fini tout ça.

Quand elle évoqua Jeanne et son attitude suspecte, parce que trop « protectrice », avec Mikaël et Lili-Rose, il se dressa sur son siège :

— Ma femme aimait ses enfants plus que tout, qu'est-ce que vous voulez insinuer ?

Les arguments de Marion ne franchirent pas les limites de son front buté. Si Jeanne avait été une mère maltraitante, elle l'avait été de manière subtile. En tout cas, son mari n'avait rien vu ou rien voulu voir. Il admit seulement que les enfants étaient souvent malades et que Jeanne avait des accès de déprime qu'il attribuait au surmenage. Il ne l'avait pas revue depuis qu'elle avait été internée et il vivait au jour le jour, avec des copains, comme lui mal remis des promesses fumeuses du printemps 1968. Cette allusion au squat de la rue des Haies fit remonter son inquiétude d'un cran et il jeta à Talon un regard anxieux. Comme s'il avait identifié en lui l'adversaire dont José Baldur lui avait parlé en taule. Lavot était sorti prendre un café et il tardait à revenir.

Marion ramena Denis Patrie à son affaire en évoquant Olivier Martin.

— Ce petit toubib ! siffla-t-il avec mépris. Avant qu'il entre au Muséum, il était médecin à SOS. C'est comme ça qu'on l'a connu... Il était venu un jour pour les enfants. Je sais ce que vous pensez, mais c'est du pipeau. Jeanne n'a jamais couché avec lui...

— Le docteur Martin prétend le contraire. Et aussi que Lili-Rose était de lui.

Il s'agita sur son siège.

— J'ai entendu ces foutues conneries. Mais Lili-Rose est *ma* fille. J'en ai la preuve.

— Comment ça ?

— J'ai fait faire des analyses génétiques. Je ne voulais pas que ce prétentieux bourgeois ait un jour l'idée de la revendiquer...

Quelque chose pinça le cœur de Marion sous son sternum. Les mots de Denis Patrie résonnaient en elle comme des échos de sa propre histoire.

— Pourquoi n'en avoir rien dit au moment de la mort de Lili-Rose ? demanda-t-elle en s'efforçant de conserver un ton neutre.

— On ne me l'a pas demandé. Jeanne m'avait fait jurer le silence. Je ne voulais pas que ces inventions s'ébruitent.

— Pourtant, vous avez les idées larges en matière de sexe..., ne put s'empêcher d'intervenir Talon.

Marion l'arrêta d'un regard glacé. Elle vint se placer devant Denis et croisa les bras :

— Vous saviez que Jeanne allait partir avec lui ? Et Lili-Rose ?

— Bidon ! s'exclama Denis. C'est lui qui vous a raconté cette connerie ? Oh putain ! si je le retrouve celui-là !

— C'est la vérité ?

Denis Patrie avança le cou et Marion sentit son odeur, un mélange de savon bon marché et de cheveux mal lavés. Elle recula et répéta sa question.

— Non ! cria Denis. La vérité est que cet enfoiré ne voulait pas admettre que Jeanne refuse de le voir. Il avait flashé sur elle, ça durait depuis des années. Il s'obstinait, c'était pas croyable. Une obsession. Ce bourge de rien du tout n'imaginait pas qu'elle puisse me préférer à sa petite personne. Il a voulu lui forcer la main pour qu'elle le suive...

— Jeanne était prête à le faire. Elle cherchait à placer Mikaël...

Denis se mit à rire en secouant la tête avec force :

— Vous rigolez ? C'est moi qui voulais le placer. Il devenait trop... difficile. Elle n'était pas d'accord.

— Vous voulez dire qu'il était violent ? Avec sa petite sœur ?

Il gratifia Marion d'un regard en dessous puis la jaugea quelques secondes pour tenter de comprendre où elle voulait en venir.

— Ecoutez, dit-il enfin. Vous êtes à côté de la plaque. Je ne sais pas ce qui s'est passé avec Lili-Rose. Je n'étais pas là et je n'ai rien vu. Je sais seulement une chose :

Martin est venu à la ferme ce jour-là. C'est Jeanne qui me l'a dit deux ou trois jours après.

— Vous n'avez pas cru bon de nous en parler ?

— J'ai pensé qu'elle délirait. On la bourrait de calmants, elle était dans les vapes, et moi, j'avais trop mal, j'aurais voulu mourir, vous savez ça ? Le reste...

— Je comprends... A quel moment serait-il venu ? Que voulait-il ?

— Forcer Jeanne à aller avec lui. Pour ça, il s'est servi de...

— Lili-Rose ?

Il approuva d'un mouvement de la tête. Marion attendit puis, comme rien ne venait :

— Qu'est-ce qu'il a fait ?

— Ce qu'il a fait, je n'en sais rien, mais ce qu'il voulait, j'en suis sûr...

Il s'interrompit encore, profondément agaçant. Marion ouvrit la bouche pour le relancer mais il la devança :

— Il voulait que Jeanne parte avec lui. Il la voulait pour lui. Il est venu ce jour-là. Il l'a menacée de s'en prendre à Lili-Rose si elle continuait à refuser ses avances... Elle lui a ri au nez. Il a juré de se venger.

— Vous voulez dire qu'il aurait pu enlever Lili-Rose ou quelque chose comme ça ?...

— Je ne veux rien dire, je dis ce que je sais : il ne venait pas avec l'intention d'enlever la petite. Ce qu'il a dit à Jeanne c'est que, si elle ne cédait pas, il tuerait Lili-Rose.

Lavot réapparut, un papier entre les mains. Marion reconnut de loin la configuration d'un avis de disparition. Elle désigna Denis Patrie d'un coup de menton.

— Il est à vous, dit-elle à Talon.

— Tenez, fit Lavot empourpré, matez ça !

Marion lui prit le papier des mains, distraitement. Elle pensait à ce que venait de dire Denis Patrie et de nouveau elle était perdue. Lui aussi avait l'air tellement sincère. Il assurait qu'il était le père génétique de Lili-Rose, comme Olivier.

— Trouvez-moi la preuve de ce qu'il avance, dit-elle à

Lavot en regagnant son bureau. Si les comparaisons génétiques ont été faites, il doit y en avoir la trace quelque part.

— Je vais le laisser un peu avec Talon, répliqua le capitaine. Regardez plutôt...

— Je voudrais bien savoir qui était dans le jardin en même temps que Nina et Lili-Rose, rêva-t-elle. Nina parle d'une femme brune qui ressemble à Lara...

— Lara ? s'étonna Lavot. C'est qui celle-là encore ?

— Une copine de Talon...

— Talon, une copine, c'est nouveau, ça ! Vous devez faire erreur.

— Je voudrais que vous fassiez quelque chose pour moi, Lavot...

— Bien sûr, patron !

— Allez à l'IJ voir si on a les empreintes de Judy Robin et si oui, vérifiez la concordance avec celle de la corde à sauter...

Elle s'arrêta net et chancela. Lavot se précipita, croyant qu'elle allait s'effondrer. De la sueur perla au-dessus de sa lèvre et elle s'assit, le regard fixe. La douleur, qui s'était faite discrète dans son aine, en profita pour se manifester. Vive comme une brûlure.

— Nom d'un chien ! murmura-t-elle en y appuyant les doigts.

— C'est trop tôt, dit Lavot.

— Trop tôt ? Trop tôt pour quoi ?

— Pour accoucher. Vous devriez faire ce que vous a dit le dirlo : prendre des vacances.

Lavot ne pouvait pas deviner ce qui venait de la frapper et la laissait sur le tapis tel un boxeur médiocre qui n'avait pas vu venir le coup. Nina avait « rêvé » Olivier Martin dans le jardin. Et Mikaël, avec ses mots approximatifs avait dit... Qu'avait-il dit déjà ?

« Moi, Lili-Rose, le matin... » Etait-ce bien du matin qu'il s'agissait ? Ou, altéré par son défaut de prononciation, de « Martin » ?

— Olivier Martin, souffla-t-elle... Il était là, dans le jardin. Denis le dit aussi, ils ne peuvent pas être trois à l'avoir rêvé... Oh Seigneur !

— Je vous le dis depuis le début qu'il est pas net, votre toubib, s'exclama Lavot. Et je me trompe pas souvent. Vous voulez que je vérifie ses paluches aussi ?

— Le FAED l'a fait... Ça ne donne rien.

— On peut essayer la procédure manuelle.

— Si vous voulez.

Lavot la fit asseoir pour être sûr qu'elle n'allait pas s'évanouir.

— Vous devriez quand même lire ça.

Il désignait les documents qu'il avait apportés et que Marion avait posés sur son Himalaya de paperasses sans y poser le regard. Elle les prit et, dès les premières lignes, elle bondit sur ses pieds.

Il s'agissait bien d'un avis de disparition. Il concernait Jeanne Patrie, fugueuse de l'HPD. Les circonstances étaient vagues, la date approximative. Un second feuillet montrait la reproduction agrandie à la photocopieuse d'une photo récente de la femme dont la fiche disait qu'elle pouvait être « dangereuse pour elle-même et pour autrui ». Les contrastes étaient mauvais, le cliché trop noir mais il était impossible de se tromper : la femme, avec ses cheveux coupés court et ses yeux hagards, c'était Jennifer, la prétendue sœur de Marion. Et Jennifer, c'était Jeanne Patrie.

64.

Le professeur Gentil ne fit pas plus longtemps mystère de la fugue de Jeanne. Pis encore, cette évasion ne paraissait pas l'inquiéter outre mesure.

— Elle est apathique et elle a des médicaments, dit-il à Marion qui s'étonnait. Elle a pu sortir d'ici comme vous y êtes entrée, commissaire. Par la ruse.

Marion rougit. Ainsi, le professeur Gentil n'avait pas été dupe. Pourquoi dans ce cas l'avoir laissée faire ? Comme il ne semblait pas prêt à en discuter, elle se garda de poser la question.

— En réalité, dit-elle, la première fois que je suis venue, elle était déjà en cavale, n'est-ce pas ? Je m'en suis aperçue figurez-vous, après coup : la femme que vous m'avez montrée dans la cellule capitonnée était trop petite pour être Jeanne et trop ligotée pour une apathique...

Il acquiesça en silence. Il s'en alla du côté de la fenêtre, laissa errer son regard sur la grille d'enceinte et les arbres. Quelques feuilles mouillées jonchaient déjà les allées et le ciel bas n'annonçait rien de bon.

— Pourquoi cette mise en scène, professeur ?

— Je n'ai pas jugé utile de mêler la police à cette affaire car je pensais qu'elle allait rentrer très vite. Elle est attachée à ce pavillon, vous savez, elle s'y sent en sécurité.

— L'avis de recherche dit qu'elle est dangereuse...

— C'est une formule. Elle est imprévisible mais si elle rentre assez vite, il n'arrivera rien.

— J'espère pour vous qu'il ne *lui* arrivera rien.

Il écarta les bras en signe d'impuissance. Son geste et l'éclat trouble de ses yeux cachés derrière ses lunettes signifiaient sans doute qu'il ne restait plus à la police qu'à faire son travail.

Alors qu'elle allait prendre congé, Marion se ravisa :

— A propos, professeur ! Est-ce que Jeanne recevait des visites ?

Il réfléchit rapidement.

— Non, aucune.

Il avait répondu trop vite et, encore une fois, Marion eut l'impression désagréable qu'il lui mentait.

— Vous êtes sûre ? Son mari, des amis ?

— Mmmmm... Au début, son psychiatre ou celui des enfants, je ne sais plus. Il faut demander à Andrée.

L'infirmière-chef avait une meilleure mémoire. Elle déclara qu'un psy qui avait suivi Jeanne avant son internement était venu la voir une fois, deux peut-être, au début de son séjour au pavillon Gentil. Jeanne ne le reconnaissait pas, mais elle ne reconnaissait personne et comme les visites du médecin ne lui faisaient ni chaud ni froid, celui-ci avait cessé de venir. Andrée ne savait ni son nom ni à quoi il ressemblait. Mais elle promit de se renseigner. Dans un lieu comme celui-ci, les visiteurs laissaient toujours des traces.

65.

Olivier Martin ne répondait pas au téléphone et son répondeur annonçait qu'il était absent pour quelques jours. Marion renouvela ses tentatives en faisant ce qu'elle détestait qu'on lui fît : raccrocher sans laisser de message. Sans prévenir, le souvenir de leur rencontre devant l'entrée de l'HPD avait refait surface. Le soupçon qui l'avait effleurée alors prit une consistance nouvelle : Olivier lui avait menti en affirmant être venu l'attendre. A vrai dire, elle eut la certitude qu'il était venu voir Jeanne. Lui avait-on dit qu'elle était en fugue ? Etait-il ce mystérieux psy qui lui rendait visite ? Elle ne fut pas surprise d'apprendre que l'hôtel où Jennifer-Jeanne disait être logée n'avait gardé aucune trace de son passage. Le veilleur de nuit la reconnut vaguement sur la photo de l'avis de recherche mais il fut incapable de fournir les dates de ses séjours.

« Elle est apathique, avait dit le professeur Gentil, plus discrète qu'un fantôme. Il y a des moments où on oublie jusqu'à sa présence... »

Marion s'était arrêtée près de la gare pour réfléchir à ce qu'impliquait la fugue de Jeanne Patrie. Une hypothèse s'imposait : Jeanne pouvait être le messager des petits souliers. Mais comment se les était-elle procurés ? Et pourquoi se cachait-elle ? Pourquoi cette mise en scène ? Pour rester dans l'ombre ? Que mijotait son cerveau déréglé ?

Jeanne, évaporée dans la nature.

D'un geste lent, Marion décrocha le micro de la radio de bord et donna l'ordre à la salle de commandement de mobiliser les patrouilles de voie publique pour retrouver d'urgence un fantôme aux cheveux gris.

66.

Nina ne faisait aucun effort pour manifester ne serait-ce qu'un semblant d'intérêt à ce que lui expliquait Marion. Ignorant la momie humaine dont il était question, elle avait les pouces coincés dans les sangles de son sac à dos bizarrement gonflé et pensait à la séance de cinéma qui suivrait en contenant avec peine son impatience. Marion, qui se contrefichait autant que Nina de la momie, cessa de la torturer et prit la direction de la bibliothèque.

— Où on va ? s'inquiéta la petite.

La porte à deux battants était fermée à clef et un papier scotché sur la porte mentionnait que la bibliothécaire s'était absentée.

Déçue, Marion se laissa entraîner par une Nina subitement enthousiaste. La fillette retrouvait l'espoir d'arriver à l'espace UGC de la Part-Dieu assez tôt pour la première séance de l'après-midi. Le gardien Bigot leur barra le passage.

— Il me semblait bien que c'était vous ! s'exclama-t-il. Vous ne délogez plus d'ici...

La curiosité dégoulinait de ses yeux rouges. Marion lui adressa un vague sourire tandis que Nina la tirait avec force vers la sortie.

— Si c'est Judy que vous cherchez, ajouta Bigot perspicace, elle est en face...

Il désignait l'autre côté de la rue, le bâtiment qui abritait le laboratoire des oiseaux. Marion le remercia d'un hochement de tête et s'éloigna pour fuir les relents de gros rouge.

— En bas, à la taxidermie, cria-t-il dans son dos.

— Je déteste cet endroit ! s'exclama Nina alors que

Marion sonnait à la porte du laboratoire. J'aimais pas venir là avec maîtresse...

— Pourquoi ? A cause des animaux ?

— Non, je sais pas pourquoi... J'aime pas cet endroit, c'est tout. Viens, on s'en va !

— Une minute seulement, implora Marion.

La porte s'ouvrit sur le jeune taxidermiste ébouriffé qui l'avait reçue la première fois et qui parut ravi de la voir revenir. Les visiteurs, mis à part quelques chercheurs égarés, ne se bousculaient pas dans son local qui sentait le vieux chou et la viande avariée. Nina fronça le nez. Marion se fendit d'un grand sourire :

— Ma fille voulait voir votre labo... Votre travail la passionne et...

De rage, Nina lui pinça les fesses et elle faillit éclater de rire. Elles traversèrent la première salle en compagnie du taxidermiste et c'est en entrant dans la suivante, où s'alignaient les tiroirs contenant les collections d'oiseaux et de petits mammifères, que Judy leur apparut. Elle se tenait de dos, penchée sur des rongeurs minuscules, alignés et écartelés sur une table. Elle fit face aux arrivants. Son visage était livide et baigné de larmes. Judy pleurait en silence, incapable de prononcer un mot.

— C'est la première fois qu'elle revient ici depuis son accident, chuchota le taxidermiste tout aussi ému. Alors forcément, ça lui fait quelque chose...

Judy essuya son visage d'un revers de manche et Marion constata que Nina s'était avancée vers elle. Les yeux rivés sur le fauteuil roulant, elle paraissait sonnée.

— Qu'est-ce qui t'est arrivé ? demanda-t-elle d'une drôle de voix en levant les yeux sur Judy. Celle-ci haussa les épaules et manœuvra le fauteuil de son bras valide.

Elle fit demi-tour et s'éloigna vers le fond de l'atelier.

— Tu la reconnais ? murmura Marion en se penchant vers Nina.

— Je ne suis pas sûre..., dit la petite, l'air lointain, incapable de se détacher du véhicule qui émettait son sifflement irritant.

— Attends-moi là, je reviens.

Marion rejoignit Judy devant la table où, des années auparavant, celle-ci avait œuvré sous la conduite de Martin. Elle ne voyait pas son visage mais la houle qui agitait ses épaules trahissait la violence de son émotion. La main gauche crispée sur la commande du fauteuil, elle hurlait son chagrin sans un mot, sans un cri. Un oiseau de nuit, emmailloté dans ses fils multicolores, attendait, posé sur le bord de la table. Judy avança sa main valide et caressa ses plumes en tremblant. Marion n'osa pas se manifester et rebroussa chemin sur la pointe des pieds.

Nina était repartie vers la première salle et Marion l'entendait qui bavardait avec le taxidermiste. Quand elle les découvrit, ils étaient occupés à examiner des photos qui couvraient tout un pan de mur.

— Tu vois, disait l'homme gentiment, ça c'est le premier travail. On découpe la peau et on vide l'animal.

— Tu les tues ?

— Non, ils sont déjà morts. Les insectes, parfois, on les endort avec du chloroforme...

— C'est quoi ?

— Un liquide qu'on obtient en mélangeant du chlore et de l'alcool. Un anesthésique.

— Ah !

Ils examinèrent les autres planches et Nina, réticente à l'arrivée, semblait presque intéressée. Le sifflement du moteur électrique indiqua à Marion que Judy revenait mais quand elle se retourna, elle ne la vit pas.

— Qui c'est ces gens ? s'exclama Nina. Oh, lui, je le reconnais, c'est le docteur...

Elle se rembrunit. Le taxidermiste s'approcha de la photo.

— C'est le docteur Martin et son équipe, dit-il tout fier. Tu vois, là, le jeune blanc-bec, c'est moi ! C'était pendant mon premier stage.

Nina contempla la photo, sourcils froncés puis, lentement, passa à la suivante. Marion la suivit, attentive. Le cliché représentait Olivier Martin en compagnie d'une jeune femme aux longs cheveux sombres, resplendissante.

Ils tenaient chacun une aile d'un oiseau immense dont le bec touchait le sol.

— C'est un condor d'Amérique latine, dit le taxidermiste. Un oiseau momifié à l'époque des Incas. Il était immense et là, on venait de l'apporter à l'atelier car il était bouffé par la vermine. Cinquante ans de musée et voilà le résultat. On a dû lui faire un de ces liftings !

Nina regardait l'oiseau mais en s'approchant d'elle, Marion remarqua que c'était la femme brune qui retenait son attention.

— C'est elle, maman, souffla-t-elle en saisissant la main de sa mère. La femme du jardin. Celle qui avait une arme.

— Une arme ? s'esclaffa le jeune homme. Mais de quoi tu parles ?

— Qui est-ce ? intervint Marion.

— Ça ? Mais vous rigolez ou quoi ? C'est Judy. C'était l'époque où elle avait les cheveux longs et noirs comme du jais.

Dans les travées où les oiseaux morts attendaient la fin du monde, le silence était revenu. Marion eut beau arpenter l'atelier dans tous les sens, elle ne trouva la jeune infirme nulle part.

67.

Judy habitait une petite maison de plain-pied à la périphérie de la ville. Tous les jours, un taxi spécialement équipé venait la chercher pour la conduire à son travail et une fois la journée finie, la ramenait chez elle. Matin et soir, un infirmier venait s'occuper d'elle, la lever, la nourrir, la laver, la coucher. Marion tenait ces détails du taxidermiste du Muséum. Elle savait que Judy s'obstinait à vivre chez elle, malgré les difficultés abyssales que cela représentait pour un paraplégique. Elle était reliée au monde extérieur par le téléphone et un « bip » collé à son ventre qui déclenchait un signal de détresse en cas de chute ou de gros ennui. Elle vivait dans une solitude effrayante, mais c'était son choix.

La maison et son jardinet en friche lui venaient de ses parents décédés dans un accident de la route alors qu'elle avait une douzaine d'années. Certaines vies se nourrissent de drames.

« C'est là, se dit Marion, en observant les alentours, que celui de Judy s'est produit. »

Le quartier était composé de maisons identiques à la sienne, silencieuses, vides sans doute pour la plupart.

Chez Judy Robin, les fenêtres étaient noires. Aucun bruit, aucun signe de vie ne filtrait. Marion franchit le portail métallique dont la peinture verte se boursouflait sous les assauts de la rouille. La porte était fermée à clef et la maison semblait abandonnée. A quelle heure donnait-on les soins à une paraplégique ? Et une fois qu'on l'avait mise dans son lit, que pouvait-elle faire d'autre que lire ou dormir. Regarder la télé ?

Marion sonna, puis frappa à la porte, longtemps. Certaine que Judy était là — où aurait-elle pu se trouver sinon ? — mais qu'elle n'avait envie de voir personne. Elle revint lentement à sa voiture sans quitter les fenêtres des yeux. Elle s'assit au volant, pensa à Nina qui l'attendait chez les Lavot, après le cinéma et un dîner avec Mathilde et les enfants. Il était 21 h 30, grandement l'heure de récupérer la petite et d'aller la coucher. Pourtant elle ne parvenait pas à quitter cette maison de poupée, persuadée que Judy l'épiait. Une idée gênante la traversa : et si la jeune bibliothécaire avait fait une bêtise ? Si, à remuer tous ces souvenirs, toutes ces souffrances, elle avait trouvé la force de mettre un terme à sa vie de chien ?

Sans réfléchir plus longtemps, Marion composa le numéro de la jeune femme.

L'accueil lapidaire du répondeur de Judy s'acheva et tandis que retentissait le signal invitant à laisser un message, Marion songeait à Olivier qui, lui non plus, ne donnait pas signe de vie et ne répondait pas au téléphone. Curieuse répétition des situations.

Elle se décida à parler bien après la fin du « bip ». Elle

n'avait pas réfléchi à ce qu'elle allait dire. Elle se mit à évoquer sa vie, sa fille, Judy dont les jambes inertes avaient bouleversé Nina. Ces mots de tous les jours entraient chez Judy et, elle en était sûre, celle-ci l'écoutait. Le temps coulait et Marion parlait toujours, disait à la jeune fille qu'elle ne pouvait pas rester sur le bord de la vie, qu'elle avait besoin d'aide et qu'elle devait se laisser faire, enfin. Renoncer à sa haine, à sa solitude, lâcher prise. Cesser de prendre des coups pour rien. Comme elle ne recevait toujours aucune réponse, elle lui raconta l'histoire de ces petits singes dont certaines peuplades d'Amérique centrale aiment à se nourrir. Leur chair est friande car nourrie de bananes naines, onctueuses et gorgées de sucre, dont ils raffolent. Pour les attraper, il suffit de cacher une banane dans une noix de coco évidée. Le singe, qui renifle la friandise à des kilomètres, y introduit la main et la referme sur sa proie. Son poing serré, trop gros pour le trou, reste prisonnier de la noix de coco et les chasseurs en profitent pour l'estourbir. Il se trouve parfois un petit singe intelligent qui a le réflexe de lâcher la banane en ouvrant la main et qui sauve sa peau... On ne peut pas sacrifier sa vie pour une banane, conclut Marion et elle crut entendre un rire, à moins que ce ne fût un sanglot. Judy décrocha au moment où le petit singe fuyait et où la bande, saturée, allait couper la communication.

Judy vidait son sac. Sa vie fragmentée, les coupures brutales. Une adolescence morose chez une grand-mère veuve et triste. Ses meilleures années, celles du Muséum, avec Martin. La cassure, l'accident, le plongeon dans un autre univers, qu'elle appelait le monde des morts-vivants. Le temps s'étirait, Marion ne bronchait pas. Judy ne savait pas par quel fil elle était retenue à la vie. C'était un mystère et une question de chaque instant. A la façon dont sa voix fléchissait quand elle parlait d'Olivier Martin, Marion aurait parié que c'était lui, le fil, mais elle se garda bien d'en faire part à la jeune femme blême dans la nuit, émouvante de beauté et de détresse.

— Je suis venue dans le jardin de la ferme, ce fameux

4 juillet, avoua-t-elle sans que Marion ait eu à lui poser la question.

— Pourquoi ?

Elle prit le temps de peaufiner sa réponse :

— Je sais que vous ne me croyez pas, fit-elle en triturant nerveusement le drap de sa main valide, mais je vous jure qu'Olivier est un malade. Dangereux. Il est séduisant mais il ne peut pas garder les femmes et il ne supporte pas qu'elles le fuient. Alors, il les harcèle, il... Il y a un mot qui le définit, en psychiatrie...

— Erotomane ?

— Peut-être. J'avais surpris des conversations entre lui et Jeanne Patrie. Il lui proposait, comme à moi, de partir avec lui et elle refusait. Il la menaçait. Il menaçait de s'en prendre à la petite Lili-Rose... Il disait même à tous les vents qu'il en était le père.

— Ce n'est pas vrai ?

Judy ricana dans l'ombre. Un rire aigre, sec comme un coup de trique.

— Vous voulez rire ? Il a tellement revendiqué de paternités... au Muséum et ailleurs.

Marion sentait la situation lui échapper. De nouveau secouée par la haine, Judy dérapait. Tout cela ne pouvait pas être vrai. Martin ne pouvait pas être ce harceleur, ce dégénéré prêt à frapper l'enfant d'une femme qui lui résistait.

— J'ai suivi Martin le 4 juillet, je savais qu'il avait un mauvais plan en tête. Je voulais prévenir Jeanne pour qu'elle mette Lili-Rose à l'abri, empêcher Martin de déconner...

— C'est pour cette raison que vous aviez une arme..., dit Marion avec douceur.

Judy parut déstabilisée. Dans la pénombre, ses yeux étincelèrent.

— C'est votre... Nina qui vous l'a dit ?

— Peu importe, fit Marion sèchement, regrettant d'avoir mêlé Nina à cela.

— C'était une arme bidon, un jouet. Je l'avais ramassée

dans le parc, elle devait appartenir à ce gamin débile... Mikaël.

« Ça, c'est bidon, songea Marion. »

— Quand je suis arrivée, votre... fille se trouvait avec Lili-Rose. Je me suis cachée. Nina est partie et à ce moment-là, j'ai vu Martin qui venait de la maison. Il s'est arrêté près de Lili-Rose et a commencé à lui parler. Ils se sont déplacés et je ne les ai plus vus. Puis j'ai entendu de drôles de bruits, comme si Lili-Rose se débattait. Elle a poussé un petit cri, léger, lointain, presque étouffé. Il y a eu un choc, le bruit d'une chute. J'ai cru que Martin avait fait ce qu'il avait menacé de faire et je suis sortie de ma cachette. J'étais morte de peur mais il n'y avait plus personne.

— Pourquoi avoir attendu si longtemps ?

— Je viens de vous le dire : Martin me faisait peur.

Marion n'en croyait pas un mot. Elle ne *pouvait* pas croire le portrait que Judy faisait de Martin. Les hommes l'avaient parfois dupée mais à ce point...

Judy poursuivit son récit : elle était allée jusqu'à la maison des Patrie. Elle avait entendu Jeanne parler, calmement, avec une fillette qui lui donnait la réplique. Persuadée que c'était Lili-Rose qui avait réussi à échapper à Martin, elle n'avait pas osé aller plus loin et était repartie comme elle était venue. Marion, le cœur en désordre, se garda de lui dire que la fillette qu'elle entendait parler sans la voir n'était pas Lili-Rose mais Nina.

La jeune femme, vidée par sa longue confession, bâilla. Elle tourna la tête et ferma les yeux, remontant, de ce geste machinal qui précède le sommeil, le drap sous son menton.

— Une dernière chose, fit Marion en baissant le ton par réflexe, la lettre avec l'avis de décès, c'est vous qui me l'avez envoyée ?

Elle avait failli lui parler des petits souliers mais elle l'imaginait mal venir sans encombre jusqu'à Saint-Genis...

Judy entrouvrit une paupière, sa voix était sourde et lente :

— Je n'ai rien envoyé. Quelle lettre ? Quel avis de décès ?

— Celui de la mère d'Olivier Martin.

— Sa mère est morte ? Première nouvelle.

Marion démêlait mal les vérités et les mensonges de cette étrange fille. Pourtant, là, elle lui parut sincère. La commissaire insista :

— Vous vouliez me faire savoir qu'Olivier séjournait à Lyon ?

— Mais je ne le savais pas jusqu'au jour où vous êtes venue avec lui au Muséum... Je suis fatiguée, s'il vous plaît...

Sa voix n'était plus qu'un souffle. Marion l'épia longuement : couchée sur le dos, la tête inclinée vers son épaule, elle paraissait si paisible tout à coup. Angélique.

« Mais les anges mentent très bien, ricana celui qui veillait sur Marion. Méfiance, c'est une grande perverse... » Judy se servait de son état pour créer un sentiment tout à la fois coupable et bienveillant chez son interlocuteur et le rendre réceptif à ses mensonges. Mais les plus grands affabulateurs savent broder leurs délires de quelques vérités.

— Le tout, murmura Marion en s'éloignant, est de les détecter.

Marion ne put résister à l'envie d'inspecter la maison de Judy. Pur réflexe de métier. La chambre communiquait par une double porte avec le salon. Le fauteuil électrique trônait au centre de la pièce, le seul mobilier avec une table ronde repoussée dans un coin. Pas de sièges, à croire qu'aucun visiteur ne venait jamais par ici. Une cuisine, une autre chambre vide, désertée à cause de sa porte trop étroite et, au fond, une porte vitrée qui donnait sur une minuscule véranda. Posé contre le mur, un vélo. Jaune fluo, neuf. Un modèle d'enfant. Marion ne comprit pas tout de suite ce qui la rivait à cette bicyclette, qui semblait déplacée dans cette maison d'infirme. Sur la selle, comme en attente d'un hypothétique destinataire, un paquet entouré d'un papier cadeau rouge et ceint d'un superbe ruban vert. Marion effleura la matière brillante et soyeuse et regarda son doigt plein de poussière. A première vue, il était là depuis un certain temps et, sans se tromper, elle aurait pu en décrire le contenu : une Barbie Belle au bois dormant. Au bois dormande.

68.

Malgré l'heure indue, Marion décréta qu'il était temps qu'elle ait une conversation avec le docteur Martin.

A sa porte, elle renouvela les mêmes tentatives que chez Judy deux heures plus tôt et s'obstina jusqu'à ce que les voisins, ameutés par son tapage, eurent menacé d'appeler la police. Le comble de la honte ! Paul Quercy aurait vu dans cette conduite inqualifiable — harceler un honnête citoyen, de nuit, à son domicile — une raison de plus de la mettre à l'écart.

Debout près de sa voiture, les yeux rivés sur les fenêtres du deuxième étage, elle attendit que l'immeuble retrouve son calme. La pointe de feu fouillait de nouveau son bas-ventre et un léger étourdissement l'obligea à s'appuyer contre la carrosserie. Sa tête était embrouillée au point qu'elle crut voir bouger les rideaux d'une fenêtre de l'appartement de feu Germaine Martin. Elle se frotta les yeux et, certaine d'avoir eu une hallucination, remonta dans sa voiture en se disant qu'elle tirait trop sur la corde.

69.

Olivier Martin se retira de la fenêtre et grimaça quand il constata que son mouvement avait fait bouger le rideau. Il attendit, le cœur battant, que Marion cesse de l'espionner et quitte son poste d'observation. Mais quand elle démarra enfin, lentement, comme à regret et en tardant à éclairer ses phares, il eut envie de lui crier de revenir. Elle était montée jusque sur son palier. Il se tenait à quelques mètres d'elle, de l'autre côté de la porte. Il avait reconnu son parfum et le léger halètement qui trahissait ses émotions. Elle avait sonné, tambouriné. Il avait entendu les voisins râler. Il avait eu cent fois l'envie de courir vers elle, de la prendre contre lui et de tout lui dire. Mais il n'avait pas pu. Il ne pouvait pas.

Les membres gelés et la tête en feu, il se retourna vers le centre de la pièce.

Jeanne, allongée en chien de fusil sur le lit de sa mère, braquait sur lui un regard brûlant. Comme autrefois, son pouvoir tyrannique reprenait possession de lui, anesthésiait sa volonté. Il avait envie de lui dire « laisse-moi en paix ! » mais quand il ouvrait la bouche c'était pour lui sourire, gentiment, d'un de ces étirements limpides qui touchaient les femmes.

Jeanne se dressa à demi et sous son regard de juge impitoyable il se sentit redevenir un tout petit garçon.

— C'est toi qui l'as aidée...

La voix rauque de Jeanne, cassée par les neuroleptiques, claquait dans la nuit. Elle se cognait aux murs tapissés de petites fleurs serrées les unes contre les autres et retombait sur la coiffeuse dont le miroir renvoyait à Olivier Martin l'image d'une femme effrayante. Et la sienne, pire encore.

— Qu'est-ce que tu dis ?

Sa voix, chevrotante, incertaine, semblait dégouliner de ses lèvres, se répandre sur la vilaine moquette marron et s'y engloutir.

— Je le sais. Je veux que tu me le dises. Là, maintenant.

— Mais quoi, Jeanne ? Que veux-tu que je te dise ?

— Tu l'as aidée à me prendre Lili... Et Judy aussi l'a aidée.

Elle avait lâché le nom comme un mot ordurier. Olivier Martin ne pouvait en croire ses oreilles.

— Tu te trompes, Jeanne...

— Tu as couché avec Judy. Vous vous êtes moqués de moi.

— Non, Jeanne ! C'est toi que j'aimais. Tu te rappelles comme on s'aimait ? Et Lili-Rose ?

Jeanne laissa son regard errer sur les fleurettes du papier peint, sur la silhouette de Martin. Puis elle se mit à gémir :

— Je veux ma fille, je veux Lili-Rose.

Elle serra ses bras maigres contre sa poitrine creuse, replia un peu plus les jambes sous elle. Ses genoux cognèrent contre son menton. Son ton devenait plaintif. Elle ne regardait plus Martin.

— Je la veux. Je veux que tu ailles la chercher. Je ne veux pas que ce soit Marion qui la garde avec elle.

— Jeanne, fit Olivier effaré, ce n'est pas possible, tu le sais bien. Elle est partie, Lili-Rose, elle ne peut plus revenir. Il faut que tu comprennes Jeanne ! Je croyais que tu avais compris.

— Oooooh ! noooon !

Un long gémissement. Dans dix secondes, il allait se muer en hurlement d'animal mis à mort. Il ne fallait pas que cela arrive. A aucun prix. Il fallait gagner du temps. Il s'activa dans l'ombre, prit la seringue, cassa l'ampoule, fit monter dans le siphon le liquide trouble.

— Ce n'est pas vrai, cria Jeanne, Lili-Rose n'est pas morte. Il me la faut. Va la chercher... C'est à toi d'y aller. Moi, je ne suis pas assez forte.

— Jeanne...

Olivier s'était rapproché lentement, les bras le long du corps, la seringue à la main.

— Tu m'entends ! cria Jeanne plus fort. Il faut la reprendre. Elle n'a pas le droit de la garder.

— Qui ? demanda Olivier pour gagner encore un peu de temps.

— Marion.

Jeanne avait senti Martin arriver dans son dos. Elle jaillit de sa torpeur et balaya d'un geste brutal la seringue qui s'en alla valdinguer contre le mur. Explosé par le choc, le piston libéra le centilitre de mort lente qui se mit à couler lentement sur les petites fleurs. Olivier tenta de se protéger mais il ne put éviter Jeanne qui se jetait sur lui avec une puissance meurtrière. Il partit à la renverse et son crâne heurta violemment le mur.

Il entendit Jeanne proférer des mots, prononcer le nom de Lili-Rose, de Marion. Sa vue se brouillait et il sentit une violente nausée lui retourner l'estomac. Jeanne revint sur ses pas, il comprit, à ses mots haletants, qu'elle avait changé d'avis : puisqu'il ne voulait pas l'aider, elle irait elle-même la chercher. Elle mélangeait les prénoms. Lili-Rose, Marion. De quoi parlait-elle au juste ?

La porte claqua, à l'autre bout de la terre, et il sombra dans les ténèbres.

70.

Talon finissait d'enregistrer la déposition de Denis Patrie. Lui aussi s'était soulagé de tous ses maudits secrets. Le trou noir après la mort de sa fille, l'implosion de la famille, du moins ce qu'il en restait. Car sans Lili-Rose, c'était comme si le soleil s'était éteint. Puis la lente descente aux enfers. Pas si lente, en fait, puisqu'il ne lui avait fallu que quelques mois pour commencer à voir réapparaître les araignées et les serpents qui hantaient ses crises de delirium. Une cure. Quelques mois de répit. Nouvelle plongée. Un peu plus loin, un peu plus au fond. L'oubli de Jeanne, de Mikaël. Jusqu'au souvenir de Lili-Rose qui s'estompe.

— Plus rien ne compte que de trouver de quoi picoler, ou un peu de dope quand l'occasion se présente.

Plus rien que de se retrouver entre gens du même acabit, avec une bouteille et la société à refaire, inlassablement. José Baldur et la bande des boit-sans-soif de la Croix-Rousse étaient devenus sa famille. Quelques petits trafics pour survivre. Des répits sous forme de cures forcées en prison. Un jour, parmi d'autres visiteurs du squat, ni plus ni moins paumée, Nathalie était arrivée. Denis ne savait pas qu'avant, Nathalie s'était appelée Maurice. Fille ou garçon, d'ailleurs, quelle importance ? Il y avait longtemps que lui-même ne consommait plus ni l'un ni l'autre.

Pendant que Marion lisait la déposition de Denis Patrie, Lavot sortit une bouteille de cognac Martell de son placard et en servit une longue rasade dans un verre en plastique. Denis la siffla sans respirer et son visage se colora d'un coup. Il vacilla sur sa chaise comme s'il allait s'écrouler. Lavot prit une gorgée à même la bouteille et Marion fit comme si elle n'avait rien vu.

A 6 heures du matin, ses gars iraient interpeller le meurtrier de Nathalie-Maurice, ou Maurice-Nathalie, l'ordre importait peu, que Denis avait vu s'acharner sur elle. Ce soir-là, Denis s'était saoulé, il s'était battu et avait fini au trou. C'est en retrouvant José Baldur, quelques semaines plus tard, qu'il avait su la fin de l'histoire. Les morceaux d'une « chic fille un peu barge » éparpillés autour du cimetière, tels les cailloux du Petit Poucet, version gore.

— C'est bien, dit Marion en lui posant la main sur l'épaule. Vous saviez qui était l'homme qui la tabassait ?

Non, Denis ne savait pas. Il réprima un rot en grimaçant quand Marion lui expliqua que Maurice-Nathalie avait été découpée en morceaux par son frère qui considérait son transfert sexuel comme une offense, pire, une trahison.

— Vous savez, fit-il en fixant sur Marion un regard trouble, vous aviez raison ce matin... L'excès d'amour peut conduire à tuer...

— Vous parlez de Jeanne ?

Il tendit son gobelet de plastique qu'il n'avait pas lâché. Lavot, sans un mot, le resservit.

— Je n'ai pas dit que Jeanne avait tué Lili-Rose. Elle l'aimait... elle en faisait trop, parfois c'était limite malsain, je sais. Mais ce n'est pas elle qui l'a tuée.

— C'est qui, alors ? dit Marion dont la voix s'altéra soudain.

— Si je le savais... Peut-être cet enfoiré de Martin...

Il avala une grande lampée et de nouveau son teint vira à l'écarlate. Marion se dit qu'il fallait peut-être arrêter de le cuiter, qu'il pourrait bien ne pas s'en remettre.

— Je ne vous ai pas tout dit, commissaire...

« Encore un qui va te dire la vérité, toute la vérité... » Elle ne lui demanda pas pourquoi il se décidait maintenant parce qu'il n'en savait probablement rien. Il est des heures plus propices que d'autres aux confidences.

Elle épia la suite.

— Avouer qu'on est cocu ou qu'on l'a été n'est pas glorieux..., reprit Denis d'une voix pâteuse, même pour un ancien MR[1]... Vous n'imaginez pas à quel point j'ai haï ce petit docteur de merde. Jeanne m'avait avoué sa... faiblesse. C'était au moment où il est entré au Muséum. Il était calé, il savait tout sur les oiseaux, elle bavait devant lui... Il en a profité, le salaud, mais ça n'a pas duré. Elle a rompu et on a eu Lili-Rose. Après, il lui faisait du chantage. Jeanne avait peur. Je ne sais pas ce qu'il y avait derrière tout ça, mais c'est un fait, elle le craignait.

Il but une petite gorgée pour s'encourager à continuer, s'étrangla, toussa. L'alcool lui éraillait la voix.

— Martin, je l'ai surpris, quand il est venu le matin de... enfin le 4 juillet. Je me doutais de quelque chose, je m'étais planqué. On s'est engueulés, je lui ai mis mon poing dans la gueule. Il le méritait, non ? On n'a pas idée de harceler les gens de la sorte. Jeanne s'en est mêlée et elle aussi, je l'ai frappée. J'avais perdu la boule... A un moment, je me suis retourné, et Lili-Rose était là, elle nous regardait. Quand elle a vu que je l'avais surprise, elle s'est sauvée dans le parc. J'ai essayé de la rattraper, mais elle courait vite et je l'ai perdue de vue. J'entendais Martin et Jeanne qui se parlaient. Je suis revenu vers eux, je voulais savoir ce qu'ils se disaient. J'ai foncé sur Martin et il s'est barré comme un lâche. Jeanne m'a fait boire un whisky pour me calmer. J'en ai bu un autre tout seul et je suis parti au jardin avec la bouteille. Je n'ai revu ma fille que le soir dans le puits.

Le silence tomba, lourd, enrobé de vapeurs d'alcool. Talon avait cessé de remuer ses papiers. Lavot reprit une

1. Membre des Mouvements révolutionnaires des années 70.

gorgée de cognac et le bruit du liquide qui retombait au fond de la bouteille résonna comme une cataracte.

— Qu'est-ce que vous voulez me dire, Denis ? demanda Marion doucement.

Il vida son verre, claqua de la langue, se pencha en avant et posa son front contre le bois du bureau terni, meurtri par des années de cohabitation avec les flics et la racaille. Il se releva après une longue méditation.

— Vous pensez que Martin s'en est pris à Lili-Rose parce que vous l'avez frappé ? Vous pensez que c'est à cause de vous ? C'est à ça que vous pensez ?

Il eut un air pathétique, perdu, en même temps qu'il secouait violemment la tête pour refuser ce à quoi il pensait depuis toutes ces années.

— Non, pas exactement... Une semaine avant... la mort de Lili-Rose, Jeanne et moi nous nous étions disputés...

— A cause de Martin ?

Il hésita et Marion sut que la réponse était oui.

— Non, enfin, je ne sais plus. Peu importe. Lili-Rose nous a surpris, elle était dans sa chambre mais cette baraque, c'était un gruyère, on entendait tout... Bref, elle est sortie en courant, elle était comme folle. On l'a retrouvée en haut du toit de la remise. Je ne sais pas comment elle avait pu grimper là-haut. Elle hurlait, elle pleurait. Elle menaçait de sauter. Elle disait qu'elle se tuerait si on continuait à se disputer tout le temps...

Denis était terrifié à l'idée que sa fille ait pu sauter délibérément au fond du puits, mettant ce jour-là sa menace à exécution après une énième scène entre ses parents.

— Ça suffit, Denis, dit Marion après une longue pause. Cessez de vous tourmenter. Je vous jure que nous saurons la vérité, quelle qu'elle soit. Il faut vous reposer, maintenant. Je peux vous dire quelque chose ?

Il tendit le cou dans un geste de vieil automate. Ses doigts aux ongles rongés cessèrent de martyriser le gobelet vide.

— Dimanche, c'est la fête des parents aux Sources... Mikaël serait content de vous voir...

— Dimanche, je serai au trou.

— Pour le meurtre de Nathalie ? Pensez-vous ! Vous n'êtes que le témoin d'un passage à tabac. Vous ne pouviez pas savoir qu'il la tuerait. Pensez à Mikaël.

Denis s'était avachi sur son siège. Elle posa une nouvelle fois sa main sur son épaule. Puis subitement, comme frappée par un souvenir essentiel :

— Si Jeanne n'était plus à l'hôpital, où iriez-vous la chercher ?

Le regard de Denis, injecté à cause de l'alcool qu'il avait bu, s'égara alla de l'un à l'autre. Puis une lueur jaillit, meurtrière, vite éteinte.

— Où voulez-vous qu'elle aille ? Chez lui. Chez Martin.

71.

Marion prit Nina dans ses bras et se tourna vers Mathilde qu'elle remercia d'un sourire fatigué.

— Je vais t'aider, dit la femme de Lavot. Laisse-moi la porter, tu as l'air épuisée.

— Non, laisse, répondit Marion.

Marion tutoyait l'épouse de son officier mais elle vouvoyait l'officier... Etranges pratiques des commissariats...

— Tu devrais faire gaffe à rentrer plus tôt ces temps-ci, hasarda encore Mathilde. J'ai entendu Nina dire à l'assistante sociale de la DDASS que tu rentrais tous les soirs tard. Elle en était très fière, mais...

Elle rit et Marion l'imita. Rire jaune.

— Ils sont encore là à rôder, ceux-là... Franchement, je n'en peux plus...

— Et à mon avis, ce n'est pas fini, continua Mathilde avec une mimique contrite. Ils sont venus ici, ils ont parlé à Michel. Et j'ai compris qu'ils avaient aussi l'intention d'aller à l'école de Nina. La femme a prévenu la directrice de sa visite imminente. Tu vois.

Marion semblait effondrée. Sa visite à la DDASS n'avait

servi à rien. Elle planta son regard dans celui de Mathilde qui y vit briller des larmes.

— Je ne peux pas faire mon travail autrement, fit-elle, c'est plus fort que moi... Cette histoire, cinq ans après, me prend la tête, mais en même temps, c'est mon élément. Tu comprends, Mathilde ? Je ne sais pas si je pourrai me résigner à faire autre chose...

— N'essaie pas. Je suis d'accord avec Michel, Nina et les autres : tu n'as pas le droit d'abandonner. Il ne faut jamais abandonner...

— Ce soir, si..., soupira Marion, je n'en peux plus. J'ai besoin de dormir.

Lavot était allé se reposer quelques heures, avant de repartir à l'heure du laitier mettre les pinces à ce frère trop possessif. Il n'avait pas vu ses gosses le soir, il ne les verrait pas ce matin.

— Tu es sûre qu'il n'y a pas autre chose ?

Perspicace Mathilde... Marion n'avait pas d'amie parce que, la plupart du temps, les femmes ne la supportaient pas. Trop féminine et trop forte. Dominée et dominante. Dangereuse... Mathilde était une exception. Elle insista :

— Ce docteur, là...

— Oui, dit Marion, j'aimerais bien me laisser aller mais je suis morte de trouille. J'en entends de toutes les couleurs à son sujet et je ne veux pas recommencer...

— Raison de plus pour aller au bout de cette enquête, ma belle. C'est la seule façon de savoir... Ne baisse pas les bras !

Marion se pencha pour lui donner un baiser reconnaissant.

— Tiens, s'exclama Mathilde, n'oublie pas le nounours de ta chipie...

Marion attrapa l'ours en peluche et le contempla, perplexe.

— Elle est venue avec ce vieux machin ?

Nina choisit ce moment pour émerger. Elle se dégagea de l'étreinte de sa mère qui la posa à terre, soulagée.

— C'est pas un vieux machin, dit-elle en s'installant dans la voiture. C'est *mon* nounours.

— D'où tu l'as sorti ?

— Il était chez mammy. J'ai déballé tous les cartons pour le trouver.

— Et tu en as eu envie, subitement ?

Nina s'était couchée sur la banquette, l'ours couleur miel collé contre elle. Elle avait refermé les yeux et, le pouce dans la bouche, bafouilla une réponse inintelligible.

— J'ai pas compris...

— C'est le nounours de Lili-Rose qui m'a donné envie.

— Quoi, le nounours de...

— Celui qui était sur ton bureau.

— Cette vieille chose... Ne me dis pas...

— C'est pas une vieille chose. C'est le nounours de Lili-Rose.

Marion se retourna vers l'obscurité de l'habitacle. Agrippée aux fantômes de son amie Lili-Rose que Marion avait imprudemment fait ressurgir, Nina s'était rendormie. Quelque part, Judy dormait, enfoncée dans sa misère. Denis dormait, noyé dans les brumes du cognac. Lavot, Talon, Mathilde... Finalement, il n'y avait qu'elle qui ne dormait pas, ses mains — qu'Olivier avait trouvées belles — serrées sur le volant, les yeux brûlants de fatigue, le cœur gros d'une terrible appréhension. Olivier et Jeanne dormaient-ils ensemble quelque part ?

72.

Judy rêvait. Ses paupières vibraient sous le doux mouvement de ses globes oculaires. Les images qu'elle voyait étaient belles, pleines et colorées. Olivier Martin courait vers elle dans un parc luxuriant où les oiseaux faisaient un vacarme du diable. Sous les grappes de fleurs, les arbres, l'eau bruissait, invisible. Il tendait les bras, ils allaient se rejoindre. Comme dans tous ses rêves heureux, Judy courait aussi, volait presque en agitant ses deux bras. Le réveil était insupportable.

Un craquement. Les couleurs disparaissent, Olivier s'évanouit brusquement, la sensation d'un danger imminent et la douleur brûlante sur la peau, entre le sternum et l'estomac.

Judy ouvrit les yeux, le pouls à 140. Elle ne vit rien, bien que personne ne fermât jamais les persiennes. C'est alors qu'elle prit conscience d'une anomalie qui la glaça d'effroi. Ses couvertures avaient été tirées au pied du lit et la veste de son pyjama remontée haut sur son buste, découvrant ses seins. Elle ressentit le froid sur sa peau, l'effet d'un courant d'air qui traversait la chambre et l'impression affolante qu'elle n'y était pas seule. Pourtant le seul bruit perceptible était celui de son réveil. Son rythme familier lui parut énorme. Un coup d'œil machinal dans sa direction lui apprit qu'il était 2 heures du matin. Un léger froissement à la tête du lit emballa de nouveau son rythme cardiaque et, complètement paniquée, elle lança sa main gauche à la recherche de son « bip ».

Ses doigts ne rencontrèrent que la peau nue et les traces collantes de l'adhésif qui maintenait l'appareil en place.

« Mon Dieu, s'affola Judy, aidez-moi ! »

Il y avait le téléphone sur la table de nuit. Un sans-fil avec des numéros programmés. Elle balança son bras et fit tomber le réveil et la lampe en tâtonnant pour trouver l'appareil. Pas de téléphone. Judy gémit, au bord de la crise de nerfs. Elle s'était trouvée plus d'une fois en difficulté depuis qu'elle vivait ici, mais jamais avec ce sentiment de peur immonde.

Alors qu'elle se préparait à hurler au secours, une silhouette se détacha soudain sur le carré plus clair de la fenêtre, masquant la faible luminosité du dehors. Judy écarquilla les yeux pour distinguer les traits de son visiteur mais elle ne vit rien tant les larmes de rage et d'impuissance l'aveuglaient. Elle espéra de toutes ses forces que ce fût Marion revenue l'arrêter ou Olivier qui venait lui demander raison de ses mensonges. Mais elle savait qu'elle priait dans le vide. La personne qui, à présent, se penchait vers elle n'était pas quelqu'un de civilisé.

Judy aperçut des cheveux courts, un visage étroit, indistinct, dans l'ombre. L'odeur d'une haleine un peu sure, l'éclat de deux yeux braqués sur elle.

— N'essaie pas de crier, personne ne t'entendra.

C'est à la voix qu'elle la reconnut.

— Qu'est-ce que vous voulez ? geignit Judy, terrorisée.

— La vérité, dit Jeanne, la vérité.

73.

Marion passa la matinée à tenter de chasser les mauvais pressentiments que l'affaire Patrie et ses développements lui mettaient dans la tête. En arrivant à la PJ, elle avait posément rangé les petits souliers avec les autres scellés, remis le tout dans le sac poubelle de Joual et trouvé une place libre dans un fond de placard. Il fallait laisser les choses se décanter. A la certitude que tout le monde mentait et que probablement on la manipulait dans l'ombre s'ajoutait le remords de faillir, déjà, à la promesse faite à Nina et au bébé à venir de leur aménager une autre vie. Cette histoire n'apportait rien de bon et elle voyait bien à quel point Nina, tout comme elle, en était perturbée.

La nuit précédente, Marion avait sombré dans un sommeil nauséeux, sans faire le moindre rêve. Elle s'était réveillée barbouillée et avait houspillé Nina à plusieurs reprises car la petite, fatiguée, accumulait les maladresses. Finalement, elles étaient arrivées à l'école en retard et Marion s'était juré que le soir, elles seraient toutes les deux au lit à 20 heures. Nina l'avait quittée sans l'embrasser et en oubliant son cartable dans la voiture.

Toute agitation était inutile : Olivier Martin était toujours aux abonnés absents et Jeanne finirait bien par être repérée et ramenée à l'HPD. Il serait temps alors de lui demander sa version des faits, si toutefois elle était capable d'en donner une.

Une pause était d'autant mieux venue que Talon et Lavot avaient besoin d'elle. Elle les avait rejoints vers

8 heures au domicile de Simon, le frère de Maurice-Nathalie. Il vivait en compagnie d'une trentaine de chats dans une petite maison du 8ᵉ arrondissement, à la lisière des jardins ouvriers que tout le monde par là-bas appelait encore les jardins Berliet, pas loin du cimetière de la Guillotière. L'odeur y était infecte et Simon, indifférent et prostré, ne semblait pas disposé à s'expliquer sur son crime. Tandis que Talon lui lisait ses droits et le plaçait en GAV, elle avait entamé, avec Lavot et une équipe de l'IJ, une perquisition difficile. Tous les coins et recoins de la baraque — il n'y avait pas d'autre mot pour qualifier les lieux — étaient jonchés de crottes de chats et de fientes d'oiseaux — Simon nourrissait la moitié des pigeons de la ville —, de linge sale et d'un bric-à-brac innommable qu'il ramassait dans les poubelles et revendait à la sauvette près du marché aux puces. Maurice-Nathalie avait vécu là avec son frère et on pouvait comprendre qu'un jour, il (elle) ait décidé de mettre les voiles.

C'est dans un congélateur branché sur l'alimentation électrique du voisin, qui s'aperçut de la chose en même temps que les flics, que fut découvert le morceau manquant du puzzle. Emballée avec soin dans des sacs destinés à la congélation, la tête de Nathalie trônait au milieu d'autres plastiques contenant du mou et de la viande pour les chats. Le plus stupéfiant pour Marion qui s'attendait à exhumer une tête de femme, conforme aux photos qu'elle avait vues de Nathalie, fut de déballer une tête d'homme aux cheveux ras, dépouillée de son maquillage. Plus stupéfiante encore était la ressemblance de ce visage avec celui de Simon. Elle comprit mieux l'acharnement de ce dernier en découvrant que les deux frères étaient jumeaux.

— Je n'ai jamais rencontré de jumeaux qui ne posent problème, dit-elle plus tard à Lavot dans la voiture qui les ramenait à la PJ tandis que Talon les suivait avec Simon et que la tête de Maurice-Nathalie rejoignait le doc à l'IML. Leur relation se situe toujours dans le drame. Ils vivent la symbiose et la haine en même temps. Comme ils sont sexuellement indivisibles, beaucoup restent célibataires. Et si l'un des deux convole, le second tombe malade. Vous imaginez la déprime de Simon quand il a appris que son frère s'était transformé en sœur...

— Ouais, grogna Lavot qui somnolait à cause de sa petite nuit. Y a une marge, quand même, entre la déprime et la mise en pièces de son prochain. Encore heureux qu'il l'ait pas bouffée, pour accélérer la fusion... Finalement, on a affaire qu'à des dingues, dans ce boulot, c'est déprimant.

— Pourquoi dites-vous ça ?

— Je pense à votre Jeanne, là... Martyriser ses gosses pour se faire plaindre, j'arrive pas à le croire. Je vous ai fait une synthèse, au fait. Les médecins que j'ai vus, les périodes d'hospitalisation, les dates des soins, tout ce que j'ai pu glaner... Vous en êtes où, vous ?

— J'en suis pas très loin, dit-elle lointaine. Je n'arrive pas à me faire une idée. Il y a des points de convergence mais tellement de dissonances entre les versions...

— Toujours pas de nouvelles de votre... sœur ?

Ils entrèrent dans la cour de la PJ en même temps que le véhicule qui transportait le prisonnier. Talon en descendit, lié à Simon par des menottes, blanc de fatigue mais fier, tellement fier. Marion sourit tristement en constatant que plus les jours passaient, plus elle éprouvait de terreur à l'idée de quitter tout ça.

Elle attendit l'autre groupe qui se dirigeait vers elle. Talon s'était arrêté à un mètre et elle n'avait pas besoin de parler pour qu'il sache ce qu'elle pensait. Elle aussi était fière de lui.

— Je laisse du mou jusqu'à dimanche, dit-elle à Lavot dans l'ascenseur. D'ici là, on va bien finir par retrouver Jeanne...

— Et Martin ?

— Pas de nouvelles, bonnes nouvelles. Je pense qu'il est à Paris. Je me demande...

Lavot attendait la suite. Elle haussa les épaules :

— Non, rien...

Ils s'étaient arrêtés avec les autres à la machine à café histoire de refaire le film et l'histoire pendant quelques minutes. Comment on était remonté jusqu'à Simon, combien de temps il allait « chiquer ». Les paris montaient.

Un officier affirmait qu'il lui ferait cracher le morceau avant la vingtième heure de GAV car il ne supportait pas la présence des « baveux[1] » dans ses pattes. Marion s'éloignait lentement, savourant ces échanges primaires, mais si rassurants.

— Et Quercy, au fait... quelqu'un l'a mis au parfum ?

Elle échangea un clin d'œil complice avec Lavot qui ne la quittait pas d'un pouce.

— Il est en congé jusqu'à lundi.

74.

Il était presque midi quand Marion, absorbée par l'interrogatoire de Simon, fut appelée par le standard. Un certain M. Bigot la demandait et elle passa une bonne minute à relier ce nom au visage du gardien du muséum. Elle se demanda ce qui pouvait bien lui arriver pour qu'il l'appelle à la PJ.

Malgré la promesse qu'elle s'était faite de laisser tomber momentanément l'affaire Patrie, moins de cinq minutes plus tard elle fonçait chez Judy, toutes affaires cessantes. A croire que Lili-Rose continuait à la tirer par la manche.

— C'est une folle ! éructa Judy. Regardez ce qu'elle m'a fait !

La jeune femme montrait ses poignets qui portaient la trace des liens avec lesquels Jeanne Patrie l'avait attachée aux montants du lit.

— Comme si je pouvais me barrer !

Elle était hors d'elle, au bord de l'hystérie.

— C'est pour vous humilier et vous montrer qu'elle est la plus forte.

— Elle est tarée, oui !

1. Avocats.

Quand l'infirmier était arrivé à 8 heures, il n'avait pas pu ouvrir la porte de la maison. Sa clef ne rentrait plus dans la serrure. Autre anomalie : toutes les persiennes étaient closes, ce qui n'était pas arrivé une seule fois depuis deux ans qu'il venait ici. Comme il était de repos depuis deux jours, il s'était dit que Judy était partie sans le prévenir. Mais Judy ne partait jamais et il avait appelé son remplaçant qui avait confirmé avoir assuré les soins la veille au soir. L'infirmier s'était alors adressé au Muséum et, de fil en aiguille, personne n'ayant vu Judy, le gardien Bigot avait eu l'idée d'appeler Marion. La police, premier secours, dernier recours...

Ils avaient dû escalader le mur du jardin et forcer la porte de la véranda avant de découvrir la bibliothécaire liée par les poignets aux barreaux de son lit et bâillonnée. Elle tremblait de froid et paraissait aussi terrifiée que furieuse.

— Qu'est-ce qu'elle voulait ? demanda Marion

— Elle m'a arraché mon « bip » et piqué mon téléphone, biaisa Judy.

— Pour vous faire dire quoi ?

— Est-ce que je sais ? Elle débarque chez moi en pleine nuit en cassant une fenêtre, elle me menace... Je vais porter plainte pour...

— Qu'est-ce qu'elle voulait ? la coupa Marion, agacée. Elle n'est pas venue là seulement pour vous faire peur.

— Elle voulait savoir pour Lili-Rose...

— Quoi ?

— La vérité. Je lui ai dit ce que je sais, qu'est-ce que je pouvais lui dire d'autre ?

— Mais encore...

— Exactement ce que je vous ai dit à vous, dit Judy en détachant les syllabes pour montrer qu'elle contenait à peine son énervement.

— Et ça l'a satisfaite ?

— Non.

— Elle ne vous a pas crue ! C'est la raison pour laquelle elle vous a laissée attachée...

— Mais j'en sais rien ! J'ai cru qu'elle allait me tuer.

Elle avait un couteau ou un rasoir, j'ai mal vu. Elle aurait pu me saigner...

Plantés dans l'entrée, le gardien Bigot et l'infirmier ne bronchaient pas. Marion regarda la pièce en désordre. Le reste de la maison aussi avait été bouleversé, les tiroirs étaient ouverts, la cuisine dérangée. Une commode avait été vidée de tous les sous-vêtements de Judy. Jeanne cherchait quelque chose. Soudain, une idée effleura Marion.

Dans la véranda, les vieux pots de fleurs n'avaient pas été touchés. Le vélo jaune fluo était toujours là. En revanche, le paquet cadeau rouge au ruban vert avait disparu. Jeanne avait emporté la Barbie Belle au bois dormande...

75.

Judy avait retrouvé sa position habituelle dans son fauteuil. Un bagage était posé près d'elle. On l'avait lavée, habillée, coiffée. D'un commun accord entre le Muséum représenté par Bigot, l'infirmier, Marion et Judy qui tremblait de frousse à l'idée de passer une autre nuit seule dans sa maison, la jeune infirme allait être transférée dans un centre d'accueil provisoire en attendant de trouver une place dans un établissement spécialisé. Toujours revêche malgré son désarroi, elle déclara solennellement que son absence serait temporaire. Au moment de partir, elle prétexta un objet oublié dans la cuisine et elle disparut, accompagnée par le sifflement du fauteuil.

Il ne lui fallut que quelques secondes pour constater que ses craintes étaient fondées : l'arme qu'elle avait prétendu ne pas posséder, un petit Smith & Wesson 22LR, avait disparu.

76.

Comme la veille, Marion frappa et sonna chez Martin. Mais cette fois-ci, elle essaya de ne pas se faire repérer par les voisins. Elle savait pourtant que cela ne servait à rien, que ni Jeanne ni Martin n'étaient là. Une vieille dame qui sortait son chien le lui confirma — elle habitait l'appartement juste au-dessus et elle avait vu le docteur emporter des cartons. Il lui avait dit quelques mots alors qu'elle venait lui présenter ses condoléances : il repartait pour l'étranger et passerait quelques jours à Paris auparavant. Elle n'avait pas vu de femme entrer ou sortir et n'avait pas entendu le moindre bruit en provenance de l'appartement. Il faut dire qu'elle était un peu sourde et prenait des somnifères pour dormir.

Ainsi Martin avait bel et bien quitté les lieux, sans lui dire au revoir, et cela la rendit singulièrement triste. Mais au moins, il n'était pas avec Jeanne, ou Jeanne avec lui.

Elle s'apprêtait à remonter en voiture après un bref regard aux rideaux immobiles du deuxième étage quand elle remarqua, à dix mètres devant elle, une voiture rouge. C'était une Renault, la même qu'Olivier utilisait le soir où il l'avait emmenée dîner au Marché des Poètes. Elle eut beau triturer sa mémoire, elle ne parvint pas à se souvenir si cette voiture était garée là à son arrivée.

Un véhicule de location, avait dit Olivier. Elle se dit que ce modèle existait à des milliers d'exemplaires et qu'elle devait arrêter de voir le mal partout.

Elle releva tout de même le numéro d'immatriculation.

77.

Olivier Martin sortit de son évanouissement vers le milieu de la nuit, incapable de situer l'endroit où il se trouvait ni ce qui lui était arrivé. Du sang avait coulé de son nez jusque sur sa chemise encore poisseuse. Son crâne l'élançait terriblement et à chaque tentative de mouvement, un étourdissement le renvoyait par terre. La moquette ondulait et le plafond menaçait de lui choir sur la tête. Il se fit l'effet d'un grand drogué. Après s'être traîné jusqu'au pied du lit, il finit par renoncer à y monter et se coucha avec précaution sur la moquette.

Il sombra dans une léthargie somnolente entrecoupée de réveils douloureux. Il ne sut combien de temps dura ce cauchemar épouvantable qui lui montrait une Jeanne grimaçante agitant les bras autour d'elle dans d'immenses gerbes de sang mais reprit partiellement conscience quand il perçut au loin des coups portés sur du bois et des stridulations que son subconscient lui indiqua comme autant de signaux importants. Etaient-ce les forestiers du Gabon qui faisaient résonner leurs haches sur les micocouliers et le sifflet du contremaître qui les invitait au souper ? Un instant, il se crut revenu en Afrique et se demanda pourquoi il y était reparti si vite. Il pensa « Marion » et cela suffit à le ramener à la réalité. Il prit conscience de son appartement et se demanda ce qu'il faisait dans la chambre de sa mère. Son regard erra dans la pièce, se posa sur la commode et sur l'ours en peluche de Jeanne. L'ours de Lili-Rose. Alors, tout lui revint.

Le temps qu'il parvienne à se relever et que ses membres ankylosés obéissent à ses ordres, le temps qu'il domestique le plancher et le plafond qui menaçaient de se rejoindre pour l'écraser, qu'il apprivoise les murs qui se gondolaient et fuyaient dès qu'il tendait les mains pour s'y appuyer, les coups à la porte avaient cessé. Il se traîna jusque dans le vestibule au prix d'énormes efforts qui le trempèrent de sueur et firent monter une nausée dans sa gorge. Dehors, il entendait, feutrée mais bien réelle, la voix de Marion qui parlait avec la mémé du troisième. Il reconnaissait le timbre haut de la vieille femme sourde et les gémissements de son teckel. Il l'entendit dire qu'il était reparti pour l'Afrique et il ouvrit la bouche pour dire qu'il n'était pas parti, mais qu'il était là, derrière la porte. Aucun son ne franchit ses lèvres sèches et il craignit que le coup violent qui faisait vibrer son cerveau ne l'eût aussi rendu muet. Peu à peu, les voix s'éloignaient. Sans doute les deux femmes descendaient-elles l'escalier. Il devait rattraper Marion, l'appeler au secours. Il se hissa contre la porte et constata qu'elle était fermée à clef. Il chercha en vain les clefs, fouillant les tiroirs et jusqu'aux poches de ses vêtements accrochés à la patère. Pas de clefs.

Jeanne l'avait enfermé et emporté les clefs !

Cramponné aux meubles, il se dirigea en titubant vers les fenêtres côté rue. Il arriva au moment où la voiture de Marion démarrait et elle ne put pas voir les gestes désordonnés de ses bras. La rue était vide et la seule chose familière qu'il vit en bas fut la voiture rouge qu'il avait louée pour la durée de son séjour à Lyon. Il repartit dans l'autre sens. Côté jardin, il n'y avait pas plus d'espoir d'attirer l'attention de quelqu'un. Les arbres avaient encore leurs feuilles et occultaient la vue. A bout de force, Olivier se laissa choir sur une chaise et porta les mains à ses tempes pour tenter de calmer le troupeau d'éléphants qui lui piétinait la cervelle sans pitié.

Il gémit un moment sur son sort en se demandant ce qu'il allait devenir si Jeanne l'abandonnait là et s'il avait, comme il le craignait, une fracture du crâne. Dans quelques semaines, on retrouverait, grâce à l'odeur putride, son corps en décomposition. Il eut un sursaut de révolte, le besoin forcené de survivre. Il tourna la tête à droite puis à gauche, lentement. La douleur était moins vive quand il ne brusquait pas ses gestes. Il vit le téléphone sur son guéridon et, comme un vieillard, alla à petits pas jusqu'à lui. Il composa le seul numéro qu'il se rappelait à cet instant.

Jeanne vit partir Marion avec soulagement. Par chance, elle avait repéré sa voiture de service garée dans la montée. Sinon, elle se serait jetée dans ses bras. Elle tressaillit et une bouffée de haine la fit trembler.

Marion était devenue un obstacle, une ennemie.

Jeanne serra la crosse du Smith & Wesson qui pesait au fond de la poche de son manteau de pluie et sourit en silence, cachée sous la cage d'escalier, là où les mères rangent les poussettes et les vélos d'enfant. Il n'y en avait pas, il n'y en avait plus. Cet immeuble était un immeuble de vieux.

Elle attendit un temps raisonnable, regarda passer la vieille du troisième flanquée de son chien et s'engagea à son tour sans bruit dans l'escalier.

78.

Le professeur Gentil mit un temps fou à identifier son correspondant.

Olivier Martin éprouvait d'indicibles difficultés à lui expliquer en quelques mots que Jeanne avait disjoncté pour de bon et qu'elle concoctait de terribles projets. Son élocution était hésitante et le professeur ne comprenait pas tout. Suffisamment cependant pour prendre conscience de l'immense merdier dans lequel Jeanne s'était fourrée, et lui avec. Le professeur tenta de poser quelques questions mais Olivier avait du mal à assembler deux phrases sans ressentir de violentes migraines. Il en avait vomi, cassé en deux au bout du téléphone. Il eut néanmoins la force de prononcer le nom de Marion, de préciser qu'elle avait une fillette et d'espérer que le professeur Gentil avait compris ce qu'il voulait lui dire.

La serrure claqua dans le silence froid de l'appartement et Jeanne apparut sur le seuil, le visage livide et les yeux hallucinés, cernés de noir, malades. Elle referma la porte derrière elle, s'approcha d'Olivier et, sans un mot, arracha la prise du téléphone. Puis, méthodiquement, elle s'acharna sur le boîtier et les fils pour être bien sûre de ne lui laisser aucune chance d'appeler à l'aide. Il tenta de la raisonner avec des mots balbutiés, hésitants, et tandis qu'il parlait, elle le fixait, lèvres serrées, la peau grise de ses joues flétrie comme celle des petites vieilles qui ont perdu leurs dents. Elle extirpa le Smith & Wesson de sa poche et le lui brandit sous le nez :

— Tu vois ça ? c'est pas de la rigolade, je sais m'en servir. Tu veux voir ?

— Non, Jeanne, non, balbutia Olivier de nouveau au bord de l'évanouissement. Qu'est-ce que tu as fait ? Qu'est-ce que tu as fait ?

— Ecoute, tu m'ennuies avec tes leçons. On va partir d'ici, c'est trop dangereux. *Elle* va revenir... Elle est folle de toi, Olivier...

— Jeanne, non, tu te trompes, je la connais à peine.

— Tais-toi ! Je m'en fous, elle sera malheureuse aussi, comme moi. Tu n'apportes que du malheur, Olivier Martin. Allez, debout.

— Je suis blessé. J'ai besoin de soins. Je crois que c'est une fracture...

Jeanne sourit doucement, comme intéressée tout à coup.

— Non, voyons docteur, mon fils ne *peut* pas avoir le crâne fracturé. Il ne saigne pas du nez ni des oreilles, il n'est pas pâle, il ne vomit pas, il n'est pas évanoui. Je sais mieux que vous, docteur, ce qu'il a... Je vais le soigner, moi-même. C'est ce qu'une mère fait le mieux, non ? Debout, Martin et sans bruit !

S'il en avait eu la force, il aurait murmuré : « Oui maîtresse » et Jeanne aurait été contente. Il résista bêtement :

— Jeanne, on va appeler une ambulance et on va aller se faire soigner tous les deux.

Jeanne leva le bras et arma le chien du revolver de Judy. Elle fit un pas en avant et le canon vint se poser sur le front d'Olivier, entre les deux yeux. Une sueur froide lui dégoulina le long du dos, jusque dans la raie des fesses.

— Tu obéis ! Sinon, je vais *la* tuer.

Il se mit debout non sans mal et la suivit jusque dans sa chambre. Elle posa le revolver pour l'aider à ôter ses vêtements souillés par sa blessure et à passer une tenue propre. Elle le nettoya avec soin et douceur, comme une mère, et le poussa vers la porte.

— Et pas un mot, pas un geste pour t'échapper sinon pan, pan ! Rappelle-toi !

Il avançait, malhabile. Il souffrait le martyre. Il ne savait pas où elle l'emmenait. Il s'arrêta :

— Jeanne, pourquoi Marion ?

— Elle est allée dans le puits. Elle a pris Lili-Rose.

79.

Le professeur Gentil avait reposé le combiné depuis un bon moment. Il était terriblement ennuyé. Il savait ce que signifiait l'appel de son confrère. Jeanne était dangereuse pour elle-même et pour autrui. Ce n'était pas qu'une formule administrative. Jeanne avait été une enfant maltraitée, une mère maltraitante. Elle avait aujourd'hui dépassé le stade de la pathologie évolutive. Elle n'était apathique que lorsqu'elle était abrutie de sédatifs et de neuroleptiques. Le reste du temps, elle pouvait être extrêmement agressive.

Et selon ses calculs, elle n'était plus sous traitement depuis quarante-huit heures.

Il pesa encore le pour et le contre, mal à l'aise. Puis il se décida et enfonça la touche de l'interphone :

— Andrée, dit-il, embarrassé, appelez cette femme commissaire... Comment dites-vous ? Marion, c'est cela. Dites-lui de venir tout de suite. Oui, c'est urgent.

Le jour déclinait et Marion n'en finissait pas de tourner et retourner dans sa tête les mots du professeur Gentil. Elle avait l'impression d'avancer dans le brouillard.

— Qu'est-ce qu'elle peut faire, professeur ?

— A peu près tout. Elle est intelligente et rusée, je vous l'ai dit. J'ai cru comprendre qu'elle était armée.

— Armée ? Dieu du ciel ! Quel genre d'arme ?

Le professeur écarta les bras :

— Aucune idée.

Le récit de Judy lui revint en mémoire.

— Je sais, dit-elle. Un couteau, ou un rasoir. C'est cela ?

— Non, je ne sais pas. Les propos de mon confrère n'étaient pas très clairs, à vrai dire. Je voudrais que vous me racontiez quel rôle vous avez tenu dans l'histoire de Jeanne.

Marion s'exécuta. Il l'écouta puis caressa sa barbe avec distraction, plongé dans un abîme de réflexion.

— C'était donc de vous qu'elle parlait...

— Pardon ?

— Pendant des années, Jeanne n'a pas dit un mot. Elle semblait se complaire dans cet état périlétal où on faisait tout à sa place. A cause de son enfant mort, tout le monde était gentil avec elle. Puis, ces dernières semaines, elle a commencé à évoquer sa vie passée, et surtout cette période de la mort de sa fille. Cela me semble être un moment crucial dans sa vie. Pas seulement à cause de l'événement lui-même.

— Elle allait refaire sa vie avec un autre homme, partir avec lui et Lili-Rose. Est-ce qu'elle vous l'a dit ?

— Pas clairement. Elle était retranchée dans sa maladie. Elle ne parlait de personne. Sauf à la fin... Dans ses propos, il était question de vous, sans vous nommer. Elle avait avec vous une proximité, je dirais sororale. Et en même temps j'ai le sentiment qu'elle vous en voulait... Je n'ai pas fait le rapprochement, je ne vous connaissais pas...

— Et vous étiez trop occupé à me cacher sa fugue... Vous l'avez sous-estimée, si je comprends bien.

— Non, permettez-moi de vous expliquer... Jeanne est restée des années sans exprimer rien que la passivité et la satisfaction de voir qu'on s'occupait bien d'elle et qu'on la plaignait. Quand elle a commencé à parler, à montrer des émotions, des révoltes même, je me suis dit qu'elle était sur la voie de la guérison. En tout cas qu'elle avait une chance de ne pas finir ses jours entre ces murs. Je n'ai pas pensé qu'elle fuguerait, c'est vrai, mais elle aurait pu tirer bénéfice de cette fugue. Réapprendre à s'approprier le monde, à l'investir, prendre conscience de la mort de sa fille, faire son deuil, et sa vie. Je ne croyais pas qu'elle resterait longtemps dehors, avoua-t-il enfin. Je pense que quelque chose d'anormal s'est passé. Elle a reçu une aide ou rencontré quelqu'un qui la maintient hors d'ici.

— Je l'ai croisée sans savoir que c'était elle. Elle ne m'a pas semblé contrainte en quoi que ce soit...

— Ce n'est pas ce que j'ai voulu dire. Ce quelqu'un la maintient dehors par son influence ou ce qu'il incarne. Ou alors, Jeanne est guidée par une idée fixe, une obsession.

— Qui vous a appelé, tout à l'heure, pour vous dire qu'elle a de mauvaises pensées à mon égard ?

— Son médecin. Celui dont nous avons parlé ensemble. Il ne s'est pas présenté clairement mais Andrée a retrouvé son nom. Il s'appelle René Jamet. On n'a pas son adresse mais il doit être dans l'annuaire. Je pense qu'il a dû la voir hier ou ce matin. Il était très mal en point en tout cas, ça n'a pas dû bien se passer.

Marion l'écoutait à peine. Jamet... Le nom ne lui disait rien, elle était sûre de ne connaître personne qui le portât. En même temps, il lui était familier.

Elle reporta son attention sur le professeur Gentil.

— Il m'a parlé de vous au téléphone, dit-il, il a beaucoup insisté. Et de votre fille.

Le cœur de Marion fit un bond. Si ce médecin avait cité Nina, c'est que Jeanne elle-même lui en avait parlé...

— Quoi, ma fille ? dit-elle, haletante.

— Parlez-moi d'elle.

Marion expliqua en quelques mots l'histoire de Nina, son adoption. Puis elle évoqua Lili-Rose et sa découverte, cinq ans après l'affaire, que les fillettes étaient amies. Plus qu'amies, proches comme deux sœurs...

— Oh, misère ! s'exclama le professeur, oubliant toute retenue. Je crois deviner ce qui agite Jeanne, ce qu'elle croit. Elle est projetée dans cette période douloureuse, elle *est* cinq ans en arrière. Elle n'a jamais assimilé la disparition de sa fille. Elle est dans ce qu'on appelle une situation de deuil bloqué.

— Ce qui veut dire, professeur ?

— Souvent, après un décès, les femmes veulent très vite un autre enfant pour remplacer celui qu'elles ont perdu. Jeanne n'a pas pu avoir cet autre enfant. Son fils Mikaël n'est pas du même sexe, et trop différent. Elle n'a pas fait le deuil de sa fille, elle la croit vivante... Est-ce qu'elle vous a vue en compagnie de votre fille ?

Marion sentit des picotements d'effroi hérisser sa peau. Elle ne voulait surtout pas entendre la suite.

— Je l'ignore, balbutia-t-elle. C'est possible. Elle a pu m'épier, me surveiller...

— Il faut protéger votre petite fille, chère madame.

— Qu'est-ce qu'elle va lui faire ? demanda-t-elle d'une voix blanche.

— Je n'en sais rien. Mais ne laissez surtout pas Jeanne approcher d'elle.

80.

— On renforce le dispositif de recherche de Jeanne Patrie. Je veux qu'on contrôle toutes les bonnes femmes qui marchent dans la rue. Elle a une démarche particulière, en crabe. Donnez son signalement à toutes les patrouilles, demandez à la sécurité publique de mettre le paquet. Appelez les commissariats de quartier, les gendarmeries de la proche banlieue. Vérifiez les hôtels et les gares. Je veux la totale.

— Et pour Nina, qu'est-ce qu'on fait ?

« Oh, Seigneur ! », songea Marion au désespoir.

Elle fixa Talon et Lavot. Ils étaient venus la rejoindre chez elle après avoir bouclé leur procédure de meurtre contre Simon X... Fratricide.

Nina dormait dans sa chambre et, par sécurité, Marion avait fermé ses volets et sa porte.

— Avec moi, elle ne risque rien, affirma-t-elle.

Lavot fit la moue :

— C'est vous qui le dites.

Le regard dur de Marion ne laissait pas de place au doute :

— Qu'elle se pointe, pour voir...

— Elle est rusée, le psy vous l'a dit. Je crois qu'il vaudrait mieux éloigner Nina.

— Vous croyez que ça l'arrêtera ? Je connais ces cinglés rusés, comme vous dites. Ils sont machiavéliques. Ils ne raisonnent pas comme nous. Ils vont jusqu'au bout de leur fantasme parce qu'ils en vivent. C'est ce qui les nourrit. Alors, on va garder Nina ici. Elle va aller à l'école normalement. On ne lui dira rien qui puisse l'inquiéter. Et l'autre folle ne me la prendra pas, c'est moi qui vous le dis.

— Bon, mais comment on fait ?

81.

Le lendemain matin, Marion était à peine arrivée que Quercy l'appelait dans son bureau. Elle s'attendait au pire et elle s'efforça de se composer un blindage à la mesure de ce qu'elle supposait devoir affronter.

Il avait presque retrouvé sa tête habituelle. Son bronzage et sa coupe de cheveux restaient exceptionnellement soignés, mais il avait remis son vieux blouson.

— Je suis rentré hier soir, j'ai appris pour Nina...

Marion constata, soulagée, qu'il ne disait plus « on m'a dit ». Elle ne se sentit pas quitte pour autant.

— Dites-moi ce que vous avez fait.

Directorial. Paternel, presque.

— Vous le savez, ce que j'ai fait, répondit-elle, sur ses gardes. J'ai ouvert une enquête sans tenir compte de vos instructions. Mais je l'ai fait parce que quelqu'un m'a téléguidée.

— Oui, je sais, les petits souliers sur votre boîte aux lettres... Ce n'est pas ça qui m'intéresse. Qu'avez-vous fait pour protéger Nina, c'est ça la question.

— Elle est à l'école. J'ai prévenu le maître qu'il ne la laisse partir avec personne d'autre que moi. Je l'y conduis et je vais la chercher. Le reste du temps, je ne la quitte pas. Je suis armée, je dors avec mon calibre sous l'oreiller et j'ai vérifié mon parcours d'emplacements stratégiques.

— Votre quoi ?

Marion sourit faiblement.

— Vous savez, c'est ce truc que j'apprends aux vieilles dames quand je fais des conférences sur les moyens de se protéger chez soi, dans la rue, dans les parkings, les centres commerciaux... Pour la maison, je leur recommande de placer à des endroits familiers des objets de tous les jours qui peuvent servir d'armes. Chez moi, mes objets familiers c'est des crans d'arrêt, des poings américains et un ou deux flingues...

— Je vois, sourit Quercy, vous êtes un sacré numéro... Mais ça ne suffit pas, nom de Dieu. Envoyez-moi le responsable des opérations. Je vais m'occuper de ça moi-même.

— Patron, protesta Marion, n'en faites pas trop. Nina est déjà assez perturbée par cette histoire. Discret, hein ? Je compte sur vous ?

— Promis. Et bravo pour l'affaire du transsexuel ! Beau coup !

« Ce n'est pas possible, on nous l'a changé... »

Marion hésitait à partir et Quercy n'avait pas l'air pressé non plus de la voir s'en aller. Tels deux coqs en train de s'épier avant le combat, chacun dévisageait l'autre en attendant le premier coup de bec. Ils se lancèrent avec un ensemble parfait :

— Patron...

— Ecoutez, Marion...

Ils rirent, timidement tout d'abord, puis à gorge déployée. Marion essuya une larme jaillie par inadvertance. Le poids qui l'écrasait depuis le début des hostilités avec Quercy s'allégeait lentement.

— Ma demande de mutation...

— Foutez-moi la paix avec ça ! On règle notre affaire, après on verra. C'est vous qui déciderez.

Il avait dit « notre » affaire.

— Merci. Merci infiniment. Je...

— Chut. Allez, filez... Occupez-vous de Nina.

Elle lui tendit la main. Il la serra entre les deux siennes. Il vit dans ses yeux qu'elle ne comprenait pas ce nouveau revirement. Il soupira :

— Il m'est arrivé un truc idiot...

— Une passion ?

Son regard s'évada brièvement en direction du plafond.

— On peut dire ça... Et puis, vous m'avez foutu en rogne avec votre demande de mutation. Je n'avais pas le droit de refuser, il fallait bien que je vous provoque. Et si vous saviez ce que...

— Ça va, patron, je ne veux rien savoir.

82.

La journée s'étirait lamentablement. A chaque coup de fil, à chaque bruit de pas un peu plus rapide dans le couloir, Marion sursautait. Elle appelait la salle de commandement toutes les demi-heures.

« Toujours rien. » Elle finit par prendre en grippe ces deux mots innocents.

Tout le monde était dehors. Tous, mobilisés autour d'elle, cherchaient Jeanne Patrie. On avait alerté le centre des Sources, l'établissement où se trouvait Judy, le Muséum, l'HPD. Une équipe planquait devant le squat de la rue des Haies au cas où Jeanne aurait cherché refuge auprès de Denis. Une autre avait pris position montée de l'Observance devant le domicile d'Olivier Martin. Les gendarmes venaient d'accepter de visiter la ferme des Sept-Chemins et d'y installer une souricière. Mais toujours rien.

Côté investigations, les nouvelles n'étaient pas meilleures. La Renault rouge dont elle avait relevé le numéro était bien celle qu'avait louée Olivier auprès de la société Avis et qui, à ce jour, n'avait pas été restituée. Marion attendait que l'équipe partie se mettre en planque là-bas lui dise si la voiture était toujours à la même place. Elle espéra que ce soit le cas, que Martin l'ait laissée là pour se rendre à Paris. Ce qui lui laissait une petite chance de le revoir. Autre point négatif : on n'avait trouvé aucun docteur René Jamet à Lyon ni aux alentours. Le Conseil de l'Ordre des médecins avait été sollicité mais il y avait un délai pour la réponse. Le téléphone la décolla de son siège et elle espéra qu'enfin il se passait quelque chose.

Ce n'était que l'IJ. Le chanteur d'opéra la réclamait au cinquième. Il avait étalé devant lui les différentes pièces sur lesquelles il avait travaillé. Il avait l'air heureux du chasseur qui pose pour la photo souvenir, un pied sur le ventre du gibier qu'il a réussi à tuer après l'avoir longtemps poursuivi.

— Je l'ai, votre empreinte, dit-il en agitant une fiche décadactylaire.

Elle la lui prit des mains et la pièce se mit à tourner : Olivier Martin. C'était le nom sur la fiche. L'empreinte de la corde à sauter était celle d'un doigt du charmant docteur... Les lettres dansaient et la douleur à l'aine en profita pour se réveiller, lâchement. « Le gynéco, il faut aller voir le gyneco... » Elle s'assit en grimaçant. L'autre, tout à son bonheur, n'avait rien remarqué. Il continuait son exposé, ravi :

— Et ce n'est pas tout. Les comparaisons effectuées à partir de l'enveloppe de l'envoi anonyme sont positives. Les empreintes sont *aussi* celles de ce M. Martin. Main droite.

La douleur reflua lentement. Marion déglutit en expirant avec application.

— Par contre sur la lettre, j'ai des paluches qui ne sont

pas les siennes. Il y a au moins une autre personne dans le coup.

Marion laissa tomber son regard sur la lettre anonyme maculée des éclaboussures violettes de la ninhydrine et elle se leva d'un bond en faisant basculer sa chaise et sursauter le technicien. L'avis de décès ! Mme Germaine Martin née Jamet. Jamet, comme René Jamet.

83.

Les heures qui suivirent furent plus dures encore. Contrairement à ce qu'avait supputé Marion, Olivier Martin était bien sur la liste des prochains missionnaires de MSF en Angola. Il n'y était inscrit que depuis trois jours ce qui expliquait qu'elle ne l'y ait pas trouvé lors de sa première recherche. Son départ était fixé au 15 septembre, dans quatre jours. On ne l'avait pas vu à MSF et c'était très embêtant parce qu'il avait des formalités à remplir.

Marion ne fut pas surprise d'apprendre qu'un certain docteur René Jamet avait été pendant cinq ans un vaillant humanitaire au Rwanda, en République démocratique du Congo et au Nigéria. Il avait démissionné un mois plus tôt.

Pressé par Marion qui évoqua un péril grave et imminent et la mise en danger d'autrui, le Conseil de l'Ordre des médecins livra son verdict : René Jamet avait bien exercé comme médecin mais il était mort depuis deux ans, à l'âge de quatre-vingts ans. Au moment de son décès, il était à la retraite depuis plus de quinze ans. Marion en déduisit que ce René Jamet était l'oncle d'Olivier Martin, le frère de sa mère. Olivier avait utilisé son nom pour fuir avec Jeanne puis pour aller la voir à l'HPD. Andrée, l'infirmière en chef du pavillon Gentil, se souvint, avec retard, que le docteur Jamet était venu au pavillon le lundi précédent vers midi. Comme Jeanne était déjà en fugue et qu'il n'avait pas pu la voir, l'infirmière n'avait pas jugé utile d'en parler à Marion. Marion se souvenait de Martin surgissant dans son dos. « Je vous cherchais, j'ai mes indics moi aussi... » Tu parles ! Enfin, l'équipe envoyée en planque montée de l'Observance avait appelé pour signaler qu'aucune Renault rouge n'était garée dans la rue. Compte tenu de ce qu'elle venait d'apprendre sur les manigances de Martin, cette nouvelle lui fit envisager le pire.

La mort dans l'âme, elle se mit en route pour le domicile du docteur Martin, convaincue qu'il était à Lyon et pas à Paris, qu'il avait aidé Jeanne à fuir le HPD et que, à cinq contre un, il était son complice dans un projet qu'elle n'osait même pas imaginer.

84.

Quercy avait manœuvré comme un chef pour obtenir en urgence l'ouverture d'une information. Le procureur s'était fait tirer l'oreille : l'enquête officieuse de Marion le contrariait et il avait fallu la plainte en bonne et due forme de Judy Robin pour le décider. Sous le chef de séquestration, menaces avec arme, voies de fait sur personne en état de dépendance, l'information avait été ouverte au cabinet du juge Ferec, décidément en voie de se spécialiser en matière d'affaires tordues. Le premier acte en serait une perquisition au domicile d'Olivier Martin, alias René Jamet, susceptible d'héberger et de prêter aide et assistance à la première suspecte de l'agression contre Judy, Jeanne Patrie.

Le serrurier requis ne mit pas plus de dix secondes pour venir à bout de la porte de l'appartement de Martin. Après en avoir fait le tour et tout examiné avec soin, Marion ne fut plus du tout sûre de ce qu'elle croyait en arrivant. La prise du téléphone massacrée, les taches sombres sur la moquette de la chambre du fond, les vêtements d'Olivier encore empreints de son odeur mais imbibés de sang à moitié séché lui firent mal au cœur. Il était blessé ! Seigneur, doux Jésus, mais où était-il ?

Quand elle découvrit sur la commode l'ours en peluche que Jeanne avait apporté à la PJ et qu'elle-même lui avait rendu, comme une imbécile, au lieu de l'arrêter et de la mettre au frais pour longtemps, elle acquit une conviction : Jeanne était passée par là. Ce qui voulait dire que si Olivier, blessé, était quelque part avec elle, ce n'était peut-être pas de son plein gré. Au début de l'après-midi, il avait appelé le professeur Gentil. Il l'avait fait pour lui demander de l'aide et parce qu'il *savait* que Jeanne menaçait Marion et Nina. Mais où était-il à présent, nom d'un chien ?

Quand elle revint à la PJ où elle retrouva Lavot et Talon, ce fut pour apprendre que Judy Robin, taraudée par le remords et sûrement plus encore par les proportions que prenait cette histoire, avait demandé à lui parler. En son absence, Lavot s'était dévoué pour lui rendre visite.

— Judy Robin avait une arme à feu chez elle. Elle a constaté sa disparition après le passage de Jeanne.

Jeanne avait bien emporté la Belle au bois dormande, mais il était évident qu'elle n'avait pas retourné la maison entière pour une poupée Barbie.

Non seulement Jeanne Patrie était rusée, mais en plus elle était armée.

85.

Le dimanche arriva sans apporter d'autres éléments. Aucune nouvelle de Jeanne Patrie ni d'Olivier Martin. Le samedi s'était traîné lamentablement, Marion ayant prétexté une maladie imaginaire pour éviter de sortir de la maison. Nina n'en avait pas pris ombrage : elle avait sa Playstation et des devoirs à faire. Marion en avait profité pour rattraper ses divers retards ménagers et comme sa douleur à l'aine l'avait laissée en paix, elle avait renoncé à déranger le gynécologue. Dans la soirée, le docteur Marsal l'avait appelée chez elle. Il s'inquiétait pour sa santé et voulait savoir pourquoi elle ne lui donnait pas de nouvelles. Confuse, Marion s'était excusée de ne pas l'avoir tenu au courant et il avait persiflé sur l'ingratitude bien connue des femmes.

— Vous n'avez pas perdu ma griffe de faucon, j'espère...

— Non, avait bafouillé Marion, réalisant subitement qu'elle ne savait plus ce qu'était devenu le doigt d'Horus.

Elle avait l'impression que cet épisode remontait à l'année précédente. Mais il était inutile d'inquiéter Marsal pour un ergot d'oiseau, fût-il sacré et multimillénaire. Elle lui relata l'essentiel de l'histoire et, pour lui faire plaisir, promit d'aller lui rendre visite dès le lundi.

— J'allais vous y inviter, commissaire. J'aurai sûrement des nouvelles intéressantes pour vous.

Il ne voulait pas en dire plus mais Marion, qui s'attendait à une nouvelle tuile, insista.

— Un corps a été repêché au barrage de Pierre-Bénite, dit-il.

Tous les noyés de la Saône et du Rhône réunis échouaient là. Ce que lui annonçait le doc était banal et quasi quotidien. Pourtant Marion sentit son pouls grimper. Quatre mois qu'elle attendait ce moment et cette petite phrase.

— Rien n'est sûr. J'attends la livraison ce soir. Je sais déjà qu'il manque des morceaux mais qu'on a une tête...

L'inverse de ce pauvre Maurice-Nathalie. Marion adressa une prière à qui voulait l'entendre pour que ce cadavre fût bien celui de Sam Nielsen. De penser à tout ce gâchis, à Léo qui ne sourirait jamais à son fils, lui donna un gros coup de cafard.

86.

Le centre des Sources était en effervescence. Marion s'engagea dans l'allée bordée de stands multicolores. Les pensionnaires déambulaient avec leurs parents, endimanchés et gauches, désarçonnés par cette rupture dans leurs habitudes. Une sono médiocre crachait de la musique à tous les vents, écorchant les oreilles des visiteurs. Heureusement, il faisait beau, une température presque estivale.

Plus Marion avançait, plus elle ressentait comme une gêne, l'impression d'être sur le qui-vive et sans pouvoir identifier ce qui la menaçait. Et c'était ainsi depuis le matin, malgré le calme plat qui régnait partout. Ou précisément à cause de lui.

Nina était restée à la maison avec Lisette, Talon et la famille Lavot, mobilisée pour la circonstance, avec mission d'organiser un barbecue pour le soir. Deux poissons-pilotes mandatés par Quercy et armés comme des chars d'assaut veillaient sur la petite, patrouillant régulièrement le jardin et les environs. On avait évité de dire à Nina qu'ils étaient là pour elle, les Lavot et Talon étant supposés faire diversion.

Marion avait bien dormi malgré ses soucis mais cette sensation d'être de nouveau une cible l'agaçait au plus haut point.

Elle avait acheté un ballon de foot pour Mikaël, un beau ballon, celui de l'équipe de France victorieuse du Mondial, sachant qu'il plairait aussi à son éducateur. Son cadeau sous le bras, elle se mit à chercher le jeune garçon.

87.

La fillette était assise sur un muret qui traversait le parc des Sources et abritait la résidence de Raoul Desvignes. Maussade, elle regardait de loin l'agitation des enfants du centre, ces benêts qui tenaient encore la main de leurs parents. Elle laissait ses jambes pendre dans le vide. Parfois elle se soulevait sur les bras et tendait ses pieds devant elle. Puis elle reposait ses fesses sur le mur en soupirant d'ennui. Un bruit de feuilles froissées attira son attention. Un des adolescents du centre la contemplait, bouche entrouverte, la bave coulant sur son menton. Son regard sournois ne fixait pas son visage mais sa petite culotte blanche qui apparaissait par intermittence.

— Qu'est-ce que t'as à me mater ? fit la fillette avec brusquerie.

Mikaël bafouilla quelques mots sans lâcher des yeux le morceau de tissu blanc affolant. La chaleur montait à ses joues et la salive coulait de sa lèvre fendue comme d'un robinet mal fermé.

— Tiens regarde, puisque tu veux voir !

Elle écarta vivement les cuisses, les maintint ouvertes un instant, les referma et sauta en bas du mur.

— Va-t-en, cria-t-elle en filant du côté du parc. Va jouer avec tes copains, pauvre tache !

Mikaël la vit s'éloigner et il resta un moment sur place, espérant que la fillette reviendrait sur ses pas et qu'elle lui montrerait encore sa culotte et, même, ce qu'il y avait sous le tissu blanc. Il prit appui sur sa jambe valide pour soulager sa cheville blessée qui le faisait souffrir. La gamine continua sa progression sur une vingtaine de mètres en agitant sa jupe courte et ses cheveux noués par un ruban blanc. Puis elle s'arrêta et se retourna vers lui. Il crut lire dans ses yeux une invitation à la suivre.

Comme Mikaël ne bougeait pas, elle haussa les épaules avec dédain et, s'éloignant de l'agitation de la fête, elle reprit sa route vers le fond du parc, en direction de l'étang. Alors, sans hésiter, Mikaël lui emboîta le pas.

88.

— Je suis désolé, dit Raoul Desvignes, je ne le trouve pas.

Marion était là depuis une heure, elle avait accepté de faire une partie de jeu de massacre avec Ludo, puis une pêche à la ligne où elle avait gagné un porte-clefs en rafia fabriqué par les enfants. Le spectacle allait bientôt commencer sur l'estrade installée au pied des marches du château et elle n'avait pas réussi à mettre la main sur Mikaël.

— C'est inquiétant ? s'enquit-elle en tournant entre ses mains le ballon encore emballé dans un papier bleu et rouge.

— Non, Mikaël redoute les kermesses parce qu'il n'a jamais de visite. Pour éviter de le décevoir, je ne lui ai pas dit que vous étiez susceptible de venir. Mais il va se montrer, n'ayez crainte.

Le directeur s'éloigna pour assister aux derniers préparatifs des acteurs, conduits sous l'œil vigilant de Mme Desvignes, et c'est au moment où Marion se retournait vers l'entrée principale du centre qu'elle aperçut un grand type, plutôt gauche et mal à l'aise dans ses vêtements propres : Denis Patrie. Il reconnut Marion à son tour et vint à sa rencontre :

— Ça va ? demanda-t-elle en scrutant son visage plombé.

Il se contenta d'un signe de tête et se mit à regarder autour de lui.

— Je ne sais pas où est passé Mikaël... Je lui ai apporté un petit cadeau pour la fête. Tenez. Vous le lui donnerez, je dois m'en aller.

Elle lui tendit le ballon et Denis Patrie lui adressa quelques mots de remerciement maladroits. Elle l'interrompit d'un geste et se rapprocha de lui :

— C'est bien d'être venu, Denis.

89.

Il était 20 h 30. Il faisait si doux dehors que Marion avait dressé la table dans le jardin. Talon retournait les brochettes et l'odeur des saucisses et du poulet mariné aux herbes envahissait le quartier. Mathilde apparut avec un énorme plat de salade et cria « à table ». Les enfants étaient déjà installés en compagnie des policiers envoyés par Quercy. Les deux enfants bruns de Mathilde se lançaient des boulettes de pain en riant. Nina examinait, l'air songeur, les deux gardes du corps, inquiète des bosses qu'elle devinait sous leurs vestes et qu'ils tentaient maladroitement de dissimuler. Lisette, qui avait promis une surprise pour le dessert, s'activait encore dans la cuisine. Près du barbecue, à l'écart des autres, Marion et Lavot surveillaient le travail de Talon.

— J'ai eu des appels anonymes hier soir, dit Marion à voix basse.

Lavot but une gorgée de bière à même la canette :

— Ça continue ? C'est pas normal.

— Sans blague, ricana Talon dont les joues exposées au feu prenaient des couleurs inhabituelles.

Le capitaine, en jean et polo sport, haussa les épaules.

— Je m'en occupe demain, dit-il. Et aujourd'hui, rien ?

— On m'a raccroché au nez vers 18 heures. Je me demande bien qui est cet enfoiré.

— On va le savoir, vous en faites pas !

Là aussi le « toujours rien » était de circonstance puisque, chaque fois, les recherches remontaient à une cabine. Marion avait jugé que, jusqu'à présent, l'affaire n'était pas suffisamment importante pour qu'elle engage une procédure plus complexe.

— Ces appels, dit-elle après réflexion, ont recommencé il y a deux semaines. Très exactement, le soir où les petits souliers sont arrivés sur ma boîte aux lettres.

Amazing Grace retentit dans la poche de Marion, coupant court à la discussion.

— C'était Raoul Desvignes, dit-elle en raccrochant, soucieuse tout à coup. Mikaël n'est pas rentré. Ils l'ont cherché partout, il est nulle part. Desvignes a prévenu les gendarmes et les pompiers explorent la zone de l'étang.

— Nom de Dieu, gronda Lavot, qu'est-ce que ça veut dire encore ?

— Je ne sais pas. Je vais là-bas. Mangez un morceau avec les enfants et venez me rejoindre.

Elle s'esquiva. Cinq minutes plus tard, elle arrivait au centre.

90.

C'était le même cauchemar, chaque fois recommencé. Marion n'aurait pas su dire combien de fois elle s'était trouvée dans cette situation. Si le décor et les acteurs changeaient, l'atmosphère, elle, était toujours aussi effrayante.

Il était 2 heures du matin et la tension se lisait sur les visages. Raoul Desvignes ne tenait pas en place, sursautant dès qu'un téléphone sonnait. Denis Patrie, silencieux dans son coin, était le seul à faire preuve de calme et de sang-froid mais c'était uniquement à cause de sa cuite monumentale de la veille.

Les gendarmes relayés par un groupe de la PJ avaient fouillé les moindres recoins du parc. Une équipe avait investi le château et les enfants, abrutis par la fête et médusés par le déploiement des forces de police, avaient été rassemblés dans la salle à manger. Les dépendances avaient été confiées à des bénévoles dirigés par des officiers de police et les pompiers exploraient l'étang à la lueur de projecteurs de campagne. Le groupe électrogène destiné à les alimenter émettait un bruit lancinant qui donnait l'impression insupportable de ne devoir jamais cesser.

Toutes les familles présentes à la fête avaient été contactées. Un père, qui s'était isolé pour satisfaire un besoin naturel, avait aperçu, un peu avant 16 heures, Mikaël se dirigeant vers l'étang. Il l'avait reconnu grâce au signalement fourni par Ludo. Mikaël était repérable à son tee-shirt à larges bandes noires et rouges et, surtout, à sa cheville bandée. Selon le témoin, l'adolescent suivait une fillette d'une dizaine d'années qu'il avait décrite et qu'on n'avait pas encore identifiée.

Ludo, déchargé de la garde de son groupe, contribuait

à l'enquête en répondant aux questions de Marion, de mauvaise grâce et le regard chargé de rancune.

— Qu'est-ce qu'il y a ? lui demanda Marion alors qu'il lissait nerveusement ses cheveux longs.

— J'en ai assez de vos questions. Vous laissez entendre que Mikaël a pu s'en prendre à cette petite fille...

— Non, je vous demande à vous, depuis plusieurs heures, si vous croyez qu'il a pu le faire. Vous n'avez pas dit qu'il n'en est pas capable...

— Mais on ne sait même pas qui est cette soi-disant gamine... Et de toute façon...

Il se tut, tournant le dos à Marion.

— Eh bien, allez-y..., l'encouragea-t-elle, lasse.

— Tout ça est de votre faute ! lâcha-t-il enfin.

Raoul Desvignes intervint :

— Ludo, ça suffit ! Sois positif dans tes réponses. On cherchera plus tard de qui c'est la faute.

— C'est évident, non ? s'écria Ludo. Si elle n'était pas venue le perturber avec l'histoire de sa sœur...

— Expliquez vous ! souffla Marion.

— Il n'arrêtait pas d'en parler, il faisait des cauchemars. Il avait peur qu'on le mette en prison. Il est déficient, mais pas idiot. Vous lui avez foutu les jetons, voilà.

— Vous pensez qu'il m'a vue arriver cet après-midi et qu'il a cru...

Ludo haussa les épaules et Desvignes calma tout le monde en proposant une pause café. Marion, déstabilisée par une hypothèse à laquelle elle n'avait pas songé, refusa.

A 3 heures, les gendarmes étaient allés tirer de son lit le seul témoin qui avait vu Mikaël et la fillette. Il dut refaire son parcours de l'après-midi et Marion put ainsi reconstituer précisément celui des deux enfants jusqu'au moment où l'homme les avait perdus de vue. Sur le chemin qui conduisait à l'étang. Le chien de recherches amené par la gendarmerie suivait la piste mais à l'approche de l'eau, il hésitait et repartait en arrière. Marion s'aperçut qu'il tournait en rond et elle demanda à son maître de contourner le plan d'eau. De l'autre côté, le chien s'excita sur une nouvelle piste qui conduisait à la partie la plus dense et la moins entretenue du parc. A la lumière des torches, Marion finit par se heurter au mur d'enceinte. Le chien tourna un peu sur place avant de filer vers la gauche à travers les broussailles et les ronces qui ployaient sous des grappes de mûres que personne n'avait songé à ramasser. A vingt mètres de là, un portillon était entrouvert. De l'autre côté de la route qui contournait le domaine Marion découvrit une barrette ornée d'un long ruban de satin.

Denis Patrie sortit de sa léthargie quand le témoin affirma que la fillette avait les cheveux noués par un ruban blanc.

— Je l'ai vue, affirma-t-il alors.

Marion bondit sur ses pieds.

— Où ?

— Sur la route, derrière le château...

Honteux de ses longues années de silence, Denis redoutait que Mikaël ait oublié son visage. Il n'osait pas entrer par la grande porte du château et avait fait le tour du domaine à pied, longeant le mur jusqu'au portillon qu'il avait trouvé entrouvert. Les ronces et les broussailles l'avaient dissuadé d'entrer par là et c'est en revenant sur ses pas qu'il avait aperçu la fillette.

— Elle était sur la route quand je suis arrivé. Elle parlait à des gens, un couple en voiture, et montrait du doigt le parc... Enfin, je crois.

Il s'interrompit et son regard alla de Talon à Marion dans un silence seulement troublé par le ronflement obsédant du groupe électrogène au loin. Marion lui fit signe de continuer.

— J'ai entendu la voiture démarrer. Je me suis retourné, elle partait dans la direction opposée... Il n'y avait plus personne sur la route.

— La voiture ?

— C'était une Renault rouge.

91.

Lundi...

Marion rentra chez elle vers 9 heures du matin, épuisée, avec un mal de ventre comme elle n'en avait encore jamais connu. Elle marchait difficilement et à chaque pas, elle se demandait si elle n'allait pas se laisser choir comme une vieille poupée hors d'usage. Elle se traîna sous la douche, incapable d'envisager l'effort de se faire couler un bain La maison était silencieuse. Lisette avait emmené Nina à l'école avant de rentrer chez elle et les deux gardes du corps avaient pris position non loin de l'établissement scolaire, en se faisant le plus discrets possible. Marion était passée les voir en quittant les Sources et leur avait lâché le fatidique « toujours rien ». Ce n'était pas les mêmes que la veille et elle n'avait pas pu savoir comment Nina avait réagi à son brusque départ du barbecue et à son absence de toute la nuit. Sûrement pas très bien.

Deux nouveaux appels raccrochés étaient enregistrés sur le répondeur. Marion en informa Lavot et, bien qu'il eût, lui aussi, une nuit blanche dans les jambes, il promit de faire le nécessaire auprès de France Telecom. Elle se laissa aller avec précaution sur le canapé, enroulée dans son peignoir de bain, et s'employa à respirer posément en espérant que les deux comprimés d'aspirine qu'elle avait avalés arrêteraient la vrille qui lui trouait le bas-ventre. Elle eut le temps de penser à Mikaël, en quelques retours sur image entrecoupés de visions insolites. Les recherches avaient été interrompues à la fin de la nuit. Les équipes étaient fatiguées et ne faisaient plus rien de bon. Marion avait passé les premières heures du matin à faire pister la Renault rouge, les gendarmes à mettre en place des barrages routiers tout en sachant que, si ce véhicule avait le moindre rapport avec la disparition de Mikaël, il avait dix heures d'avance sur eux. Le temps de passer deux frontières. Une équipe avait questionné toutes les familles présentes à la kermesse au sujet d'une fillette d'une dizaine d'années, vêtue d'une jupe rouge et portant un ruban blanc dans les cheveux, puis épluché tous les rapports où il aurait pu être question d'elle. Sans résultat. A se demander si elle existait vraiment. Toutes les forces de sécurité de la région n'en étaient pas moins mobilisées, les hôtels visités systématiquement. Vers 3 h 30, les premiers journalistes avaient fait leur apparition. Marion n'avait pu éviter de considérer comme une forte éventualité que les occupants de la Renault rouge aient été Jeanne, venue rôder autour des Sources, et Olivier, qui lui servait de chauffeur. L'occasion se présentant, ils avaient très bien pu embarquer Mikaël et la fillette. Rien n'avait confirmé cette hypothèse, rien ne l'avait infirmé non plus puisque du côté des recherches concernant le couple, c'était toujours rien.

Les images se firent de plus en plus imprécises et Marion plongea dans un sommeil abrupt.

Le téléphone la réveilla en sursaut. Elle mit plus d'une minute à émerger alors qu'inlassablement la sonnerie d'*Amazing Grace* et celle du poste fixe se donnaient la réplique. Elle se dit qu'il se passait enfin quelque chose et pressa la main sur son cœur pour en contenir les soubresauts. Un coup d'œil au cadran du téléphone lui apprit qu'il était 13 h 15.

La voix de la directrice de l'école de Nina était catastrophée et Marion la haït aussitôt pour ce qu'elle allait lui dire.

— Pardon de vous déranger, madame Marion. Est-ce que Nina est avec vous ?

Le salon se mit à tourner à toute vitesse et Marion crut que son corps allait imploser. Un liquide chaud échappé de son ventre se mit à couler entre ses cuisses. Elle serra le combiné de toutes ses forces et porta la main machinalement à son entrejambe. Elle ramena ses doigts pleins de sang et une immense détresse la jeta en arrière, sur le canapé, alors qu'elle murmurait un « non, pourquoi » presque inaudible.

— Elle n'est pas à l'école, reprit la femme du ton d'un enfant qui s'est mis dans de sales draps. On ne la trouve nulle part...

— Non, dit Marion d'un ton beaucoup trop calme. Vous devez vous tromper, je vous avais dit qu'il fallait la surveiller. Nom de Dieu !

La femme à l'autre bout fut tétanisée par son hurlement. Elle envisagea de fournir une explication, réfuta toute responsabilité (quand un enfant est en danger on ne l'envoie pas à l'école), se tut quand Marion, glaciale, lui demanda de la fermer.

— J'arrive, dit-elle d'une voix dure, et vous avez intérêt à la retrouver avant, sinon, je vous tue.

Les deux gardes du corps étaient plus pâles que Marion. Et à la façon dont elle pila à trois centimètres de leur véhicule ils pâlirent davantage encore. Elle leur fit signe de la suivre. L'un d'eux se confondait en excuses, affirmant qu'il n'avait rien vu, rien entendu. Il ne s'était rien passé, rien. Personne n'était entré dans l'école, ni à pied ni en voiture. Ni à vélo, à moto ou à cheval. Marion se retourna et lui fit face.

— Rien passé ? Ma fille a quitté cette école et vous ne l'avez pas vue. A part ça, il ne s'est rien passé.

— Mais je vous jure...

Le second ne pipait mot, ce qu'il lisait dans les yeux noirs de la commissaire l'incitant à la prudence.

— On n'a pas laissé entrer les parents dans la cour, on a contrôlé le personnel. Y compris l'assistante sociale qui, entre parenthèses, n'a pas apprécié.

— Qu'est-ce que vous dites ?

Marion fonça sur la directrice. La femme comprit en un éclair comment les gens les plus placides, les plus urbains, pouvaient se transformer en tueurs sans pitié. Elle se fit toute petite. Marion la toisa :

— Je vous écoute, dit-elle.

Les enfants massés en rang sous le préau la regardaient partir en silence. Marion faisait en sorte de marcher droit, alors qu'elle mourait d'envie de tituber et de s'allonger sur l'asphalte de la cour. De se rendre, une fois pour toutes. Mais elle devait à Nina d'être droite et digne. N'était-elle pas son héros, après tout ?

Elle s'affala dans sa voiture et appela Lavot qui attendait à la PJ avec Talon, tous deux fébriles et malades d'angoisse, mais prêts à lui obéir.

— C'est une horreur, émit-elle d'une voix bizarrement hachée. Il faut prévenir Quercy...

— C'est déjà fait, dit Lavot. On a mis tous les effectifs disponibles sur le pont. Toutes les routes sont surveillées. Comme vous habitez près de l'autoroute, on a mis du monde sur les bretelles d'accès et le péage est un vrai camp retranché. Les gendarmes sont très coopérants, la sécurité publique est formidable. On va la retrouver.

— Oh ! Seigneur !, gémit Marion. Mais pourquoi elle me fait ça, cette salope ?

— Qu'est-ce qui s'est passé ? intervint Talon qui ne jugea pas utile de demander à sa chef de qui elle parlait.

— Elle s'est fait passer pour l'enquêtrice de la DDASS...

— Comment ça ? Et la directrice de l'école a marché ? C'est incroyable.

Marion avait dans les oreilles les propos du professeur Gentil : « Jeanne est intelligente et manipulatrice... »

— Elle a un culot inimaginable, s'insurgea-t-elle en quittant la commune de Saint-Genis à toute allure, direction la PJ de Lyon. Et je crains le pire pour la vraie enquêtrice. Personne ne l'a revue depuis hier soir.

— Mais comment elle pouvait savoir que la DDASS enquêtait, qu'elle devait se rendre à l'école... ?

Lavot était consterné.

— J'aimerais bien le savoir...

92.

En cours de route, Marion dut s'arrêter. Le sang battait à ses tempes et, elle le sentait, s'évadait lentement de son corps. Elle tremblait et vibrait comme un voilier dans la tourmente. Imaginer Nina entre les mains de Jeanne, imaginer ce que cette folle pouvait lui faire lui était insupportable.

« Oh, doux Jésus, je vous en supplie... »

Elle avait entraîné Nina dans cette histoire du passé, elle avait tout fait, contre l'avis de tous, et avant tout de Quercy, pour se précipiter avec elle, tête baissée, dans les manigances de Jeanne. Car, elle en était sûre à présent, Jeanne avait tout manigancé. Mais dans quel but ?

« La réponse est claire pourtant... », susurra l'ange qui ne la gardait plus guère, ces derniers temps. Prendre Nina ! Une idée horrible commençait à ramper sous son crâne. Un cauchemar qu'elle faisait quand elle était petite lui revint inopinément en mémoire. Elle courait vers sa mère et, quand elle arrivait près d'elle, c'était une autre femme qui lui tendait les bras. Elle se regardait aussi dans un miroir et ce n'était pas son visage qu'elle voyait mais celui d'une autre. Et si tout ce qu'elle avait cru voir et comprendre depuis l'arrivée des petits souliers n'était que trompe-l'œil ? Si tout n'avait été organisé que pour prendre Nina ? *Reprendre* Nina ?

— Tu ne l'auras pas, gronda Marion qui sentait, intuitivement, que la vérité était quelque part par là. Nina est à moi. Ce n'est pas Lili-Rose.

Marion fut frappée par ces derniers mots et, de ses pieds à sa tête, son système pileux se hérissa. Elle venait de comprendre ce que Jeanne avait en tête. Elle reprit son téléphone :

— Trouvez-moi le professeur Gentil, amenez Judy

Robin et Denis Patrie à la PJ. Je crois que je sais où elle va emmener Nina...

93.

Dans la salle de commandement de la PJ, on aurait entendu une mouche voler. La plupart des hommes étaient dehors, et, à part les opérateurs, il n'y avait que Quercy et les deux fidèles lieutenants de Marion.

— Je pense qu'elle va aller aux Sept-Chemins, fit celle-ci d'une voix redevenue ferme. Mais j'ai besoin du psy et des autres protagonistes de l'affaire.

On attendait le professeur Gentil d'une minute à l'autre et une patrouille était allée chercher Judy dans son foyer. Poussé sans douceur par un gardien de mauvaise humeur, Denis Patrie venait d'entrer, hébété par le manque de sommeil.

Quercy, qui parlait depuis un pupitre radio, coupa sa communication et revint vers le groupe. Il semblait inquiet.

— Les gendarmes ont déplacé leur dispositif pour essayer de passer inaperçus. J'ai envoyé une équipe là-bas qui planque au plus près de l'objectif et qui n'interviendra pas, sauf en cas de danger. Pour l'instant, il n'y a personne, pas un signe de vie. Vous êtes sûre de ce que vous faites ?

Marion agrippa ses cheveux en désordre d'une main fébrile.

— Non, mais si on continue à la chercher à l'aveuglette, on perd notre temps et on diminue les chances de Nina. Notre seul espoir c'est qu'elle se pointe là-bas. Si elle voit le déploiement de forces, elle n'approchera pas. Si elle ne voit personne, elle peut tenter le coup.

On annonça en même temps Judy, nettement moins hargneuse que d'ordinaire, et le professeur Gentil, dérangé en pleine conférence à l'université. En le voyant, Marion se dit qu'elle ne se ferait jamais aux tenues civiles des médecins. Il portait un costume noir, une chemise blanche et un nœud papillon qui le faisaient ressembler à un pingouin. Sa barbe pointait en avant et l'inquiétude transpirait de son regard de myope.

— On m'a expliqué, dit-il pour faire court. Je vous avais dit de protéger votre fille.

Marion lui jeta un regard noir :

— L'heure n'est plus aux recommandations, professeur, le mal est fait. Jeanne a ma fille entre les mains et son fils Mikaël a disparu...

Le professeur Gentil fronça les sourcils.

— Mikaël ? Vous pensez qu'elle l'a enlevé aussi ?

— C'est une probabilité forte. Cela vous paraît plausible ?

L'homme en noir réfléchit intensément.

— Elle veut peut-être reconstituer la fratrie, murmura-t-il enfin. Pourquoi pas ? Mikaël, votre fille... Mais pourquoi Nina ?

— Jeanne délire. Elle est persuadée que *vous* lui avez pris *sa* fille. Elle tire cette certitude de l'image de vous sortant la fillette du puits. Elle n'a pas objectivé la mort de son enfant. Elle pense que celle-ci est vivante et quand elle a vu votre fille, à un moment ou un autre, en votre compagnie, elle en a déduit que c'était Lili-Rose. Elle veut vous la reprendre. Si elle va sur les lieux de la mort de sa fille c'est pour la remettre à sa place et pouvoir la sortir elle-même du puits. Le symbole de la renaissance, ou de l'accouchement si vous préférez.

Lavot s'impatienta en regardant sa montre.

— Bon OK, elle est dingue... Patron, je vous comprends pas, là...

Un opérateur fit signe qu'il voulait dire quelque chose. Tous les regards se tournèrent vers lui. L'homme enleva son casque d'écoute et rougit, confus :

— Non, hélas, rien de nouveau. C'est juste l'identification du numéro qui vous a appelée samedi soir et dimanche, patron.

Il regardait Marion. Elle lui prit le papier des mains et lut à haute voix, tendue :

— « Judy Robin, route de... » Elle s'arrêta, déroutée. Toute l'assistance se tourna vers Judy qui devint très pâle :

— C'est quoi, cette histoire ? Je n'ai appelé personne. J'ai quitté ma maison vendredi...

Marion et Lavot échangèrent un regard et aussitôt l'officier bondit sur son blouson et entreprit de vérifier son artillerie.

— Mais qu'on est cons ! jura-t-il en s'élançant vers la porte. Qu'on est cons !

Marion le stoppa au passage.

— Doucement, Lavot ! pas d'intervention irréfléchie ! C'est vrai qu'on est cons, merde ! s'écria-t-elle en se frappant le front. C'est le seul endroit où on n'a mis personne en planque.

— Et pour cause, fit Talon... On n'allait pas protéger une baraque vide.

— Elle est très maligne, vous voyez, intervint le professeur Gentil. Très intelligente aussi. Elle détecte vos failles et vos oublis. Elle a une intuition redoutable...

— Oh ça va, gronda Lavot...

— Ne le prenez pas mal... Je dis seulement que vous raisonnez avec vos règles et avec vos têtes en bon état de marche. Jeanne est dans une tout autre logique... Ne tardez pas trop.

94.

Quercy insista pour emmener Marion et le professeur Gentil dans sa voiture. Judy Robin partit en fourgon à cause de son fauteuil et Denis Patrie avec Talon et Lavot. Une équipe à bord d'un « sous-marin » avait été envoyée par Quercy au domicile de Judy avec mission de surveiller les mouvements autour de la petite maison et de n'intervenir à aucun prix. Il était exclu de tenter quoi que ce soit tant qu'on ne savait pas où se trouvait la fillette. Les hommes avaient appelé dès leur arrivée pour signaler que tout était calme, les volets toujours fermés et qu'il n'y avait aucune voiture rouge en vue. Comme la maison n'avait pas de garage, Marion craignit un moment de s'être trompée, d'avoir mal évalué la situation.

Une coulée glacée inonda son dos et la douleur dans son aine reprit de la force.

— Seigneur, dit-elle à haute voix, faites qu'elle soit vivante...

— Elle n'a aucune raison de lui faire du mal, la rassura Gentil. Sauf bien sûr si votre fille essaie de lui désobéir ou de lui fausser compagnie...

Ce dont Nina était parfaitement capable.

Quercy conduisait vite, le fourgon avait du mal à suivre. Il lui jeta un regard rapide. Elle était blanche et au bord de l'épuisement mais d'un calme étonnant.

— Elle a dû la droguer, dit-elle, sinon Nina ne se serait pas laissé emmener.

— Ce n'est pas sûr, fit le professeur, vous m'avez dit que Jeanne a été la maîtresse d'école de Nina ? Elle a pu se montrer convaincante avec elle. Nina a pu reprendre naturellement un comportement de confiance et d'obéissance, même longtemps après et surtout si elle aimait cette maîtresse. Comment l'a-t-elle emmenée, vous le savez ?

Marion déglutit, la main droite pressée contre son ventre où il lui semblait que brûlait un feu intense.

— Jeanne est arrivée à l'école un peu avant midi. Elle avait un document de la DDASS et la carte de l'assistante sociale en charge du dossier. Elle a passé le contrôle comme une fleur, s'est présentée à la directrice, lui a posé des questions sur Nina, puis a rendu visite au maître. Très professionnelle. Et pour cause, elle connaît bien Nina... Elle a attendu l'heure de la cantine et le moment où les enfants étaient en récréation après le repas pour demander à voir ma fille en tête à tête. On suppose qu'elle est sortie par une porte de la cuisine qui donne sur l'arrière. La voiture devait attendre par là...

Qui conduisait la voiture ? Marion ne voulait pas penser que ce pût être Olivier Martin, mais l'ange — mauvais —

lui affirmait que ce ne pouvait être que lui. Une bouffée de chaleur embrasa son crâne.

Ils passaient devant l'hypermarché. Le souvenir de Nina heureuse, sa Playstation dans les bras, remua Marion. Elle entendit ses mots « dépêche-toi, maman, c'est une affaire exceptionnelle » et sentit qu'elle allait craquer. La radio la sauva de la débâcle.

— Objectif repéré, dit une voix anonyme. Entre la sortie de Saint-Laurent et la départementale. Direction : Les Sept-Chemins. Une personne à bord. Je répète, une personne à bord. Reçu ? Alpha 2, tu prends le relais... je décroche.

Les dents de Marion s'entrechoquèrent et elle porta les mains à sa bouche. Elle avait envie de hurler : « Et Nina, où est Nina ? »

Quercy posa sa grosse main sur son genou. A l'arrière, le professeur Gentil tenta de la rassurer ;

— Elle est peut-être endormie. Ne paniquez pas !

95.

Jeanne conduit prudemment. Elle qui n'a pas tenu un volant depuis des années, elle s'en sort plutôt bien. D'instinct. Elle n'a pas un regard pour l'extérieur, cela ne l'intéresse pas. Elle n'a d'yeux que pour la fillette qui somnole sur la banquette arrière, à moitié allongée, la tête posée sur son nounours.

— On va bientôt arriver à la maison, chérie. Tu es contente ?

— Oui, maîtresse, murmure une petite voix faiblement.

— Voyons, ne m'appelle pas maîtresse ! En dehors de la classe, tu peux m'appeler maman...

Après l'hypermarché, dont elle ne se souvenait pas qu'il existait, Jeanne hésite car le paysage a beaucoup changé. Puis elle voit la pancarte. Les Sept-Chemins...

— On y est presque... En arrivant, maman va te faire une piqûre, tu ne pleureras pas, n'est-ce pas ?

— Non, maîtresse.

— Tu es malade, Lili-Rose. Très malade. Mais tu vas voir, maman va bien te soigner.

Jeanne n'a repéré ni Alpha 2 ni la moto qui, au sortir de la bretelle de l'hypermarché, s'engouffre à sa suite. Elle roule, elle voit à peine la route. Seconde après seconde, elle lorgne l'enfant qui, derrière elle, a fermé les yeux.

96.

La Safrane de Quercy ralentit pour laisser le fourgon recoller au cortège. Lavot, au volant de la Peugeot, fermait la marche. Il fallait arriver ensemble et rester groupés.

Elle est à deux kilomètres du carrefour, dit le motard à la radio. Je passe la main. A toi, Alpha 4...

Marion et le professeur Gentil finirent de s'équiper de dispositifs de communication sophistiqués et discrets. Quercy se reliait à eux dès leur arrivée sur les lieux. Gentil pourrait téléguider Marion si c'était nécessaire et Quercy déclencher l'intervention si les choses tournaient mal. Ils firent un essai et se mirent à parler tandis que Quercy dirigeait le dispositif externe, à mots brefs, précis comme une montre suisse.

— Professeur, dit Marion d'une voix moins assurée. Je me pose une question. Jeanne pense que je lui ai pris sa fille, que Lili-Rose est vivante, et elle veut me la reprendre. Si c'est bien le but qu'elle poursuit, pourquoi cette mise en scène des petits souliers ? Elle m'a obligée à reprendre l'enquête, à fourrer mon nez dans cette histoire... C'est incohérent.

Gentil entra dans le jeu. Il savait que parler était une façon pour Marion de conjurer l'angoisse qui pouvait, au dernier moment, faire voler tout son plan en éclats. Elle tentait d'analyser les événements pour éviter de penser à Nina.

— C'est incohérent pour *vous* qui avez réagi de façon rationnelle. Mais Jeanne n'a pas apporté les petits souliers chez vous pour que vous repreniez l'enquête...

— Pourquoi, alors ? Je ne comprends rien, j'ai l'impression d'avoir du coton à la place du cerveau.

— Elle vous signifiait, en apportant les petits souliers, qu'elle voulait que vous lui rendiez Lili-Rose. Elle voulait lui remettre ses souliers, revenir au jour de sa mort quand, pour elle, le temps avait cessé d'avancer...

— Mais, bon sang, elle aurait pu venir au contact. Elle me balance des appels anonymes, elle vient en douce chez moi, dans mon service, elle se fait passer pour ma sœur. Elle a eu cent fois l'occasion de me parler... Je l'aurais écoutée.

— *Vous* êtes une personne saine. Jeanne peut dire des mots, elle n'habite pas les mots. Elle est dans un profond et grave délire. Elle ne pouvait pas faire ce que vous dites.

Quercy fit signe à Marion qu'il se passait des choses. Elle ôta une oreillette.

— Elle vient d'entrer dans le chemin. Elle n'a pas une seule fois observé ses arrières. Elle n'a pris aucune précaution.

— Elle s'en moque, dit le professeur Gentil. Elle fonce, elle est en pleine crise de distanciation. Elle va très mal. Il faut faire très, très attention.

— Bien reçu, murmura Marion alors que la Safrane s'arrêtait en haut du chemin pour bloquer toute tentative de sortie.

— Vous êtes prêts ? Vous avez compris ? Je veux que vous disiez la vérité.

Marion se rendit compte que ses jambes flageolaient et elle raidit ses muscles de toutes ses forces pour ramener le calme dans son corps.

Elle fixa Judy et Denis tour à tour :

— Vous avez compris que ce qui va se passer est capital ?

Ils hochèrent la tête ensemble. Judy était pâle et crispée.

Denis n'arrivait pas à contrôler le tremblement de ses mains.

— On y va ! fit Marion.

Si elle avait osé, elle se serait signée. Elle était prête à tout.

97.

Il faisait un grand soleil sur le parc en friche. Personne n'aurait pu dire que des policiers guettaient un peu partout. Invisibles et silencieux. A peine entendait-on, parfois, un bruissement suspect. Mais, le professeur Gentil l'avait dit, Jeanne était de l'autre côté du miroir, sans la moindre conscience de l'actualité. Elle était cinq ans en arrière. Mikaël lançait des pierres aux oiseaux, sa fille Lili-Rose sautait à la corde près du puits.

Marion avait repéré la voiture rouge arrêtée dans le chemin d'herbe qui menait au ruisseau. Son cœur battit plus vite. Elle choisit de prendre l'autre sentier afin de laisser à Jeanne une légère avance et elle s'engagea dans l'allée principale, sans aucune précaution.

Ses deux lieutenants, Quercy et le professeur Gentil s'étaient discrètement évaporés. Elle entendit dans son oreillette qu'un mouvement suspect avait été repéré du côté du ruisseau et que sans doute Jeanne était entrée dans le parc.

— Seule ? chuchota Marion dans le micro fixé sur le col de son blouson.

Réponse impossible. Les pas de Jeanne l'avaient trahie mais elle ne s'était pas montrée. Un gros bloc de béton s'installa dans la gorge de Marion.

A cause des hautes herbes et des orties, Denis peinait à pousser le fauteuil de Judy. La jeune femme tenait à la main un paquet qu'elle serrait convulsivement.

Les vigies invisibles confirmèrent que la maison n'avait pas été approchée et Marion passa au large. Quand elle aperçut le puits, elle remarqua aussitôt que les planches entassées au-dessus de la margelle avaient été retirées. Elle se mordit les lèvres : personne n'avait remarqué ce détail, ce qui signifiait que Jeanne était venue là plusieurs jours plus tôt, avant que les gendarmes commencent à surveiller la ferme. Pour préparer l'exécution de son plan... Le tas de planches était empilé avec soin au pied de ce mur si haut que Marion se demandait encore comment Lili-Rose...

Elle dit d'une voix forte, afin que Jeanne, embusquée, pût l'entendre :

— Judy, Denis, approchez ! Nous allons commencer la reconstitution...

L'écho répercuta ses mots entre les chênes mais elle reconnut à peine sa voix. Alarmée par le silence et la vision du puits à l'ouverture béante, elle se demanda si elle n'était pas en train de commettre une monumentale erreur.

— Allons-y ! continua-t-elle pourtant. Nous sommes le 4 juillet... Il est un peu plus de 11 heures. Denis, montrez-moi où vous êtes...

Denis désigna du doigt un monticule hérissé de plantes méditerranéennes à moitié desséchées.

— Vous êtes caché là et vous attendez... Que se passe-t-il ?

— Le docteur Martin arrive. Jeanne sort de la maison. Elle court vers lui. Elle le regarde avec...

— Amour ?

— Oui. Je ne le supporte pas. Je bondis sur Olivier Martin et je cogne. Jeanne s'en mêle. Je la frappe aussi. Je suis fou, j'ai perdu la tête. Je ne veux pas qu'elle me quitte. Je ne veux pas qu'elle l'aime.

— Ensuite ?

— Il s'en va, par là.

Il désigna le sentier qui reliait le puits à la maison.

— Où est Lili-Rose ?

— Je ne sais pas, du côté du puits, sans doute.

— Olivier est parti. Que faites-vous ?

— Jeanne m'emmène dans la maison, elle me sert un

whisky, un grand verre. Elle fait ça chaque fois que je me mets en colère. Ça me calme. Elle dit que c'est la seule façon...

— Ça vous assomme, plutôt, non ?

— Oui. Je bois un autre verre. Une voiture arrive. C'est Mme Joual et sa fille, la petite Nina. Je ne veux pas les voir. Je suis déjà ivre. Je vais dans le potager avec la bouteille. Après, je ne sais plus. J'ai bu encore et je pense que je me suis endormi. Quand j'ai repris conscience, Jeanne cherchait Lili-Rose. C'est la vérité.

Dans l'oreillette, la voix de Gentil :

— C'est très bien, commissaire, courage !

— Il dit la vérité ? grinça Marion entre ses dents.

— Il a l'air. Continuez. Elle va se montrer.

— A vous, Judy ! reprit Marion en forçant sa voix. Pourquoi êtes-vous là ?

— Je...

Judy baissa la tête qu'elle se mit à secouer d'un côté et de l'autre avec l'air de dire « désolée, je ne peux pas... ».

— Judy, il faut dire la vérité. Il ne vous arrivera rien, je vous le promets.

Judy releva la tête. Marion plongea dans son regard sombre, douloureux. Alors Judy se lança comme si elle tombait dans le vide.

— Je ne supportais pas l'amour d'Olivier pour Jeanne. Je les épiais au Muséum, je le suivais partout. Je voulais qu'il m'aime comme au début de notre rencontre, avant Jeanne.

— Vous avez appris qu'ils voulaient partir ensemble, avec Lili-Rose...

— Oui, c'était leur fille.

Elle regarda Denis avec un petit sourire d'excuse. Il détourna les yeux, fixant intensément un point invisible.

— Je ne supportais pas cette idée. Je ne voulais pas que cela arrive.

— Vous veniez ici avec quelle intention ?

— Enlever Lili-Rose.

Au moins c'était clair, cette fois.

— Expliquez-vous.

— Je suis venue en voiture, je me suis garée dans le petit chemin de l'autre côté du ruisseau. J'ai caché ma voiture et suis entrée dans le parc. J'avais pris ça avec moi.

Elle brandit le paquet qu'elle tenait à la main et en ôta l'emballage. Marion vit un flacon jaune orné d'une étiquette à moitié déchirée. Elle se pencha et lut « ... form... »

— Qu'est-ce que c'est ?

Judy ouvrit le bouchon et une odeur caractéristique et forte parvint jusqu'à Marion qui l'aurait identifiée entre mille.

— Du formol ! Bien sûr... Mais pourquoi du formol ?

— Je me suis trompée. Ce flacon avait toujours contenu du chloroforme qu'on utilisait pour tuer les insectes et anesthésier les oiseaux. Il a dû se trouver vide, quelqu'un a mis du formol à la place et arraché l'étiquette pour éviter une erreur. Je l'ai pris sans vérifier.

— Et l'arme, le revolver ?

— Je l'avais acheté aux Etats-Unis... C'était pour *les* impressionner en cas de pépin.

— Les tuer ?

Judy ne répondit pas mais Marion vit bien qu'elle y avait songé.

— Que vouliez-vous faire de Lili-Rose ?

Judy haussa les épaules.

— Je ne sais pas. Je voulais les faire réfléchir, empêcher Olivier de partir. Je ne voulais pas lui faire de mal, je le jure.

— Racontez-moi la suite. Vous arrivez par le sentier du ruisseau...

— Je vois Lili-Rose près du puits. Elle saute à la corde. Je m'avance plus loin et je les entends se parler. Olivier et Jeanne. Jeanne dit qu'elle n'est pas prête car Lili-Rose veut fêter son anniversaire, elle a invité ses amies. Elle lui donne rendez-vous pour le lendemain. Il lui prend les mains, elle l'embrasse. Ça me rend dingue. Je reviens sur mes pas et m'approche de Lili-Rose. Elle saute toujours à la corde. Plus loin, j'entends des cris d'un enfant, le fils Patrie sûrement.

— Quoi d'autre ?

— Il y a un vélo appuyé contre le puits. Un vélo jaune. Lili-Rose ne me voit pas et alors que je suis tout près d'elle, que je vais l'attraper, arrive une gamine. C'est Nina. Je la connais, je l'ai vue avec les autres enfants de la classe de Jeanne. Je n'ai que le temps de me cacher. Je ne pensais pas qu'elle m'avait vue mais, apparemment, je me suis trompée...

Le souvenir de Nina avait été déterminant pour faire flancher Judy. Marion s'impatienta, tendue comme une corde de piano.

— Elles jouent un moment, dit Judy en hâte, elles se parlent, je ne les vois pas. Puis je n'entends plus rien, seulement Lili-Rose qui saute à la corde. Je sors et là, c'est Olivier qui est avec Lili-Rose. Il tient la corde à sauter, ils se parlent tout bas. Lili-Rose sourit. Lui, il... il est transfiguré. Il l'embrasse avec tendresse et s'en va, sans me voir, sans même se douter de ma présence... Je suis hors de moi. Je sors le flacon et un mouchoir en papier et fonce sur Lili-Rose. Evidemment ça ne marche pas puisque le flacon contient du formol. Lili-Rose se débat, elle fait valdinguer la bouteille et tout le formol gicle sur elle. Elle se met à piailler et je suis obligée de la faire taire. J'entends du bruit derrière moi. C'est le gamin qui me regarde. Il va donner l'alerte. Je suis folle de rage. Lili-Rose ne crie plus, elle pleure en se frottant la joue. Son vêtement est couvert de formol. Je prends la corde à sauter et la balance de toutes mes forces. Je ne l'ai pas fait exprès, mais la corde est tombée dans le puits. Lili-Rose se remet à piailler comme une perdue. Elle se précipite vers le puits et...

— Et quoi ? Allez, Judy... Vous entendez quelqu'un arriver et vous vous cachez encore ?

— Oui. Ensuite, il y a ce remue-ménage, des petits cris de Lili-Rose, un bruit sourd et plus rien... Quand je suis ressortie de mon buisson, il n'y avait plus personne, plus de gamin, plus de Lili-Rose. Pour me venger, j'ai emporté le vélo et un paquet posé à côté. C'est idiot...

— Qui est arrivé pendant que Lili-Rose s'approchait du puits ?

Judy serra les dents et les lèvres. Elle avait envie de dire

« Olivier », Marion le sentait, le lisait dans son regard en déroute. Elle n'en avait pas fini, elle n'en aurait jamais fini avec son désir de vengeance. Car, contrairement à ce qu'elle avait pensé à ce moment-là, Olivier l'avait aperçue dans le jardin. Le soir, juste avant l'accident qui lui avait coûté ses jambes, c'est de cela qu'il était venu lui demander raison. Le silence était revenu, malsain, porteur de malheur. La voix de Talon dans l'oreillette :

— Attention, patron, ça bouge à dix mètres devant moi...

Celle de Lavot, sourde, bloquée par l'anxiété :

— Je la vois, je l'ai vue, une fraction de seconde...

Marion avait envie de hurler le nom de sa fille, d'arracher ses écouteurs et de foncer la chercher.

— Seule ? balbutia-t-elle sans remuer les lèvres.

— Je ne vois pas... Si, ça y est ! J'ai vu sa main, son bras. Nina est là, elle est debout. Fini, je vois plus rien.

— Continuez, Marion, intima le professeur Gentil, très calme. Faites-lui dire la suite. Toute la suite. Jeanne va sortir, elle est tout près.

— Qui, Judy ? Qui est arrivé ? éructa Marion dans un effort colossal. Dites-moi la vérité.

— Jeanne, dit Judy d'une voix à peine audible.

— Faites-la répéter, pressa Gentil, on n'entend pas.

— Qui ? hurla Marion pour entraîner la jeune femme.

— Jeanne. Jeanne est arrivée, elle a parlé à Lili-Rose. Je n'ai pas entendu. Elle était mécontente, je ne sais plus...

— Continuez, dit Gentil. Inventez la suite. Elle a poussé sa fille, vous le savez...

Marion se dirigea vers la pile de planches, y grimpa, se tourna vers Judy qui la dévisageait, les yeux écarquillés. Denis était tétanisé.

— Bien sûr que vous savez, Judy. Regardez bien. Voilà ce que faisait Lili-Rose, debout sur le vélo. Elle essayait d'atteindre le haut du mur pour voir où était tombée sa corde à sauter. Elle se hissait sur la pointe des pieds, le corps à moitié dans le vide. Jeanne est arrivée. Où est-elle ? Où est Jeanne ?

Muets, Denis et Judy regardaient Marion dont on aurait

dit une Pasionaria en train de haranguer une foule invisible. Un mouvement dans les herbes, un froissement sur les cailloux.

— Je les vois, dit Lavot dans l'oreille de Marion. Elles sont là. Attention.

— Phase deux, dit la voix de Quercy. On investit la maison de Judy et on se prépare ici.

— Elle a l'arme à la main, chuchota Talon.

— Nina est sous neuroleptiques, fit le professeur Gentil à son tour. Je le vois à sa démarche. Elle est docile, elle obéit à Jeanne.

« Oh Seigneur ! », songea Marion, près de défaillir. A nouveau la douleur dans le ventre, brutale, insupportable. Le sang recommença à couler le long de ses cuisses. La rigole rouge plongea dans les mocassins, rebondit. Deux gouttes s'écrasèrent sur les planches. Marion vacilla. Elle n'avait pas la force de tourner la tête. Le gravier crissa plus fort et, enfin, elle les vit. Jeanne, le teint gris, décharnée, un bonnet noir enfoncé jusqu'aux sourcils, avançait vers elle en tenant la main de Nina dont la démarche incertaine rappelait celle qu'elle avait quand, à la gym, elle s'exerçait à la poutre.

— Viens Lili-Rose, dit Jeanne, il faut y aller.

— Oui, maîtresse.

Denis amorça un mouvement en direction de Jeanne et Marion eut la force de l'empêcher d'aller plus loin d'un geste autoritaire. Jeanne avança d'un pas encore et vit Marion debout sur la pile de bois.

— Oh, non, tu ne peux pas être là, toi. Tu es morte.

— Tu crois, Jeanne ? Je suis là, tu vas venir près de moi, doucement.

Jeanne prit un ton geignard. Celui d'une petite fille privée de sa plus belle poupée.

— Lili-Rose est à moi. Je vais la remettre dans son lit et c'est moi qui irai la réveiller. (Elle désignait la bouche béante du puits.) Toi, tu ne peux pas la réveiller. Elle est à moi.

— Tu l'as poussée, Jeanne, tu as fait tomber Lili-Rose dans le trou.

— Elle est très malade... On ne peut pas la guérir. Il faut la coucher là. Va-t'en.

— Viens, Jeanne, viens près de moi...

— Il faut qu'elle lâche la main de Nina, dit le professeur Gentil dans l'oreillette. Ne la laissez pas monter avec elle. Elle est forte comme un homme.

Jeanne n'était plus qu'à un mètre du puits et Nina n'avait d'yeux que pour elle. Marion était transparente, invisible. De quoi Jeanne l'avait-elle gavée ?

— Jeanne, tu ne peux pas coucher Lili-Rose tant que je suis là, cria Marion avec l'énergie du désespoir. Il faut que tu me touches, que tu me tues, d'abord.

— Oh non... je ne peux pas tuer ma maman...

— Si, Jeanne, il le faut, viens !

Elle tendit les mains en avant tandis que les gouttes de sang rebondissaient sur les planches, de plus en plus fort. Jeanne releva son bras armé et, du revers de la main, essuya son front. Marion eut un léger sursaut puis il lui sembla entendre claquer des culasses dans les buissons autour. « Oh non, pas ça ! supplia-t-elle en silence, Nina est trop près, ne tirez pas... »

Puis elle comprit que Jeanne voulait seulement se boucher la vue. Elle ne capta pas la tonalité de son regard mais il sembla que le sang répandu autour de ses pieds l'obnubilait. Tétanisée par la flaque rouge, lentement, sans presque bouger, Jeanne lâcha la main de Nina qui resta plantée sur place, bras ballants, vacillante, tandis que Jeanne prenait la main tendue de Marion et se hissait sur les planches à ses côtés, le Smith & Wesson maintenant caché dans les plis de sa jupe. Elle détailla Marion, toucha ses cheveux, ses joues, sa poitrine.

— Laissez-la faire, murmura Gentil.

— Je compte jusqu'à trois et vous sautez, dit Quercy. Un...

La main de Jeanne poursuivit sa lente exploration. Elle se posa enfin sur le ventre de Marion. La femme releva la tête et, dans son regard perdu, Marion vit qu'elle était définitivement au-delà du monde. Puis sa main armée s'éleva à son tour, l'index sur la détente... Le chien était relevé. Un simple coup de doigt, et tout finirait ici sur un tas de planches pourries, à l'orée d'un puits qui sentait la mort.

Deux, entendit Marion.

Elle ressentait une infinie compassion pour la créature qui s'apprêtait à la tuer. Le canon de l'arme se posa sur son ventre et Marion eut l'impression d'un déchirement, comme si son corps s'ouvrait en deux.

— Ne la tuez pas ! supplia-t-elle alors qu'elle sentait à la pression du canon que Jeanne était la proie d'une tension extrême mais aussi d'un effroyable conflit intérieur.

Elle leva lentement les bras pour montrer sa bonne volonté. Elle avait envie de les poser sur les épaules de Jeanne mais, en dessous d'elle, il y avait Nina. Elle se prépara mentalement.

Trois !

Le saut de l'ange. Un bref plongeon qui dure l'éternité. Nina bascula, emportée sous le corps de sa mère tandis que des coups de feu éventraient leurs tympans. Quelques chocs, des cris, une torpeur soudaine. Des mots dans les oreillettes :

— Opération terminée. Une personne dans la maison, un certain Olivier Martin, ligoté sur le lit, évanoui...

Elle entendit des mots, « blessé », « évacué », « hôpital... », mais ils se perdaient dans un écho lointain. La voix de Quercy, toute proche, prononçait le nom de Mikaël.

« Négatif, dit la voix lointaine, pas d'enfant dans la maison... »

Marion eut encore le temps de penser « heureusement que Nina est petite » avant de sombrer dans la nuit.

98.

C'était comme un petit oiseau têtu dont les trilles répétaient inlassablement le même air. Le soleil traversait les feuilles et s'allongeait sur l'herbe. Marion, alanguie, se laissait accoster par un bonheur bien surprenant. Elle ouvrit les yeux sur un mur blanc.

— Alors, paresseuse...

Elle tourna la tête et eut quelques difficultés à identifier le professeur Gentil.

— Qu'est-ce que... ? Pourquoi suis-je là ? Nina ?

— Chut... Ne vous énervez pas. Nina va très bien. Elle a dormi deux jours. Vous aussi d'ailleurs. Il faut que vous m'écoutiez.

Pas besoin d'un dessin. Marion voulut se redresser mais une douleur encore vive dans son ventre la rejeta sur les oreillers. Les mots du professeur Gentil traversaient son cortex et se fichaient dans son cerveau, tranchants comme des poignards. Elle avait perdu le bébé et il avait tenu à le lui dire lui-même parce qu'il se sentait responsable. Elle ferma les yeux. Une grosse larme roula sur sa joue et tomba avec un bruit mat sur l'oreiller.

— Jeanne est morte ? demanda-t-elle.

Les coups de feu, l'odeur de la poudre et une étrange sensation de libération et de plénitude quand elle avait senti sous elle le corps palpitant de la petite... Dieu sait pourquoi, Marion imaginait que Jeanne était morte là où elle voulait remettre « sa » fille. Dans le puits.

— Elle s'est tiré une balle dans le ventre, la détrompa Gentil.

Les autres coups de feu n'étaient que de l'intimidation. Ils n'avaient touché personne. Marion ne voulait pas qu'on tue Jeanne, ses hommes avaient obéi. Le film défila en accéléré. Marion se dressa de nouveau, les pupilles dilatées.

— Et Mikaël ?

Gentil gratta sa barbiche :

— Vous n'allez pas le croire ! Pendant que vous affrontiez Jeanne, un couple qui habite un village proche des Sources a fini par entendre parler de la disparition de Mikaël et de ce que leur avait dit leur fille... La gamine était allée voir la kermesse, en voisine en quelque sorte. Cela explique que personne ne l'ait reconnue. Mikaël l'a repérée et l'a suivie jusque sur la route. Il se montrait...

insistant et elle l'a dénoncé à ses parents quand ils sont venus la chercher. Les parents ont parlé de police, de prison, pour intimider le gamin.

— Je comprends, il a pris cela au pied de la lettre. Pauvre gosse !

— Il a grimpé dans un arbre et il y est resté caché jusqu'au soir. Il allait redescendre quand les forces de police sont arrivées. Terrorisé, il n'a plus osé bouger. C'est son éducateur qui a fini par le débusquer, le lendemain soir. Il va aussi bien que possible.

Marion ferma les yeux, semblant méditer sur les conséquences des actes et des mots sur des êtres faibles et sans défense. Puis elle remonta le drap sous son menton tandis que de nouvelles larmes mouillaient ses yeux.

— Je veux Nina, dit-elle.

La petite était encore pâlotte et n'avait pas récupéré toute son énergie mais elle était debout et ses yeux de porcelaine brillaient comme jamais.

— Tu es triste pour le bébé ? demanda-t-elle en s'asseyant tout contre sa mère.

Elle lui passa un bras autour du cou. Elle sentait l'air frais et le pain, dont il restait quelques miettes accrochées à son pull.

Marion laissa couler ses larmes comme elle avait laissé couler son sang. Triste oui, chère petite Nina, impuissante surtout...

— *On* en aura un autre, tu verras... C'est Olivier qui me l'a dit.

Olivier ! Le cœur de Marion tressaillit.

— Tu sais, dit Nina, le front plissé, Jeanne elle était gentille avant. Je sais pas pourquoi elle a fait ça... elle m'a fait des piqûres, tu te rends compte ? Je déteste les piqûres.

— Olivier ? murmura Marion, où est-il ?

— A l'hôpital... mais ça va, tu sais. Il va sortir demain. Il a dit qu'il nous aime beaucoup toutes les deux.

Nina fronça le nez comme si elle devait méditer sur le sens de cette déclaration.

99.

Il était arrivé et Marion ne l'avait pas entendu. Elle perçut sa présence et sentit l'étrange pouvoir qu'il exerçait sur elle et la remuait jusqu'au fond de son ventre meurtri. Il portait une tenue de ville et ses cheveux avaient été coupés ras pour nettoyer et recoudre la peau de son crâne éclaté sous les coups de Jeanne. Par bonheur, il n'y avait pas de fracture, seulement un traumatisme, vite surmonté.

Il la regardait sans dire un mot mais ses yeux gris étaient éloquents. Ils demandaient pardon et imploraient un encouragement.

— Olivier, murmura Marion, je veux seulement que vous me disiez que c'est par amour que vous avez aidé Jeanne... Je ne supporterai rien d'autre.

— Je l'ai aimée, oui. J'avais imaginé ma vie avec elle et Lili-Rose...

Sa voix était rauque, quelque chose dans ses yeux disait à quel point cet épisode de sa vie l'avait brisé.

— Je n'ai jamais voulu admettre ce qu'était réellement Jeanne. J'ai souffert avec elle de son enfance. La mienne était assez triste aussi, j'ai cru que nous pourrions nous aider mutuellement...

— Vous ne vous rendiez pas compte, pour les enfants ?

— J'ai eu des doutes parfois... Mais plutôt sur les compétences de mes confrères... Vous comprenez ?

Bien sûr... Jeanne était convaincante, manipulatrice. Elle abusait les autres, tous les autres, à plus forte raison un homme amoureux, fût-il médecin lui-même.

— Quand je suis revenu pour l'enterrement de ma mère, reprit Olivier après un temps de silence, sans quitter des yeux le visage pâle et les traits tirés de Marion, j'ai voulu me rendre compte de ma capacité à vivre sans *elles*... Jusque-là j'avais survécu, je me demandais si je serais capable un jour... Bref... Je suis allé au cimetière sur la tombe de Lili-Rose et à l'HPD. Je pense que ma visite a servi de déclencheur à ce terrible délire de Jeanne. Elle m'a reconnu, elle a parlé de notre fille. Je n'ai pas compris tout de suite qu'elle était toujours le 4 juillet, il y a cinq ans. Elle voulait voir Lili-Rose, j'ai pensé qu'il fallait l'emmener sur sa tombe... Je l'avoue, je n'ai rien vu arriver.

— Vous l'avez aidée à fuguer ?

— Oh non ! Je n'aurais pas fait une chose pareille. Elle a fugué toute seule. Quand elle a débarqué chez moi un soir, elle m'a raconté qu'elle avait besoin de quelques jours et qu'ensuite elle rentrerait à l'HPD.

— Vous l'avez crue ? Vous n'avez pas contacté le professeur Gentil ?

— Si. Mais je n'ai pas dit que Jeanne était avec moi. J'ai juste demandé de quel traitement elle avait besoin... pour le cas où elle viendrait me voir. J'ai inventé une fable...

— Le jour où je vous ai vu devant l'hôpital... vous veniez chercher des médicaments pour Jeanne ?

Il acquiesça d'un signe et son souffle se tendit. Il ne pouvait pas savoir ce que Jeanne mijotait, il voulait seulement lui donner une chance de revenir à la vie normale, hors les murs de la psychiatrie. Mesurer, à son contact physique, ce qu'il restait de leur histoire d'amour. Marion scruta la réponse sur son visage. Olivier prit l'air grave :

— Rien ne subsiste. Je n'ai ressenti que de la pitié pour elle. Et elle... ne pouvait plus revenir parmi nous, c'était trop tard. Je voulais l'aider, j'ai déclenché un cataclysme... J'ai protégé sa fugue, je vous ai menti... Tout ce qu'elle avait besoin de savoir de vous, je le lui ai dit...

Marion secoua la tête avec force :

— Ne vous mortifiez pas, Olivier... Vous avez fait évoluer son délire, sans plus. Mais c'est quand elle a découvert Nina auprès de moi que tout a basculé. C'est terrible, mais je ne peux m'empêcher de me dire qu'elle a dû terriblement souffrir.

— Vous êtes généreuse...

— Je ne crois pas. Je pense que si elle avait fait du mal à Nina... je n'aurais pas supporté non plus que vous vous soyez servi de moi.

Le sourire d'Olivier s'étira lentement, limpide tandis qu'il s'asseyait au pied du lit. Elle redressa le buste et approcha son visage du sien, le forçant à la regarder en face.

— Olivier, dit-elle avec lenteur, j'ai imaginé de nombreuses hypothèses pour expliquer la mort de Lili-Rose. Tout le monde autour d'elle ou presque pouvait en être l'auteur. La reconstitution avec Judy et Denis m'a donné la quasi-certitude que Jeanne avait poussé Lili-Rose dans le puits. Est-ce que vous avez vu Jeanne, Olivier, quand elle a fait ça ?

Olivier devint très pâle et, comme s'il ne pouvait plus soutenir le regard de Marion, il abaissa les paupières. Derrière les longs cils luisants, Marion devina le douloureux dilemme qui l'agitait. Devait-il dire la vérité ? Devait-il, pour cela, trahir la mémoire de Jeanne, leur amour éteint ? Quand il rouvrit les yeux, des larmes y brillaient. Une goutte se forma à l'angle interne de son œil et roula doucement le long de son nez. Marion sut qu'il lui donnait la réponse qu'elle attendait mais que jamais il ne la formulerait. Elle eut envie de le prendre dans ses bras et tendit les mains vers lui.

100.

Marion sortit une semaine plus tard. Le professeur Gentil était revenu la voir chaque jour. A travers l'histoire de Jeanne, il avait tenté de comprendre la sienne, de l'aider à surmonter des épreuves que, selon lui, elle provoquait inconsciemment pour se punir d'une faute originelle inscrite dans sa mémoire archaïque de femme. Puis Marion lui avait demandé de ne plus venir. Elle était assez grande pour parvenir toute seule à éloigner le mauvais sort.

C'était aussi l'avis de Marsal qui ne digérait pas de n'avoir pas été aux premières loges dans la fin de l'affaire

Patrie, écarté au profit d'un psy dont il sifflait le nom avec mépris.

— C'est vrai que vous ne connaissez que des savants, lui dit-elle avec rancune quand il la reçut dans son antre macabre pour lui montrer ce qu'il avait fait du noyé remonté du barrage de Pierre-Bénite.

— Je suis désolé, ronchonna-t-il. Je tenais ce confrère pour le meilleur gynécologue de la ville.

Le meilleur... qui n'avait pas détecté que la grossesse de Marion était extra-utérine, malgré l'échographie. Un fœtus de presque quatre mois...

— De toute façon, c'était mal parti, dit-il en guise de conclusion en allumant le négatoscope.

Il avait étalé une série de radiographies. Il en choisit deux et les fixa devant l'écran. Les deux clichés du crâne paraissaient parfaitement identiques.

— Vous voyez la zone frontale et la masse sombre au milieu ?

— Je me souviens de ces clichés, doc, ce n'est pas si vieux... Et puis, ça n'a plus d'importance à présent.

— Ah bon, fit-il vexé. Je croyais que ça vous soulagerait de savoir Sam Nielsen entre quatre planches.

— Ça me soulage mais je m'en fous...

Il éteignit le négatoscope et la contempla, indécis.

— C'est moche, cette fausse couche, vraiment, mais vous en ferez un autre. Ce jeune confrère, là, comment déjà ? Martin !

— Doc, n'essayez pas de me marier à tout prix. Il est reparti en Afrique pour un an au moins. On verra l'année prochaine, quand il reviendra. Dites-moi, doc...

Marsal rangea posément les clichés dont Marion n'avait plus rien à faire.

— Un jour, vous m'avez dit que vous vouliez quelque chose de moi, en échange de votre aide...

— Ah oui, mais ça n'a plus de sens...

— Dites toujours !

— Je pensais faire des expériences intéressantes avec vous et votre... fœtus. Enregistrer ses réactions quand vous êtes au stand de tir, l'impact des détonations... mesurer son stress dans les moments difficiles...

— Vous êtes vraiment..., s'insurgea Marion les poings sur les hanches.

— Ignoble, je sais... C'est ce qui fait mon charme.

Marsal l'entraîna dans son bureau où le bric-à-brac atteignait des sommets.

— J'ai entrepris de faire quelques rangements, expliqua le légiste.

Marion fouilla ses poches, en retira une enveloppe pliée en quatre. Elle la tendit au légiste.

— Tenez, la griffe d'Horus. Vous pourrez la rendre au labo.

Le doc la déballa, la prit délicatement entre ses doigts et la contempla dans la lumière blanche d'un néon fatigué. Puis il remit l'ergot au parfum d'éternité dans son enveloppe et il fourra celle-ci dans la main de Marion.

— Ils sont tellement bordéliques là-bas qu'ils ne vont même pas s'en apercevoir. Gardez-la en souvenir, avec vos prises de guerre...

Marion se mit à rire en se dirigeant vers la porte.

— Je vais la rendre au Muséum, c'est encore là qu'elle sera le mieux.

Elle sortit, fit signe de loin à Marcello qui rôdait entre les tiroirs, cherchant un beau macchabée à torturer. Marsal hésita une fraction de seconde puis la rattrapa :

— Je ne sais pas si je fais bien de vous le dire, dit-il, mais votre petit...

Marion planta son regard dans le sien :

— Il était de Léo, je sais.

101.

Lavot et Talon accompagnaient de la tête les allées et venues de Marion qui rangeait sur l'étagère la plus élevée de son bureau des dossiers qu'elle avait empilés et sanglés dans de grosses chemises cartonnées. Elle descendit de la chaise et posa les mains sur le dernier. Le meilleur.

— Affaire Patrie..., dit-elle lointaine. J'ai du mal à m'y faire. Vous vous rendez compte ? Partir d'une affaire classée pour aboutir à une affaire classée, ça ne s'appelle pas tourner en rond ?

— Oui, mais entre-temps, on s'est pas ennuyés...

Talon avait coupé ses cheveux trop longs, rasé sa barbe rare, nettoyé ses lunettes. Bref, retrouvé une apparence digne.

Lavot, lui, ne changeait pas. Il s'enveloppait lentement, de feijoadas en tortillas.

Ils observaient Marion, ils attendaient quelque chose.

— En définitive, c'est la faute de Joual, dit-elle en faisant mine de ne pas s'en rendre compte. Il a reçu Jeanne Patrie un jour qu'on l'avait convoquée. Il était sûrement bourré, elle a piqué un scellé, il a rien vu.

— Vous croyez que c'est comme ça qu'elle a récupéré les petits souliers ? demanda Lavot.

Talon acquiesça : il n'y avait pas d'autre explication. La reconstitution des actes de Jeanne Patrie montrait qu'après sa fugue de l'HPD, elle était retournée à la ferme où elle avait retrouvé, au milieu des affaires de Lili-Rose, ces précieuses petites chaussures rouges qu'elle y avait déposées quelques années plus tôt après les avoir escamotées à la PJ. Avec le nounours, elles devaient représenter pour elle une image forte. Son délire psychotique confusionnel avait fait resurgir l'image de Marion sortant Lili-Rose du puits et elle avait porté le paquet sur sa boîte aux lettres. Pour qu'on lui rende sa fille.

L'élément déclencheur de la fugue de Jeanne, c'était Olivier Martin. Comme Marion avait été la seule à parler avec lui, personne d'autre qu'elle ne le savait. Elle décida que ses lieutenants avaient le droit de savoir aussi.

— Après la mort de Lili-Rose, dit-elle, Olivier Martin est parti comme il avait prévu de le faire, sous un faux nom. René Jamet...

— Il n'avait pas la conscience tranquille ? suggéra Lavot.

— Je ne crois pas que ce soit ça. Il était très malheureux

et il avait besoin de garder ses distances avec son entourage. Quand sa mère est morte, il a démissionné de son identité d'emprunt et s'est réinscrit à MSF sous son vrai nom...

— Tout un symbole, murmura Talon...

— Je pense que la mort de sa mère lui a donné l'envie de faire le grand ménage dans sa tête et dans sa vie. C'est ce qu'il faut faire parfois pour pouvoir recommencer... Il est allé voir Jeanne à l'hôpital. Elle ne l'avait plus revu depuis l'époque de sa sidération. Il a agi sur elle comme le Prince Charmant sur la Belle au bois dormant...

— Dormande, rectifia Talon, l'index levé comme un maître d'école.

Ils rirent.

— Mais il n'a pas réveillé que son amour, objecta Lavot. Tous ses bas instincts avec. Ce que je comprends moins, c'est son attitude... Il a quand même hébergé la vipère dans son sein...

— Il faut croire qu'il avait encore des sentiments pour elle...

« Pas de l'amour, avait dit Olivier, mais de la compassion, une empathie forte... »

— Jeanne le fascinait aussi, d'une certaine manière. Enfin, c'est ce que dit le psy...

Le téléphone sonna. Ils sursautèrent. Ils examinèrent Marion, son visage amaigri et sa taille fine sanglée dans un pantalon beige tandis qu'elle s'expliquait, tendue.

— La DDASS, dit-elle d'une voix brève après avoir raccroché. L'assistante sociale a porté plainte. Ça ne va pas arranger mon dossier...

— Mais Jeanne est morte, l'action publique est éteinte...

L'assistante sociale était furieuse. Elle qui n'arrêtait pas de donner des leçons à tout le monde s'était fait berner comme une gamine. Et puis, rester enfermée douze heures dans un placard... Même à l'encontre d'une morte, elle voulait marquer le coup.

Toute action de justice était éteinte. Judy Robin ne serait pas poursuivie pour des faits remontant à cinq ans et qui ne valaient que parce qu'elle en avait fait l'aveu. Elle avait trop aimé Olivier, elle l'avait haï avec la même passion. Denis Patrie, lui aussi, avait péché par amour. Sa grande peur avait été que Lili-Rose se soit donné la mort pour punir les grands de leurs disputes. Mais il avait tout fait pour protéger Jeanne dont il savait, inconsciemment, qu'elle avait poussé sa fille dans le puits. Mikaël n'aimait que les ballons et les chewing-gums et il ne pourrait jamais rien lui arriver tant qu'il garderait scellée dans un coin de son cerveau étroit l'image de sa mère jetant sa petite sœur dans le trou.

Restait Olivier... Etait-il vraiment le père de Lili-Rose ? Il l'affirmait mais, à l'inverse de ce que prétendait Denis Patrie, il n'y avait jamais eu d'analyse génétique. Et on n'allait pas exhumer Lili-Rose pour le savoir. Olivier avait aimé Jeanne et il avait continué de l'aimer quand elle n'était plus qu'une créature en proie à des délires. Il l'avait recueillie, cachée. Quand Marion avait surgi dans sa vie, il avait douté, puis compris que le fil qui le reliait à Jeanne venait de se rompre. Il avait tenté de raisonner Jeanne, de lui montrer la réalité et celle-ci, d'instinct, avait senti qu'il allait la trahir. Elle voulait Lili-Rose, elle l'aurait, avec ou sans lui. Elle avait bien failli réussir. Olivier ne se pardonnait pas son aveuglement, ce qu'il appelait ses lâchetés. Il était un être de chair, de sang et d'amour.

— Est-ce que Jeanne Patrie a réellement poussé Lili-Rose dans le puits ? demanda encore Talon.

C'était plus une réflexion qu'une question. Qui pourrait jamais le dire ?

— C'est marrant, fit Lavot d'une voix lointaine, comme s'il voyait surgir ses propres fantômes, les histoire des gens qui s'aiment... Ils s'aiment trop, mal, trop fort, trop mal. Ça finit toujours mal.

Marion soupira en soulevant le gros dossier.

— C'est la vie..., conclut Talon.

Lili-Rose était morte à cause de la vie.

— Il y a un truc qui m'embête..., reprit Marion. Je me demande pourquoi, alors qu'on avait les empreintes d'Olivier Martin dans le FAED, la bécane ne les a pas rapprochées de celle de la corde à sauter...

— Quand on a enregistré les premières fiches dans le fichier informatisé, expliqua Talon, on n'a entré que huit doigts. On n'y a pas mis les auriculaires parce que c'est une trace rare...

— La preuve que non..., dit Lavot en réprimant un rot. Finalement, ces bonnes vieilles fiches en carton avaient des vertus...

Marion se hissa sur la pointe des pieds et posa le dossier tout en haut.

— Affaire classée.

Ils la regardaient et ils attendaient toujours. Marion ressentit une petite langueur du côté de l'estomac. Il devait être midi, ou pas loin. Elle enfila son blouson en annonçant qu'elle les invitait à déjeuner. Ils ne bougèrent pas. Marion croisa les bras et les observa.

— Vous avez vu, fit Talon, les statistiques sur les morts d'enfants, les sévices graves, les violences sexuelles et autres... C'est une explosion. Je ne sais pas comment on va faire. Une équipe de pédiatres a même mis en place une cellule à l'hôpital Edouard-Herriot pour suivre l'évolution des cas de mères et de pères suspects de maltraitance, de syndrome de Munchhausen par procuration et de morts subites de nourrissons. On va crouler sous les affaires.

Marion sourit :

— Je vous vois venir... Vous êtes comme Nina. Vous savez ce qu'elle m'a dit hier soir ? « Je ne veux pas qu'on aille à Versailles. Ça va être moche et y a pas Lavot, Talon, Mathilde... Et ici, y a plein d'enfants à sauver... Comment ils vont faire quand tu seras partie ? Tu ne peux pas les laisser... »

— Elle a pas tort, dit Lavot en enveloppant du regard la lampe sous laquelle trônaient toujours les petits souliers rouges et le nounours de Lili-Rose récupéré chez Olivier Martin. Mais les RG, ça va vous aller comme un gant.

— Je me demande... En fait, Versailles...

Deux paires d'yeux se braquèrent sur elle.

— Quercy ne va jamais vouloir annuler ma demande...

Elle n'avait pas fini sa phrase qu'ils étaient déjà à la porte.

— On va lui causer.

Marion saisit le nounours de Lili-Rose par une oreille et, doucement, le pressa contre elle. Pour la première fois depuis longtemps, elle se sentit en paix.

"Arène meurtrière"

Mises à mort
Danielle Thiéry

Une ancienne gloire de la tauromachie est retrouvée sauvagement mutilée dans une chambre d'hôtel sordide. Quelques jours après, son avocate, disparue depuis un mois, est repêchée dans une rivière, le corps décomposé. Depuis la découverte de ces deux corps, la jeune commissaire Edwidge Marion est confrontée à une série de meurtres atroces, apparemment sans mobile. Pour tout indice, des pollens de la forêt des Landes, quelques cheveux, et une intuition obsédante : la corrida semble être à l'origine de tout ce mal.

(Pocket n°10882)

www.pocket.fr
Le site qui se lit comme un bon livre
Informer
Toute l'actualité de Pocket, les dernières parutions collection par collection, les auteurs, des articles, des interviews, des exclusivités.
Découvrir
Des 1ers chapitres et extraits à lire.
Choisissez vos livres selon vos envies :
thriller, policier, roman, terroir, science-fiction...
POCKET
Il y a toujours un Pocket à découvrir sur www.pocket.fr

Achevé d'imprimer sur les presses de

BUSSIÈRE

GROUPE CPI

à Saint-Amand-Montrond (Cher)
en mai 2005

POCKET - 12, avenue d'Italie - 75627 Paris Cedex 13
Tél. : 01-44-16-05-00

— N° d'imp. : 51417. —
Dépôt légal : novembre 2003.
Suite du premier tirage : juin 2005.

Imprimé en France